운명

Sorstalanság

세계문학전집 340

운명

Sorstalanság

임레 케르테스

유진일 옮김

민음사

차례

운명 7

작품 해설 287

작가 연보 303

1

오늘 나는 학교에 가지 않았다. 아니, 가기는 했지만 담임 선생님께 조퇴 허가를 받기 위해 갔을 뿐이다. 나는 "집안 사정"을 언급하며 조퇴를 요청하는 아빠의 편지도 전해 드렸다. 선생님이 그 집안 사정이 뭐냐고 물었다. 아빠가 노동 봉사에 소집되었다고 말하자 더 이상 캐묻지 않았다.

나는 집으로 가지 않고 우리 가게를 향해 서둘러 갔다. 아빠가 거기서 기다리겠다고 했기 때문이다. 아빠는 혹시 내가 필요할 수도 있으니 서둘러 오라는 말도 덧붙였다. 사실은 바로 그 이유로 학교에 조퇴를 신청했던 것이다. 아니면 집을 떠나기 전 마지막 날에 나를 곁에 두고 보고 싶어서였을 수도 있다. 그때는 아니었지만 아빠가 그런 말을 했기 때문이다. 내 기억으로는 아침에 엄마와 전화 통화를 하면서 그 말을 했던 것 같다. 오늘은 목요일이다. 나는 목요일과 일요일 오후에는 엄마와 시간을 보내야 한다. 아빠가 엄마에게 "오늘은 주르커[1]를 당신에게 보낼 수 없을 것 같소."라고 말하면서 그 이유로 그 말을 했다. 어쩌면 그게 아닐지도 모른다. 밤에 공습경보가 울린 탓에 나는 오늘 아침에 약간 졸렸다. 그래서 어쩌면 내가 제대로 기억하지 못할 수도 있다. 하지만 아빠가 그 말을 한 건 확실하다. 엄마에게 한 게 아니라면 다른 사람에게 했을 수도 있다.

　나도 엄마와 몇 마디 대화를 나누었다. 하지만 무슨 말을 했는지는 기억이 나지 않는다. 다만 옆에 아빠가 있었기 때문에 엄마와 전화할 때 짧게 짧게 대답했는데 그 때문에 엄마의 기분이 좀 상했던 것만 기억난다. 아무튼 오늘 나는 아빠의 눈치를 좀 봐야 한다. 게다가 아침에 집을 막 나서려는 참에 새엄마까지 현관에서 단둘이 있을 때 나에게 친밀감을 표시하며 몇 마디 했다. 오늘처럼 이렇게 슬픈 날에는 분위기에 맞게 행동해 주기를 바란다는 것이었다. 나는 뭐라고 해야 할지 몰라 아무 말도 하지 않았다. 그런데 새엄마가 나의 이 침묵에 대해 오해를 한 듯했다. 왜냐하면 새엄마가 곧이어 이런 충고로 나의 예민함을 자극하려 한 것은 아니었고 나에게 이런 충고가 필요하지 않다는 것도 안다는 식으로 말했기 때문이다. 이제 열네 살이나 먹은 소년이니 내가 우리에게 닥친 이 불행의 심각성을 틀림없이 스스로 깨달을 수 있을 거라고도 했다. 나는 고개를 끄덕였다. 새엄마는 나의 이런 행동에 만족해하는 것

---

1) 헝가리 남자 이름 죄르지의 애칭.

같았다. 새엄마가 손을 들어 내 쪽으로 내밀자 혹시 나를 껴안을지도 모른다는 생각에 불안해졌다. 하지만 새엄마는 그러는 대신 떨리는 긴 숨소리를 내며 한숨만 깊이 내쉬었다. 나는 새엄마의 눈이 촉촉해진 것을 알아차렸다. 마음이 편하지 않았다. 그제야 나는 학교에 갈 수 있었다.

나는 학교에서 우리 가게까지 걸어갔다. 아직은 초봄이었음에도 화창하고 따사로운 아침이었다. 나는 단추를 풀까 하다 그만두었다. 살살 불어오는 맞바람에 혹시 외투 깃이 뒤로 젖혀져 노란 별을 가리면 규정 위반일지 모른다는 생각 때문이었다. 이제 나는 몇몇 일과 관련해서는 좀 더 신중하게 행동해야 한다. 우리의 지하 목재 가게는 근처 골목에 있다. 가파른 계단을 내려가면 어두컴컴해진다. 아빠와 새엄마는 가게의 사무실에 있었다. 계단 바로 옆에 있는 그 사무실은 좁고 수족관처럼 불이 밝혀진, 유리로 된 공간이다. 거기에는 쉬퇴 씨도 함께 있었는데 그와는 일찍이 그가 우리 가게에 고용되어 경리와 우리 가게에 딸린 지상 창고의 관리자로 일할 때부터 알았다. 그런데 최근에 쉬퇴 씨가 우리의 지상 창고를 샀다. 최소한 우리는 이렇게 말하고 있다. 쉬퇴 씨는 인종에 관한 한 전혀 문제가 없기 때문에 노란 별을 달고 다닐 필요가 없다. 따라서 우리 가게를 쉬퇴 씨 명의로 이전한 것은 내가 알기로는 사실상 우리 집의 재산을 보호하고 아빠가 없는 동안에도 수익을 완전히 포기하지는 않으려는 전적으로 사업적인 계산 때문이었다.

어떤 면에서 이제는 쉬퇴 씨가 우리보다 우위에 있기 때문에 나는 전과는 약간 다르게 인사했다. 아빠와 새엄마도 쉬퇴 씨를 좀 더 공손하게 대했다. 하지만 쉬퇴 씨는 마치 아무 일도 없었다는 듯 아빠를 계속 사장님이라고 부르고 새엄마는 사모님이라고 불렀으며 새엄마의 손등에 키스하는 일도 결코 소홀히 하지 않았다. 나에게도 늘 그랬듯 농담 투로 인사했다. 내가 노란 별을 달고 있다는 사실은 알아차리지도 못했다. 그 후에 나는 문 옆에 그대로 서 있었고, 아빠와 쉬퇴 씨는 내가 들어가면서 중단된 대화를 계속했다. 언뜻 보기에 한창 진행 중이던 어떤 협상이 나 때문에 중단된 것 같았다. 처음에는 무엇에 관해 얘기하는지 잘 이해할 수도 없었다. 나는 위에서 들어오는 햇빛 때문에 눈이 부셔 잠시 눈을 감고 있었다. 그러는 동안 아빠가 무슨 말인가를 했고 내가 다시 눈을 뜨자 이번에는 쉬퇴 씨가 말을 이었다. 갈색빛을 띠는 쉬퇴 씨의 둥근 얼굴에 종기가 터진 듯 여기저기에 햇빛이 만들어 내는 주황색 둥근 원들이 아른거렸다. 그는 가늘고 긴 콧수염이 있고 앞쪽에 난 두 개의 넓적한 하얀 이 사이가 약간 벌어져 있었다. 그다음에는 또 아빠가 말을 했는데, 무슨 물건에 대해 말하면서 쉬퇴 씨가 그것을 지금 당장이라도 가져가는 편이 가장 좋겠다고 했다. 쉬퇴 씨가 반대 의사를 표시하지 않자 아빠가 책상 서랍 속에서 박엽지로 포장하고 끈으로 묶은 조그마한 꾸러미를 끄집어냈다. 그 납작한 모양을 보자 나는 그 꾸러미가 무엇인지 바로 알았고 그제야 그 물건이라는 게 실제로 무엇인지 알아차릴 수 있었다. 그 꾸러미에는 상자가 들어 있었다. 그 상자에는 우리 집의 중요한 보석이나 그와 비슷한 물건들이 들어 있다. 내 생각에는 내가 알아보지 못하도록, 바로 나 때문에 그 꾸러미를 물건이라고 부른 듯싶다. 쉬퇴 씨가 얼른 그것을 서류 가방에 집어넣었다. 하지만 그 후에 두 사람 사이에 약간의 언쟁이 있었다. 쉬퇴 씨가 만년필을 꺼내더니 막무가내로 아빠에게 그 물건을 받았다는 확인서를 써 주려고 했다. 아빠가 우리 사이에는 그런 건 필요 없으니 어린애처럼 굴지 말라고 했지만 쉬퇴 씨는 한참 동안 고집을 부렸다. 내가 보기에 아빠가 이 말을 하자 쉬퇴 씨가 아주 기뻐하는 것 같았다.

그러고는 쉬퇴 씨가 말을 이었다.

"사장님, 사장님께서 저를 믿으신다는 건 알지만 실생활에서는 모든 일에 그 나름의 질서와 형식이 있는 법입니다."

그는 새엄마에게까지 도움을 청했다.

"사모님, 그렇지 않습니까?"

새엄마는 입술에 피곤해 보이는 미소를 지어 보이며 이 문제는 전적으로 남자분들이 알아서 잘 처리해 달라고만 했다.

결국 쉬퇴 씨가 만년필을 다시 집어넣자 나도 이 일에 흥미를 잃었다. 그때 아빠와 쉬퇴 씨가 이 창고에 대해 얘기하기 시작했다. 창고에 있는 그 많은 나무판자들을 어떻게 할지 고민했다. 아빠는 당국에서 언제 우리 가게에 손을 댈지 모르니 그 전에 서둘러야 한다면서 쉬퇴 씨에게 이 방면에 경험과 전문 지식이 많으니 새엄마가 이 일을 처리하도록 좀 도와 달라고 부탁했다. 쉬퇴 씨가 새엄마를 돌아보면서 바로 대답했다.

"여부가 있겠습니까, 사모님. 어차피 저희는 정산 때문에 항상 만나야 될 텐데요." 내 생각에 이 말은 그의 수중으로 넘어간 우리 창고에 대한 얘기 같았다. 이렇게 한참이 흐른 후 쉬퇴 씨가 마침내 작별을 고했다. 어두운 얼굴로 아빠의 손을 부여잡고 한참 동안 흔들었다. 잠시 후 그는 이런 상황에서는 말을 많이 하는 게 아니라고 생각한다며 아빠에게 작별 인사로 한마디만 남겼다.

"사장님, 가능한 한 빨리 다시 뵙기를 바랍니다."

아빠가 좀 씁쓸한 미소를 지으며 대답했다.

"쉬퇴 씨, 저도 그렇게 되기를 바랍니다."

바로 그때 새엄마가 핸드백을 열고 손수건을 꺼내더니 곧장 눈에 갖다 댔다. 새엄마의 목구멍에서 이상한 소리가 흘러나왔다. 그러자 침묵이 흘렀고 나도 이 상황에서 무언가를 해야 하는 게 아닌가 싶어 아주 불편했다. 하지만 갑작스러운 일이라 어떻게 대처해야 할지 도무지 좋은 생각이 떠오르지 않았다. 내가 보니 쉬퇴 씨도 난처해하는 것 같았다.

"아이, 사모님!"

쉬퇴 씨가 말했다.

"이러시면 안 됩니다. 정말 이러시면 안 됩니다."

그는 약간 놀란 듯 보였다. 쉬퇴 씨가 몸을 굽히고 늘 하던 손등 키스를 마무리하기 위해 새엄마의 손등에 입을 갖다 댔다. 그러고는 문 쪽으로 곧장 내달렸다. 내가 옆으로 비켜설 시간도 없이. 쉬퇴 씨는 나에게 인사하는 것도 잊어버렸다. 그가 나간 후에 한동안 계단 판자에 부딪치는 그의 육중한 발소리가 들려왔다.

잠시 침묵이 흐른 후 아빠가 입을 열었다.

"이제야 좀 홀가분하군."

이 말에 새엄마가 약간 잠긴 목소리로 그래도 쉬퇴 씨에게 인수증이라도 한 장 받아 뒀어야 하는 거 아니냐고 물었다. 하지만 아빠는 이런 인수증은 실제로 아무 쓸모도 없으며 오히려 상자 자체보다 인수증을 숨기는 것이 훨씬 위험하다고 했다. 그리고 새엄마에게 우리는 지금 모든 것을 하나에 걸 수밖에 없다고 자세히 설명했다. 지금 상황에서 우리에게 대안이 없기 때문에 지금부터는 쉬퇴 씨를 전적으로 믿는 수밖에 없다고 했다. 그러자 새엄마는 잠시 조용히 있다가 물론 아빠의 말이 맞을 수도 있지만 그래도 인수증이라도 손에 쥐고 있어야 마음이 더 편할 것 같다고 했다. 하지만 왜 그런지에 대해서는 합당한 설명을 하지 못했다. 그때 아빠가 시간이 많지 않으니 우리가 해야 할 일을 빨리 처리하자고 재촉했다. 자신이 없더라도 장부의 상황을 잘 파악할 수 있도록, 자신이 노동 수용소에 가 있더라도 가게 문을 닫는 일이 없도록 영업 장부를 새엄마에게 넘겨주려 했다. 그 와중에 지나가는 말로 나에게도 몇 마디 했다. 학교에서 쉽게 보내 줬느냐는 등 몇 가지 질문을 했다. 마지막으로 새엄마와 장부에 관한 일을 다 마칠 때까지 조용히 앉아 있으라고 했다.

시간이 한참 흘렀다. 나는 지겨웠지만 참아 내며 한동안 아빠에 대해 생각해 보려 했다. 좀 더 정확히 말해 아빠가 내일 떠나면 아마 오랫동안 볼 수 없으리라 생각하며 참아 보려 했다. 하지만 시간이 흐르면서 이런 생각에도 지쳐 갔고 어차피 아빠를 위해 할 수 있는 일이 아무것도 없다는 생각이 들자 다시 지겨워지기 시작했다. 앉아만 있기도 피곤해서 뭔가 변화를 주기 위해 자리에서 일어나 수도꼭지를 틀어 물을 마셨다. 아빠와 새엄마는 나에게 아무 말도 하지 않았다. 잠시 후 나는 나무판자들 사이를 지나 뒤쪽으로 가서 소변을 봤다. 다시 돌아와서는 타일 세면대가 있는, 여기저기 부식된 화장실에서 손을 씻고 가방을 열어 간식을 먹었다. 마지막으로 다시 수도꼭지를 틀어 물을 마셨다. 아빠와 새엄마는 여전히 나에게 아무 말도 하지 않았다. 나는 다시 내 자리에 앉았다. 그 후에 또다시 한참 동안 끔찍하리만큼 지루한 시간을 보냈다.

우리가 지상으로 다시 올라왔을 때는 이미 정오가 지나 있었다. 너무 밝아 눈이 아른거렸다. 아빠는 회색 자물쇠 두 개를 잠그느라 꽤 오랫동안 만지작거렸는데 내 느낌에는 일부러 그러는 듯했다. 아빠는 자물쇠를 잠그고는 열쇠를 새엄마에게 건넸다. 아빠에게는 열쇠가 더 이상 필요하지 않았던 것이다. 그 사실은 아빠가 말해 줘서 알게 되었다. 새엄마가 핸드백을 다시 열었다. 또 손수건을 꺼내려나 싶어 나는 걱정이 되었다. 하지만 열쇠만 그 속에 집어넣었다. 우리는 급히 출발했다. 나는 처음에는 집으로 가는 줄 알았지만 그 전에 우리는 우선 물건들을 사러 갔다. 노동 수용소에서 아빠에게 필요할 물건의 긴 목록을 새엄마가 가지고 있었다. 일부는 어제 이미 구입했지만 나머지 물건들은 이제 알아봐야 한다. 아빠와 새엄마와 셋이 함께 가려니 마음이 좀 불편했다. 셋 다 노란 별을 달고 있었기 때문이다. 혼자 간다면 오히려 재미있는 일이 될 터였다. 하지만 셋이 함께 가자니 왠지 꺼림칙했다. 왜 그런지는 설명할 수 없을 것 같다. 하지만 잠시 후에는 이것에 대해 더 이상 신경 쓰지 않았다. 배낭을 파는 곳만 빼고는 가게마다 사람들이 가득했다. 배낭 가게에는 손님이 우리밖에 없었다. 가게 안 공기에 코를 찌르는 가공한 아마포 냄새가 진하게 배어 있었다. 반짝거리는 틀니에 한쪽 팔꿈치에 보호대를 찬, 키가 작고 창백한 노인인 가게 주인과 뚱뚱한 그의 부인은 우리에게 아주 상냥했다. 그들은 우리 앞에 있는 계산대 위에 갖가지 물건을 쌓고 있었다. 듣자니 가게 주인은 노부인을 이상하게 '아들'이라고 부르며 계속해서 물건들을 가져오게 했다. 사실 이 가게는 우리 집과 가까워서 알고는 있었지만 가게 안으로 들어와 본 적은 없었다. 이 가게는 여러 가지 물건을 팔고 있지만 원래는 일종의 스포츠용품점이었다. 요즘에는 노란색 천이 많이 부족하기 때문에 얼마 전부터는 직접 만든 노란 별도 이 가게에서 팔고 있다.(우리에게 필요한 노란 별은 새엄마가 미리 준비해 두었다.) 내 생각에 그들이 만든 것은 별 뒤에 마분지를 붙여서 더 예쁜 것 같았다. 게다가 별의 뾰족한 부분도 여느 집에서 만든 별들처럼 우스꽝스럽게 가위질되어 있지 않았다. 그들의 가슴에 자신들이 만든 제품이 장식되어 있는 것을 볼 수 있었다. 손님의 구매 욕구를 자극하기 위해 달고 있는 것 같았다.

노부인이 물건들을 가져왔다. 그런데 그 전에 가게 주인이 하나 물어봐도 되느냐고 하더니 이 물건들을 노동 봉사 때문에 사느냐고 했다. 새엄마가 그렇다고 대답했다. 노인이 슬픈 표정으로 고개를 끄덕였다. 그러고는 검버섯이 핀 노쇠한 두 손을 들어 유감스럽다는 동작을 한 번 취하더니 앞에 있는 계산대 위에 내려놓았다. 그때 새엄마가 배낭이 필요할 것 같은데 있느냐고 주인에게 물었다. 노인이 잠시 머뭇거리더니 말했다.

"당신들에게 줄 배낭은 있습니다."

노인이 부인에게 말했다.

"아들, 창고에서 이분께 가져다 드려!"

배낭은 딱 적당했다. 그런데 가게 주인이 자기 생각에 아빠가 가는 곳에서 없어서는 안 될 물건이 몇 가지 있다며 부인을 시켜 가져오게 했다. 그는 우리에게 대체로 아주 사려 깊고 호의적인 말을 건넸고 줄곧 가능하면 '노동 봉사'라는 표현을 사용하지 않으려고 애썼다. 여러 가지 유용한 물건들도 보여 주었는데, 음식을 진공 상태로 담을 수 있는 코펠과 다양한 공구가 부착된 주머니칼, 어깨에 메는 가방 외에도 아빠와 비슷한 상황에 처한 사람들이 자기 가게에서 찾곤 하는 물건들이라며 여러 가지를 보여 주었다. 새엄마가 아빠에게 주머니칼을 사 주었다. 나도 그 칼이 마음에 들었다. 우리가 살 물건들을 모두 모아 놓자 가게 주인이 부인에게 말했다.

"계산!"

그러자 노부인이 검은 옷 속에 감춰진 통통한 몸으로 방석이 깔린 팔걸이의자와 금전 등록기 사이를 아주 힘들게 비집고 들어갔다. 주인이 가게 문까지 배웅을 나왔다. 그가 또 보자고 했다. 곧이어 친한 척하며 아빠 옆으로 다가오더니 조용하게 말했다.

"손님과 저 말입니다."

그제야 비로소 우리는 집으로 향했다. 우리는 전차 역이 있는 광장 근처 임대 가옥에 살았다. 우리가 2층에 다다랐을 때 새엄마가 문득 빵 배급표를 바꿔 오는 걸 잊어버렸음을 깨달았다. 내가 빵집에 다녀와야 했다. 잠깐 줄을 서서 기다린 후에야 빵집 안으로 들어갈 수 있었다. 나는 먼저 가슴이 큰 금발의 부인에게 가야 했다. 그녀가 빵 배급표의 절취선이 그어진 네모난 부분을 잘라 내고는 빵의 무게를 재고 있는 제빵사에게 건네주었다. 내가 인사를 건넸지만 그는 대꾸하지 않았다. 그 사람이 유대인을 좋아하지 않는다는 건 근처에 사는 사람들이 다 아는 사실이다. 그래서인지 빵을 몇십 그램 모자라게 잘라 나에게 휙 던져 주었다. 소문에 의하면 그는 이렇게 해서 배급 빵을 어느 정도 남긴다고 했다. 어쨌든 분노에 찬 그의 눈빛과 능숙한 몸놀림에서 나는 단번에 왜 그가 유대인을 좋아할 수 없는지 그의 사고 과정의 진실을 알아차릴 수 있었다. 이러한 사실을 사람들에게 숨기자니 그도 어지간히 힘들었을 것이다. 하지만 그는 자신의 소신에 따라 이렇게 처신했고, 내가 이미 꿰뚫어 본 그의 사고의 진실이 전혀 다를 수도 있는 그의 행동을 조종하고 있었다.

나는 배가 몹시 고팠기 때문에 빵집에서 나와 서둘러 집으로 갔다. 그런데 도중에 언너마리어가 말을 걸어 잠시 멈춰 섰다. 나는 계단을 향하고 있었고 언너마리어는 계단 아래쪽으로 깡충깡충 뛰어 내려오고 있었다. 언너마리어는 우리와 같은 층 슈테이네르 씨 집에 산다. 우리는 최근 들어 저녁마다 플레이슈먼 노인 집에서 슈테이네르 씨 가족과 만나곤 했다. 우리 가족은 예전에는 이웃들에게 별로 신경 쓰지 않았다. 하지만 최근에 그들 역시 우리처럼 유대인이라는 사실을 알게 되면서 저녁에 잠깐씩 모여 공통 관심사에 대해 의견을 나누었다. 어른들이 대화를 나누는 동안 언너마리어와 나는 다른 이야기를 나누었다. 그러면서 슈테이네르 부부가 언너마리어의 삼촌과 숙모일 뿐이라는 사실도 알게 되었다. 부모님은 이혼을 했는데 아직 언너마리어를 어떻게 할지 합의하지 못해서 당분간 둘 중 한 사람과 있느니 이곳에서 지내기로 했다고 했다. 그 전에는 과거에 내가 그랬듯 언너마리어 역시 기숙 학교에서 살았다. 그 아이 역시 열네 살쯤 되어 보였다. 언너마리어는 목이 길었다. 노란 별 아래쪽 가슴은 벌써 볼록해지기 시작했다. 언너마리어 역시 빵집으로 가고 있었다. 자기와 두 자매와 함께 오후에 뢰미 게임을 하지 않겠느냐고 물었다. 그 자매는 우리 위층에 산다. 언너마리어는 그들과 친하게 지냈지만 나는 복도나 지하 방공호를 오가며 얼굴을 본 게 전부였다. 동생은 기껏해야 열한 살이나 열두 살 정도로밖에 보이지 않았다. 언너마리어의 말에 따르면 자매 중 언니는 자기와 동갑이라고 한다. 간혹 내가 안뜰 쪽 방에 있을 때 복도 건너편에서 자매 중 언니가 바삐 집에서 나가거나 집으로 들어가는 것을 볼 수 있었다. 아파트 정문에서도 몇 번 마주친 적이 있다. 이제 좀 더 친해질 수도 있겠다 싶어 함께 게임을 하고 싶은 마음도 있었다. 하지만 그 순간에 아빠가 떠올랐다. 그래서 언너마리어에게 아빠가 징집되어 오늘은 힘들 것 같다고 말했다. 순간 그 아이도 집에서 우리 아빠에 대해 삼촌에게 들었던 것을 떠올렸다.

"그래야겠지."

언너마리어가 말했다. 약간의 침묵이 흘렀다. 잠시 후 언너마리어가 물었다.

"내일은?

"모레가 더 낫겠어."

내가 대답했다. 그리고 한마디 덧붙였다.

"아마도."

집에 오니 아빠와 새엄마는 이미 식탁에 앉아 있었다. 새엄마가 내 접시에 음식을 덜며 배가 고프냐고 물었다.

"엄청요."

갑작스러운 물음에 나는 이것저것 생각할 겨를 없이 이렇게 말했다. 실제로 배가 많이 고팠다. 새엄마가 내 접시에는 음식을 가득 담았지만 자기 접시에는 거의 담지 않았다. 나는 그 사실을 알아차리지 못했지만 아빠가 그 모습을 보며 왜 그러느냐고 물었다. 새엄마는 지금 속이 안 좋아서 어떤 음식도 먹을 수 없을 것 같다는 식으로 말했다. 그제야 내가 뭔가 잘못했다는 생각이 문득 스쳤다. 아빠가 새엄마의 행동을 나무랐다. 아빠는 자포자기하면 안 된다며 지금 새엄마에게 가장 필요한 것은 힘과 인내라고 말했다. 새엄마는 아무 말도 하지 않았다. 그런데 무슨 소리가 들려 올려다봤더니 새엄마가 울고 있었다. 나는 마음이 몹시 불편해 내 접시만 계속 바라보았다. 그럼에도 아빠가 새엄마에게 손을 내미는 것은 느낄 수 있었다. 일 분쯤 지났을까 적막감이 들어 나는 조심스럽게 두 사람을 올려다보았다. 두 사람은 손을 맞잡은 채 한 남자와 한 여자로서 서로를 뚫어지게 바라보고 있었다. 나는 이런 모습을 좋아하지 않았다. 그래서 이번에도 마음이 불편했다. 물론 나는 이런 일이 기본적으로는 극히 자연스럽다고 생각한다. 그럼에도 결코 좋아하지는 않는다. 왜 그런지는 나도 모르겠다. 다시 대화가 시작되자 한결 마음이 편해졌다. 쉬퇴 씨에 대한 얘기도 잠깐 나왔다. 물론 상자와 우리 소유의 목재 창고에 대한 얘기도 있었는데 이것들을 최소한 착한 사람의 손에 맡기게 되어 아빠는 안심된다고 했다. 새엄마 역시 안심된다는 아빠의 말에 공감했지만 지나가는 말로 다시 증서 얘기를 꺼냈다. 신뢰를 바탕으로 구두로만 일을 처리하고 있는데 그것으로 충분한지 크게 의구심이 든다고 했다. 아빠는 어깨를 으쓱이더니 사업에서뿐 아니라 인생의 여러 다른 영역에서도 보장을 해 주는 것은 아무것도 없다고 했다. 새엄마는 긴 한숨을 내쉬며 아빠의 말에 동의했고 이 말을 꺼낸 것을 후회했다. 그러면서 아빠에게 그렇게 말하지 말고 그렇게 생각하지도 말라고 부탁했다. 하지만 그 순간에도 아빠는 이 엄중한 시기에 새엄마가 자기 없이 어떻게 힘든 상황을 헤쳐 나갈지에 대해 생각했다. 그러나 새엄마는 내가 곁에 있으니 혼자가 아니라고 대답했다. 아빠가 우리에게 돌아올 때까지 둘이 서로를 돌볼 거라고 말을 이었다. 그러더니 고개를 약간 젖히고는 나를 향해 그렇지 않느냐고 물었다. 새엄마는 미소를 지었지만 입술은 떨리고 있었다. 나는 그렇다고 대답했다. 아빠도 부드러운 눈빛으로 나를 바라보았다. 그 눈빛이 느껴지자 나도 아빠를 위해 뭔가를 해야 한다는 생각에 앞에 있던 접시를 살짝 밀쳤다. 눈치를 챈 아빠가 왜 그러느냐고 물었다.

"입맛이 없어요."

내가 대답했다. 이 대답이 마음에 들었는지 아빠가 내 머리를 쓰다듬었다. 아빠의 손이 닿자 처음으로 뭔가가 내 목구멍을 콱 막아 버리는 느낌이 들었다. 그것은 슬퍼서 울 때의 느낌이라기보다는 오히려 구토할 때의 느낌과 비슷했다. 아빠가 더 이상 그 자리에 없으면 좋겠다고 생각했던 것 같다. 정말 나쁜 생각이었지만 다른 생각은 도무지 들지 않을 정도로 그 느낌이 분명했다. 그 순간 나는 너무도 당혹스러웠다. 잠시 후 거의 울 뻔했지만 손님들이 와서 그럴 수도 없었다.

손님들이 온다는 말은 새엄마가 먼저 꺼냈다. 가까운 가족들만 올 거라고 했다. 아빠가 뭔가 마음에 들지 않는다는 식의 제스처를 취하자 새엄마가 한마디 했다.

"그래도 당신과 작별 인사를 하고 싶어 해요. 그건 당연한 거예요!"

그때 초인종이 울리고 새엄마의 언니와 어머니가 들어왔다. 얼마 지나지 않아 아빠의 부모인 할아버지와 할머니도 도착했다. 할머니는 두꺼운 돋보기안경을 쓰고도 사물을 거의 분간하지 못할 뿐 아니라 소리도 거의 듣지 못하기 때문에 우리는 할머니를 얼른 소파에 앉혀 드렸다. 그럼에도 할머니는 주변에서 일어나는 모든 일에 사사건건 참견하고 거들고 싶어 한다. 그럴 때면 일이 좀 많아지는데 한편으로는 일이 어떻게 진행되는지 귀에 대고 연신 소리를 지르며 한편으로는 할머니의 간섭이 일을 방해하지 않도록 요령껏 막아야 한다. 새엄마의 어머니는 군인들이나 쓸 법한 챙이 달린 모자를 쓰고 왔는데 앞쪽에는 깃털 하나가 비스듬하게 꽂혀 있었다. 모자를 벗자 곧 듬성듬성하지만 예쁘고 새하얀 머리가 나타났는데 가늘게 땋아서 앙상하게 틀어 올려져 있었다. 얼굴은 갸름하고 노랬으며 두 눈은 크고 까맸다. 목에는 노쇠해서 축 늘어진 두 개의 살갗이 흔들리고 있었는데 아주 똑똑하고 세련된 사냥개와 흡사한 모습이었다. 머리는 계속 조금씩 떨렸다. 아빠의 배낭을 싸는 일이 새엄마의 어머니에게 맡겨졌는데 그녀는 이런 일을 아주 잘했다. 그녀가 새엄마가 건네준 목록에 따라 곧장 일을 시작했다.

하지만 새엄마의 언니는 아무짝에도 쓸모가 없어 보였다. 새엄마보다 훨씬 나이가 많아서 자매 같지도 않았다. 키는 작고 뚱뚱했으며 얼굴은 마치 겁에 질린 인형 같았다. 끊임없이 수다를 떨다가 울기도 하고 모든 사람을 한 명씩 껴안기도 했다. 나 역시 파우더 냄새가 나는 푹신푹신한 가슴에서 아주 어렵게 벗어날 수 있었다. 새엄마의 언니가 내려앉자 몸에 붙어 있는 모든 살이 짤막한 허벅다리 위로 쏟아져 내렸다. 할아버지에 대해서도 얘기하자면 할아버지는 할머니가 앉아 있는 소파 옆에 선 채 표정 변화 없이 인내심 있게 할머니의 불평을 들어 주고 있었다. 할머니는 처음에는 아빠 때문에 흐느끼더니 시간이 지나자 아빠는 잊은 채 자신의 불평을 늘어놓기 시작했다. 머리가 아프고 혈압 때문에 귓속이 윙윙거리고 뭔가 울리는 소리가 들린다고도 했다. 할아버지는 이미 할머니의 이런 불평에 익숙해졌는지 대꾸도 하지 않았다. 끝까지 움직이지 않고 할머니 곁에 있었다. 할아버지의 말은 한마디도 듣지 못했다. 여러 번 계속 쳐다봤지만 할아버지는 오후가 지나면서 서서히 어두워지는 방 모퉁이에 여전히 그대로 서 있었다. 할아버지의 눈자위와 얼굴 아래쪽은 그늘에 잠긴 채 흐릿한 노란 빛이 벗겨진 이마와 콧잔등만 비추었다. 그런데 작은 눈동자가 빛나는 것으로 봐서 방 안에서 일어나는 모든 움직임을 남들이 알아채지 못하게 몰래 둘러보는 듯했다.

이들 외에도 새엄마의 사촌 언니가 남편과 함께 왔다. 남편 이름이 빌리였기 때문에 나는 빌리 아저씨라고 불렀다. 빌리 아저씨는 걷는 데 약간 문제가 있어 한쪽에 밑창이 두꺼운 신발을 신고 다녔는데 이것 때문에 노동 수용소에 가지 않아도 됐으니 오히려 감사할 일이었다. 얼굴이 서양배처럼 위쪽은 넓고 둥글고 대머리였으며 얼굴과 턱 쪽은 가냘팠다. 가족들은 빌리 아저씨의 의견을 존중했는데 경마 사무실을 열기 전까지는 신문 기자로 일했기 때문이다. 이날도 오자마자 흥미로운 소식들을 알려 주려 했는데 정통한 소식통으로부터 입수한 정보라 전적으로 믿을 만하다고 했다. 빌리 아저씨가 팔걸이의자에 앉더니 불편한 다리를 힘겹게 앞으로 쭉 뻗고 손을 비벼 건조한 소리를 내며 우리에게 새로운 소식을 알려 주었다. 아저씨는 현재 중립국의 중재로 독일군과 연합군 사이에 유대인에 대한 비밀 협상이 시작되었기 때문에 우리의 상황에도 곧 근본적인 변화가 일어날 거라고 했다. 요컨대 빌리 아저씨의 설명에 따르면 이미 독일군도 전선에서 자신들의 상황이 절망적이라는 사실을 인식하고 있다고 했다. 그래서 우리를 위해 모든 가능성을 동원하려 하는 연합군 측으로부터 최대한 이득을 챙기려 하는 독일군에게 부다페스트에 있는 우리 유대인들은 사실상 하늘이 준 절호의 기회라는 것이 아저씨의 판단이었다. 여기에서 아저씨는 기자 시절에 알게 된 이른바 '중요한 요소'에 대해 언급했는데, 그것은 곧 '세계 여론'이라 부른다고 했다. 우리 유대인에게 일어나는 이 사건들이 세계 여론을 뒤흔들고 있다고 했다. 빌리 아저씨는 현재 협상이 난항을 거듭하고 있는데 우리에게 닥치는 일시적인 심각한 조치들이 바로 그것을 설명해 준다고 말을 이었다. 하지만 이것들은 거대한 게임의 자연스러운 과정에 불과하며 그 게임에서 우리는 사실 아연실색할 세계적인 강탈 계략의 도구에 지나지 않는다고 했다. 무대 뒤편에서 무슨 일이 일어나는지 잘 아는 아저씨는 이 모든 일이 값어치를 올리기 위한 독일군의 선제적인 보여 주기식 협박에 지나지 않는다고 보며 앞으로 얼마 지나지 않아 모든 일이 명확해질 거라고 했다. 이 말에 아빠가 그 일이 내일이라도 일어날 수 있느냐고 물었다. 아빠의 징집을 단지 협박으로 보고 내일 노동 수용소에 가지 않아도 되느냐는 것이었다. 그러자 아저씨가 약간 당황했다. 아저씨는 물론 갈 필요가 없다고 했다. 하지만 아주 차분하게 아빠가 틀림없이 곧 집으로 돌아오게 될 거라는 말도 덧붙였다.

"우리는 거의 12시 지점에 서 있습니다."

아저씨가 줄곧 손을 비비며 말했다. 그리고 또 덧붙였다.

"경마장에서 이번 일처럼 예상에 확신이 든 적이 있었다면 제가 지금 이렇게 지질한 사람이 되지는 않았을 겁니다!" 아저씨가 계속 말을 하려 했지만 새엄마와 새엄마의 어머니가 마침 배낭을 다 꾸린 터라 아빠는 배낭의 무게를 재 보기 위해 자리에서 일어났다.

마지막으로 새엄마의 큰오빠인 러이오시 아저씨가 도착했다. 러이오시 아저씨는 정확하게 설명할 수는 없지만 우리 가족에서 아주 중요한 위치에 있는 분이었다. 아저씨는 도착하자마자 아빠와 단둘이 얘기를 나누고 싶어 했다. 내가 보니 아빠는 좀 성가셔했고 예의를 갖추긴 했지만 얘기를 빨리 끝냈으면 하는 눈치였다. 그때 아저씨가 갑자기 나를 끌어들였다. 나와 잠깐 얘기를 나누고 싶다는 것이었다. 아저씨가 방 한갓진 구석으로 나를 데려가더니 옷장 옆에 세우고 바라보았다. 아빠가 내일 우리를 곁을 떠나는 걸 아느냐고 물었다. 나는 안다고 대답했다. 아저씨는 내가 아빠를 보고 싶어 할지 듣고 싶어 했다. 좀 거북하게 들리는 질문이었지만 나는 대답했다.

"물론이에요."

그런데 이 대답으로는 뭔가 부족한 것 같아 즉시 한마디 덧붙였다.

"아주요."

그러자 아저씨는 침통한 표정으로 한동안 연신 고개만 끄덕였다.

그 후 나는 아저씨에게 몇 가지 흥미롭고 놀라운 사실을 들게 되었다. 예컨대 아저씨가 근심 걱정 없는 행복한 유년 시절이라고 명명한 내 인생의 특정한 시기가 오늘 이 슬픈 날로써 종말을 고하게 되었다는 것이다. 아저씨는 틀림없이 내가 아직 이런 생각을 해 본 적이 없었을 거라고 했다. 나는 그렇다고 고백했다. 아저씨는 다시 자신의 말들 때문에 많이 놀라지는 않았느냐고 물었다. 나는 아니라고 대답했다. 그러자 아저씨는 아빠가 떠나면 새엄마는 의지할 사람 없이 남겨진다면서 물론 가족들이 우리를 지켜보겠지만 그래도 새엄마의 가장 든든한 버팀목은 나라고 말했다. 그러면서 이제는 곧 무엇이 문제이고 무엇을 포기해야 하는지 내가 정확히 인식해야 한다고 했다. 이유인즉 내 운명이 지금까지처럼 순탄하지만은 않을 것이 확실하기 때문이라는 것이었다. 이러한 사실들을 나에게 숨기지 않고 모두 얘기해 주는 것은 이제는 내가 성인이라고 생각하기 때문이라고 했다. 아저씨가 "너 역시 유대인 공동 운명체의 일부이다."라고 말하더니 이에 대해 자세하게 설명했다. 이 운명이란 유대인들이 순종과 희생으로 인내하면서 받아들여야 하는, 수천 년 동안 끊임없이 지속된 박해라는 것이다. 그런데 이 박해를 우리 선조들이 오래전에 지은 죄 때문에 하나님이 부여했기 때문에 용서 역시 오직 그분으로부터만 기대할 수 있다고 했다. 반면에 하나님이 우리에게 바라는 것은 그분이 우리에게 부여한 각자의 위치에서 힘과 능력에 따라 우리 모두가 자기 자리를 지키는 것이라고 했다. 예를 들어 나의 경우에는 앞으로 가장의 역할을 통해 자리를 지켜야 한다는 것이었다. 아저씨가 내 안에 그럴 힘이 있고 마음의 준비가 되어 있는지 물었다. 아저씨가 무슨 생각으로 이런 말을 하는지 정확히 파악할 수는 없었다. 특히 유대인과 죄, 하나님에 대한 얘기가 그랬다. 하지만 대충은 이해할 수 있었다. 나는 그렇다고 대답했다. 아저씨는 만족하는 듯 보였다. 아저씨가 "그래야지."라고 말했다. 아저씨는 항상 내가 깊은 감수성과 강한 책임감을 가진 지각 있는 아이임을 알았다. 그래서 아저씨의 말에서도 알 수 있듯이 나의 대답은 커다란 불행 속에서도 아저씨에게 어느 정도 위안을 주었다. 이어서 아저씨는 바깥쪽은 털이 수북하고 안쪽은 약간 축축한 손가락으로 내 턱을 잡고 얼굴을 들어 올리더니 약간 떨리는 목소리로 조용히 말했다.

"네 아빠는 먼 길을 떠날 준비를 하고 계시단다. 아빠를 위해 기도는 했니?"

아저씨의 눈빛에 뭔가 모를 엄정함이 서려 있었다. 그 눈빛이 아버지에 대한 의무를 태만히 했다는 고통스러운 감정을 내 안에서 불러일으키는 듯했다. 나 혼자서는 틀림없이 이런 생각을 못했을 것이기 때문이다. 그런데 이제 마치 빚을 진 것처럼 부담감이 느껴지기 시작했고 나는 그 느낌으로부터 벗어나기 위해 아저씨에게 실토했다.

"아니요."

그러자 아저씨가 말했다.

"그럼 이리 오너라."

나는 아저씨를 따라 안뜰이 보이는 방으로 건너가야 했다. 칠이 벗겨져 지금은 사용하지 않는 몇 개의 가구 사이에서 우리는 기도를 드렸다. 러이오시 아저씨는 우선 회색 머리가 빠지면서 대머리가 된 머리 뒤쪽에 비단 같은 광택이 도는 작고 둥근 검은색 모자를 썼다. 나도 현관에서 내 모자를 가져와야 했다. 그러자 아저씨가 외투 안쪽에서 검은색 표지에 빨간색 테두리가 둘러진 작은 책을 꺼내고 윗주머니에서는 안경을 꺼냈다. 이어서 아저씨가 기도문을 낭독하기 시작했고 나는 아저씨가 읽은 문장을 따라 해야 했다. 처음에는 잘 따라 했지만 곧 어려워졌고 마침내 하나님께 드리는 기도를 한마디도 이해할 수 없었다. 이유인즉 우리는 히브리어로 기도를 드려야 했는데 나는 히브리어를 전혀 몰랐기 때문이다. 상황이 이렇게 되자 나는 기도문을 따라 하기 위해 점점 아저씨의 입 모양만 주시할 수밖에 없었다. 결국 내 안에 남은 것이라곤 촉촉하고 두툼한 아저씨의 입술이 움직이는 모습과 우리가 중얼거릴 때 난 외국어의 이해할 수 없는 소음뿐이었다. 그리고 또 하나 생각나는 것은 러이오시 아저씨 어깨 위로 창문을 통해 본 장면인데 윗집 자매 중 언니가 때마침 위층 건너편 복도에서 급히 자기 집을 향해 가고 있었다. 내 기억에 그때 기도문을 따라 하다가 잠시 헤맸던 것 같다. 하지만 기도가 끝났을 때 러이오시 아저씨는 만족하는 듯 보였다. 그리고 아저씨의 얼굴에 그때 나도 막 생각난 느낌이 드러났는데 바로 우리도 아빠를 위해 무언가를 했다는 느낌이었다. 물론 좀 전에 느낀 부담감과 의무감으로부터 벗어나자 한결 마음이 가벼웠다.

우리는 다시 거리 쪽에 있는 방으로 돌아갔다. 날이 어두워지고 있었다. 밖에 푸른 땅거미가 내리고 안개를 머금은 봄날 저녁이 드리우자 우리는 방공용 종이를 붙인 유리창을 닫았다. 그러자 우리는 방 안에 완전히 갇히게 되었다. 소음 때문에 점점 피곤해졌다. 담배 연기 때문에 눈이 따가웠다. 나는 연신 하품을 했다. 새엄마의 어머니가 식탁을 차렸다. 그녀가 직접 푸짐하게 준비해 우리 집으로 가져온 음식이었다. 암시장에서 고기도 구해서 요리를 해 왔다. 집에 도착하면서부터 이미 음식을 준비해 왔다고 했다. 아빠는 가죽 지갑을 열어 음식 준비에 든 금액을 지불했다. 모두가 식탁에 앉아 저녁을 먹는데 갑자기 슈테이네르 아저씨와 플레이슈먼 아저씨가 집으로 들어왔다. 그들도 아빠에게 작별 인사를 하고 싶어 했다. 슈테이네르 아저씨는 들어오자마자 "저희 때문에 방해가 되지 않았으면 좋겠습니다."라며 이야기를 시작했다.

"저는 슈테이네르라고 합니다. 그대로들 앉아 계십시오."

아저씨는 늘 그렇듯 낡아 빠진 슬리퍼를 신고 있었고 잠그지 않은 조끼 아래로 배가 불룩 튀어나오고 입에는 독한 냄새가 나는 시가 동강을 물고 있었다. 아저씨의 머리는 좀 크고 불그스름했고 어린애처럼 가르마를 탄 헤어스타일은 좀 이상해 보였다. 그 옆에 있는 플레이슈먼 아저씨는 왜소한 데다 외모가 아주 말쑥했기 때문에 튀어 보이지 않았다. 머리카락은 하얗고 피부는 회색빛이 돌며 안경은 마치 부엉이 눈 같고 얼굴에는 언제나처럼 약간 불안한 표정을 짓고 있었다. 그는 슈테이네르 아저씨 옆에서 말없이 굽실거리며 용서라도 구하는 양 손가락들을 다른 손으로 감싸고 있었다. 마치 슈테이네르 아저씨 때문에 용서를 구하는 것처럼 보였다. 하지만 확실하지는 않다. 두 노인은 항상 서로의 의견에 동의하지 않았기 때문에 언쟁이 끊이지 않았지만 그럼에도 떨어질 수 없는 관계였다. 둘은 차례로 아빠와 악수를 나누었다. 슈테이네르 아저씨가 아빠의 등을 가볍게 두드렸다. 아빠를 애늙은이라고 부르며 오래된 농담도 건넸다.

"고개를 푹 숙이고 다니면 절망할 일도 없는 법이라네."

슈테이네르 아저씨가 한마디 덧붙인 후 나와 새맥(그는 새엄마를 이렇게 불렀다.)을 앞으로 잘 보살피겠다고 하자 플레이슈먼 아저씨도 고개를 끄덕였다. 슈테이네르 아저씨는 작은 눈을 깜박거렸다. 잠시 후 볼록 나온 배 앞으로 아빠를 끌어당기더니 포옹을 했다. 그들이 돌아가자 집 안은 달가닥거리는 식기 소리와 대화하면서 나는 중얼거리는 소리로 채워졌고 음식 냄새와 김, 짙은 담배 연기로 가득 찼다. 마치 주변에 깔린 안개 속에서 튀어나오듯 서로 관련 없는 각 사람의 얼굴과 동작의 편린들이 떠올랐다. 무엇보다 접시 하나하나에 신경을 쓰는 새엄마 어머니의 떨리는 바짝 마르고 누리끼리한 얼굴이며 종교에서 금한다는 이유로 돼지고기를 거부하는 듯한 러이오시 아저씨의 앞을 향해 흔드는 손사래, 새엄마 언니의 오통통한 얼굴과 움직이는 턱, 눈물 흘리는 눈이 보였다. 잠시 후 빌리 아저씨의 장밋빛 대머리가 램프 불빛 속으로 갑자기 솟아오르더니 아저씨의 확신에 찬 주장이 간간이 들려왔다. 또 기억나는 것은 러이오시 아저씨가 정적이 흐르는 가운데 드린 기도인데 아저씨는 빠른 시일 내에 평화롭고 사랑이 넘치며 건강한 가운데 가족 모두가 다시 식탁에 앉을 수 있도록 해 달라며 신의 가호를 구했다. 아빠의 모습은 거의 보지 못했고 새엄마에 관해서는 사람들이 아빠보다 새엄마에게 훨씬 더 신경 쓰는 모습이 보였다. 한번은 새엄마가 머리가 아프다고 하자 약을 먹거나 냉찜질을 해야 하지 않겠냐고 다그쳤다. 하지만 새엄마는 어느 것도 원하지 않았다. 할머니가 다른 사람의 말에 자주 끼어들고 계속 하소연을 하는 데다 눈까지 보이지 않았기 때문에 사람들은 연신 할머니를 소파에 다시 앉혀 드려야 했고, 나는 그러는 할머니를 간간이 지켜봤다. 땀이 흘러 습기가 찬 두꺼운 돋보기안경은 마치 땀을 배출하는 두 마리의 특이한 벌레 같았다. 그 후 어느 순간에 모두가 식탁에서 일어났다. 그러고는 마지막 작별 인사가 시작되었다. 할머니와 할아버지는 새엄마네 가족들보다 약간 먼저 자리를 떠났다. 하지만 이날 저녁을 통틀어 나에게 각인된 가장 특별한 장면은 할아버지가 유일하게 자신을 인지시키는 행동을 한 것이었다. 할아버지가 새의 머리처럼 뾰족하고 작은 머리를 제정신이 아닌 듯 순간적으로, 하지만 아주 격렬하게 외투를 입은 가슴에 갖다 댔다. 할아버지의 온몸이 경련을 일으키며 떨렸다. 잠시 후 할아버지가 할머니의 팔꿈치를 붙잡고 서둘러 나갔다. 모두가 길을 비켰다. 할아버지와 할머니가 나간 후 많은 사람이 나를 껴안았고 얼굴에 끈적끈적한 입술 자국이 느껴졌다. 모든 사람이 돌아가자 갑자기 정적이 찾아왔다.

나 역시 아빠에게 작별을 고했다. 아니, 아빠가 나에게 작별 인사를 했던 것도 같다. 잘 모르겠다. 당시의 상황도 정확히는 기억나지 않는다. 아빠가 손님들을 배웅하기 위해 나갔던 것도 같다. 저녁 식사를 마치고 남은 음식물이 널려 있는 식탁에 한 동안 나 홀로 남아 있다가 아빠가 다시 들어오자 내가 깜짝 놀라 일어섰기 때문이다. 아빠가 혼자 들어오더니 나에게 작별 인사를 하려 했다. 내일 새벽에는 작별 인사를 할 시간이 없을 것 같다면서. 아빠 역시 그날 오후에 러이오시 아저씨에게 들은 내용과 대충 비슷한 나의 의무와 내가 이제 성인이라는 점에 대해 말했다. 차이점이라면 신에 대한 얘기가 없고 미사여구를 사용하지 않았으며 훨씬 짧았다는 점이다. 아빠는 친엄마에 대해서도 언급했다. 아마 엄마가 나를 꾀어 데려가려 할 거라고 했다. 내가 보기에 아빠는 그 점 때문에 무척 걱정하는 것 같았다. 부모님은 나를 차지하기 위해 서로 오랫동안 싸움을 벌였다. 결국 법원의 판결이 아빠에게 유리하게 나왔다. 그러나 지금의 온갖 불리한 상황에서도 나에 대한 권리를 잃지 않으려 하는 아빠를 나는 이해할 수 있을 것 같았다. 아빠는 법이 아닌 나의 합리적 판단에 대해 언급했다. 그러고 나서 새엄마는 나에게 따뜻하고 가정적인 보금자리를 주었지만 반대로 엄마는 나를 버렸다고, 새엄마와 엄마의 차이점에 대해 말했다. 이 부분에 대해 엄마는 나에게 다르게 말했기 때문에 나는 귀기울여 듣기 시작했다. 엄마는 아빠에게 잘못이 있다고 했다. 바로 그 때문에 다른 사람을 남편으로 선택할 수밖에 없었다고 했다. 엄마가 재혼한 디니 아저씨(실제 이름은 데네시이다.) 역시 바로 지난주에 노동 수용소로 보내졌다. 하지만 더 자세한 사실은 알 수 없었다. 아빠는 다시 새엄마 얘기로 돌아왔다. 내가 기숙 학교에서 나올 수 있었던 것도 새엄마 덕이며 내가 있어야 할 자리는 바로 집, 새엄마 곁이라고 했다. 아빠는 이 얘기를 한참 동안 계속했는데, 그제야 나는 왜 그 자리에 새엄마가 없었는지 알 수 있을 것 같았다. 있었다면 틀림없이 난처해했을 것이다. 나는 조금 피곤해지기 시작했다. 잠시 후 아빠가 나에게 뭔가 약속해 달라고 했는데 내가 뭐라고 약속했는지 기억이 나지 않는다. 하지만 다음 순간에 내가 뭐라고 말을 하자 아빠가 나를 와락 안더니 준비도 안 된 상태에서 갑자기 힘껏 끌어안았다. 이 때문인지, 그저 지쳐서인지, 아침에 가장 먼저 새엄마가 내게 한 요청 때문에 내가 어느 순간엔가는 무조건 눈물을 흘릴 준비를 하고 있었기 때문인지는 몰라도 내 눈에서 눈물이 흘러내렸다. 이유야 어떻든 눈물을 흘린 것은 결국 잘한 일이었다. 아빠가 눈물 흘리는 내 모습을 보고 흡족해한다는 느낌을 받았기 때문이다. 잠시 후 아빠가 가서 자라며 나를 들여보냈다. 나는 무척 피곤했다. 하지만 내 생각에 최소한 그날 하루만큼은 불쌍한 아빠가 좋은 기억을 가진 채 노동 수용소로 떠나게 한 듯싶다.

2

우리가 아빠를 떠나보낸 지 벌써 두 달째이다. 여름이다. 하지만 중학교는 이미 오래전인 봄부터 방학이다. 전쟁 때문이라고 했다. 비행기도 자주 출몰해 도시를 폭격했고 이때부터 유대인 관련 법령들도 새로 제정되었다. 두 주 전부터는 나도 일을 해야 했다. 나는 공문을 통해 "당신은 정규 직장에 배속되었습니다."라는 통지를 받았다. 수신자가 '쾨르지 쾨베시 조수 예비 소년'으로 되어 있는 것을 보고는 이 일이 레벤테[2]에 의해 이루어지고 있음을 바로 알아차릴 수 있었다. 그즈음 나처럼 노동 수용소에서 일하기에는 아직 어린 아이들을 공장이나 그와 비슷한 곳으로 보내 일을 시킨다는 얘기를 들은 적이 있었기 때문이다. 열너덧 살의 소년 열여덟 명가량이 비

---

[2] 1928년부터 1944년 사이에 헝가리에서 운영된 청년 군사 조직.

숫한 이유로 나와 함께 있었다. 작업장은 체펠 섬에 있었는데 '셸 정유회사'라는 이름이 붙은 주식회사였다. 원래 노란 별을 단 사람은 도시 경계 밖으로 나갈 수 없었지만 나는 이곳에서 일하게 된 덕에 일종의 특권을 부여받았다. 규정에 의해 군수 사업 사령관의 직인이 찍힌 증명서를 받았는데 이 증명서에는 "체펠 세관을 통과할 수 있다."라고 적시되어 있었다. 일자체는 아주 힘들다고 말할 정도는 아니어서 아이들과 함께하는 미장이 보조 일은 꽤 재미있기까지 했다. 정유 시설이 폭격으로 파괴되었기 때문에 우리는 폭격기로 인한 피해를 복구해야 했다. 우리를 담당한 상사는 모두에게 공정했고 주말에는 일반 직원들에게 하듯 급료도 지급해 주었다. 새엄마는 증명서를 발급받은 것을 특히 좋아했다. 그때까지는 내가 집을 나설 때마다 검문을 받게 되면 무엇으로 증명해야 할지 걱정이 많았기 때문이다. 그러나 이제 더 이상 걱정할 필요가 없었다. 내가 자신을 위해 사는 것이 아니라 군이 필요로 하는 일을 하고 있음을 증명서가 입증해 주었기 때문이다. 이 증명서로 인해 전혀 다른 평가를 받게 되는 것은 물론이다. 다른 가족들도 같은 의견이었다. 하지만 새엄마의 언니만은 내가 이렇게 육체노동을 해야 한다는 것에 대해 불만을 토로했고 거의 흘러내릴 듯 눈물이 고인 눈으로 "이러려고 학교에 다녔니?"라고 물었다. 나는 몸이 더 건강해질 거라고 대답했다. 그러자 곧 빌리 아저씨가 내 말이 옳다고 했고 러이오시 아저씨가 하나님의 섭리를 받아들여야 한다고 말하자 새엄마의 언니는 곧 진정됐다. 그때 러이오시 아저씨가 나를 잠깐 부르더니 몇 가지 중요한 이야기를 했다. 무엇보다 나는 직장에서 나 자신만이 아니라 전체 유대인 공동체를 대표한다며 사람들이 나를 통해 전체 유대인을 평가하니 스스로 신중하게 행동해야 한다고 주의를 주었다. 나로서는 그런 생각은 전혀 해 보지 못했던 것 같다. 아저씨의 말씀이 맞을 수도 있다는 생각이 들었다.

아빠가 노동 수용소에서 보낸 편지가 항상 정해진 날짜에 정확하게 도착했다. 감사하게도 아빠는 건강하게 일을 잘 감당하고 있으며 사람들도 인간적으로 잘 대해 준다고 했다. 편지 내용을 보고 가족들도 만족했다. 러이오시 아저씨도 지금까지는 하나님이 아빠를 지켜 주셨다고 하고는 권능을 가지고 우리를 주관하시는 하나님께 앞으로도 아빠를 돌봐 달라고 매일 기도하자고 했다. 빌리 아저씨는 그의 표현에 따르면 연합군의 상륙으로 독일군의 운명도 이미 끝난 거나 다름없으니 이 짧은 과도기를 어떻게든 버텨 내야 한다고 확신에 차서 말했다.

새엄마와는 그때까지 별 이견 없이 잘 지낼 수 있었다. 그런데 나와 달리 새엄마는 가게를 닫으라는 조치가 내려져 더 이상 일을 할 수 없게 되었다. 혈통이 깨끗하지 못한 사람은 사업을 할 수 없었기 때문이다. 내가 보기에 아빠가 쉬퇴 씨와의 거래에서 카드를 잘 낸 것 같았다. 쉬퇴 씨는 아빠와 약속한 대로 자기 이름으로 된 우리 가게에서 난 수익금 중 새엄마 몫을 매주 충실하게 가져다줬다. 최근에도 날짜를 정확히 지켰고 내가 보기에 꽤 많은 액수를 식탁에서 지불해 주는 것 같았다. 그는 새엄마의 손등에 입을 맞춘 후 나에게도 친근하게 몇 마디 건넸다. 항상 그렇듯 그는 '사장님'의 안부도 자세히 물었다. 작별 인사를 하려다 갑자기 뭔가 생각난 듯 서류 가방에서 보따리를 하나 꺼냈다. 그는 약간 부끄러운 듯한 표정을 지어 보였다.

"사모님, 살림에 도움이 되면 좋겠습니다."

보따리에는 비계와 설탕 따위의 물건들이 들어 있었다. 그것들을 암시장에서 사 왔을 거라는 생각이 들었다. 앞으로 유대인들은 생필품을 조금밖에 구입할 수 없다는 훈령을 그도 틀림없이 읽었으리라는 판단이 들었기 때문이다. 새엄마는 처음에는 사양했으나 쉬퇴 씨가 막무가내로 건네자 결국 더이상은 그의 호의를 거절하지 못했다. 우리 둘만 남자 새엄마가 그의 호의를 받아들인 게 옳은 행동이라고 생각하느냐고 물었다. 나는 잘했다고 했다. 좋은 뜻으로 호의를 베푼 것이니 굳이 쉬퇴 씨의 마음을 상하게 할 필요는 없을 것 같다고 했다. 새엄마가 자기 생각도 그렇다며 아빠도 옳은 행동이라고 생각할 거라고 했다. 내 생각도 다르지 않았다. 특히나 새엄마는 아빠의 생각을 나보다 잘 알았으니 말이다.

나는 예전처럼 일주일에 두 번씩 오후에 엄마를 찾아가곤 했다. 하지만 엄마와는 문제가 좀 있다. 아빠가 예측한 대로 엄마는 내가 새엄마 곁에 있어야 한다는 사실을 전혀 이해하려 들지 않았다. 내가 엄마와 함께 살아야 한다는 것이었다. 그러나 내가 알기로 법원에서 내 양육권을 아빠에게 주었기 때문에 아빠의 결정이 유효하다고 나는 확신했다. 그럼에도 엄마는 이번 일요일에도 엄마 생각에는 내 의지가 가장 중요할 것 같은데 나에게 어떻게 살아가려고 하는지, 또 내가 엄마를 사랑하는지 다그쳐 물었다. 나는 당연히 사랑한다고 했다. 그러자 엄마는 누군가를 사랑하면 함께 있고 싶어 하는데 엄마가 보기에는 내가 새엄마와 함께 있고 싶어 하는 것 같다고 했다. 나는 엄마가 잘못 알고 있다고 이해시키려 노력했다. 내가 새엄마와 살고 싶어 하는 것이 아니라 엄마도 알듯이 아빠가 이렇게 결정한 것이라고 말했다. 그러자 엄마는 이것은 나에 관한, 그러니까 내 인생에 관한 문제이기 때문에 내가 스스로 결정해야 하며 사랑은 말이 아닌 행동으로 증명하는 것이라고 했다. 엄마 집에서 돌아올 때 내 머릿속에는 근심이 가득했다. 한편으로는 엄마가 내가 엄마를 사랑하지 않는다고 생각하도록 계속 내버려 둘 수도 없고 다른 한편으로는 엄마가 말한 내 의지의 중요성과 내 일은 내가 결정해야 한다는 말을 심각하게 받아들일 수도 없는 노릇이었다. 결국 이 문제는 엄마와 아빠가 해결할 문제였다. 이러한 일에 내가 왈가왈부한다면 난처해지기 때문이다. 특히나 불쌍한 아빠가 노동 수용소에 있는 이때 아빠에게 있는 양육권을 빼앗을 수는 없는 노릇이다. 그럼에도 나는 찜찜한 마음으로 전차에 탔다. 그것은 물론 내가 엄마를 사랑하고 그런 엄마를 위해 내가 아무것도 해 줄 수 없어 엄마의 마음이 아프기 때문이다.

이런 찜찜한 기분은 내가 서둘러 엄마에게 작별을 고하지 않은 데서 시작됐을 수도 있다. 노란 별을 단 사람은 8시까지만 돌아다닐 수 있다는 규정 때문에 엄마가 자꾸 늦었다고 재촉했기 때문이다. 이젠 증명서가 있어 모든 규정을 그렇게 엄격하게 따를 필요가 없다고 설명했는데도 말이다. 나는 노란 별을 달았기 때문에 규정에 따라 전차 맨 마지막 칸 승강구에 올라탔다. 집에 도착했을 때는 8시쯤이었다. 여름밤이라 아직 날이 밝았음에도 몇몇 집은 벌써 검은색과 푸른색 널판으로 창문들을 가리기 시작했다. 새엄마도 벌써 조급해했다. 이제는 나에게 증명서가 있기 때문에 그럴 필요가 없었지만 새엄마는 그냥 습관적으로 그렇게 했다. 항상 그랬던 것처럼 우리는 그날 저녁을 플레이슈먼 씨 댁에서 보냈다. 두 노인은 잘 지냈고 여전히 서로 의견이 맞지 않았지만 내가 일을 하게 된 것에 대해서는 한목소리로 잘됐다고 했다. 물론 증명서 때문이었다. 그렇게 좋아하는 가운데 두 사람 사이에 사소한 다툼이 일기도 했다. 요컨대 새엄마와 나는 체펠 섬 쪽은 잘 몰라서 두 분에게 이번에 처음으로 가는데 길을 좀 알려 달라고 부탁했다. 플레이슈먼 노인은 그 지역을 다니는 전차를 타라고 제안한 반면 슈테이네르 아저씨는 버스를 타라고 했다. 전차를 타면 내려서 더 걸어가야 하지만 버스 정류장은 정유 공장 바로 옆에 있다는 것이었다. 나중에 알고 보니 실제로도 그랬다. 하지만 그때는 우리가 그 사실을 알 수 없었다. 결국 플레이슈먼 노인이 크게 화를 냈다.

"항상 당신 말이 맞아야 하는 거야?"

하는 수 없이 두 뚱뚱한 부인들이 끼어들어야 했다. 나는 그 장면을 보고 언너마리어와 함께 한참 웃었다.

언너마리어와는 얼마 전에 좀 특별한 일이 있었다. 그 일은 공습경보가 울린 그제 금요일 저녁에 방공호에서 일어났는데 좀 더 정확히 얘기하면 방공호로 연결된 아무도 없는 어두컴컴한 지하도에서 일어났다. 밖에서 무슨 일이 일어나는지 그곳에서 보면 더 재미가 있어서 처음에는 언너마리어에게 그냥 보여 주려고 했다. 그런데 일 분쯤 지났을까 매우 가까운 곳에서 폭탄 터지는 소리가 들리자 그 아이가 온몸을 떨기 시작했다. 놀라서 나를 확 끌어안았기 때문에 떨림을 그대로 느낄 수 있었다. 언너마리어는 얼굴을 내 어깨에 묻은 채 팔로 내 목을 감싸고 있었다. 그 후에는 내가 언너마리어의 입술을 찾았던 것밖에 기억나지 않는다. 따뜻하고 촉촉하며 약간은 끈적끈적한 촉감의 희미한 경험이 내 기억에 남아 있다. 또 하나 기억에 남아 있는 게 있다면 일종의 짜릿함인데 이 키스가 내가 소녀와 한 첫 키스인 데다 전혀 예상치 못한 상황에서 벌어진 일이었기 때문이다.

어제 계단에서 언너마리어를 만났는데 그 아이도 어제 무척 놀랐음을 알게 되었다.

"어제 일은 다 폭탄 때문이야."

본질적으로는 언너마리어의 말이 맞았다. 그런데 잠시 후 우리는 다시 키스를 했고 이때 나는 혀를 어떻게 효과적으로 움직여 멋진 기억을 남기는지 그 아이에게 배우게 되었다.

어제 저녁에도 나는 플레이슈먼 씨네 관상어를 보기 위해 언너마리어와 함께 다른 방에 있었다. 사실 다른 때도 우리는 이 물고기들을 보곤 했다. 물론 이때는 물고기만 보기 위해 간 건 아니었다. 키스도 했기 때문이다. 하지만 우리는 곧 서로 떨어졌다. 언너마리어가 삼촌 내외가 눈치채지 않을까 걱정했기 때문이다. 잠시 후 나는 언너마리어와 대화를 나누다 나에 관한 몇 가지 흥미로운 생각을 들을 수 있었다. 언너마리어는 내가 "좋은 친구" 이상의 의미를 가지게 되리라고는 생각하지 못했다고 했다. 나와 처음 알게 되었을 때는 그저 어린아이라고만 생각했다고 했다. 하지만 시간이 흐르면서 부모의 상황이 비슷하고 내가 한두 마디 할 때마다 사고방식에 어떤 공통점이 있다는 것을 발견하면서 좀 더 관심을 갖고 이해하게 됐다고 했다. 하지만 그때는 그 이상의 감정은 없었다고 했다. 언너마리어는 우리의 만남이 얼마나 특별한지 잠시 생각한 후 입을 열었다.

"이건 마치 필연 같아."

얼굴 표정에 예전에는 볼 수 없던 진지함이 묻어 있었다. 나는 어제 일은 모두 폭탄 때문이었다는 언너마리어의 말이 더 맞는다고 생각했지만 필연이라는 말에도 반박하지 않았다. 이게 필연인지 아닌지는 나도 잘 모르지만 언너마리어는 필연이라는 가정을 더 좋아하는 것처럼 보였다. 내가 다음 날 일을 하러 가야 했기 때문에 우리는 곧 헤어졌다. 악수를 할 때 언너마리어가 날카로운 손톱으로 약간 아플 정도로 내 손바닥을 긁었다. 우리만의 비밀을 지키자는 의미로 이해했다. 그 아이의 얼굴은 마치 "모든 게 잘될 거야."라고 말하는 듯했다.

하지만 다음 날에는 언너마리어가 아주 이상하게 행동했다. 오후에 일을 마치고 집에 돌아온 나는 먼저 씻은 다음에 셔츠를 갈아입고 신발을 갈아 신고 빗에 물을 묻혀 머리를 빗은 후 언너마리어와 함께 두 자매의 집으로 갔다. 언너마리어가 계획대로 그사이에 그들에게 나를 소개해 준 후였다. 자매의 엄마도 우리를 따뜻하게 맞아 주었다.(자매의 아빠도 노동 봉사 중이었다.) 그들의 집은 꽤 컸다. 베란다와 카펫도 있고 큰 방 두 개와 좀 작은 자매들의 방이 하나씩 있었다. 피아노와 많은 인형 그리고 자매의 취향에 맞는 물건들로 장식되어 있었다. 우리는 주로 카드놀이를 했는데 이날 자매 중 언니는 카드놀이를 할 생각이 별로 없었다. 그보다는 한 가지 고민거리에 대해 우리와 얘기를 나누고 싶어 했다. 그 고민이란 요즘에 온통 신경이 쏠려 있는 문제인데, 노란 별 때문에 무척 노심초사하고 있다고 했다. 자기가 보기에 사람들의 인식이 바뀌면서 실제로 사람들의 시선까지 바뀐 것 같다고 했다. 사람들의 시선에서 자기를 증오하는 눈빛을 봤다고 했다. 오전에 엄마 심부름으로 물건을 사러 갔을 때도 그런 느낌을 받았다고 했다. 하지만 내 생각에는 그 아이가 너무 예민하게 받아들이는 것 같았다. 내 경험으로 그 정도는 아니었다. 내가 일하는 곳에도 유대인을 좋아하지 않는다는 걸 모두가 아는 미장이들이 있지만 그들은 우리 소년들과 아주 친하게 지냈다. 물론 그래도 그들의 시선에는 전혀 변화가 없다. 그때 빵집 주인의 예가 생각나서 나는 그 예를 들어 가며 소녀들에게 설명하기 시작했다. 사람들이 결국 개개인을 다 알 수 없기 때문에 그들이 실제로 그 아이를 증오하거나 개인으로서의 그 아이를 증오하는 것이 아니라 단지 '유대인'이라는 개념 자체를 증오하는 것이라고 말했다. 그 아이 역시 전에 그것에 관해 곰곰이 생각해 보았지만 그것이 본질적으로 정확히 무엇인지 알 수 없었다고 했다. 그러자 언너마리어가 그것은 모두가 알듯이 하나의 종교라고 그 아이에게 말했다. 하지만 그 아이는 종교적 관점보다는 그것의 정확한 의미에 관심이 있었다. 사람들이 왜 유대인을 증오하는지 그 이유를 알아야 한다고 생각했다. 그 아이는 처음에는 전반적으로 아무것도 이해하지 못했다고 고백했다. 하지만 단지 유대인이라는 이유로 사람들이 경멸의 눈초리를 보내자 극도의 고통을 느꼈으며, 그때 처음으로 무언가가 유대인을 사람들로부터 갈라놓고 유대인은 일반 사람들과는 다른 부류에 속한다는 것을 느꼈다고 했다. 그 이후로 곰곰이 생각도 하고 책과 대화를 통해 그 원인을 찾아보려 노력했다고 했다. 결국 사람들은 유대인 자체를 증오한다는 것을 알게 되었다고 했다. 자기 생각에 우리 유대인은 다른 사람들과 다른데, 그 다름은 본질적인 다름이라고 했다. 그리고 바로 그 때문에 사람들이 유대인을 증오한다는 것이었다. 또 그렇게 다르다는 인식 속에서 살아간다는 것은 정말 특이한 일인데 어떤 때는 일종의 자부심을 느끼게도 하고 어떤 때는 창피함을 느끼게도 한다고 했다. 그 아이는 우리가 다르다는 것에 대해 어떻게 생각하는지 알고 싶어 했다. 그래서 우리에게 과연 다름에 대해 자부심을 가지는지 아니면 창피하게 생각하는지 물었다. 그 아이의 동생과 언너마리어는 대답하지 못했다. 나 역시 이 점에 대해서는 그때까지 인식하지 못했다. 특히나 사람들이 이 다름을 전적으로 혼자서 선택할 수 있는 것도 아니다. 결국 이 노란 별만이 그 다름을 말해 준다. 나는 이 말을 자매 언니에게 했다. 하지만 그 아이는 완고했다.

"그 다름은 우리 안에 있어."

하지만 나는 겉에 달고 다니는 것이 다름을 나타내는 더 중요한 요소라고 생각했다. 우리는 이것을 놓고 오랫동안 논쟁했다. 내가 왜 그랬을까 생각해 보면 솔직히 말해 이 문제의 중요성에 대해 내가 잘 인식하지 못했기 때문인 것 같다. 하지만 그 아이의 인식에 나를 화나게 하는 뭔가가 있었다. 어찌 보면 이것은 그리 복잡한 문제도 아닌데 말이다. 어찌 됐건 나는 이 논쟁에서 당연히 이기고 싶었다. 언너마리어도 한두 번 자신의 의견을 말하고 싶어 했으나 우리 둘이 거의 쳐다보지도 않았기 때문에 그럴 기회가 없었다.

결국 나는 자매 언니에게 예를 하나 들었다. 언젠가 그저 시간을 때우기 위해 생각했던 것인데 때마침 생각이 났다. 얼마 전에 읽은 소설에 관한 내용인데 왕자와 거지에 관한 얘기이다. 그들은 왕자와 거지라는 차이만 빼면 모든 사람이 혼동할 정도로 얼굴과 외모가 닮았다. 그들은 단지 호기심 때문에 서로 운명을 바꿔 보았는데 결국 거지는 왕자가 되고 왕자는 거지가 되었다. 나는 자매 언니에게 이런 경우를 스스로에게 적용해 보라고 했다. 물론 그럴 가능성이 높은 것은 아니지만 그럼에도 만약 그런 일이 일어난다면 정말 많은 경우의 수가 있을 수 있기 때문이다. 예를 들어 그 아이가 기억도 나지 않는, 말 못 하던 어린 시절에 어떻게 그런 일이 일어났는지는 모르지만 여하튼 인종적으로 문제가 없는 다른 집안의 아이와 바뀌었다고 가정해 보자고 했다. 이 경우에 그 아이와 바뀐 소녀는 자기가 일반 사람들과 다르다고 느낄 것이며 물론 노란 별도 달고 다닐 것이다. 반면에 그 아이는 서류들에 근거해 자신이 다른 사람들과 같다고 여길 것이다. 물론 다른 사람들도 그렇게 생각할 것이다. 다름에 대해서는 생각하지 않고 알지도 못할 것이다. 이 예가 자매 언니의 심경에 많은 영향을 준 듯 보였다. 처음에는 침묵하다가 서서히, 그러나 내가 느낄 수 있을 정도로 부드럽게 두 입술이 떨어졌다. 마치 뭔가를 말하려는 것 같았다. 결국 말은 하지 않았지만 오히려 그보다 훨씬 난감한 일이 벌어졌는데 눈물을 터뜨린 것이다. 자매 언니는 식탁 위에 있는 팔꿈치 안쪽에 얼굴을 묻었고 어깨가 살짝 떨리면서 계속 들썩거렸다. 나는 몹시 놀랐다. 내 목적은 그게 아니었고 어쨌든 그 광경 자체도 나를 어리둥절하게 만들었기 때문이다. 나는 자매 언니 쪽으로 허리를 굽히고 머리와 어깨, 팔을 살짝 건드리며 울지 말라고 달랬다. 하지만 자매 언니는 화가 난 채 잠긴 목소리로 만일 우리 안에 자신만의 특징이 없다면 이 모든 것은 순전히 우연일 뿐이며 만일 자신이 현재의 자신과 다른 존재일 수 있다면 그 모든 것은 아무 의미도 없다며 소리를 질렀다. 그리고 자신이 보기에 그것은 정말 참을 수 없는 생각이라고 했다. 나는 내가 잘못한 것 같아 당황스러웠다. 나의 이러한 생각이 자매 언니에게 그렇게 중요한 문제인지 몰랐다. 나는 이 모든 것은 전혀 의미 없는 논쟁이라고 보며 나 역시 인종 때문에 그 아이를 경멸하지 않으니 더 이상 신경 쓰지 말라고 말하고 싶었다. 하지만 내가 그렇게 말하는 건 약간 우습다고 느껴져 결국 말하지 않았다. 그런데 그 말을 할 수 없다는 사실 때문에 괴로웠다. 그 순간에 내 상황과 무관하게 실제로 '내가 이런 말을 자유롭게 하면 안 되나?'라는 생각이 들었기 때문이다. 물론 다른 상황에서 얘기했더라면 내 의견이 달랐을 수도 있을 것이다. 글쎄, 잘 모르겠다. 그것을 시험해 볼 수 없으니 말이다. 여하튼 나는 창피함 같은 기분을 느꼈다. 무엇 때문인지는 정확히 모르겠지만 나는 처음으로 내가 믿는 사실에 대해 약간은 창피함과 비슷한 어떤 감정을 느꼈다.

내가 이런 느낌을 받은 것과 달리 언너마리어는 마음이 상한 듯했는데 나는 그 사실을 계단으로 나와서야 알아차릴 수 있었다. 언너마리어의 행동이 좀 이상했기 때문이다. 내가 불렀지만 그 아이는 대답도 하지 않았다. 내가 팔을 붙잡으려 했지만 내 손을 뿌리치고 혼자 가 버렸다.

다음 날 오후에도 언너마리어가 나타나기를 기다렸지만 허사였다. 그렇다고 자매에게 나 혼자 갈 수는 없었다. 그때까지 언너마리어와 항상 함께 갔는데 혼자만 간 이유를 틀림없이 물어볼 터였기 때문이다. 그제야 언너마리어가 일요일에 했던 말의 의미를 조금은 알 수 있을 것 같았다.

언너마리어가 저녁에 플레이슈먼 아저씨 댁에는 나타났다. 처음에는 굳은 표정으로 내게 말을 건넸다. 잠시 후 어제 오후에 자매들과 잘 보냈기를 바란다고 하자 나는 가지 않았다고 말했다. 그러자 굳었던 언너마리어의 얼굴이 다소 풀어지는 것 같았다. 언너마리어는 내가 가지 않은 이유를 궁금해했다. 나는 사실대로 혼자 가기 싫었다고 말했다. 이 대답도 마음에 들어 하는 것 같았다. 잠시 후에는 나와 함께 물고기를 보러 갈 마음까지 내비쳤다. 방에서 나갈 때는 이미 완전히 화해한 뒤였다. 시간이 흘러 저녁이 되었을 때 언너마리어가 그 일과 관련해 딱 한마디를 건넸다.

"이번 일이 우리의 첫 다툼이었어."

3

다음 날 나는 조금 이상한 일을 겪었다. 나는 평소처럼 아침 일찍 일어나 일하러 가기 위해 출발했다. 날씨가 덥다는 예보가 있었고 버스는 오늘도 승객들로 가득 차 있었다. 우리는 이미 교외의 집들을 지나고 체펠 섬과 연결된 짧고 밋밋한 다리도 건넜다. 여기부터 한동안 길가로 탁 트인 풍경이 펼쳐졌는데 그것은 농지였다. 잠시 후 왼편에 납작한 격납고 모양의 건물이 나타났고 오른편에는 원예용 비닐하우스들이 띄엄띄엄 나타났다. 사건은 이곳에서 일어났는데 버스 기사가 갑자기 브레이크를 밟더니 잠시 후 밖에서 뭔가를 지시하는 희미한 목소리가 들려왔다. 곧이어 버스 기사와 몇몇 승객들이 내가 있는 뒤쪽을 향해 혹시 유대인이 타고 있으면 버스에서 내리라고 했다. 그때 나는 틀림없이 통행 서류를 확인하는 검문일 거라 생각했다.

나는 국도에 서 있는 경찰관과 마주쳤다. 곧장 말없이 그를 향해 증명서를 내밀었다. 하지만 경찰관은 손짓을 해서 버스를 먼저 떠나보냈다. 그때 나는 이 경찰관이 내 증명서에 대해 이해하지 못한 것 같다고 생각해 보다시피 나는 군수 공장 직원이며 이렇게 허비할 시간이 없다고 설명하려 했다. 그 순간 셸 정유 공장에서 함께 일하는 소년들이 와자지껄하며 일시에 길거리로 나와 내 주위로 빙 둘러섰다. 둑길 뒤에 숨어 있다가 나왔다. 이 경찰관이 먼저 가던 버스에서 이들을 이곳에 붙잡아 두었음을 알게 되었다. 내가 도착하자 소년들은 깔깔거리며 웃어 댔다. 경찰관 역시 살며시 미소를 지어 보였다. 비록 거리는 좀 떨어져 있었지만 그 역시 이 광경을 보며 재미있어했다. 나는 곧 그 경찰관에게 어떤 악의도 없음을 알게 되었다. 물론 악의를 가질 수 있는 상황도 아니었다. 나는 소년들에게 도대체 어떻게 된 영문인지 물었으나 그 아이들 역시 아직 아무것도 모른다고 했다.

경찰관은 도시 쪽에서 오는 모든 버스를 세웠다. 멀찌감치 있다가 버스가 오면 버스 앞으로 가서 세웠고, 그럴 때면 손바닥을 높이 들고 흔들어 우리를 둑길 뒤로 보냈다. 이러한 광경은 몇 번이고 반복되었는데, 새로 온 소년들은 처음에는 약간 놀란 듯하다가 곧 깔깔거리기 시작했다. 경찰관도 이 광경에 만족하는 듯 보였다. 이렇게 십오 분 정도가 지났다. 화창한 여름날의 아침이었다. 둑길에 누워 있는 동안 우리는 풀이 햇볕을 받아 따뜻해지고 있음을 느낄 수 있었다. 멀리 짙푸른 수증기 사이로 정유 공장의 거대한 저장 탱크들이 눈에 들어왔다. 그 뒤로는 공장 굴뚝들이 보이고 좀 더 멀리에는 성당 종탑의 뾰족한 윤곽이 희미하게 펼쳐져 있었다. 버스에서는 소년들이 한 명 혹은 여러 명씩 계속 내렸다. 그중에 유명한 소년도 한 명 내렸는데 얼굴에 주근깨가 나고 마치 가시가 난 것처럼 머리를 깎은 활달한 아이로 모두가 그를 '피혁 장인'이라고 불렀다. 여기에 있는 대부분의 아이가 학교에 다니다 왔지만 이 아이는 가죽 가공 일을 하다 왔기 때문이다. 또 골초 소년도 한 명 있었는데 그의 손에는 항상 담배가 들려 있었다. 사실 다른 아이들도 담배를 피우기는 한다. 나 역시 최근에 이들로부터 소외당하지 않기 위해 피워 본 적이 있다. 하지만 이 골초 아이는 다른 아이들과는 전혀 다르게 흡연에 거의 광적인 집착을 보였다. 눈빛 역시 이상했는데 거의 광기가 서려 있었다. 그는 말이 없고 먼저 다가가는 성격도 아니어서 그를 좋아하는 소년이 거의 없었다. 그럼에도 나는 언젠가 한 번 그에게 도대체 왜 담배를 그렇게 많이 피우느냐고 물어본 적이 있다. 이 질문에 그가 짧게 대답했다.

"음식보다 싸잖아."

나는 그런 이유로 담배를 피우리라고는 생각하지 못했기 때문에 다소 놀랐다. 그런데 더욱 놀란 것은 내가 난처해하는 것을 보고 그의 눈빛에 비웃음을 넘어 거의 비난에 가까운 감정이 드러났다는 것이다. 나는 거북한 생각이 들어 더 이상 묻지 않았다. 다른 사람들이 왜 이 아이와 마주하기를 주저하는지 그제야 알 것 같았다. 아이들로부터 크게 환호를 받으며 인사를 나누는 아이도 한 명 있었다. 가까운 친구들은 모두 그를

'기생오라비'라고 불렀다. 나는 이 별명이 그에게 딱 어울린다고 생각했는데 그는 매끄럽고 윤기 나는 검은색 머리와 큰 회색 눈을 지녔으며 모든 사람을 좋아하는 부드러운 성격의 소유자였다. 시간이 좀 흐른 뒤에 이 별명이 붙은 데는 다른 이유가 있다는 것을 알게 되었는데 사실 이 별명을 붙인 것은 동네에서 이 아이가 여자아이들과 워낙 잘 어울리기 때문이라고 했다. 어느 버스에선가 로시에라는 아이도 내렸다. 그의 원래 이름은 로센펠드인데 모두 이렇게 줄여 불렀다. 그는 어떤 이유에선지 소년들 사이에서 신망을 얻게 되었는데 공통의 관심사에 관한 논의가 있을 때면 아이들은 으레 그의 의견에 동조했다. 작업 담당자를 만날 때도 항상 그가 우리를 대표했다. 내가 듣기로 그는 곧 상업 학교를 졸업한다고 했다. 다소 길쭉하지만 지적인 얼굴과 금발의 곱슬머리, 약간 경직된 시선과 푸른 눈은 「그레이하운드와 함께 있는 왕자」나 박물관에 있는 이와 비슷한 오래된 그림들을 연상시켰다. 얼굴의 균형이 잘 맞지 않는 키가 작은 모시코비치라는 소년도 도착했다. 얼굴이 정말 못생겼다고 할 수 있을 것 같은데 넓적하고 납작한 코에 설상가상으로 우리 할머니가 쓰고 다니는 것과 비슷한 두꺼운 돋보기안경을 꼈다. 그 밖에도 많은 아이들이 도착했다. 다른 아이들의 의견도 대략 내 생각과 비슷했는데 전체적으로 현재의 상황이 약간 낯설긴 해도 틀림없이 뭔가 오류가 있거나 그와 비슷한 뭔가가 있을 거라고 생각했다. 잠시 후 몇몇 소년들이 부탁하자 로시에가 경찰에게 다가가서 우리가 일터에 늦게 가도 문제가 없는지, 우리를 언제쯤 보내 줄 생각인지 등을 물었다. 그러자 경찰은 이 질문에 전혀 화내는 기색 없이 그건 자기에게 달렸거나 자기가 결정할 수 있는 문제가 아니라고 대답했다. 상황을 보니 실제로 그 경찰관도 우리보다 많은 것을 아는 것 같지 않았다. 그 경찰관은 이미 내려온 명령을 대체할 새로운 명령에 대해 언급하면서 새로운 명령이 내려올 때까지 자기나 우리나 기다리는 수밖에 없다고 말했다. 나와 소년들은 이 모든 일을 완전히 이해할 수는 없었지만 그래도 본질적으로 그럴 수도 있겠다는 데 의견의 일치를 보았다. 그래서 결국 우리는 경찰관의 말에 따르기로 했다. 우리는 군수사업국의 직인이 찍힌 증명서를 가지고 있으니 경찰관의 말을 심각하게 받아들일 필요가 없다는 확신이 들자 마음이 좀 가벼워졌다. 경찰관의 경우 그의 말을 통해 유추해 보건대 우리를 '지각 있는 아이들'로 생각하는 것 같았다. 그래서 우리에게 "바라건대 앞으로도 규율에 잘 따라 주기 바란다."라고 덧붙였다. 내가 보기에는 경찰관이 우리를 마음에 들어 하는 것 같았다. 그래서 그 자신도 우리를 동정하는 듯 보였다. 그 경찰관은 키가 매우 작았다. 나이는 특별히 많거나 특별히 어리지도 않았는데 햇볕에 그은 얼굴에 눈망울은 맑고 밝았다. 나는 그의 말을 몇 마디 듣고는 말투를 보니 그가 시골 출신일 수도 있겠다는 생각을 했다.

7시였다. 정유 공장에서는 이 시간이면 작업이 시작된다. 버스를 타고 오는 소년은 더 이상 없었다. 그러자 경찰관이 우리 중에 혹시 누군가 빠진 사람이 있는지 물었다. 로시에가 숫자를 세고는 모두 있다고 했다. 그러자 경찰관은 더 이상 이 길가에서 기다릴 수는 없을 것 같다고 했다. 그는 난처해하는 것 같았다. 내 느낌에는 우리가 갑작스럽게 그 경찰관을 만났듯 그 역시 우리를 어떻게 처리해야 할지 준비가 잘되지 않은 듯 보였다.

"이제 어떻게 해야 하지?"

경찰관이 물었지만 우리가 도와줄 방법은 없었다. 우리는 마치 소풍을 가서 학생들이 선생님을 에워싸듯 깔깔거리며 경찰관을 빙 둘러섰다. 그는 곰곰이 생각에 잠긴 얼굴로 턱을 쓰다듬으며 우리 가운데 서 있었다. 마침내 그가 우리에게 세관 건물 안으로 들어가는 게 좋겠다고 제안했다. 우리는 허름한 일 층짜리 독립된 건물로 경찰관을 따라갔다. 비바람에 바랜 간판이 말해 주듯 국도 변에 있는 이 건물이 바로 세관 건물이었다. 그는 열쇠고리를 꺼내 찰랑거리는 많은 열쇠 중에서 자물통에 맞는 열쇠를 골라냈다. 그 안은 긴 의자 몇 개와 낡고 긴 책상 하나가 갖춰진 약간은 삭막한 공간이었지만 시원하고 널찍해서 쾌적했다. 경찰관은 다른 문도 하나 열었다. 그 방은 훨씬 작았는데 사무실로 쓰이는 공간이었다. 문 틈새로 안을 들여다보니 카펫과 전화기가 놓인 책상이 있었다. 경찰관이 짧게 전화하는 소리가 들렸다. 하지만 그 내용은 알아들을 수 없었다. 아마 명령을 재촉하는 것 같았다. 문을 조심스럽게 잠그고 나오면서 다음과 같이 말했기 때문이다.

"아무 지시도 없군. 연락해도 소용없어. 기다려야 해."

경찰관은 우리에게 편하게 자리를 잡고 앉으라고 하더니 함께 놀 수 있는 게임이 뭐가 있을지 물었다. 누군가가 손등

때리기 게임을 제안했는데 기억이 맞는다면 그 아이는 피혁 장인이었던 것 같다. 그러나 경찰은 이 게임이 별로 마음에 들지 않았는지 똑똑한 아이들이라 좀 더 수준 높은 게임을 기대했다고 했다. 그러고는 한동안 우리와 농담을 주고받았다. 내 느낌에는 경찰관이 국도 변에서 우리에게 얘기한 지시에 불응할 여지를 주지 않기 위해 우리를 재미있게 해 주려고 애쓰고 있다는 생각이 들었다. 그런데 이런 일에는 영 서툴러 보였다. 그는 잠시 후 해야 할 일이 있으니 일을 마치고 보자더니 우리만 남겨 두고 자리를 비웠다. 그가 나가면서 밖에서 문을 잠그는 소리가 들렸다.

그다음 일들에 대해서는 할 얘기가 많지 않을 듯싶다. 명령이 내려오기까지 오랫동안 기다려야 할 것 같았다. 하지만 우리 입장에서는 전혀 급할 게 없었다. 우리 자신의 시간을 허비하는 게 아니었기 때문이다. 이런 생각에 우리는 모두 동의했다. 일터에서 땀에 젖어 있느니 시원한 이곳에 있는 편이 더 쾌적했다. 정유 공장에는 그늘이 많지 않았다. 한번은 로시에가 셔츠를 벗고 일할 수 있게 해 달라고 작업 담당자를 찾아간 적이 있었다. 사실 이런 요구는 규정에 어긋나는 것이었다. 셔츠를 벗으면 달고 있는 노란 별이 보이지 않기 때문이다. 그럼에도 작업 담당자는 인간적으로 셔츠를 벗을 수 있게 허락해 주었다. 이 일로 피부가 약하고 하얀 모시코비치가 약간의 고통을 받게 되었다. 등이 빨갛게 탔기 때문이다. 나중에 우리는 그 자리에서 길게 벗겨진 살갗을 보고 깔깔거리며 웃었다.

우리는 긴 의자와 세관 건물 바닥에 앉아 시간을 보냈다. 하지만 무엇을 하며 보냈는지는 말하기가 어려울 것 같다. 그냥 시간을 때웠기 때문이다. 여러 가지 농담도 하고 담배도 피우고 시간이 지나자 도시락도 꺼내 먹었다. 우리는 작업 담당자에 대해서도 얘기했다. 오늘 아침에 아무도 작업장에 나타나지 않아 틀림없이 깜짝 놀랐을 것이라는 추측도 해 보았다. 황소 놀이라는 게임에 필요한 편자용 못도 등장했다. 나도 이 게임을 여기에서 아이들에게 배웠다. 한 사람이 편자 못 하나를 공중으로 던진 후 땅바닥에 떨어진 걸 다시 잡을 때까지 앞에 쌓인 편자 못을 더 많이 움켜쥐는 사람이 이기는 게임이다. 게임은 손의 볼이 좁고 손가락이 긴 기생오라비가 항상 이겼다. 로시에가 노래를 한 곡 가르쳐 주었는데 우리는 그 노래를 여러 번 불렀다. 재미있었던 것은 같은 단어로 된 노래를 세 언어로 바꿔 부른 것이다. 예를 들어 끝에 에스(esz)를 붙이면 독일어처럼 들리고 이오(io)를 붙이면 이탈리아어처럼 들리고 타키(taki)를 붙이면 일본어처럼 들렸다. 물론 이것은 바보 같은 놀이였지만 그래도 재미있었다.

얼마 후 우리는 어른들도 보게 되었다. 경찰관이 우리를 데려왔듯 버스에 타고 있던 어른들도 데려왔다. 우리는 그제야 그 경찰관이 우리만 남겨 두고 국도 변에서 아침에 한 일을 똑같이 하고 있었음을 알게 되었다. 이렇게 해서 서서히 남자들로만 일고여덟 명이 모이게 되었다. 내가 보기에 이 사람들이 경찰관을 상당히 힘들게 하는 것 같았다. 그들은 이해할 수 없다며 머리를 흔들기도 하고 서류를 보여 주며 설명을 하기도 하고 질문을 던지기도 하면서 그를 성가시게 했다. 그들은 우리를 향해서도 우리가 누구이며 어디에서 왔는지 등을 캐물었다. 잠시 후 그들은 자기들끼리 모여 있었다. 우리가 의자 몇 개를 내주자 그 위에 쪼그려 앉아 있거나 주변을 서성였다. 그들은 많은 얘기를 나누었지만 나는 그들의 얘기에 별로 신경을 쓰지 않았다. 하지만 그들은 주로 과연 이 경찰관이 이런 조치를 취한 원인이 무엇이며 이 사건이 그들에게 어떠한 결과를 초래할지에 대한 해답을 얻으려 하는 것 같았다. 그런데 내가 듣기로는 사람마다 의견이 달랐던 것 같다. 전체적으로 보면 어떤 증명서를 가지고 있느냐에 따라 달랐던 것 같다. 그들도 우리처럼 개인적인 용건이건 공적인 용건이건 간에 합법적으로 체펠 섬으로 갈 수 있는 서류를 가지고 있었기 때문이다.

그들 중에 특이한 사람도 몇 명 있었다. 예를 들어 대화에는 전혀 끼지 않고 직접 가져온 것으로 보이는 책을 읽으며 독서 삼매경에 빠져 있는 사람이 있었다. 면도를 하지 않은 얼굴에는 깊게 파여 혐오감을 주는 두 개의 주름살 사이로 날카로운 입꼬리가 선명했다. 그는 긴 의자 맨 끝 창문 옆에 자리를 잡고 다리를 꼰 채 다른 사람들을 반쯤 등지고 앉아 있었다. 그의 이러한 자세 때문인지 몰라도 그는 승객들 사이에서 이루어지는 습관적인 소개나 대화, 질문이 모두 쓸데없는 짓이라고 생각하고 목적지에 도착할 때까지 지루하지만 우직하게 기다리는 기차 여행 경험이 많은 승객을 연상시켰다. 최소한 나는 그렇게 생각했다.

느지막한 오전 무렵에 관자놀이 부근에 흰머리가 나고 정수리가 대머리인 외모가 말쑥한 노인이 도착하자 나는 그를 유심히 지켜보았다. 경찰이 안으로 들어가라고 하자 그는 몹시 분개했다. 여기에 전화가 있는지, 그 전화를 사용해도 되는지 물었다. 그러나 경찰관은 유감스럽게도 전화기는 공적인 업무에만 사용할 수 있다고 했다. 그러자 불쾌한 듯 얼굴이 굳어지며 더 이상 말을 하지 않았다. 나중에 다른 사람들의 질문에 대한 간결한 답변에서 그가 우리와 마찬가지로 체펠 섬의 한 공장에 다닌다는 것을 알게 되었다. 그는 자신을 '전문가'라고 소개할 뿐 더 이상 자세한 얘기는 하지 않았다. 그는 매우 자신감 있어 보이고 전반적으로 우리와 비슷하게 상황을 인식하는 것 같았다. 한 가지 차이가 있다면 그 억류 상황에 대해 몹시 화가 난 듯 보였다는 점이다. 가만히 들어 보니 이 남자는 계속 경찰관을 깔보고 무시하는 투로 말했다. 자기가 보기에 일반적인 지시로 보이는 사항을 경찰관이 지나치게 엄격하게 집행하는 것 같다고 했다. 하지만 이 일에 반드시 관할 담당자의 개입이 있을 것이라고 말하고 그때까지 시간이 오래 걸리지 않을 거라고 덧붙였다. 그 일 이후로 그의 목소리는 거의 들리지 않았고 나는 그에 대해 곧 잊어버렸다. 오후쯤 되어 그가 다시 나의 관심을 끌었지만 나 역시 이미 지친 후였다. 그는 상당히 조급해했다. 앉았다가 일어섰다가 팔짱을 꼈다가 뒷짐을 졌다가 자기 시계를 쳐다보기도 했다.

거기에는 또 키가 작은 특이한 사람이 한 명 있었다. 코가 독특하게 생기고 커다란 배낭을 메고 골프 바지에 커다란 부츠를 신고 있었는데 노란 별 역시 일반적인 별보다 큰 것을 달고 있었다. 이 사람은 계속 걱정을 해 댔다. 특히 자신의 불운에 대해 모두에게 불평을 쏟아 냈다. 내용이 단순하고 같은 얘기를 여러 번 반복했기 때문에 지금도 대충 기억이 난다. 그는 중병에 걸린 어머니를 방문하기 위해 체펠로 오고 있었다고 했다. 당국으로부터 어렵사리 특별 허가증을 받았다면서 보여 주기까지 했다. 출입 허가증의 유효 기간이 오늘 오후 2시까지라고 했다. 그의 표현에 따르면 '사업상' 지체할 수 없는 급한 일이 중간에 생겨 관청에 가야 했다. 그런데 관청에 사람이 많아 한참을 기다려야 했다. 이미 시간이 지날 위험이 있다고 생각했다고 했다. 그래도 원래 계획대로 버스 종점까지는 가 보려고 서둘러 전차를 탔다. 가는 도중에 오가는 시간과 허가서에 적힌 시간을 비교해 계산해 보니 상당히 위험할 수도 있다는 생각이 들었다. 그런데 종점에 도착해 보니 정오 버스가 아직 출발하지 않고 서 있는 것이 보였다. 그때 그는 생각했다. '이 작은 종이쪽지 한 장이 정말 큰 골칫거리가 되어 버렸군!' 그리고 그가 덧붙였다.

"불쌍한 엄마도 기다리시는데."

그는 그 노인네가 자기뿐 아니라 부인에게도 커다란 걱정거리를 주었다고 했다. 그들은 오래전부터 자기들이 사는 도시로 오라고 간청했다. 하지만 그의 어머니는 달가워하지 않았고 결국 때를 놓쳐 버렸다. 그는 계속 고개를 저었다. 노인네가 어떤 경우에라도 오직 집에만 집착했기 때문이라고 했다. 그 집에는 편의 시설도 거의 없다고 했다. 하지만 어머니이니 이해해야 할 것 같다고 덧붙였다. 불쌍한 어머니는 아픈

데다 연세도 많다고 했다. 그래서 이번 기회를 놓치면 영영 자신을 용서할 수 없을 것 같다는 느낌이 들었다고 했다. 이렇게 해서 그는 결국 버스에 오르게 됐다. 그즈음 그는 일 분 정도 입을 다물었다. 그러고는 이제 어쩔 도리가 없다는 듯 손을 올렸다 다시 천천히 내렸다. 그의 이마에는 뭔가를 묻기라도 하는 듯 수많은 잔주름이 보였다. 덫에 걸려 슬픔에 잠긴 한 마리 설치류와 흡사해 보였다. 잠시 후 그가 다른 사람들에게 몇 가지 질문을 하며 어떻게 생각하는지 물었다. 이제 이 일로 자신에게 곤란한 일이 생기지는 않을지, 허가서에 명시된 시간을 넘긴 것이 자신의 잘못 때문이 아님을 참작해 줄지, 가겠다고 해 놓고 나타나지 않으면 어머니가 무슨 생각을 하실지, 2시까지 집에 돌아가지 않으면 아내와 두 아이가 얼마나 걱정할지 등에 대해 물었다. 이 사람의 시선 방향으로 볼 때 나는 이 질문들에 대한 의견이나 답변을 주로 앞에서 얘기한 외모가 말쑥한 전문가에게 묻고 있음을 알 수 있었다. 하지만 그 사람은 별로 관심을 보이지 않았다. 그의 손에는 막 꺼낸 담배가 한 대 들려 있었는데 그는 그 끝부분을 은색이 반짝거리는 담배 케이스 뚜껑에 톡톡 쳤다. 뚜껑은 글씨로 빙 둘러 장식되고 가는 줄무늬들이 그려져 있었다. 나는 그 사람의 표정에서 깊은 생각에 잠겨 전혀 다른 생각을 하고 있음을 읽을 수 있었다. 그는 지금까지 이 불운한 사람이 한 얘기를 전혀 듣지 않은 것 같았다. 그러자 불운한 사람이 다시 자신의 불운에 대해 얘기하기 시작했다. 그가 오 분만 늦게 종점에 도착했더라면 정오 버스를 타지 않았을 거라고 했다. 정오 버스가 이미 출발해 버렸더라면 다음 버스도 더 이상 기다리지 않았을 거라고 했다. 그는 이 모든 일이 오 분 차이로 일어났다는 것을 강조하면서 오 분만 늦게 종점에 도착했더라면 지금 여기에 앉아 있지 않고 벌써 집에 있을 거라고 몇 번이고 반복해서 얘기했다.

또 얼굴이 물개와 닮은 사람도 생각난다. 그는 통통한 체구에 배가 볼록 나오고 검은색 콧수염이 난 데다 금테 안경까지 끼고 있었는데 한사코 경찰에게 얘기를 좀 하자고 졸랐다. 그 역시 내 시선에서 벗어나지 못했는데 그는 줄곧 다른 사람들과 따로 떨어진 구석이나 출입문 옆에서 얘기를 하려 했다. 그럴 때면 "경찰관님, 당신과 얘기를 좀 할 수 있을까요?" 하거나 "경찰관님, 부탁이…… 시간 있으시면 한마디만……." 하는 그의 나지막한 쉰 목소리가 들렸다. 경찰관은 간청에 못 이겨 결국 무슨 일이냐고 물었다. 그러자 그가 잠시 머뭇거리는 듯 보였다. 그러고는 안경을 쓴 눈으로 의심스러운 듯 얼른 주변을 둘러보았다. 그들은 나와 아주 가까운 구석에 있었지만 작은 소리로 중얼거리는 통에 대화를 전혀 알아들을 수 없었다. 그는 뭔가에 대해 확인하려는 것 같았다. 잠시 후 친밀한 관계를 나타내는 달콤한 미소도 지어 보였다. 동시에 처음에는 몸을 약간 기울이더니 점점 더 기울였고 나중에는 경찰 옆으로 완전히 몸을 굽혔다. 이 모든 일과 동시에 나는 그의 수상한 행동을 한 가지 포착했다. 나는 그의 행동을 확실히 이해할 수는 없었다. 처음에는 안쪽 주머니에서 뭔가를 꺼내려고 하는 것 같았다. 나는 그의 행동에 나타나는 의미심장함을 보면서 그가 중요한 서류나 특별한 문서를 경찰관에게 보여 주려 한다고 생각했다. 과연 무엇을 꺼낼지 궁금해하며 기다렸지만 나의 기다림은 물거품이 되었다. 그 사람이 동작을 끝까지 하지 않았기 때문이다. 그렇다고 동작을 완전히 중단한 것도 아니었다. 갑자기 혼동을 일으켜 일시적으로 어떻게 해야 할지 잊어버렸다. 말하자면 정점에서 손이 멈춰 버린 것이다. 이렇게 해서 잠시 후 결국 그의 손이 가슴 바깥 부근에서 무언가를 뒤지다가 이곳저곳 옮겨 다니다가 한동안 긁적이기 시작했다. 그 모습은 마치 털 없는 거미나 작은 바다 괴물이 외투 속으로 숨어들 틈새를 찾는 것 같았다. 그 와중에도 그는 계속 말을 하며 얼굴에 웃음을 띠고 있었다. 이 모든 일이 몇 초 사이에 일어났다. 그 후에는 경찰관이 아주 빨리, 눈에 띌 정도로 단호하게 대화를 끝내 버렸다. 그 사람 때문에 기분이 상한 것 같았다. 비록 전체적인 내막을 다 이해하지 못해 뭐라고 정확히 말하기는 어렵지만 그의 행동은 나에게 다소 의심을 살 만한 모습으로 비쳤다.

다른 사람들의 얼굴이나 사건들은 더 이상 기억나지 않는다. 특히 시간이 흐름에 따라 나의 주의력도 점점 무뎌졌다. 그럼에도 내가 말할 수 있는 것은 그 경찰관이 우리 남자애들에게는 계속 자상하게 대해 줬다는 것이다. 반면에 어른들에게는 내 느낌에 그리 친절하게 대하는 것 같지 않았다. 하지만 오후가 되면서 경찰관 역시 지쳐 보였다. 그 역시 우리가 있는 곳이나 자기 방에서 자주 열을 식혔다. 지나가는 버스에 대해서는 신경도 쓰지 않았다. 나는 경찰관이 전화를 거는 소리를 들을 수 있었다. 그는 한두 번 결과를 알려 주기도 했다.

"아직 아무 지시도 없군!"

경찰관의 얼굴에 불만이 그대로 드러났다. 다른 장면도 하나 기억난다. 오후에 앞의 사건이 있기 전에 일어난 일이다. 경찰관의 동료인 다른 경찰관이 자전거를 타고 방문했다. 그는 먼저 우리가 있는 방 벽에 자전거를 기대 두었다. 그러고는 우리 경찰관의 방으로 조심스럽게 들어갔다. 그들은 한참이 지난 뒤에야 다시 나왔다. 문 옆에서 작별을 하느라 또 한참 동안 악수를 나누었다. 그들은 말없이 서로를 바라보며 고개만 끄덕였다. 이러한 모습은 과거에 어려운 시기나 불경기에 사업가들이 아빠 사무실에 모여 서로 의논하던 모습과 흡사했다. 물론 경찰들에게 그와 비슷한 일이 있을 수 있다고는 생각하지 않는다. 하지만 나는 그들의 얼굴을 보고 그때의 기억이 떠올랐다. 변하지 않는 상황에서 그때와 비슷한 근심 가득한 불만과 어쩔 수 없는 체념 상황이 떠올랐기 때문이다. 나는 이제 서서히 피곤해졌다. 그 이후의 시간에 대해서는 덥고 지루했으며 약간 졸려졌다는 것 외에는 기억나지 않는다.

하루가 거의 다 지나갔다. 경찰관이 약속한 4시경에 마침내 명령이 내려왔다. 서류 검사를 위해 상급 관청으로 출발하라고 했다고 경찰관이 우리에게 알려 주었다. 아마 전화로 그에게 지시가 내려온 것 같았다. 앞서 그의 방에서 뭔가 변화를 의미하는 다급한 목소리가 들려왔기 때문이다. 수차례에 걸쳐 긴급한 전화벨 소리가 들렸고 잠시 후 경찰관 역시 몇 군데 전화를 걸더니 몇 가지 간단한 일들을 처리했다. 경찰관이 자기도 정확히 전달받지는 못했지만 자기 생각에 최소한 법적인 차원에서 볼 때 우리처럼 신원이 확실하고 의심할 바 없는 경우에는 그 절차가 간단한 요식 행위에 불과할 거라고 얘기했다.

우리는 세 줄로 서서 도심 방향으로 행진했는데 행진 도중에 안 사실이지만 주변에 있는 모든 경계 검문소에서 사람들이 동시에 출발한 것 같았다. 다리를 건너면서 갈림길이나 사거리에서 다른 그룹들과 만나게 되었는데 그들 역시 노란 별을 달고 있었고 규모에 따라 한두 명 혹은 세 명의 경찰관이 인솔하고 있었다. 인솔 경찰관 중 자전거를 타고 우리에게 왔던 경찰관도 눈에 띄었다. 경찰관들은 마치 서로 만날 것을 예상이라도 했다는 듯 만날 때마다 업무적인 짧은 인사만 나눈다는 것을 알 수 있었다. 그제야 앞서 우리 경찰관이 전화로 처리한 용무가 무엇이었는지 정확히 이해할 수 있었다. 전화로 서로 시간 약속을 한 것으로 보였다. 결국 나는 큰 대열의 중간에 섰고 대열 양쪽으로는 경찰관이 촘촘하게 서서 우리의 행진을 인솔했다.

우리는 상당히 긴 시간 동안 이렇게 차도 위로 이동했다. 아름답고 화창한 여름 오후였다. 이 시간대면 늘 그렇듯 거리는 다양한 사람들로 가득 차 있었다. 그런데 내 눈에는 이 모든 것이 약간 낯설어 보였다. 주로 잘 알지 못하는 길로 이동했기 때문에 나는 방향 감각을 잃어버렸다. 잠시 후 모든 길이 늘어난 사람들로 넘쳐 났다. 이런 상황에서 가장 큰 어려움은 공간의 여유 없이 사람들이 함께 앞으로 행진하는 것이었다. 이러한 상황은 고도의 집중력을 요구했고 나는 곧 지쳐서 집중하기가 힘들게 되었다. 장시간의 이동 중 기억나는 것은 인도 위로 바삐 가던 사람들의 머뭇거림과 우리의 행진을 흘깃 쳐다보는 호기심에 찬 눈빛이다. 처음에는 이런 일이 재미있었지만 시간이 흐르면서 서서히 나의 관심에서 벗어났다. 또 이 일 후에 일어난 다소 당황스럽던 순간도 기억난다. 넓고 번잡한 외곽 도로를 행진하고 있을 때 우리 주변 이곳저곳에서 차들이 경적을 울리거나 참기 힘든 소음을 내며 몰려들었다. 바로 앞으로 전차가 한 대 다가왔는데 어떻게 우리 행렬을 뚫고 지나갔는지 잘 모르겠다. 전차가 지나가는 순간 우리는 갑자기 멈춰 설 수밖에 없었다. 그때 갑자기 앞에서 노란 옷 조각이 번뜩거리는 것이 보였다. 먼지와 소음, 자동차들이 내뿜는 매연이 자욱한 순간이었다. 그 사람은 '여행자'였다. 그는 옆쪽에 자동차와 사람이 뒤섞여 있는 사이에 단숨에 대열에서 이탈해 곧 사라져 버렸다. 세관 사무소에서 본 행동과 너무 달라 나는 깜짝 놀랐다. 이때 나는 다른 느낌도 받았다. 말하자면 하나의 행동이 이렇게 간단할 수 있다는 생각에 신선한 충격을 받은 것이다. 잠시 앞쪽에서 모험심 강한 한두 명이 여행자를 따라 더 사라졌다. 나도 순전히 재미 삼아 주변을 한번 둘러보았다. 하지만 나는 특별히 도망쳐야 할 이유를 발견하지 못했다. 도망갈 시간도 충분했지만 순간적으로 내 안에서 강한 도덕심이 밀려왔다. 잠시 후 곧 경찰관들이 조치를 취했고 주변 대열이 다시 정렬되었다.

한동안 계속 걷다가 어느 순간부턴가 갑자기 당황스러울

정도로 모든 것이 아주 빠르게 진행되었다. 어딘가에서 모퉁이를 돌자 우리는 목적지에 도착했음을 직감할 수 있었다. 넓게 벌어진 대문 양쪽 기둥 사이로 길이 나 있었기 때문이다. 그때 나는 경찰관들 대신 다른 사람들이 우리 대열 측면으로 들어오고 있음을 알게 되었다. 군복과 비슷한 옷을 입었지만 차양이 달린 모자에 화려한 깃털이 꽂힌 것으로 봐서 헌병대였던 것 같다. 그들은 회색 건물들의 미로 속으로 우리를 계속 데려갔다. 계속 들어가다 보니 갑자기 흰 조약돌이 깔려 있는 넓은 공간이 나타났는데 일종의 부대 연병장 같았다. 잠시 후 키가 커서 겉보기에는 명령권자처럼 보이는 사람이 나타나 맞은편 건물 쪽에서 우리를 향해 곧장 걸어왔다. 긴 부츠를 신고 몸에 맞는 제복을 입었으며 금으로 된 별들을 달고 가슴에는 가죽 벨트를 비스듬하게 매고 있었다. 한쪽 손에는 승마에서나 봄직한 막대를 들고 있었는데 그 막대로 니스를 칠한 듯 반짝거리는 부츠의 발등 부분을 연신 톡톡 두드려 댔다. 일분쯤 지났을까, 우리가 줄을 맞춰 부동자세로 기다리는 동안 나는 그제야 그가 나름대로 멋있고 혹독하게 운동한 사람임을 알 수 있었다. 그는 전체적으로 영화배우를 연상시켰는데 남자답게 생긴 얼굴과 최신 유행에 따라 가지런히 정리된 가늘고 긴 갈색 콧수염이 햇볕에 탄 얼굴색과 잘 어울렸다. 그가 가까이 오자 헌병들의 구호에 따라 우리는 모두 부동자세를 취했다. 그 이후에 일어난 모든 일 가운데 내 기억에 남아 있는 것은 연이은 두 개의 인상뿐이다. 하나는 마치 시장에서 상인들이 외치는 소리와 비슷한, 승마 막대를 든 그 사람의 귀에 거슬리는 목소리였는데 세련된 외모와 너무 달라서 무척 놀랐다. 그 사람이 한 말을 내가 그리 많이 기억하지 못하는 것도 바로 그 때문인 것 같다. 그나마 내가 알아들을 수 있었던 말은 우리 일을 내일 조사(그 사람이 이 표현을 사용했다.)하겠다는 것이었다. 그런 후 헌병들을 향해 온 광장에서 들릴 정도로 쩌렁쩌렁한 목소리로 그때까지 이 유대인 놈들을 그들에게 어울리는 마구간으로 끌고 가 밤새 가둬 두라고 명령했다. 나에게 남아 있는 그때의 두 번째 인상은 명령에 이어 벌어진 시끄러운 소동 상황이다. 느닷없이 헌병들이 고함을 치며 정렬을 시키더니 우리를 몰았다. 나는 당황스러워 어디로 몸을 돌려야 할지도 알 수 없었다. 유일하게 기억나는 것은 그때 약간 웃음이 나왔다는 것이다. 한편으로는 놀람과 혼란과 더불어 배역도 알지 못한 채 어떤 무의미한 연극 무대 한가운데 떨어졌다는 느낌 때문이었고 다른 한편으로는 내 상상 속에서 빠르게 스치는 하나의 생각 때문이었다. 그 생각은 저녁 식사를 준비해 놨는데 내가 집에 돌아오지 않는다는 것을 알게 되었을 때 떠오를 새엄마의 표정이었다.

4

열차 안에서는 물이 가장 부족했다. 모든 것을 감안해 식료품은 장기간도 충분할 정도로 준비되어 있었지만 물은 그렇지 못했다. 그래서 물 부족으로 사람들이 매우 힘들어했다. 열차에 타고 있던 사람들이 첫 갈증은 곧 사라진다고 말했다. 그러다가 거의 잊어버릴 때쯤에 다시 갈증이 찾아오는데 그때는 더 이상 잊을 방법이 없다고 했다. 이 방면에 대해 잘 아는 사람들에 의하면 건강한 사람이 땀을 많이 흘리지 않고 고기와 조미료를 먹지 않는다는 가정하에 필요한 경우 더운 날 물 없이 견딜 수 있는 기간은 엿새에서 이레라고 했다. 아직 당분간은 시간이 있다고 격려했지만 모든 것은 이 여정이 얼마나 걸리느냐에 달려 있다고 덧붙였다.

물론 나 역시 이 점이 궁금했지만 벽돌 공장에서는 이를 알려 주지 않았다. 그곳에서는 독일에서 일할 마음이 있는 사람은 신청하라고 한 것이 전부였다. 다른 소년들이나 벽돌 공장에서 일하던 많은 사람들과 마찬가지로 나 역시 이 제안이 매력적이라고 생각했다. 특히 '유대인위원회'라는 단체 이름이 적힌 완장을 찬 사람들이 이유 여하를 막론하고 대화를 통해서건 강제로건 먼저와 나중의 문제이지 결국 모두 벽돌 공장에서 독일로 이주하게 될 것이라고 했다. 또 모든 사람에게 자발적으로 신청하는 사람에게는 가장 좋은 자리가 주어질 것이며 차량 부족 때문에 나중에 가는 사람은 한 차량에 여든 명씩 타게 되지만 지금 신청하면 예순 명씩 타는 혜택도 주어진다고 설명했다. 이 말에 사람들은 다른 생각을 할 여지가 없었고 나 역시 마찬가지였다.

벽돌 공장의 협소함이나 위생과 관련해 나타나는 결과들, 급식과 관련해 증대되는 문제들에 대한 논의에 나는 이의를 제기할 수 없었다. 나 역시 이 모든 문제를 목도하고 있었기 때문이다. 우리가 어른들 중 많은 사람이 언드라시 헌병대라고 부른 병영으로부터 벽돌 공장에 도착했을 때 곳곳이 사람들로 가득 차 있었다. 성인 남녀와 다양한 연령의 아이들, 무수히 많은 남녀 노인들을 볼 수 있었다. 가는 곳마다 담요와 배낭, 각종 여행 가방, 보따리, 자질구레한 물건들 때문에 걸려 넘어질 뻔했다. 이 모든 것과 더불어 어느 공동생활에서나 볼 수 있는 사소한 언쟁과 불평, 시비를 피할 수 없었다. 물론 이러한 일들이 나를 곧 지치게 했다. 여기에 나태함과 지루함이 더해졌다. 그래서 여기에서 보낸 닷새를 단 하루도 따로따로 기억하지 못한다. 전체적으로 봐서도 각 사건을 자세하게 기억하지 못한다. 그나마 내 주변에 로시에, 기생오라비, 피혁 장인, 골초 소년, 모스코비츠 등의 소년들이 있어서 용이하게 지낼 수 있었다. 별별 아이들이 다 모였지만 모두 하나같이 행실이 발라 보였다. 벽돌 공장 안에서는 대부분이 개인적인 일을 하기 때문에 헌병과 만날 일이 거의 없었다. 오히려 울타리 밖 이곳저곳에서 경찰과 헌병이 함께 보초를 서는 것을 볼 수 있었다. 우리는 벽돌 공장에서 이들에 대해 얘기하곤 했는데 경찰이 헌병보다는 이해심이 많았고 미리 돈이나 귀중품을 주고 타협한 경우에는 인간적으로 대해 주기도 했다. 내가 듣기로 많은 사람이 주로 편지나 소식을 전해 달라고 경찰에게 부탁한다고 했다. 게다가 몇 사람의 확언에 따르면 자주 있는 일은 아니고 위험하다는 단서를 달기는 했지만 경찰관에게 부탁해 도망을 가기도 한다고 했다. 이에 대한 자세한 내막을 알기는 쉽지 않다. 하지만 그때 세관 사무실에서 물개처럼 생긴 사람이 경찰관과 얘기하기를 간청했던 일이 생각났는데 그제야 그 사람이 원하던 것이 무엇인지 정확히 이해할 수 있을 것 같았다. 그러고 보면 우리 경찰관은 그래도 양심적인 사람이었다는 것을 알 수 있었다. 나는 벽돌 공장 마당을 거닐거나 부엌 근처에서 줄을 서서 기다리는 동안 많은 낯선 얼굴이 뒤섞인 가운데 물개처럼 생긴 사람을 한두 번 발견했는데 이러한 사실이 그때의 정황을 설명해 주었다.

세관 건물에서 만난 사람들 가운데 운 나쁜 남자도 다시 만났다. 그는 기분 전환을 위해서라며 자주 우리 아이들 틈에 끼어 앉아 있곤 했다. 그 사람 역시 우리 주변 가까운 어딘가에 잠자리를 잡은 듯했다. 마당에는 널로 지붕을 인 동일한 형태의 건물이 많이 있었는데 사방이 뚫려 있었다. 내가 듣기로 이 건물들은 원래 벽돌 건조용으로 쓰이던 건물이라고 했는데 그는 그 안에 잠자리를 잡았다. 그는 약간 지쳐 보이고 얼굴에 부종과 여기저기 타박상 자국이 있었다. 헌병대에서 조사를 받을 때 배낭에서 약과 먹을 것이 나왔다는 이유로 생긴 것들이라고 그가 말해 주었다. 물건들은 모두 새것이 아니며 중병에 걸린 어머니에게 필요한 것들이라고 설명했지만 소용이 없었다. 오히려 암시장에서 부당 거래를 한 것이 틀림없다며 죄를 물었다. 허가증을 보여 줬음에도 소용이 없고 자기는 법을 존중하며 법 조항을 한 글자도 어겨 본 적이 없다고 했지만 역시 소용이 없었다.

"뭔가 얘기를 들었나요? 우린 어떻게 되는 거지요?"

그가 예의를 갖춰 우리에게 묻곤 했다. 그는 또다시 가족 얘기를 꺼냈고 자신의 불운에 대해서도 얘기했다. 씁쓸하게 고개를 저으며 허가증을 받기 위해 얼마나 뛰어다녔는지, 받았을 때 얼마나 기뻤는지 되돌아봤다. 일이 이렇게 끝나리라고는 생각지도 못했다. 오 분 사이에 모든 것이 바뀌어 버렸다. '운이 나쁘지만 않았다면…… 그때 그 버스라도…….'라고 생각하는 것을 엿볼 수 있었다. 반면 처벌을 받는 것에 대해서는 큰 불만이 없는 것처럼 보였다.

"나는 마지막까지 남겨졌는데 아마 이것이 나에게는 행운이었던 것 같아요. 그들이 몹시 서둘렀거든요."

그가 말했다.

"전체적으로 봤을 때 상황이 더 안 좋게 흘러갈 수도 있었지요."

그가 이렇게 정리해서 말하고는 헌병대에서는 더 끔찍한 일도 봤다고 덧붙였다. 그의 말은 사실이었는데 나 역시 그 일을 기억했다.

"돈이나 금, 귀중품을 숨기는 죄를 우리 앞에서 저지를 수 있으리라고 아무도 생각하지 마라!"

헌병들이 소지품 검사를 하던 오전에 이렇게 경고했다. 나 역시 순서가 되자 돈, 시계, 주머니칼을 비롯한 모든 소지품을 그들 앞에 있는 책상 위에 올려놓아야 했다. 몸집이 큰 헌병 한 명이 신속하고 숙련된 동작으로 겨드랑이부터 반바지 가랑이까지 샅샅이 더듬었다. 책상 뒤편에 중위도 있었는데 헌병들끼리 주고받는 대화를 통해 승마용 막대를 든 중위의 실제 이름은 서칼임을 알게 되었다. 왼쪽에는 수염이 메기처럼 난 백정 같은 체구의 헌병이 셔츠만 입은 채 떡 버티고 있었는데 체형이 원통 같았다. 그는 손에 요리사가 국수를 밀 때 사용하는 방망이를 연상시키는 도구를 가지고 있어서 약간은 우스꽝스러워 보였다. 그 중위는 상당히 친절했다. 그가 내게 증명서가 있느냐고 물었다. 하지만 나는 증명서가 조금이라도 영향을 미친다는 증거나 징후를 찾을 수 없었다. 나는 당황스러웠지만 메기수염 헌병의 가 보라는 재촉과 그러지 않으면 어떻게 하겠다는 듯한 단호한 행동을 고려할 때 아무 이의를 제기하지 않는 편이 훨씬 낫겠다고 생각했다.

헌병들은 우리를 헌병대 병영에서 모두 데리고 나간 후 전차에 칸칸이 채워 넣었다. 우리는 두너 강[3] 강변 한 지점에서 배에 옮겨 탄 후 배를 타고 가다가 마지막에는 한 블록을 걸어서 갔다. 이렇게 어느 벽돌 공장에 도착했는데 좀 더 정확히 말하면 '부더컬라스 벽돌 공장'이라고 그곳에서 알려 주었다.

독일행 신청을 받던 날 오후에 우리는 여행에 관해 많은 이야기를 들었다. 도처에 완장을 찬 사람들이 있었는데 그들이 모든 질문에 성심껏 답변해 주었다. 그들은 우선적으로 젊은 사람과 진취적인 사람, 독신인 사람을 찾았다. 듣기로는 문의한 사람들에게 부인들과 아이들, 노인들에게도 기회가 있으며 짐도 가져갈 수 있다고 보장해 주었다고 한다. 하지만 사람들 생각에 가장 중요한 문제는 우리끼리 인간적으로 이 문제를 처리할 수 있을 것인가, 아니면 결국 헌병대에서 결정을 내릴 때까지 우리가 기다려야 하는 것인가였다. 그들의 설명에 따르면 차량은 어떻게든 채워야 하기 때문에 만약 수가 차지 않으면 헌병들이 징집을 할 것이라고 했다. 그래서 대부분의 사람들과 마찬가지로 나 역시 자원해서 먼저 가는 편이 훨씬 낫겠다고 생각했다.

독일인들에 대한 다양한 평가가 들려왔다. 특히 경험이 많은 노인들은 유대인에 대한 인식만 제외하면 모두가 알듯이 독일인은 기본적으로 깔끔하고 정직하고 질서와 정확성, 일을 좋아하며 이러한 특징을 가진 사람들과 만나면 그들 역시 그

---

3) 독일의 바덴에서 시작하여 오스트리아, 헝가리, 발칸의 여러 나라를 거쳐 흑해로 흘러 들어가는 강으로, 나라에 따라 도나우, 도나피아, 두나브 등으로 불린다.

사람들을 존중한다고 증언했다. 실제로 독일인에 대한 나의 인식 역시 이들의 생각과 대충 비슷했다. 나는 또 중학교에서 배운 독일어 실력이 틀림없이 나중에 쓸모가 있으리라는 생각도 해 보았다. 그들도 약속했듯 특히 일의 체계와 일의 종류, 일에 대한 새로운 인상, 약간의 농담 등 모든 면에서 여기에서보다 의미 있고 내가 그리던 삶을 살 수 있으리라는 생각이 들었다. 그래서 아이들과 함께 아주 자연스럽게 그러한 삶을 꿈꿔 보기도 했다. 그 외에도 이렇게 함으로써 어느 정도 세상을 경험해 볼 수 있지 않을까 하는 생각도 들었다. 솔직히 헌병대에서 있었던 일이나 특히 증명서와 관련한 일 등 그 며칠 동안 겪은 몇 가지 일을 되돌아보면 정의란 결코 찾아볼 수 없고 애국심도 느끼지 못했는데 그 느낌은 지금도 마찬가지이다.

사람들 중에는 자신은 다른 정보를 가지고 있다고 주장하며 독일인의 다른 특징들도 알아야 한다고 주장하는 이들도 있고 그러면 그 특징들에 관해 좋은 충고를 좀 해 달라는 부류도 있었다. 또 다른 사람들은 이런 말다툼보다는 차라리 이성적인 말과 적절한 예, 당국에서 보기에 가치 있어 보일 만한 것을 주문하기도 했다. 이 모든 논거와 그에 대한 반론 그리고 수없이 많은 소식, 정보, 알아야 할 것들에 대한 논쟁이 내 주변 마당에서 끊임없이 일었고 크고 작은 무리가 해체되는가 싶더니 나중에 또다시 새로운 무리가 만들어졌다. 사람들 중에서 "그분의 알 수 없는 섭리"에 대해 언급하며 신에 대해 얘기하는 소리도 들렸다. 그 사람은 러이오시 아저씨와 마찬가지로 유대인의 운명에 대해 말하면서 우리가 신을 버렸고 그 결과로 우리에게 불행이 닥쳤다고 설명했다. 그의 원기 왕성한 태도와 건장한 체구가 약간 관심을 끌었다. 그는 생김새가 약간 특이했는데 가늘고 오뚝한 코, 아주 맑고 촉촉한 눈, 멋진 흰색 콧수염과 콧수염에 이어진 짧고 둥글게 다듬은 턱수염이 눈에 띄었다. 그 사람 주변에 많은 사람이 빙 둘러 있었고 호기심을 가지고 그의 말에 귀를 기울였다. 사람들이 '랍비 선생님'이라고 부르는 것으로 봐서 성직자임을 알 수 있었다. 다른 때는 맑고 멀리서도 쩌렁쩌렁 울리던 그의 목소리가 여기에서는 더듬더니 잠시 멈추었다. 그의 눈은 다른 때보다 촉촉했다. 왠지는 모르겠지만 나는 좀 이상한 느낌이 들었다. 그는 원래 다른 말을 하려고 준비했고 그 말에 자신도 약간 놀란 듯했다. 그는 계속 말을 잇더니 미혹당하지 않겠노라고 고백했다. 자신은 이 고통스러운 장소에서 괴로워하는 얼굴들을 둘러보는 것으로 충분하다는 것을 잘 안다고 했다. 나는 그의 동정심에 놀랐다. 자신의 사명이 얼마나 어려운 것인지 인식하기 위해 그 역시 바로 여기에 있었기 때문이다. 하지만 영원한 신에게 영혼들이 돌아오게 하는 것이 자신의 목적은 아니라고 했다. 어차피 우리 모두의 영혼이 그로부터 왔으니 그럴 필요도 없다고 했다. 그는 또 우리에게 "주님과 논쟁하지 말라!"라고 권면했다. 단순히 죄이기 때문이 아니라 그러한 태도는 고귀한 삶의 의미를 부정하는 데 이르게 하며 이렇게 부정하는 마음을 가지고는 더 이상 살아갈 수 없다고 생각하기 때문이라고 했다. 이런 마음을 갖기가 쉬운데 그렇게 되면 공허해져 마치 사막의 황무지와 같아진다고 했다. 반대로 어렵

긴 하지만 불행 속에서도 영원한 신의 무한한 지혜를 구하는 것이 위로받을 수 있는 유일한 길이라고 했다. 그분이 승리하는 순간이 오면 그분의 통치하에 있지 않은 사람들은 하나같이 후회할 것이며 먼지 속에서 그분을 향해 외칠 것이라고 했다. 따라서 주님의 자비가 우리에게 임하리란 것을 믿어야 한다고 했다. 그 믿음이 이 시련의 시간에 우리의 버팀대가 되고 마르지 않는 힘의 원천이 되도록 해야 한다고 했다. 요컨대 우리가 살아갈 수 있는 길은 이 방법뿐이라고 했다. 그는 이 방법을 '부정에 대한 부정'이라고 이름 붙였다. 희망이 없다면 우리는 길 잃은 존재라고 했다. 희망은 오직 믿음을 통해 가질 수 있는데 주님께서 우리를 가엾게 여겨 자비를 내려 주시리라는 굳건한 믿음을 가져야 한다고 했다. 사실 그렇다면 그러기 위해 우리가 좀 더 구체적으로 무엇을 해야 하는지에 대해서는 언급하지 않았고 지금 독일로 가는 여정을 신청해야 하는지 차라리 여기에 남아 있어야 하는지를 묻는 사람들에게 도움이 될 만한 조언을 해 주지 못한다는 것을 알 수 있었지만 그럼에도 그의 추론은 비교적 명확했다. 나는 여기에서 그 불운한 사람도 봤다. 여러 번 봤는데 어떤 때는 이쪽 무리에, 다른 때는 또 다른 무리에 있는 것이 눈에 띄었다. 작고 약간은 충혈된 그 눈의 불안한 시선이 그때도 계속 다른 무리와 다른 사람들을 향해 있음을 볼 수 있었다. 가끔씩 목소리도 들려왔다. 그럴 때면 긴장한 채 마치 뭔가를 조사하는 듯한 얼굴로 몇 사람을 불러 세우고 그들을 향해 깍지를 끼다가 손을 비비며 질문을 했다.

"죄송하지만 혹시 가실 건가요? 왜 가시는 거죠? 가는 편이 좋다고 생각하시나요?"

내 기억에 바로 그때 세관 건물에서 알게 된 또 다른 사람인 전문가도 지원하기 위해 왔다. 벽돌 공장에 있던 며칠 동안 나는 그를 여러 번 봤다. 비록 옷은 구겨지고 넥타이는 없어지고 잿빛 수염이 얼굴을 덮고 있었지만 과거에 존경받던 모습의 흔적은 여전히 남아 있었다. 그가 나타나자 흥분한 사람들이 그를 빙 둘러싸고 많은 질문 공세를 폈지만 그는 거의 대답하지 못했다. 곧 알게 된 사실은 그 사람은 한 독일인 장교와 직접 얘기할 수 있는 사람이라는 것이었다. 일은 먼저 사령부와 헌병대, 각 수사과 사무실에서 진행되었다. 그곳에 있던 며칠간 나 역시 각 기관에서 나온, 제복을 입고 바삐 움직이는 독일인들이 나타났다 사라졌다 하는 것을 볼 수 있었다. 그는 우선 헌병들과 일을 시도했다고 했다. 그의 말에 따르면 그는 회사와 접촉을 시도했다고 했다. 이 문제가 군수 산업과 관련된 것이며 당국도 알듯이 그가 없는 생산 경영은 상상조차 할 수 없음에도 헌병들이 이 요구를 지속적으로 거부해 왔음을 알게 되었다. 이에 대한 증명서와 다른 모든 물건도 헌병대에서 다 빼앗겼다. 그는 연이은 많은 질문에 답하는 중간중간 얘기를 했기 때문에 이 모든 것을 간신히 알아들을 수 있었다. 그는 매우 화가 난 듯 보였다. 하지만 그는 그 일을 상세히 말하고 싶지는 않다고 했다. 그리고 이 때문에 독일 장교에게 갔었다고 했다. 그 장교는 그때 막 떠날 준비를 하고 있었다. 그가 근처에 있는 것을 우연히 알게 되었다고 했다.

"나는 길을 막고 섰습니다."

그가 말했다. 그 사건을 본 증인들도 그곳에 많았는데 모두가 그의 대담함에 대해 언급했다. 하지만 그는 어깨를 으쓱하고는 위험을 감수하지 않으면 좋은 결과를 얻을 수 없다며 무슨 일이 있어도 마지막으로 책임자와 말을 해 보겠다고 했다.

"저는 기술자입니다."

그가 말을 계속했다.

"독일어도 완벽하게 합니다."

그가 덧붙였다. 그는 이 말을 독일인 장교에게도 했다. 그는 이곳에서 도덕적으로나 실제적으로 자신이 일하는 것을 불가능하게 하고 있다고 설명했다. 그의 말을 빌리면 지금 진행되는 조치들은 모두 합리적인 이유나 법적 근거 없이 행해지고 있다고 했다.

"이렇게 해서 도대체 누구에게 도움이 되는 거죠?"

그가 독일인 장교에게 물었다. 그는 그 장교에게 이렇게 얘기했다고 한다.

"저는 어떤 이득이나 특권을 위해 말씀드리는 게 아닙니다. 저도 한 개인이고 상황 판단을 할 수 있는 사람입니다. 저는 제 재능에 맞는 일을 하고 싶습니다. 이것이 제가 바라는 전부입니다."

그는 장교로부터 지원하라는 제안을 받았다. 그는 장교가 거창한 약속을 하지는 않았지만 현재 독일은 모든 사람, 특히 지식인의 전문 지식을 절대적으로 필요로 한다고 확인해 주었다고 말했다. 그는 장교의 말이 객관적이라는 느낌을 받았다고 말하며 "정확성과 현실성"이라는 단어로 표현했다. 그는 장교의 품행에 대해서도 따로 언급했는데 거친 헌병들과는 달리 합리적이고 온화하고 모든 면에서 비난할 여지가 없다고 했다. 그는 다른 질문에 대답하면서 물론 이 장교로부터 받은 인상 외에 다른 보장은 없다는 점을 인정했다. 그러나 당장에는 다른 도리가 없으며 자신의 생각이 틀리지 않을 것 같다고 했다.

"내가 사람을 잘못 보지 않는다는 전제하에 말입니다."

그가 한마디 덧붙였다. 그러나 나는 그럴 가능성이 상당히 낮다는 느낌을 받았다.

기술자가 자리를 뜨는 것과 거의 동시에 불운한 사람이 다른 무리에서 마치 용수철 인형처럼 튀어 올라 그를 향해 재빨리 달려가는 것이, 좀 더 정확히 말해 그의 앞을 가로막는 것이 보였다. 그의 얼굴에 나타난 눈에 띄는 흥분과 과감함을 보며 나는 세관 건물에서와 달리 이번에는 그에게 말을 시킬 것 같다는 생각이 들었다. 하지만 너무 서두른 나머지 신청자 목록과 연필을 가지고 체크를 하던 체구가 크고 키가 훤칠한, 완장 찬 사람과 부딪쳐 비틀거렸다. 불운한 사람이 얼른 중심을 잡고 몸을 뒤로 빼자 완장 찬 사람이 머리에서 발끝까지 훑어보더니 허리를 굽히고 뭔가를 물었다. 그때 로시에가 다음이 우리 차례라고 말해서 그다음에 무슨 일이 일어났는지는 모른다.

그 후 유일하게 기억나는 것은 소년들과 함께 숙소를 향해 갔던 일이다. 이 마지막 날은 특히나 평화롭고 날씨는 더웠다. 여름 하늘에 석양이 드리워 언덕이 붉게 물들어 있었다. 반대편 강 쪽에는 나무 울타리 위로 교외선 정규 열차의 파란색 차량 지붕들이 지나가는 것이 보였다. 신청이 끝나자 지극히 당연한 일이지만 좀 피곤했다. 하지만 약간은 기대도 됐다. 소년들도 전반적으로 만족하는 듯 보였다. 불운한 사람도 슬그머니 우리 무리로 들어와서는 약간은 엄숙하면서도 우리에게 의향을 묻는 표정으로 자신도 명단에 포함되었다고 말했다. 우리가 잘했다고 하자 그가 좋아했다. 하지만 나는 그 후에는 그의 말에 거의 귀를 기울이지 않았다. 이쪽 벽돌 공장 뒤편 역시 조용했다. 간혹 끼리끼리 모여 얘기를 나누는 사람들과 잘 준비를 하는 사람들, 저녁을 먹고 자기 짐을 지키는 사람들, 그냥 말없이 앉아 있는 사람들을 볼 수 있었다. 우리는 어느 부부 옆에 있게 되었다. 나는 그들을 여러 번 봤기 때문에 이미 낯이 익었다. 부인은 작고 세련된 용모에 호리호리했고 남편은 마른 체구에 안경을 꼈는데 이가 듬성듬성 빠지고 계속 안절부절못하고 뛰어나갈 준비를 한 채 이마에는 연신 땀을 흘렸다. 그때도 그는 바삐 움직이고 있었다. 땅에 쭈그려 앉은 채 부지런히 움직이는 부인의 도움을 받으며 재빨리 짐들을 모으더니 끈을 이용해 한 더미로 묶었다. 그는 온통 이 일에만 집중할 뿐 다른 일에는 전혀 관심이 없는 듯 보였다. 불운한 사람이 갑자기 그 사람 뒤에 멈춰 섰다. 불운한 사람 역시 그를 아는 듯했다. 일 분쯤 뒤에 그들도 독일로 떠나기로 결정했는지 물어봤기 때문이다. 그가 순간적으로 뒤로 돌아 땀을 흘린 채 눈을 깜빡거리며 안경 너머로 위를 쳐다보았다. 저녁 햇살에 얼굴을 찡그리며 대답하는 대신 당황한 듯 질문했다.

"가야 되는 거잖아요, 아닌가요?"

그의 이러한 상황 인식이 단순하면서도 어쩌면 사실과 부합할 것이라는 느낌이 들었다.

다음 날 이른 아침에 우리는 길을 떠났다. 화창한 여름날 기차가 정문 앞 교외선 플랫폼에서 출발했다. 화물 열차로 보이는 이 기차는 지붕과 문이 막혀 있는 붉은 벽돌색 차량들로 이루어져 있었다. 그 안에는 우리 예순 명과 짐들에 완장을 찬 사람들이 여행 중에 사용할 물건들도 있었다. 빵 더미와 커다란 고기 통조림도 있었는데 벽돌 공장에서는 볼 수 없던 고급 식료품들임을 알 수 있었다. 전날부터는 아주 세심하고 예의를 갖춰, 다시 말해 어느 정도 존중하는 태도로 길을 떠나는 우리를 대하는 것을 감지할 수 있었다. 내 느낌에는 이렇게 관대한 태도가 일종의 보상 같은 것이 아닐까 하는 생각이 들었다. 총을 든 헌병들도 턱까지 단추를 잠근 채 무뚝뚝하게 거기서 있었다. 그들은 값비싼 물건들을 감시하는 역할을 맡은 듯 보였지만 그들 역시 물건에 손을 대지는 않았다. 아마도 자기들보다 지위가 높은 독일인들 때문일 거라는 생각이 들었다. 잠시 후에 미닫이문이 닫히고 밖에서 뭔가를 망치로 치는 소리가 들렸다. 그러고 나서 신호 소리, 호각 소리, 철도원들이 움직이는 소리, 덜커덩거리는 소리와 함께 우리는 출발했다. 우리 소년들은 기차에 처음 올라탔을 때 차량의 앞쪽에서 3분의 1지점에 편안히 자리를 잡았다. 차량 양쪽 높은 곳에는 창문 모양의 뻥 뚫린 구멍이 있었는데 철조망으로 촘촘하게 엮여 있었다. 얼마 지나지 않아 차량 안에 있는 우리에게 대두된 문제는 물과 여행 시간이었다.

그 밖에는 전체적으로 여행에 대해 특별히 말할 것이 별로 없다. 세관 건물이나 벽돌 공장에서 그랬듯 우리는 기차에서도 어떤 식으로든 시간을 때워야 했다. 물론 상황이 어려워진 만큼 기차에서 지내는 것이 조금 더 불편했다. 다른 한편으로는 이제 목적지를 안다는 점이 달랐다. 기차가 너무 느리고 여정 내내 기차의 덜컹거림, 반복적인 정지와 운행, 지연이 정말 피곤했지만 결국 목적지에 점점 다가가고 있다는 생각이 사람들의 걱정과 어려움을 덜어 주었다. 소년들과 나도 인내심을 잃지 않았다. 로시에 역시 이 여정도 우리가 목적지에 도착하면 끝날 거라고 격려해 주었다. 기생오라비도 있었는데, 그는 벽돌 공장에서 알게 된 부모님과 함께 온 한 소녀 때문에 소년들로부터 놀림을 많이 받았다. 소년들도 그녀에 대해 궁금해했다. 기생오라비는 그 소녀의 마음을 얻기 위해 초반에 특히 차량 안쪽으로 자주 사라지곤 했는데 소년들 사이에서 이 사건에 대해 많은 얘기가 오갔다. 그 가운데는 골초 소년도 있었다. 그 아이는 그 안에서도 여전히 호주머니에서 부드러운 잎담배와 담배 마는 종이, 성냥개비 하나를 꺼내더니 맹금류처럼 탐욕스러운 눈빛으로 불을 향해 허리를 굽혔고 가끔은 저녁에도 담배 문 얼굴을 불 옆으로 갖다 댔다. 우리와 마찬가지로 모시코비치의 이마에서도 그을음과 범벅된 땀이 솟아 안경과 납작한 코, 두툼한 입술까지 흘러내렸다. 물론 나도 마찬가지였다. 나는 모시코비치와 다른 사람들로부터 사흘째 되던 날에도 흥미로운 말과 이야기를 들을 수 있었다. 피혁 장인은 중간중간 말문이 막혔지만 썰렁한 농담을 들려주었다. 몇몇 어른들이 어떻게 생각해 냈는지는 모르지만 우리 여정의 종착지에 '숲 속 호수'라는 이름을 붙였다. 목이 마르거나 더울 때 이 이름의 뜻이 그 자체로 하나의 약속이 되기 때문에 사람들이 좀 더 쉽게 견뎌 낼 수 있으리란 기대를 가지고 붙인 이름일 것이다. 불평이 많은 사람들에게는 옆 차량에는 여든 명이 타고 있다는 사실을 기억하라고 했는데 그것도 어느 정도 효과가 있었다. 잘 생각해 보니 나도 얼마 전만 해도 여기보다 비좁은 곳에서 지냈다. 헌병대 마구간에서였는데 서로 협의하여 공간 부족 문제를 해결할 수 있었다. 우리는 모두 터키인들이 앉는 방식으로 다리를 꼬고 땅에 앉았다. 기차 안에서는 그때보다는 편하게 앉아 있을 수 있었다. 원하면 서 있을 수도 있고 몇 발짝 움직일 수도 있었다. 예를 들어 차량 뒤쪽 오른편에 위치한 화장실에도 갈 수 있었다. 우리는 처음에는 화장실에서 가능하면 소변만 보기로 합의했다. 하지만 시간이 지남에 따라 많은 사람이 생리적 욕구의 명령이 우리의 합의보다 강하다는 사실을 경험하게 되었고 결국 어른들에 이어 우리 아이들뿐 아니라 여성들도 생리적 욕구에 따라 행동했다. 물론 예의를 잘 지켜 가면서 말이다.

헌병들도 우리를 크게 불편하게 하지 않았다. 사실 처음에는 그들이 좀 무서웠다. 하필 내 머리 위 왼쪽의 창문으로 커다란 얼굴을 불쑥 보이기도 했고 첫째 날 저녁인지 밤에 한 번 그리고 기차가 장시간 멈춰 있는 동안에 또 한 번 차량 안에 있는 우리에게 손전등을 비춰 대기도 했기 때문이다. 하지만 그들은 곧 돌아갔고 나쁜 의도도 없었다. 소식을 알려 주기 위해 왔기 때문이다.

"여러분은 헝가리 국경에 도착했습니다!"

잠시 후 그들이 온 김에 우리에게 한 가지 요청을 하고 싶다고 했다. 우리 중에 돈이나 귀중품을 가지고 있는 사람이 있다면 자기에게 넘겨 달라는 것이었다.

"여러분이 가는 곳에서는 더 이상 귀중품이 필요하지 않을 겁니다."

헌병이 자신의 생각을 말했다. 계속 가지고 있으면 어차피 독일인들이 다 빼앗을 것이라고 확신에 차서 얘기했다.

"그럴 바에야 차라리 헝가리 사람에게 주는 편이 낫지 않을까요?"

그가 위쪽 창문 틈에 대고 말을 계속했다. 엄숙하게 느껴지는 시간이 잠시 지난 후 그가 갑자기 우리 사이의 분위기를 따뜻하게 만들고 모든 것을 덮고 모든 것을 용서하겠다는 투의 목소리로 덧붙였다.

"결국 여러분도 헝가리 사람이지 않소!"

이 말에 약간의 웅성거림과 숙고 후에 그 대가로 물을 달라고 제안하는 한 남자의 낮은 목소리가 차량 안 어딘가로부터 들려왔다. 이 제안에 헌병은 그것은 원래 금지 사항이라고 말하면서도 물을 줄 것처럼 했다. 그러나 합의에 이르지는 못했는데 이유인즉 남자는 물을 먼저 요구한 반면 헌병은 물건을 먼저 요구했기 때문이다. 둘 중 누구도 양보하지 않았다. 결국 헌병이 분개하며 말했다.

"더러운 유대인들! 가장 성스러운 목숨을 가지고도 거래를 하다니!"

그는 하도 분개하고 증오심을 느낀 나머지 숨이 넘어가는 목소리로 우리를 향해 저주를 퍼부었다.

"목이나 말라 뒈져 버려라!"

그런데 얼마 후 그런 일이 실제로 일어났다. 최소한 우리 차량에서는 그런 얘기를 하곤 했다. 실제로 둘째 날 오후부터 우리 뒤쪽 차량에서 듣기에 별로 유쾌하지 않은 이상한 소리가 들려왔다. 나 역시 그 소리를 들을 수밖에 없었다. 그 노파(우리 차량에서는 이렇게 불렸다.)가 병이 들었는데 아마 목이 말라 미쳐 버린 게 틀림없다고들 했다. 설명이 그럴싸했다. 기차가 처음 출발할 때 몇몇 사람이 우리 차량에는 너무 어린 아이나 나이가 너무 많은 사람, 병든 사람이 없는 것이 참 다행이라고 말한 적이 있었는데 그 말이 맞는다는 것을 이제야 알 것 같았다. 결국 사흘째 되던 날 오전부터는 그 노파의 목소리가 들리지 않았다. 우리끼리는 물을 마시지 못해 죽은 것이라고 했다. 우리는 그 노파가 고령인 데다 병도 들었다는 사실을 알았기 때문에 나를 비롯해 모든 사람이 이번 일은 결과적으로 봤을 때 있을 수도 있는 일이라고 여겼다.

기다림이 꼭 기쁨을 가져다주는 것만은 아닌 듯하다. 최소한 내 경험에 따르면 우리가 최종 목적지에 도착했을 때 내 느낌이 그랬다. 피곤하기도 하고 너무 간절히 목적지에 도착하기를 기다린 이유도 있겠지만 아무튼 이런 요인들이 기쁨을 느끼는 것을 잊어버리게 만들었던 것 같다. 나는 오히려 냉담함까지 느꼈다. 나는 일어나는 사건마다 관심을 기울일 수는 없었다. 기억이 나는 것은 아주 가까운 곳에서 미친 듯이 울려 대는 사이렌 소리에 갑자기 잠에서 깼다는 것이다. 창밖에서 비쳐 오는 은은한 빛이 나흘째 새벽이 밝아 오고 있음을 알려 주었다. 차량 바닥에서 잔 터라 조금 아팠다. 다른 때도 자주 그랬듯 기차가 멈춰 섰고 사이렌 소리가 계속 들려왔다. 이럴 때면 항상 그랬듯 창문 쪽으로 사람들이 몰려 있었다. 모두가 밖에 뭐가 있는지 내다보고 싶어 했다. 이런 현상 역시 그 즈음에 늘 있는 일이었다. 얼마간의 시간이 흐른 후 나 역시 창문 쪽에 자리를 잡았지만 아무것도 보이지 않았다. 새벽녘이라 바깥 공기가 서늘하고 향기도 좋았다. 드넓은 들판 위로 회색빛 안개가 드리워 있었다. 잠시 후 트럼펫 소리처럼 강렬하고 가늘고 붉은 햇살이 갑자기 우리 뒤쪽 어딘가로부터 비쳐 왔다. 나는 일출 광경을 보게 되었다. 아름답고 흥미로웠다. 집에서는 그 시간이면 항상 잠을 자고 있었다. 앞쪽 왼편에 건물이 하나 보였는데 폐쇄된 역이거나 더 큰 역이 있음을 알려 주는 간이역 같았다. 회색의 작은 건물이었는데 근처에 사람은 한 명도 없었다. 작은 창문들은 닫혀 있고 지붕은 전날 이미 그 지역 건물들에서 본 것처럼 우스울 정도로 경사가 심했다. 안개 속에서 새벽빛이 비치면서 내 눈앞에서 건물의 윤곽이 뚜렷하게 드러나기 시작했다. 잠시 후 회색빛이 보라색으로 바뀌었다. 동시에 첫 햇살이 창문에 닿자 창문들이 붉은빛을 띠며 번쩍거렸다. 창문 옆에 있던 다른 사람들도 건물의 형체를 알아보았고 나 역시 뒤쪽에서 궁금해하는 사람들에게 건물에 대해 말해 주었다. 혹시 지역 이름이 쓰인 간판이 보이느냐고 물었다. 첫 햇살이 들자 기차 진행 방향에 있는 건물의 좁은 측면 지붕 아래에 붙어 있는 간판 위 두 단어가 보였다. 나는 "아우슈비츠≈비르케나우"라고 소리 내어 읽었다. 독일어 글자가 야생 취산화 장식체로 쓰여 있고 두 글자 사이에 이중 물결 모양의 연결 기호가 붙어 있었다. 나는 지리 지식을 총동원해 보았지만 어디인지 알 수 없었고 다른 사람들 역시 나보다 잘 알지 못했다. 잠시 후 뒤쪽에서 누군가가 자리를 좀 바꿔 달라고 해서 나는 다시 바닥에 앉았다. 아직 이른 시간인데다 졸리기도 해서 나는 다시 잠이 들었다.

분주한 움직임과 소란 때문에 나는 곧 잠에서 깼다. 밖에는 이미 해가 쨍쨍 빛나고 있었다. 기차가 다시 움직이고 있었다. 나는 소년들에게 그곳이 어딘지 물었다. 그들이 여전히 같은 곳이며 지금 막 다시 출발했다고 말해 주었다. 덜컹거리는 소리 때문에 잠이 깬 것 같았다. 소년들은 우리 앞에 공장과 주택 같은 것들이 있는 게 확실하다고 덧붙였다. 일 분쯤 지났을까 창 쪽에 있던 사람들이 말을 해 줬고 나 역시 햇빛이 갑자기 가려졌다 다시 나온 것을 보고 정문처럼 생긴 아치 아래를 지나가고 있음을 알 수 있었다. 다시 일 분쯤 지나자 기차가 완전히 멈춰 섰다. 그러자 역과 군인들과 사람들이 보인다고 사람들이 극도로 흥분하며 말해 주었다. 많은 사람이 짐을 꾸리거나 단추를 채웠고, 특히 여자들 가운데 몇몇은 급히 씻거나 치장을 하거나 빗질을 시작했다. 반면에 바깥에서는 사람들이 다가오면서 쿵쾅거리는 발자국 소리와 문이 덜커덩거리는 소리, 승객들이 기차에서 쏟아져 나가면서 내는 뒤섞인 소음들이 들려왔다. 의심할 바 없이 목적지에 도착했음을 알 수 있었다. 물론 나는 매우 기뻤지만 하루나 이틀 전에 느꼈을 법한 기쁨과는 사뭇 다른 느낌이 들었다. 잠시 후 우리 차량의 문을 연장으로 치는 소리가 들리더니 한 사람 혹은 여러 사람이 육중한 문을 반쯤 열어젖혔다.

이때 처음으로 그들의 목소리를 들을 수 있었다. 그들은 독일어나 그 비슷한 언어로 말하는 것 같았는데 듣자니 두 언어를 동시에 말하는 것도 같았다. 추측건대 우리가 내리기를 원하는 것 같았다. 그런데 그 대신 그들이 우리 사이로 밀치고 올라왔다. 일시적으로 아무것도 보이지 않았다. 잠시 후 가방과 짐은 그대로 두어야 한다는 소식이 전해졌다. 나중에 모두 틀림없이 자기 짐을 돌려받게 될 것이라고 했다. 그들이 설명을 하면 사람들이 통역했고 그 말이 주변으로 입에서 입으로 전달되었다. 하지만 짐들은 먼저 소독하고 사람들은 샤워를 해야 한다고 했다. 나 역시 마침 샤워가 꼭 필요한 시점이라고 생각했다. 이때 사람들이 무리를 지어 내가 있는 쪽으로 다가왔다. 처음으로 그곳에서 사는 사람들을 보게 된 나는 깜짝 놀랐다. 태어나서 처음으로 그렇게 가까이에서 줄무늬 죄수복에 머리를 빡빡 밀고 둥근 모자를 쓴 죄수들을 봤기 때문이다. 나는 나도 모르게 뒤로 살짝 물러났다. 그들 중 몇 사람이 사람들의 질문에 대답을 해 주었고 다른 사람들은 차량 안을 둘러보았으며 또 다른 사람들은 짐꾼처럼 보였는데 능숙하게 짐들을 끌어내리기 시작한 그들은 뭔가 이상하게도 여우처럼 매우 민첩하게 움직였다. 그들은 모두 가슴에 일반적으로 죄수들에게 볼 수 있는 죄수 번호 외에 노란색 삼각형을 하나씩 더 달고 있었다. 이 색깔의 의미를 알아내기가 어렵지는 않았지만 이곳으로 오는 동안 이와 관련된 모든 일을 거의 잊어버리고 있었다는 사실에 갑자기 눈이 번쩍 뜨였다. 그들의 얼굴은 우리에게 믿음을 주지 못했다. 두 귀는 쫑긋 세워지고 코는 앞으로 푹 튀어나와 있었으며 쑥 들어간 작은 눈은 교활한 빛을 띠었다. 정말 모든 면에서 유대인처럼 보였다. 나는 그들이 의심스러워 보이고, 완전히 이방인처럼 느껴졌다. 그들은 우리 소년들을 보자 상당히 흥분한 듯 보였다. 그들이 곧 재촉하는 듯 빠른 속도로 소곤거렸다. 나는 그때까지 유대인에게는 히브리어만 있다고 알고 있었는데, 그렇지 않다는 사실을 알고는 무척 놀랐다.

"Reds di jiddis, reds di jiddis, reds di jiddis?(이디시어[4] 알지, 이디시어 말이야, 이디시어 몰라?)"

우리는 그 질문의 의미를 서서히 이해하게 되었다. 그래서 소년들과 내가 그들에게 대답했다.

"Nein.(아니요.)"

그들은 우리의 대답에 별로 만족해하는 것 같지 않았다. 그 다음에는 그들이 독일어로 얘기했기 때문에 쉽게 이해할 수 있었는데 모두가 우리 나이에 정말 관심이 많았다. 우리는 열

---

4) 중동부 유럽에서 사용하는 유대인 언어.

네 살, 열다섯 살이라고 각각 말했다. 그들은 곧장 손과 머리와 온몸으로 강한 거부 의사를 나타냈다.

"Zescájn!(열여섯 살!)"

사방에서 소곤거렸다.

"Zescájn!(열여섯 살!)"

나는 놀라서 그들 중 한 명에게 물었다.

"Warum?(왜?)"

"Willst du arbeiten?(일을 할 거야?)"

그가 주름지고 쑥 들어간 눈의 멍한 시선으로 내 눈을 뚫어져라 응시하며 일을 하고 싶으냐고 되물었다. 그래서 내가 대답했다.

"Natürlich.(물론이지.)"

다시 생각해도 결국 나는 일하러 갔기 때문에 그것은 당연한 일이었다. 그러자 그가 누리끼리하고 뼈만 앙상하게 남은 거친 손으로 내 팔을 잡더니 힘차게 흔들며 말했다.

"Zescájn... verstajszt di?... zescájn!...(열여섯 살…… 알겠지? 열여섯 살!)"

그는 화가 난 듯 보였고 이 일이 그에게는 아주 중요해 보여 나는 황급히 앞에 있는 소년들과 상의한 후 약간 밝은 표정으로 내가 열여섯 살이라는 데 동의해 주었다. 그들은 우리에게 실제 사실과는 상관없이 어떤 말을 해도 괜찮지만 우리 중에 형제, 특히 쌍둥이가 있다고 하면 절대 안 된다고 했다. 나는 깜짝 놀랐다. 그런데 가장 놀라운 것은 이 말이었다.

"Jeder arbeiten, nist ká mide, nist ká krenk.(각자 다 일을 해야

하고, 지친 것처럼 보여도 안 되고 병들어 보여도 안 돼.)"

그들이 차량에 들이닥치고 내 자리에서 차량 문까지 오는데 걸린 이 분이 채 안 되는 시간 동안 그들이 한 말 중에서 나는 이 말밖에 알아들을 수 없었다. 그리고 나는 문에서 햇빛과 신선한 공기가 있는 밖으로 폴짝 뛰어내렸다.

무엇보다 먼저 대평원처럼 보이는 거대한 지역이 눈에 들어왔다. 갑작스럽게 눈에 들어온 광활함과 하늘과 평지를 동시에 하얗게 만들며 눈을 아프게 하는 광채 때문에 눈이 부셔 잠시 눈을 뜰 수 없었다. 자세히 바라볼 시간도 없었다. 주변이 북적임과 와글거리는 소리, 말소리, 각종 사건과 더불어 정돈하느라 정신이 없었기 때문이다. 여자들과 같은 지붕 아래에서 함께 목욕할 수는 없기 때문에 잠시 떨어져 있어야 한다는 얘기도 들렸다. 좀 떨어진 곳에서는 노인과 약자, 아이와 함께 있는 엄마, 여행 중 과로로 지친 사람을 태우기 위해 자동차들이 따로 기다리고 있었다. 다른 죄수들이 이 모든 사실을 알려 주었다. 이곳 밖에는 녹색 모자에 녹색 깃이 달린 제복을 입고 팔로 방향을 지시하는 독일 군인들이 있었는데 뒤에도 눈이 달린 듯 사방을 주시했다. 독일 군인들을 보니 마음이 좀 가벼워졌는데 그들은 멋지고 세련된 데다 이 아수라장에서 유일하게 안정감과 평온을 제공해 주었기 때문이다. 잠시 후 우리 중 나이가 많은 어른들이 독일 군인들에게 최대한 협조하고 질문이나 작별 인사는 간단하게 하고 우리가 망나니 같은 사람이 아니라 현명한 사람들이라는 인상을 그들에게 심어 주자고 충고했는데 나 역시 그들의 말에 동의했다. 그

다음에 일어난 일은 표현하기 어려울 것 같은데 죽이 부글부글 끓어 소용돌이치는 듯한 홍수 같은 것이 나를 붙잡아 휩쓸어 갔다. 내 뒤에서는 한 여자가 자기 옆에 있던 핸드백에 대해 누군가에게 알리려는 듯 계속 소리를 질러 댔다. 앞쪽에서는 외모가 너저분한 노파 하나가 배회하고 있고 키 작은 젊은 이가 그 옆에서 뭔가 설명하는 소리가 들렸다.

"엄마, 말 들으세요! 어차피 우린 곧 만나게 돼요. Nicht war, Herr Offizier?(그렇지 않은가요, 장교님?)"

그가 친밀하게, 어른들이 하는 식으로 협조를 구하는 미소를 지어 보이며 마침 거기에서 일하고 있는 독일 군인을 향해 몸을 돌렸다.

"Wir werden uns bald wieder...(다시 만나게 될 겁니다…….)"

그때 지저분하지만 곱슬머리에 옷은 진열장 인형처럼 입은 어린아이의 엄청난 비명 소리에 나는 눈길을 돌렸다. 그 소년은 엄마로 보이는 금발 여자의 손아귀에서 움찔거리고 몸부림치며 벗어나려 애썼다.

"나 아빠하고 갈 거야! 아빠하고 갈 거라니까!"

아이가 흰 자갈과 먼지 위에서 흰 신발을 신은 발을 우스운 모양으로 구르고 쿵쾅거리며 소리를 지르고 울부짖고 악을 썼다. 그 와중에 소년들과 나는 로시에가 내는 구호와 신호에 맞춰 걸음걸이를 유지하려 애썼다. 그때 꽃무늬 민소매 여름옷을 입은 덩치 있는 아주머니가 나를 지나고 모두를 지나 자동차들이 보이는 방향으로 소리를 지르며 따라갔다. 잠시 후 왜소한 체구에 검은색 모자와 검은색 넥타이를 맨 노인이 내 앞에서 이리저리 휩쓸리다가 떠밀려 갔다. 그가 뭔가를 찾는 듯한 얼굴로 사방을 두리번거리며 소리를 질러 댔다.

"일론커! 일론커!"

그리고 키가 크고 얼굴에 뼈가 앙상한 남자와 검은 머리가 긴 여자가 얼굴과 입술을 맞대고 온몸으로 힘껏 껴안고 있는 모습이 보였다. 이들은 지나가는 사람들의 공분을 샀는데 잠시 후 그 여자(소녀일 수도 있다.)는 끊임없이 밀려드는 무리에 둘러싸이다가 결국 떨어져 나가 무리 속으로 사라졌다. 그녀는 남자와 멀어지면서도 힘껏 까치발을 하며 몸을 세우더니 양팔을 넓게 벌려 작별을 고했다.

이 모든 광경과 소리, 사건으로 나는 무척 혼란스러웠고 이것들이 하나의 낯설고 현란한, 다시 말해 미친 것 같은 인상으로 뒤섞이며 소용돌이쳐 약간 어지러웠다. 이 때문에 좀 더 중요할 수도 있는 다른 일들에는 그다지 집중할 수 없었다. 예를 들어 내 주변에 정렬이 잘된 남자들로만 구성된 긴 5열 종대가 만들어진 것이 우리 자신이나 군인들, 혹은 죄수들의 노력의 결과인지 우리 모두의 노력의 결과인지 모르지만 아무튼 그 줄은 나를 포함해 똑같이 줄을 맞춰 느리지만 한 발 한 발 서서히 앞으로 나아갔다. 앞에 목욕탕이 있었는데 이를 보자 다시 힘이 생겼다. 하지만 그 전에 모두 의사에게 건강 검진을 받아야 한다고 했다. 그들이 말을 해 주기도 했지만 스스로 생각해도 이것은 자연스럽게 이해가 되는 부분이었다. 업무 때문에 하는 일종의 징병 검사나 업무 적합도 검사임에 틀림없다고 생각했다. 그때까지 잠깐 쉴 수 있었다. 내 옆과 앞과 뒤에서 소년들이 서로 부르며 잘 있다고 손을 흔들었다. 날씨는 무더웠다. 나는 주변을 쭉 둘러본 후 우리가 어디에 있는지 약간 추측해 볼 수 있었다. 역은 꽤 멋있었다. 이런 길이 일반적으로 그렇듯 우리 발밑에는 자갈이 깔려 있고 저 멀리에는 잔디가 줄지어 심어져 있었는데 그 안에 노란 꽃들이 피고 끝없이 펼쳐진 새하얀 아스팔트 길도 하나 있었다. 같은 모양으로 흰 일련의 기둥들과 그 사이에 있는 반짝이는 금속으로 된 가시철조망이 이 길을, 뒤에서 시작되는 들여다볼 수 없는 지역과 보이는 지역으로 나누었다. 죄수들이 저 안쪽에서 살리라는 점은 쉽게 추측할 수 있었다. 그제야 시간 여유가 생겨서인지 모르지만 나는 처음으로 이 죄수들에게 관심이 갔고 이들이 무슨 죄를 저질렀을지 궁금해졌다.

나는 주변을 둘러보고 이 평지의 전체 규모에 다시 한 번 놀랐다. 그때까지는 수많은 사람들과 눈부신 빛 때문에 정확한 모습을 볼 수 없어서 저 멀리 땅에 밀착되어 있는 건물 같은 것들과 여기저기 서 있는 사냥터에서나 봄직한 몇 개의 망루, 건물 모퉁이, 탑, 굴뚝 등을 거의 구별하지 못했다. 내 주변에 있던 소년들과 어른들이 하늘에 있는, 길고 움직임이 거의 없이 반짝거리는 뭔가를 가리켰다. 하늘에 구름은 거의 없었지만 그것은 흐릿한 하늘의 하얀 수증기 속에 파묻혀 있었다. 체펠린 비행선[5]이었다. 내 주변에 있던 모든 사람이 항공 방어

---

5) 비교적 가벼운 금속이나 나무 따위로 선체를 만들고 그 내부에 가스 주머니를 넣은 비행선.

전이라고 했다. 그제야 나는 새벽 사이렌이 울리고 있다는 사실을 알아차렸다. 그런데 주변에 있던 독일 군인들에게서는 당황하거나 놀라는 기색을 전혀 볼 수 없었다. 나는 헝가리에서 방공 사이렌이 울렸을 때를 떠올렸다. 그때 그곳에서 그들의 침착함과 냉정함을 보고서야 헝가리에서 사람들이 독일인에 대해 말하던 존경을 단숨에 그리고 좀 더 정확히 이해할 수 있을 것 같았다. 그들의 옷깃에 새겨진 번개 문양의 선 두 개도 그때 눈에 들어왔다. 이것을 보고서야 그들이 헝가리에서도 자주 듣곤 한 그 유명한 독일 나치 친위대(SS) 대원들이라는 사실을 알게 되었다. 나는 그들이 전혀 위험하게 생각되지 않았다. 그들은 편하게 종대 앞쪽과 뒤쪽을 걸어 다니고 기둥을 따라 순찰했으며 질문에 답을 하거나 고개를 끄덕이기도 하고 우리 중 몇몇 사람의 등이나 어깨를 다정하게 두드려 주기도 했다.

나는 특별히 하는 일 없이 기다리는 몇 분 동안 다른 것들도 눈여겨보았다. 물론 나는 헝가리에서도 독일 군인을 자주 봤다. 헝가리에서 본 독일 군인은 항상 바쁘게 움직이고 과묵했으며 일에 찌든 얼굴을 하고 옷은 항상 깔끔하게 입었다. 하지만 이곳에서는 헝가리에서와 달리 약간 군기가 빠져 있는 듯했는데 내가 보기에는 아주 편하게 움직이고 있었다. 업무에 따라 다른지는 몰라도 헝가리에 진주한 독일 군인들의 모자와 군화, 군복이 좀 더 부드럽고 광택이 있었던 데 반해 이곳 군인들의 제복은 뻣뻣하고 광택이 덜 난다는 사소한 차이도 발견할 수 있었다. 이들은 모두 옆에 총을 차고 있었는데 군인이니 당연한 일일 터였다. 많은 군인들이 총 말고도 손잡이가 갈고리처럼 휜, 일반 산책 지팡이와 비슷한 막대도 들고 있었다. 이것을 보고 나는 약간 놀랐는데 이들이 모두 건장하고 걷는 데 전혀 문제가 없으며 누가 봐도 힘이 넘치는 남성들이었기 때문이다. 그런데 잠시 후 이 물건을 좀 더 가까이에서 자세히 보게 되었다. 군인 한 명이 내 앞에서 반쯤 등을 돌린 채 막대를 골반 뒤로 가져가더니 지루한 듯 양 끝을 손으로 잡고 구부리기 시작했다. 나는 줄을 선 채 점점 그에게 가까이 갔다. 그때 나는 그 막대가 나무가 아니라 가죽으로 만들어졌고 막대가 아니라 채찍이라는 사실을 알게 되었다. 약간 이상한 느낌이 들었지만 그때까지 그것을 사용하는 것을 한 번도 본 적이 없었다. 그때 문득 우리 주변에 죄수들도 많다는 사실을 깨닫게 되었다.

나는 크게 신경 쓰지 않았지만 내 기억에 한번은 기계 조립 분야에 숙련된 사람이 있으면 나오라는 소리가 들렸고 또 한 번은 쌍둥이나 몸이 불편한 사람 그리고 난쟁이가 있으면 나오라는 얘기도 들렸다. 또 얼마 후에는 아이들을 찾았는데 들리는 소식에 의하면 아이들은 특별 대우를 받아 일하는 대신 공부를 하게 되고 각종 특혜도 받는다고 했다. 우리 줄에 있던 몇몇 어른이 이 기회를 놓치지 말라고 우리를 격려해 주었다. 하지만 내 머릿속에는 기차에서 죄수가 해 준 충고가 아직 남아 있었고 아이들 방식으로 살아가기보다는 일을 하고 싶었다.

그동안 우리는 앞쪽으로 상당히 많이 나아가 있었다. 우리 주변에는 군인뿐 아니라 죄수도 상당히 늘어나 있었다. 5열로 서 있던 우리 줄이 한 지점에서 1열로 바뀌었다. 그와 동시에 외투와 셔츠를 벗고 상체에 아무것도 걸치지 말고 의사 앞으로 나오라는 명령이 들렸다. 속도가 점점 빨라지는 것이 느껴졌다. 앞쪽에 사람들이 두 부류로 나뉘어 있는 것이 보였다. 오른쪽에는 다양한 부류의 사람이 많이 모여 있고 다른 쪽에는 사람이 많지는 않았지만 훨씬 마음에 들었다. 게다가 우리 중 몇몇 소년이 벌써 왼쪽에 모여 있었다. 최소한 내 눈으로 봐도 왼쪽에 있는 사람들이 일을 하기에 더 적합하리라는 생각이 들었다. 사람들이 계속 몰려드는 가운데 나는 많은 사람들의 움직임과 오고 가는 사람들의 혼란 속에서 하나의 고정된 지점을 향해 곧장 나아가고 있었다. 그 지점은 바로 이쪽에서도 보이는 멋진 제복이었는데 독일 장교들이 아치형 챙이 달린 높이 솟은 군모와 함께 입고 있었다. 잠시 후 어느새 내 차례가 되어서 나는 깜짝 놀랐다.

검사 시간 자체는 기껏해야 이삼 초밖에 걸리지 않았다. 바로 앞에는 모시코비치가 있었는데 의사가 손가락으로 가리키기까지 하며 모시코비치를 다른 쪽으로 보냈다. 모시코비치가 뭐라고 설명하는 소리가 들렸다.

"Arbeiten... Sechzehn...(일하고 싶어요……. 열여섯 살입니다…….)"

그러나 어디에선가 그 아이를 향해 손이 다가왔고 순간적으로 모시코비치의 자리에 내가 섰다. 의사가 숙고하며 진지하고 세심한 시선으로 나를 주의 깊게 살폈다. 나는 가슴 근육이 나와 보이게 하려고 가슴을 쭉 폈다. 모시코비치가 지나간 후에 내가 의사를 향해 살짝 미소를 지었던 것도 기억난다. 그 의사에 대해 바로 신뢰감이 느껴졌다. 외모가 아주 멋졌고 면 도를 말쑥하게 한 기다란 얼굴에 호감이 갔고 입술은 가늘었 으며 푸른색이었는지 회색이었는지는 기억이 나지 않지만 어 쨌든 눈이 밝고 선했기 때문이다. 의사가 장갑 낀 양손을 헝가 리에서 하는 식으로 내 얼굴에 대고 엄지손가락으로 양쪽 눈 아래 살갗을 약간 아래로 잡아당기는 동안 나는 그를 자세히 볼 수 있었다. 그와 동시에 그가 조용하지만 아주 밝고 교양이 묻어나는 목소리로 물었다.

"Wie viel Jahre alt bist du?(너 몇 살이니?)"

이 질문은 그냥 묻는 듯 보였다. 나는 질문에 대답했다.

"Sechzehn.(열여섯 살입니다.)"

의사가 고개를 가볍게 끄덕였는데 순간적으로 받은 인상으 로는 내 대답이 사실이어서가 아니라 적합하기 때문에 끄덕 인 것 같았다. 순식간에 든 느낌이라 틀릴 수도 있겠지만 그가 만족스러운 듯 긴장을 풀고 있다는 느낌을 받았다. 나를 마음 에 들어 하는 것 같았다. 그가 잠시 후 한 손을 내 얼굴에 댄 채 살며시 밀면서 다른 손으로 반대편을 가리키며 합격자들이 있는 쪽으로 나를 보냈다. 소년들이 이미 승전가를 부르듯 기 쁘게 웃으며 나를 맞아 주었다. 소년들의 빛나는 얼굴을 보면 서 나는 우리 무리와 반대편 무리를 구분하는 차이를 알 수 있 을 것 같았는데 내 느낌이 맞는다면 그것은 곧 성공이었다.

나는 셔츠를 입고 소년들과 몇 마디 얘기를 나눈 후 다시 기다리기 시작했다. 그곳에서는 길 건너편에서 일어나는 모든 일을 다른 각도에서 바라보게 되었다. 사람들이 홍수처럼 몰려들고 좁은 길로 몰아넣어진 후 속도가 빨라지고 의사 앞에서 두 부류로 나뉘었다. 나머지 소년들도 순서대로 도착했고 나 역시 자연스럽게 그들을 맞이하는 데 동참했다. 좀 떨어진 곳에 여자들로 이루어진 무리도 보였다. 그들 주변에도 군인들과 죄수들이 있고 앞에는 의사가 한 명 있었는데 상의를 벗지 않는 것을 제외하면 여기서와 똑같이 진행되었다. 숙고해 보면 물론 이것은 이해할 만한 일이었다. 모든 것이 움직이고 모든 것이 작동했으며 모두가 자기 자리에 있고 모두가 자기 일을 정확하고 즐겁고 매끄럽게 처리했다. 나는 모든 사람의 얼굴에서 미소를 발견했는데 그것은 겸손함이나 자신감일 수도 있고 의심이 없거나 결과를 미리 예상했기 때문일 수도 있겠지만 근본적으로는 내가 조금 전에 저쪽에서 느꼈던 것과 대략 비슷한 의미의 미소였을 것이다. 여기에서 볼 때 아주 예뻐 보이는 둥근 귀고리를 한 갈색 머리 여자가 흰색 우비의 가슴께를 붙잡은 채 이들과 비슷한 미소를 지으며 한 군인에게 질문했고 잘생긴 얼굴에 검은 머리의 한 남자 역시 이런 미소를 지으며 앞에 서서 적합 판정을 받았다. 곧 나도 의사의 업무를 할 수 있을 것 같았다. 노인 한 사람이 도착했는데 볼 것도 없이 저쪽이었다. 젊은 사람 한 명은 우리 쪽으로 왔다. 배가 나온 사람은 가슴을 힘껏 내밀었다. 나는 그래 봐야 소용없다고 판단했는데 그렇지 않았다. 의사가 그를 우리 쪽으로 보낸 것이다. 나는 그의 나이가 약간 많다고 봤기 때문에 의사의 결정에 불만을 갖게 되었다. 남자들은 대부분 수염을 기르고 있는데 나는 이것이 좋은 인상을 주지 못한다고 말할 수밖에 없었다. 그래서 나는 그들 가운데 노인이라거나 기타 이유들로 쓸모없는 사람이 몇 명이나 되는지 의사의 눈으로 볼 수밖에 없었다. 한 사람은 너무 말랐고 다른 사람은 너무 뚱뚱했으며 다른 사람은 눈이 떨리고 냄새를 맡는 토끼처럼 입과 코를 계속 움직여 나는 신경 이상자라고 판정했다. 이 사람 역시 의무인 듯 알고 미소를 방긋 지으면서 열심히 뒤뚱뒤뚱 걸어갔지만 나는 부적합자로 판정했다. 또 다른 사람은 외투와 셔츠를 손에 든 채 풀린 멜빵이 허벅지까지 늘어뜨려져 팔과 가슴 부분이 헐렁해진 바람에 흘러내린 살이 그대로 드러났다. 물론 그가 앞에 서자마자 의사가 부적합자 무리를 가리켰다. 그러자 그는 수염이 수북한 얼굴에 어떤 표정을 지어 보였다. 그의 얼굴에는 내 기억에 있는 것과 흡사한, 어쩌면 그보다 친숙한 미소가 떠올랐지만 그 표정은 건조하고 살갗이 튼 입이 만들어 낸 표정이었다. 내가 보기에 그가 의사에게 뭔가 더 할 말이 있다고 말하는 듯했다. 그러나 의사는 이미 그는 쳐다보지도 않고 다음 사람을 주시했다. 그러자 이전에 모시코비치에게 그랬듯 이번에도 손 하나가 그를 길에서 끌어냈다. 그러자 그는 당황하며 분개한 표정으로 몸을 뒤로 돌렸다. 그때 나는 그의 얼굴을 볼 수 있었는데 그는 바로 전문가였다.

　우리는 또 일이 분을 기다렸다. 의사 앞에는 여전히 많은 사람이 있었고, "목욕을 하러 가자."라는 명령이 내려졌을 때 세어 보니 소년들과 다른 사람들로 구성된 우리 무리는 마흔 명쯤 되었다. 군인 한 명이 우리에게 다가왔는데 너무 갑자기 나타나서 어디에서 왔는지 보지도 못했다. 그는 작은 키에 나이가 좀 들어 보이고 온화한 외모였는데 총을 들고 있었다. 일반 사병인 것 같았다. 그가 "Los, ge' ma' vorne!(앞으로 가!)"나 그와 비슷하게 명령했는데 내가 보기에는 문법에도 맞지 않는 말 같았다. 소년들과 나는 약간 조급해하고 있었기 때문에 어쨌든 이 명령이 반갑게 들렸다. 솔직히 말해서 그것은 물론 비누보다는 물 때문이었다. 길은 철망으로 된 문을 지나 안쪽에 목욕탕이 있는 듯 보이는 울타리 뒤쪽 구역 어딘가로 연결되어 있었다. 우리는 서두르지 않고 느긋하게 얘기를 나누거나 구경하면서 그쪽으로 다가갔고 우리 뒤에 있는 군인은 우직하게 말없이 어슬렁거렸다. 발밑에 다시 넓고 멋진 흰색 길이 나타났고 앞쪽에는 다소 지루하게 느껴지는 드넓은 평지가 나타났는데 공기가 뜨겁게 달궈져 사방에서 아지랑이가 피어올랐다. 목욕탕이 너무 멀리 있는 건 아닌지 걱정했지만 곧 나타났는데, 역에서 걸어서 십 분 정도 거리에 있었다. 걸어가는 짧은 시간 동안 주변을 둘러봤는데 모든 것이 마음에 들었다. 특히 길 오른쪽 큰 공터 위에 있는 축구장을 보자 정말 기뻤다. 녹색 잔디며 경기에 필요한 흰색 골대며 흰색으로 그어진 선까지 모든 것이 매혹적이고 신선하고 훌륭하게 정돈된 채 구비되어 있었다. 우리 소년들은 일을 마치고 축구를 하자고 했다. 더 기쁜 일도 생겼는데 몇 발짝 더 가자 길 왼편 가장자리에 수도꼭지가 보였다. 영락없는 우물 펌프였다. 그 옆에 붉은색으로 "Kein Trinkwasser(식수 아님)"이라고 쓰인 푯말이 있었지만 그 순간 우리 가운데 아무도 욕구를 억제할 수 없었다. 군인은 참을성 있게 기다려 주었다. 입안에 화학 약품 특유의 자극적이고 메스꺼운 맛이 남았지만 최근에 이렇게 맛있는 물을 마신 적은 없었다고 할 수 있을 정도였다. 계속 가면서 집들도 볼 수 있었는데 역에서 본 것과 같은 집들이었다. 실제로 가까이에서 보니 낯선 형태의 건물이었는데 층이 낮고 길며 딱히 뭐라고 말하기 어려운 색깔에 지붕 전체에 환기 시설이나 조명 시설처럼 보이는 부분이 길게 툭 튀어나와 있었다. 건물마다 붉은 자갈이 깔린 길이 빙 둘러 있고 잔디밭으로 건물과 도로가 구분되었는데 그 중간에 있는 조그마한 채소밭과 양배추밭을 보자 나는 놀랍고도 즐거워졌다. 화단에는 갖가지 색깔의 꽃이 심어져 있었다. 모든 것이 정말 깨끗하고 멋지고 예뻐서 벽돌 공장에서 우리가 옳은 판단을 내린 것 같았다. 그런데 뭔가 하나 빠졌다는 생각이 들었는데 주변에서 어떤 움직임이나 생명체의 흔적도 찾아볼 수 없었다. 그런데 지금은 주민들이 일할 시간일 테니 어쩌면 당연한 일인지도 모른다는 생각이 들었다.

왼쪽으로 돌자 다른 철조망이 나타났고 철조망 문을 통과하자 마당에 목욕탕이 나타났는데 목욕탕 역시 모든 물품이 구비되고 미리 사용 설명도 잘해 주는 등 사람들을 맞을 준비가 잘되어 있는 것을 볼 수 있었다. 우리는 먼저 바닥에 돌이 깔린 현관 같은 공간으로 들어섰다. 그 안에는 이미 많은 사람이 있었는데 그중에는 우리와 함께 기차를 타고 온 사람들도 보였다. 그 광경을 보자 이곳에서도 일이 지속적으로 진행되며 목욕을 시키기 위해 사람들을 역에서 이곳으로 계속 데려오고 있음을 알 수 있었다. 그곳에도 우리를 돕기 위해 죄수가한 명 있었는데 그는 매우 세련된 죄수였다. 이렇게밖에 표현할 수 없을 것 같다. 이 사람 역시 줄무늬 죄수복을 입고 있기는 했지만 어깨에는 뽕이 들어가 있고 허리 부분은 날씬하게줄여져 있었다. 가장 훌륭하고 눈에 띄는 최신 유행에 따라 재단되고 다림질되었다고 감히 말할 수 있을 정도였다. 그 밖에그의 머리는 우리 같은 자유인처럼 빗질이 잘되어 있고 검은색으로 윤기가 나고 단정했다. 작은 책상 뒤에 앉아 있는 군인과 달리 그는 군인 오른편에 있는 목욕탕의 다른 쪽 끝에 서서우리를 맞았다. 그 군인 역시 체구가 매우 작고 명랑해 보였으며 아주 뚱뚱했는데 배가 목부터 시작되고 턱 주름이 옷깃위로 빙 둘러 흘러내리고 있었다. 또 주름지고 털이 없는 누런 얼굴에 붙어 있는 눈은 유쾌해 보이고 옆으로 찢어져 역에서 사람들이 찾던 난쟁이를 떠올리게 했다. 머리에는 권위 있어 보이는 멋진 모자를 쓰고 책상 위에는 광택이 나는 최신 서류 가방이 있었다. 그 옆에는 흰색 가죽으로 엮은 채찍이 있었는데 정말 멋져서 예술품이라고 인정할 수밖에 없었다. 개인소유의 물건이 틀림없었다. 우리와 새로 도착한 사람들이 이미 꽉 찬 공간으로 비집고 들어가 자리를 잡으려고 애쓰는 동안 나는 사람들의 어깨와 머리 사이로 이 모든 것들을 지켜볼수 있었다. 그때 죄수가 밖으로 나갔다가 잠시 후 급하게 건너편 문으로 다시 들어왔다. 그가 군인의 귀 근처까지 허리를 굽혀 은밀하게 뭔가를 보고했다. 군인은 만족해하는 듯 보였고 잠시 후 죄수에게 몇 마디 대답을 하는 것 같았는데 목소리가 가늘고 날카롭고 숨이 차서 마치 아이나 여자의 목소리 같았다. 잠시 후 그가 똑바로 서서 한 손을 높이 올리자 죄수가 그와 동시에 "조용히 하고 주목."이라고 요청했다. 과거에 헝가리에서 사람들이 얘기하곤 한, 해외에서 갑자기 듣는 포근한 헝가리어가 어떤 느낌인지 나 역시 이때 처음으로 경험했다. 이렇게 나는 헝가리 사람과 마주하고 있었다. 아직 젊고 지적이고 죄수 신분임에도 매력적인 그의 얼굴을 보고 있자니 좀 불쌍하다는 생각이 들었다. 그래서 도대체 그가 어디에서 왔고 무슨 죄를 어떻게 지어서 죄수가 되었는지 궁금해졌다. 그는 먼저 '나치 친위대 상사님'이 무엇을 원하고 우리가 해야 할 일이 무엇인지 알려 주겠다고 했다. 그는 그들이 바라는 대로 잘 따라 준다면 주로 우리의 관심사이지만 '상사님'의 바람이기도 한 이 모든 일이 빠르고 순조롭게 진행될 것이라고 덧붙였다. 그는 이미 공식적인 명칭이 아니라 좀 더 짧고 내 생각에 좀 더 친밀해 보이는 명칭을 사용하고 있었다.

잠시 후 그가 이런 상황에서 알아야 할 몇 가지 간단한 사항에 대해 말해 주었다. 그러는 동안 군인은 연신 고개를 끄덕이며 자리에 앉아 있었는데 다정한 얼굴과 즐거워 보이는 눈으로 한 번은 죄수를, 한 번은 우리를 바라보며 죄수가 하는 말의 신뢰성을 확인시켜 주었다. 예를 들어 다음 공간, 즉 탈의실에서 옷을 벗고 모든 옷을 거기에 있는 옷걸이에 순서대로 걸어야 한다고 말해 주었다. 옷걸이에는 번호가 있고 우리가 목욕하는 동안 옷들도 소독될 거라고 했다. 그는 옷걸이에 있는 번호를 왜 각자 잘 기억해야 하는지에 대해서는 더 이상 설명할 필요가 없을 것 같다고 했는데 내 생각에도 그랬다. 그가 혹시 신발이 모두 섞이는 것을 방지하기 위해 신발들도 짝을 맞춰 묶어 놓는 것이 좋을 것 같다고 덧붙였는데 그 제안 역시 유용하다는 것을 알기는 어렵지 않았다. 그다음에는 배려 차원에서 이발을 할 수 있게 해 주겠다고 약속했고 마지막으로 목욕을 하게 된다고 했다.

그러나 그 전에 먼저 처벌받지 않고 소지품을 없앨 마지막 기회이니 돈이나 금, 보석이나 그 밖의 귀금속을 가지고 있는 사람은 자발적으로 상사님께 맡기라고 했다. 그의 설명에 따르면 거래, 즉 물건의 매매가 일절 금지되고 따라서 귀중품의 소유와 '수용소'로의 반입은 엄격하게 금지된다고 했는데 처음에는 이 표현이 낯설었지만 곧 쉽게 이해할 수 있는 독일어 개념으로 다시 표현해 주었다. 그는 목욕 후에 특별히 제작된 기계로 한 명씩 엑스레이 촬영을 받게 된다고 했다. 그러자 군인도 의미심장한 끄덕임과 눈에 띄게 좋은 기분, 명확한 동의 표시로써 틀림없이 그도 이해했을 '엑스레이'란 단어를 특별히 강조하는 듯했다. 전에 헌병이 한 얘기가 사실일 수도 있다는 생각이 문득 들었다. 그때 그가 죄수들이 가장 혹독한 처벌을 받게 되는 밀매 시도는 독일 당국 앞에서 우리의 명예를 두고 도박을 하는 행위라고 덧붙이고 자기 생각에 쓸데없고 무의미한 행동이라고 했다. 이 문제는 나와 상관이 없었지만 의심할 바 없이 그의 말이 맞을 것 같다는 생각이 들었다. 얼마 후 잠시 정적이 흘렀다. 그 정적이 끝나 갈 무렵 서로를 불편하게 만드는 정적이라는 느낌이 들었다. 잠시 후 앞쪽에서 움직임이 포착됐다. 누군가가 자리를 좀 비켜 달라고 하더니 무리에서 나가 책상 위에 뭔가를 두고 황급히 다시 돌아왔다. 군인이 그에게 뭐라고 말했는데 칭찬을 하는 것처럼 들렸다. 내자리에서 잘 보이지는 않았지만 군인은 그 작은 물건을 보더니 재빨리 대충 감정한 후 책상 서랍 속으로 집어넣었다. 그는 만족스러워하는 듯 보였다. 이전보다는 짧았지만 다시 정적이 흐른 후 다른 사람의 움직임이 있었고, 그다음에는 정적없이 사람들이 점점 더 용감하고 점점 더 빨리 앞으로 나가 앞사람을 따라 책상을 향해 걸어갔다. 그러고는 채찍과 서류 가방 사이에 있는 작은 공간에 반짝거리거나 땡그랑 소리를 내거나 빙그르 구르거나 바스락거리는 물건을 올려놓았다. 걸음 소리와 물건 소리, 군인의 가늘고 짧고 매번 흥겹게 들리는 격려의 말을 제외하고는 모든 일이 매우 조용한 가운데 진행되었다. 군인은 각각의 물건을 동일한 과정을 거쳐 서랍에 집어넣었다. 어떤 사람이 동시에 두 개의 물건을 올려놓더라도 그는 물건을 각각 따로 검사했다. 종종 아는 물건인 듯 고개를 끄덕이며 하나를 먼저 감정한 후 서랍을 열고 그 물건을 집어넣은 후 다른 물건으로 돌아와 전과 동일한 과정을 반복하기 위해 주로 서랍을 배로 밀어 넣었다. 헌병대에서 나온 후 그때까지 진행된 모든 일을 생각하니 나는 망연자실해졌다. 물건 소유와 관련해 그날까지 겪은 많은 문제와 걱정을 견뎌 온 후에 그때 보인 사람들의 성급함과 갑작스러운 열중에 나는 약간 놀랐다. 그 때문인지는 몰라도 책상에 물건을 놓고 돌아오는 사람들의 얼굴에 약간의 부끄러움과 약간의 엄숙함 그러나 전체적으로는 어떤 안도감 같은 것이 나타나는 것을 볼 수 있었다. 드디어 우리는 새로운 삶으로 들어가는 대문에 서 있었다. 그리고 나는 물론 이곳에서의 삶은 헌병대에서의 삶과는 완전히 다르다고 인식하고 있었다. 정확히 말하면 이 모든 과정은 대략 삼사 분 만에 이루어졌다.

그다음 일은 모두 기본적으로 죄수의 안내로 이루어졌기 때문에 내가 얘기할 수 있는 것은 많지 않다. 맞은편에 있는 문이 열리고 우리는 어떤 공간으로 들어갔는데 그곳에는 긴 의자와 그 위쪽에 옷걸이가 맨 끝까지 설치되어 있었다. 나는 번호도 발견했는데 내 번호를 잊지 않기 위해 여러 번 반복해서 중얼거렸다. 나는 죄수가 충고한 대로 신발도 묶었다. 다음에는 천장이 낮고 크며 전구들이 밝게 빛나는 곳에 들어섰다. 벽 둘레로 많은 사람들이 면도를 하고 있었고 전기로 작동되는 이발기들이 윙윙거렸으며 이발사들이 분주히 움직였는데 모두 죄수들이었다. 나는 오른편에 있는 이발사에게 가게 되었다. 언어를 알아들을 수 없었지만 자기 앞에 있는 의자에 앉으라고 하는 것 같았다. 기계를 내 목덜미에 대고 누르더니 머리를 밀기 시작했는데 한 올도 남기지 않고 민머리를 만들어 버렸다. 그다음에는 손에 면도칼을 들더니 어떻게 하는지 직접 보여 주며 일어나서 손을 들고 있으라고 했다. 잠시 후 이발사가 면도칼로 내 겨드랑이에서 뭔가를 긁어냈다. 그러고는 내 앞에 있는 의자에 앉았다. 그는 일언반구 없이 나의 가장 민감한 생식기를 붙잡더니 전적으로 남자의 자존심이기

106

도 한, 얼마 전부터 돋아나기 시작한 왕관과 같은 털을 한 올도 남기지 않고 다 밀어 버렸다. 특별한 이유는 없지만 그 털을 잃는 것이 머리카락을 잘리는 것보다 훨씬 고통스럽게 느껴졌다. 나는 놀라고 약간 화가 나기도 했지만 기본적으로 이렇게 사소한 일로 부딪치는 것은 우스운 일이라는 생각이 들었다. 게다가 소년들을 포함한 모든 사람이 동일한 과정을 겪었다는 것을 알게 되었다. 그러고 나서 우리는 기생오라비에게 "여자애들이 이걸 좋아할까?"라고 말했다.

다음은 목욕탕으로 간다고 했다. 문으로 들어서자 죄수 한 명이 바로 내 앞에 있는 로시에의 손에 작은 갈색 비누를 하나 건네주더니 3인용이라고 말하고 나서 세 명을 지정해 주었다. 목욕탕 안에는 발아래에 평평한 나무 판들이 깔려 있고 머리 위로는 복잡하게 연결된 수도관과 그 위에 엄청나게 많이 달려 있는 샤워기를 볼 수 있었다. 안쪽에는 벌거벗은 사람이 이미 많았는데 냄새가 과히 유쾌하지 않았다. 한 가지 흥미로운 점은 나를 비롯해 모든 사람이 아무리 찾아도 수도꼭지가 없더니 물이 갑자기 자동으로 쏟아져 내렸다는 것이다. 수량이 풍부하지는 않았지만 수온이 청량음료처럼 시원해서 그런 무더위에 정말 기분이 좋았다. 나는 우선 물을 실컷 마셨는데 앞서 우물에서 마신 것과 똑같은 맛이었다. 그 후에야 비로소 피부에도 물을 좀 끼얹어 시원함을 누릴 수 있었다. 주변 사방에서 즐거워 떠드는 소리, 철벅거리는 소리, 재채기 소리, 물 내뿜는 소리가 들렸는데 근심 걱정 없는 즐거운 순간이었다. 우리 소년들은 민머리를 보며 한참 동안 서로 놀려 댔다. 유감스럽게도 비누는 거품이 잘 나지 않은 반면 피부를 긁는 날카로운 알갱이들이 박혀 있었다. 내 가까이에 있던 한 뚱뚱한 사람은 등과 가슴에 꼬불꼬불한 검은 털이 그대로 남아 있었는데 아마 이발사가 밀지 않은 모양이었다. 그는 엄숙하게, 말하자면 어떤 의식을 치르는 듯한 동작으로 한참 동안 비누로 몸을 문질렀다. 머리카락은 물론이고 보아하니 내 눈에는 뭔가가 더 없는 것 같았다. 그때 그의 턱과 입 주변이 다른 곳보다 하얗고 온통 새로 생긴 붉게 벤 자국들로 가득한 것을 알게 되었다. 그 사람은 벽돌 공장에서 본 랍비였는데 그 역시 이곳으로 온 모양이었다. 수염이 없으니 그리 특이해 보이지는 않았는데 코가 좀 클 뿐 수수하고 기본적으로 일반 사람의 외모와 비슷했다. 그가 열심히 다리에 비누칠을 하고 있는데 갑자기 샤워기에서 나오던 물이 멈춰 버렸다. 그러자 그는 위를 올려다보더니 다시 아래를 내려다보았고 잠시 후 마치 어떤 상황인지 알고 이해하며 윗분의 섭리 앞에 고개 숙인다는 듯 체념한 채 앞을 응시했다.

내가 할 수 있는 일은 아무것도 없었다. 그들이 나를 데려가 붙잡더니 밖으로 밀어 버렸다. 우리가 어두운 공간으로 들어서자 죄수 한 명이 나를 비롯한 모든 사람들의 손에 손수건을 하나씩 건네주었다. 알고 보니 그것은 손수건이 아니라 수건이었는데 그 죄수가 다시 돌려 달라는 제스처를 취했다. 다른 죄수는 색깔이 좀 이상하고 가려움을 유발하며 코를 찌르는 냄새가 나고 겉보기에는 식초와 비슷한 소독제를 내 머리와 겨드랑이와 가장 민감한 부위에 갑작스럽고 신속하고 능숙하게 발랐다. 다음에는 오른쪽에 빛이 들어오는 두 개의 창이 있는 복도를 지나자 세 번째 문 없는 방이 나왔는데, 그곳에 죄수들이 서서 옷을 나누어 주었다. 나 역시 다른 사람들과 마찬가지로 단추와 깃이 없는, 할아버지 시대에나 입었을 법한 푸른색 바탕에 흰 무늬가 있는 셔츠와 노인들이나 입을 내복 바지, 발목 있는 데가 갈라지고 끈이 두 개 붙어 있는 낡아 보이는 옷 한 벌을 받아 들었는데 아무리 봐도 아마포로 만들어지고 푸른색과 흰색 줄무늬가 있는 수형자들 옷과 똑같은 죄수복이었다. 그다음 문 없는 공간에서는 나무로 된 신발창과 아마포 깔창, 신발 끈이 없는 대신 옆에 단추 세 개가 달린 좀 이상한 신발 무더기 속에서 대충 발에 맞는 것을 신속히 골라야 했다. 그리고 손수건으로 보이는 회색 천도 두 개 챙겨야 했고 마지막으로 부드럽고 둥글고 낡은 체크무늬 죄수 모자 역시 꼭 챙겨야 할 물건이었다.

잠시 머뭇거렸더니 사방에서 재촉하는 소리가 들렸다. 나 역시 다른 사람들보다 뒤처지고 싶지 않았기 때문에 주변에서 허둥지둥 옷을 입는 사람들 사이에서 계속 머뭇거리고 있을 수만은 없었다. 바지는 너무 크고 허리끈이나 멜빵이 없었기 때문에 달리면서 매듭을 지어 묶을 수밖에 없었고 신발과 관련해서는 전에는 알아채지 못한 새로운 사실을 알게 되었는데 바로 신발창이 구부러지지 않는다는 사실이었다. 손을 자유롭게 하기 위해 그사이에 모자도 머리에 썼다. 소년들도 이미 다 챙겨 입고 웃어야 할지 감탄해야 할지 몰라 그저 서로를 바라볼 뿐이었다. 하지만 우리는 어느 하나도 할 시간이 없었다. 이미 다시 밖에 나와 있었기 때문이다. 누가 지시를 했는지, 무슨 일이 일어난 것인지 잘 모르겠다. 다만 내가 기억하는 것은 나에게 어떤 힘이 가해지자 추진력이 생겼고 새 신발이 맞지 않아 먼지구름 속에서 비틀거리며 밀쳐졌다는 것이다. 그리고 누군가가 등을 얻어맞는 것처럼 뒤에서 철썩하는 이상한 소리가 들렸다는 것뿐이다. 내 앞쪽에 서로 겹쳐져 혼란스럽게 섞여 있는 울타리 쪽으로 다시 마당들과 철조망으로 된 대문들, 철조망 울타리들과 울타리들이 열리고 닫히는 곳이 나타났다.

5

내 생각에 새로 온 죄수 가운데 처음부터 이런 상황에 조금이라도 놀라지 않은 사람은 없었을 것이다. 우리 역시 마지막에 목욕탕에서 마당에 나와서는 돌아가며 서로를 살펴보기도 하고 놀라기도 했다. 그때 내 옆에 있던 젊은 사람에게 눈길이 갔다. 그는 깊이 생각에 잠긴 채 옷감의 질과 진위 여부를 확인하려는 듯 머뭇거리며 관찰하다가 옷을 끝까지 쭉 만져 보았다. 잠시 후 그는 뭔가 할 말이 있는 사람처럼 올려다보더니 주변에 있는 사람들이 모두 같은 옷을 입은 것을 보자 결국 아무 말도 하지 않았다. 물론 내 느낌이 틀릴 수도 있지만 최소한 내가 보기에는 그랬다. 그가 머리를 밀어 버린 데다 키가 큰 체구에 비해 짧은 죄수복을 입었음에도 약 한 시간 전에(우리가 도착해서 변신하는 데까지 이 정도 시간이 흐른 것 같다.) 검은 머리 소녀의 손을 좀처럼 놓지 못하던 얼굴에 뼈가 앙상한 그 남자임을 알아차릴 수 있었다. 나는 그곳에서 정말 후회스러운 일이 한 가지 있었다. 내 기억에 한번은 집에서 언제부터 읽지 않고 꽂혀 있었는지도 모를 정도로 먼지가 수북이 쌓인 채 책꽂이 깊숙이 꽂혀 있는 책을 발견하고 빼어 든 적이 있었다. 그 책의 작가는 죄수였는데 결국 끝까지 읽지는 못했다. 작가의 생각을 따라가며 읽기가 쉽지 않고 등장인물들의 이름이 너무 길어서였는데 많은 사람의 이름이 기억하기도 어려울 정도로 세 단어씩이나 됐기 때문이다. 결국 재미도 없고 솔직히 말하면 죄수들의 삶에 진저리가 나서 더 읽지 않았다. 그때 끝까지 읽었더라면 필요한 때에 타산지석으로 삼을 수도 있었을 텐데 말이다. 그나마 읽은 부분 중에서 유일하게 생각나는 것은 그 책의 저자인 죄수의 주장에 의하면 수감 첫째 날이 이후의 날들보다, 다시 말해 글을 쓰는 시점과 가까운 시간들보다 먼 시간들이 더 기억에 남는다고 했다. 나는 당시에 그 말에 고개가 갸우뚱거려졌고 다소 과장된 것이라고 생각했다. 하지만 그 말이 사실일 수도 있겠다고 생각하게 되었다. 나 역시 첫째 날이 가장 정확하게 생각나기 때문이다. 돌아보면 이후의 날들보다 첫째 날이 더 생생하게 기억난다. 처음 수감되었을 때 나는 마치 손님처럼 느껴졌던 것 같다. 그런데 나를 비롯한 우리 모두는 결국 인간 본성의 기만 습관에 따라 나중에는 자연스럽다고 느끼게 되었던 것 같다. 햇볕이 내리쬐는 마당은 다소 삭막해 보였는데 축구장이나 채소밭, 잔디밭, 꽃밭의 흔적은 어디에서도 찾아볼 수 없었다. 다만 밖에서 보면 커다란 헛간을 연상시키는 아무 장식 없는 목조 건물이 서 있었는데 그것이 바로 우리의 집이었다. 그 안으로 들어가는 것은 저녁에 잠자리에 들 때만 가능하다고 들었다. 앞쪽과 뒤쪽에도 비슷한 막사들이 끝이 보이지 않을 정도로 길게 늘어서 있었고 왼쪽에도 똑같은 건물들이 줄지어 있었는데 전후좌우의 간격이 동일했다. 그 건너에는 목욕탕에서 나올 때 본 것과 비슷한 넓고 멋진 도로가 있었는데 도로와 광장, 동일하게 생긴 건물들이 그때 본 것과 같은 것인지 아닌지는 거대하고 평평하기만 한 이곳에서 사실상 판단하기가 쉽지 않았다. 최소한 내가 보기에는 그랬다. 이 방사형 도로는 막사들 사이의 도로와 이어져 있는 듯 보였는데 두 도로가 만나는 지점에 장난감처럼 생긴, 빨간색과 흰색으로 칠해진 아주 예쁘고 약해 보이는 차단기가 통행을 막고 있었다. 반면에 오른쪽에는 이미 아주 익숙해진 가시철조망이 있었는데 거기에 전기가 흐른다는 말을 듣고 나는 깜짝 놀랐다. 실제로 헝가리에 있을 때 전선이나 전봇대에서 볼 수 있던 흰색 도자기 애자들을 콘크리트 기둥 위에서 많이 찾아볼 수 있었다. 그곳에 닿으면 바로 감전되어 죽는다고 했다. 그런데 그럴 필요까지도 없이 철조망 기둥들을 따라 난 모래가 깔린 좁은 오솔길에 발을 내딛는 순간 감시탑(역에서 봤을 때 사냥 망루처럼 보인 탑을 사람들이 가리켰을 때 바로 알아볼 수 있었다.)에서 한마디 말이나 경고도 없이 바로 총을 발사한다고 했다. 이미 누군가로부터 들어서 아는 사람들이 잘난 체하며 열정적으로 주의를 환기시켰다. 곧이어 봉사자들이 시끄럽게 덜그럭거리며 왔는데 벽돌색처럼 붉은 그릇들의 무게 때문에 곧 쓰러질 듯 보였다. 이미 앞서 "곧 따뜻한 스프가 나온대!"라는 소문이 날개 달린 듯 퍼져 나갔고 곧이어 사람들이 여기저기에서 그 얘기를 하더니 이내 온 운동장에 퍼졌다. 나는 말문이 막혔는데 그것은 식사 시간이 됐으니 당연한 것이라고 생각했기 때문이다. 이 소식을 접한 사람들의 환한 얼굴과 감사, 기이하면서도 아이들에게서나 찾아봄직한 환희에도 불구하고 나는 약간 놀랐다. 나는 그때 그들이 수프 자체 때문이 아니라 처음에 큰 당혹감을 겪은 이후에 느끼는 자신들에 대한 배려에 그렇게 행복해하지 않았나 하는 생각이 들었다. 최소한 내 느낌으로는 그랬다. 그 소식은 아마 우리의 가장이라고 하면 말이 좀 안 되지만 아무튼 이곳에서 우리의 대장 역할을 하는 한 남자 죄수에게 나왔으리라는 생각이 들었다. 목욕탕에 있던 죄수와 마찬가지로 그 사람 역시 몸에 잘 맞는 옷을 입고 내가 보기에는 상당히 낯선 헤어스타일에 헝가리에서는 '바스크 모자'라고 알려진 펠트로 만든 두꺼운 군청색 베레모를 쓰고 팔에는 붉은색 완장을 차고 있었는데 그 완장이 그의 권위를 잘 보여 주었다. 나는 집에서 "옷에 의해 사람이 달라 보이지는 않는다."라고 배웠는데 이제는 그러한 인식을 수정해야 할 것 같다는 생각이 들었다. 그는 가슴에 빨간색 삼각형을 달고 있었는데 그것은 그가 혈통 때문이 아니라 사상 때문에 이곳으로 오게 되었음을 보여 주었다. 그것이 사실임을 곧 알게 되었다. 그는 약간 근엄하기도 하고 과묵하기도 했지만 우리에게는 친절했고 우리에게 필요한 것을 꼼꼼히 설명해 주었다. 그가 우리보다 이곳에 오래 있었으니 특별히 이상할 것이 없다고 생각했다.

그는 키가 크다기보다는 마르고 얼굴에 주름이 많고 수척해 보였지만 전체적으로 호감이 가는 얼굴이었다. 종종 그가 혼자 떨어져 있는 모습을 볼 수 있었는데 멀리서 보면 한두 번씩 이상하고 이해할 수 없다는 듯한 시선과 우리가 잘 이해되지 않는다는 듯한, 말하자면 고개를 가로저으며 짓는 미소를 볼 수 있었는데 그가 왜 그랬는지는 나도 잘 모르겠다. 나중에 사람들이 그는 슬로바키아에서 온 사람이라고 말했다. 우리 중 몇 사람은 슬로바키아어를 했는데 그들은 종종 그 사람 주변에 모여 함께 얘기를 나누곤 했다.

그 사람이 손잡이가 길고 원뿔 모양으로 이상하게 생긴 국자로 직접 수프를 나누어 주었다. 그 옆에는 조수로 보이는 사람이 둘 있었는데 그들 역시 우리 같은 유대인이 아닌 것 같았다. 그들은 붉은색 법랑 접시와 여기저기 흠집이 난 수저를 나누어 주었는데 개수가 모자란다면서 두 명당 하나씩 주었다. 그리고 그릇이 비면 바로 자기들에게 돌려 줘야 한다고 덧붙였다. 시간이 조금 지나자 내 차례가 되었다. 나는 수프와 접시와 수저를 피혁 장인과 함께 받아 들었다. 나는 그때까지 한 번도 같은 접시에 있는 음식을 그것도 같은 수저로 다른 사람과 함께 먹어 보지 않아서 좀 찝찝했지만 꼭 그래야 할 상황이라면 할 수 없지 않겠느냐는 생각이 들었다. 그가 먼저 맛을 보고 나에게 음식을 넘겨주었다. 얼굴 표정이 좀 이상했다. 맛이 어떤지 물었더니 나도 먹어 보라고 했다. 그때 주변을 보니 일부 소년들은 놀란 채 다른 소년들은 웃느라 목이 멘 채 서로의 얼굴을 쳐다보고 있었다. 나도 맛을 봤는데 도저히 먹을 수 없었다. 피혁 장인에게 어떻게 할지 물었더니 자기는 상관없으니 버리고 싶으면 버리라고 했다. 바로 그때 뒤에서 누군가의 쾌활한 목소리가 들려왔다.

"이게 바로 말린 쐐기풀 수프야."

그가 설명했다. 그는 땅딸막하고 나이가 지긋해 보였는데 코 밑에는 콧수염을 길렀던 자리가 하얗게 남아 있고 얼굴은 선하고 학구적으로 보였다. 우리 주위에 몇 사람이 접시와 수저를 든 채 잔뜩 찡그린 얼굴로 서 있었는데, 그 사람이 그들을 향해 자기는 앞선 세계 대전에도 장교로 참가했다고 했다.

"내가 전선에서 독일 군인들과 함께 배속되어 전투할 때 이 음식에 대해 충분히 알 기회가 있었지."

그가 말했다. 그는 자기 생각에는 "말린 채소 죽"과 비슷하다고 했다. 그는 호의적이고 너그러운 미소를 지어 보이며 물론 헝가리 사람들에게는 낯설 수도 있을 거라고 덧붙였다. 곧 적응이 될 것이며 그 안에 각종 영양소와 비타민이 들어 있기 때문에 적응해야 한다고 했다. 그는 또 이 음식의 건조법에 관한 한 독일 사람들이 확실히 전문가라고도 했다. 그가 다시 미소 지으며 말했다.

"군인에게 있어 첫 번째 법칙은 오늘 주는 것을 다 먹으라는 거야. 내일도 먹을 수 있을지 모르기 때문이지."

실제로 그는 자기 수프를 침착하고 태연하게 마지막 한 방울까지 얼굴 하나 찌푸리지 않고 다 먹었다. 그런데 몇몇 어른들과 소년들이 막사 벽 아래쪽에 수프를 쏟아 버리는 것을 보고 나도 같은 곳에 쏟아 버렸다. 그런데 순간적으로 베레모를 쓴 우리 대장의 시선이 느껴지자 나는 상당히 당황스러웠다. 혹시 불이익을 당하는 건 아닌가 하는 생각에 걱정도 되었다. 하지만 그의 얼굴을 언뜻 보니 뭐라고 말할 수 없는 독특한 미소를 짓고 있었다. 접시를 반납하자 두꺼운 빵 한 덩어리를 받을 수 있었는데 그 위에는 블록 쌓기 게임에 쓰이는 블록과 비슷하고 크기 역시 그것과 비슷한 하얀 물질이 올려져 있었다. 그들이 버터라고 했는데 사실은 마가린이었다. 빵은 검은 진흙으로 구운 듯 사각형이고 안에는 지푸라기와 우두둑 하고 씹히는 낟알들이 들어 있었다. 나는 그런 빵은 본 적도 없었지만 다 먹었다. 그것도 빵은 빵이었기 때문이다. 게다가 긴 여행으로 이미 배가 많이 고팠기 때문이다. 마가린은 마땅한 도구가 없어 로빈슨처럼 손가락으로 발랐는데 다른 사람들도 그렇게 발랐다. 빵을 먹은 후에 물을 찾았지만 짜증스럽게도 물이 없었다. 기차에서처럼 또 목마름에 시달릴 생각을 하니 화가 났다.

그때 우리는 어떤 냄새에 심각하게 주목해야 했다. 딱히 무슨 냄새라고 말하기가 어려웠지만 달달하고 끈적끈적한 냄새에 우리에게 약간은 익숙한 약품도 섞인 듯했는데 아무튼 그 냄새 때문에 조금 전에 먹은 빵이 목구멍으로 다시 올라올 것 같아 거북했다. 범인은 왼쪽 도로 쪽에 있는 굴뚝이라는 것을 쉽게 알 수 있었는데 거리는 꽤 떨어져 있었다. 공장 굴뚝이었는데 사람들은 이미 우리 대장에게 들어서 알고 있었다. 공장 중에서도 가죽 공장이라는 것을 많은 사람이 바로 알아차릴 수 있었다. 나는 예전에 아빠와 함께 일요일이면 우이페슈트에 있는 축구장에 가곤 했던 기억이 떠올랐다. 전차가 가죽 공장 옆을 지나갔는데 공장 옆을 지날 때마다 나는 손가락으로 코를 붙잡아야 했다. 소문에 의하면 다행히 우리는 그 공장에서 일하지 않을 거라고 했다. 우리 중에 티푸스나 이질, 그 밖의 전염병에 걸리는 사람이 없다면 곧 더 안락한 장소로 출발하게 될 거라고 사람들이 안심시켜 주었다. 바로 그 때문에 우리가 '숨은 대장'이라고 부르는 우리 대장처럼 옷이나 피부에 숫자를 새기지 않았다는 것이었다. 많은 사람이 이 번호가 있는지 직접 확인했다. 소문에 의하면 연녹색 잉크로 손목에 숫자를 새기는데 지워지지 않도록 바늘로 찔러서 문신을 한다고 했다. 그 무렵 수프를 가져온 봉사자들의 대화 소리도 들려왔다. 그들도 번호를 봤는데 부엌에서 일하는 온 지 오래된 죄수들의 피부에 새겨져 있다고 했다. 우리 중 한 명이 "그게 뭐요?"라고 묻자 그 질문에 대한 대답이 입에서 입으로 전해졌고 사람들이 그 의미에 대해 점점 곰곰이 생각하거나 주변에서 자주 언급하곤 했다.

"Himmlische Telephonnummer."

그 죄수가 독일어로 이렇게 대답했는데 그 의미인즉 '하늘의 전화번호'였다. 이 대답을 듣고 많은 사람이 깊은 생각에 잠긴 듯 보였고 나 역시 그 의미를 생각해 봤지만 별로 떠오르는 것이 없었다. 하지만 뭔가 좀 이상하다는 것만은 분명했다. 그때부터 사람들은 숨은 대장과 두 명의 조수 주변을 분주히 오가며 그들에게 다그쳐 묻거나 에워싸고 질문 공세를 펴기도 했다. 그리고 전해 들은 얘기를 사람들에게 재빠르게 전해 주었다. 예를 들어 그들은 다음과 같은 대화를 나눴다.

"여기에 전염병이 있나요?"

"네, 있습니다."

"그 환자들은 어떻게 되죠?"

"죽습니다."

"그럼 그 시신들은요?"

"태워 버립니다."

사실(정확히 알아볼 수는 없었지만) 건너편에 있는 굴뚝은 가죽 공장이 아니라 화장터의 굴뚝이라는 사실이 서서히 밝혀졌는데 글자 그대로 시신을 태우는 화장터의 굴뚝이었다. 그때 나는 굴뚝을 다시 자세히 살펴보았다. 땅딸막하고 사각형인 데다 구멍이 큰 굴뚝이었는데 마치 누군가가 갑자기 지붕을 내리친 것 같았다. 나는 사실 죽이나 늪에 빠져드는 것 같은 이 냄새만 아니면 다른 특별한 느낌은 없었다고 말할 수 있을 것 같다. 그런데 저 멀리 하나, 또 하나 그리고 밝은 지평선을 따라 늘어선 이런 굴뚝들을 우리는 놀라며 바라봤는데 그중 두 개에서 우리 굴뚝과 똑같은 연기를 내뿜고 있었다. 우리 중에 나무가 얼마 없는 숲 뒤쪽에서 피어오르는 연기를 의심하기 시작하는 사람들이 있었는데 아마 그들 생각이 맞으리라는 생각이 들었다. 그때 사람들뿐만 아니라 내 머릿속에도 전염병 때문에 이렇게 많은 사람이 죽을 수 있을까 하는 의문이 스쳤다.

첫째 날 저녁이 채 지나지 않았음에도 나는 그 안에서 일어나는 모든 일을 거의 정확히 파악했다고 말할 수 있을 것 같다. 아, 낮에 우리는 가건물로 된 화장실에 다녀온 적이 있다. 세 개의 긴 단상처럼 생긴 것 위로 튀어나온 부분이 있었는데 거기에 각각 두 개씩, 모두 여섯 개의 구멍이 있었다. 사람마다 필요에 따라 위에 앉아 그 안으로 대변을 누든지 소변을 보든지 했다. 보통 죄수 한 명이 검은 완장을 차고 손에 무거워 보이는 곤봉을 든 채 화를 내며 나타나면 그 안에 있던 사람들은 곧바로 나와야 했기 때문에 화장실에서는 많은 시간이 주어지지 않았다. 우리보다 먼저 온 다른 일반 죄수 몇 명도 여기에서 어슬렁거렸는데 그들은 온순할 뿐 아니라 몇 가지 정보도 알려 주었다. 우리는 숨은 대장의 안내를 받아 화장실까지 꽤 먼 거리를 다녀왔는데 그 길은 흥미로운 주거지 옆을 지나갔다. 그 철조망 뒤쪽에도 동일한 막사들이 있었는데 그 안에 좀 이상한 여자들과 남자들이 있었다. 그중 한 사람을 보자마자 나는 고개를 돌려 버렸는데 풀어 헤친 옷 사이로 뭔가가 드러났고 거기에 햇빛을 받아 반짝거리는, 아기의 머리카락 없는 머리가 들러붙어 있었다. 그들은 다 해지기는 했어도 바깥에서 자유로운 삶을 사는 사람들이 입는 옷을 입고 있었다. 돌아오는 길에 나는 그곳이 집시족의 야영지라는 사실을 알게 되었다. 나는 약간 놀랐다. 물론 헝가리에 있을 때 나를 비롯한 거의 모든 사람들이 집시족에 대해 편견을 가지고 있었던 것은 사실이지만 그렇다고 그들이 범죄자라는 말은 여태까지 한 번도 들어 본 적이 없었기 때문이다. 바로 그때 울타리 뒤편에 작은 아이들이 끄는 수레가 하나 도착했는데 그들의 어깨에는 마치 조랑말처럼 멜대가 채워져 있고 그들 옆에는 콧수염이 길게 난 사람이 채찍을 들고 서서히 걷고 있었다. 그 짐은 모포로 덮여 있었지만 많은 틈새와 찢어진 구멍 사이로 빵이, 그것도 틀림없는 흰 빵 덩어리들이 실려 있음을 볼 수 있었다. 나는 그것을 보고 그들이 우리보다 한 단계 높은 사람들이라고 추론할 수 있었다. 그때 길을 걸으면서 본 것 중 아직도 기억에 남아 있는 광경이 하나 더 있다. 한 사람이 흰 웃옷과 흰색 바탕에 옆에 빨간색 긴 줄무늬가 있는 바지를 입고 중세 때 화가들이 썼을 법한 검은색 큰 모자를 쓰고 손에는 갈고리가 있는 멋진 막대를 든 채 좌우를 살피면서 길 반대 방향에서 오고 있었다. 그런데 내가 정말 믿기 어려웠던 사실은 사람들 말에 의하면 이 품위 있어 보이는 사람 역시 우리와 같은 죄수라는 것이었다.

맹세컨대 나는 이 길을 갔다 오면서 모르는 사람과 개인적으로 한마디도 대화를 나누지 않았다. 그럼에도 그때부터 나는 그곳에서 일어나는 일들에 대해 좀 더 정확한 진실을 알게 되었다. 나와 함께 기차를 타고 온 사람들 중에 자동차에 탄 사람들과 나이나 다른 이유로 의사가 부적합 판정을 내린 사람들, 예를 들어 어린아이와 엄마 그리고 겉보기에도 눈에 띄는 임신부 들이 바로 그 순간에 내 눈앞에서 소각되고 있었다. 그들도 기차역에서 목욕탕으로 갔다. 그리고 그들 역시 우리와 마찬가지로 옷걸이와 번호, 목욕 절차에 대해 안내를 받았다. 이미 말한 대로 이발사들이 똑같이 그곳에 있었고 손에 비누도 받아 들었다. 그들도 목욕탕으로 갔다. 듣자니 그곳에도 수도관과 샤워기가 있다는데 차이점이라면 물이 아니라 가스가 나온다고 했다. 이 모든 사실은 일시에 알게 된 것이 아니고 새로운 부분들을 보충하고 어떤 것들은 논쟁을 벌이기도 하고 다른 것들은 일리가 있다고 받아들이기도 하고 새로운 부분들을 덧붙이기도 해서 알게 된 사실들이다. 듣기로는 그들은 친절하고 세심하며 사랑으로 대해 줬고 아이들은 공놀이도 하고 노래도 했다고 한다. 사람들을 질식시킨 장소는 잔디와 숲과 화단 사이에 있다. 바로 이런 점 때문에 이 모든 것이 어쩌면 학생들의 장난과 같은 어떤 속임수가 아닐까 하는 느낌이 들었다. 곰곰이 생각해 보니 예를 들어 아주 교묘하게 옷을 갈아입힌 거며 옷걸이와 그 위에 있는 번호에 대한 아이디어며 소지품을 빼앗기 위해 하지도 않을 엑스레이 검사를 한다며 소지품 주인들에게 잔뜩 겁을 준 것이 나의 이런 느낌에 확신을 주었다. 다른 관점에서 보면 물론 나는 이 모든 것이 전적으로 장난이 아니라는 것을 알았다. 내가 이렇게 말할 수 있는 것은 직접 내 눈으로 그 결과를 보았을 뿐 아니라 위가 뒤틀리는 경험을 하면서 확신할 수 있었기 때문이다. 물론 이것은 내 느낌이다. 최소한 내 생각에는 이 모든 일이 기본적으로 일종의 장난처럼 일어났음에 틀림없다. 그들은 회의를 하려고 모여 앉아 서로 머리를 맞댔을 것이다. 물론 그들은 학생이 아니라 성숙한 어른이며 더욱이 그 순간 어느 누구도 그들을 방해할 수 없는, 훈장이 달린 위엄 있는 제복을 입고 시거를 문 명령권자들이었음에 틀림없다. 그들 중 한 명이 가스에 대한 아이디어를 냈을 테고 다른 한 명은 목욕탕을, 세 번째 사람은 비누를, 네 번째 사람은 꽃들을 덧붙였을 것이며 이런 식으로 여러 아이디어가 계속 나왔을 것이다. 어떤 아이디어는 한참 동안 토론을 하며 수정한 반면 다른 아이디어는 사람들이 곧장 즐겁게 받아들이기도 했을 것이다. 그리고 그들은 벌떡 일어나며(왜인지는 모르겠지만 벌떡 일어났을 것 같다.) 서로 손바닥을 마주쳤을 것이다. 최소한 나에게는 이 모든 것이 아주 생생하게 그려졌다. 명령권자들이 아이디어를 고안해 낸 후에는 많은 열성적인 손들이 야단법석을 떤 후에 현실화되고 그렇게 드러날 성공에 대해 누구도 의심을 품지 않았을 것이다. 그렇게 해서 역에서 아들의 말을 따른 노파, 흰 신발을 신은 꼬마와 금발의 엄마, 체격 좋은 아주머니, 검은색 모자를 쓴 노인, 의사 앞에서 신경에 문제가 있었던 사람 등이 아무 의심 없이 순순히 따라갔던 것이다. 그 전문가도 생각이 났다. 생각해 보면 그 사람도 틀림없이 상당히 놀랐을 것이다. 불쌍한 사람! 로시에도 안타까워서 고개를 저으며 말했다.

"불쌍한 모시코비치."

우리 모두 그의 의견에 동의했다. 기생오라비도 절규했다.

"하나님, 맙소사!"

우리는 기생오라비로부터 소년들이 추측한 것이 사실임을 알게 되었다. 기생오라비와 벽돌 공장에서 만난 소녀 사이에 우리가 생각할 수 있는 모든 일이 이미 일어난 것이다. 그래서 그는 경우에 따라 시간이 지나면서 예상되는 그 사건의 결과에 대해 생각했다. 그의 얼굴에는 걱정 외에도 딱히 뭐라고 말할 수 없는 감정이 드러나 있었지만 우리는 그가 걱정하는 것이 당연하다는 데 공감했다. 그러면서도 소년들은 그 순간 어느 정도는 존경스러운 눈으로 그를 바라보았는데 나는 물론 그들의 마음을 이해할 수 있을 것 같았다. 그날 나는 다른 일로 곰곰이 생각에 빠졌는데 듣기로는 그 장소와 시설은 벌써 몇 년 전부터 있었고, 그때나 지금이나 여전히 이곳에 있고 운영된다는 것이었다. 어찌 보면 내 생각이 다소 지나친 것일 수도 있지만 그럼에도 벌써 오래전부터 이 시설이 나를 기다리고 있었다는 생각이 들었다. 어쨌든 여러 명이 뭔가 특이하고 몸서리나는 일들에 대해 얘기해 주면서 우리의 숨은 대장도 이미 사년 전부터 이곳에서 살고 있다고 했다. 그때 그해는 나에게도 아주 중요하다는 생각이 들었는데 중학교에 입학한 해였기 때문이다. 입학식 장면이 생생하게 기억났는데 나 역시 '보치커이'라 부르는, 끈으로 장식된 검푸른 헝가리 의상을 입고 그 자리에 참석했다. 교장 선생님의 말씀도 기억났다. 교장 선생님은 위엄 있는 분이었고 나중에 생각해 보니 군대 사령관들과 외모가 비슷했는데 엄해 보이는 안경을 끼고 멋지고 하얀 콧수염이 있는 분이었다. 내 기억으로 교장 선생님은 "non scolae sed vitae discimus"라는 고대 현인의 말을 인용하면서 말을 마쳤는데 그 의미인즉 "우리는 학교를 위해 공부하지 않고 삶을 위해 공부한다."였다. 그렇다면 교장 선생님의 말씀에 따르면 우리는 아우슈비츠에 대해 반드시 공부했어야 한다는 생각이 들었다. 이 모든 일을 솔직하고 정직하고 분명하게 설명해 줬으면 좋았으리라는 생각이 들었다. 그러나 나는 학교에서 사 년 동안 이 말을 한 번도 들어 본 적이 없었다. 물론 그것이 난처한 일이라는 것은 인정한다. 그뿐 아니라 그것이 교육 과정에 포함되지 않는다는 것도 안다. 그런데 그 단점은 예를 들어 우리가 '강제 수용소'에 있다는 것을 이곳에 와서야 배워야 했다는 점이다. 사람들은 수용소라고 다 같은 것은 아니라고 설명해 주었다. 예를 들어 이곳은 '학살 수용소'라고 알려 주었다. 그런데 '근로 수용소'는 완전히 다르다고 덧붙였다. 그곳의 삶은 편하고 여러 가지 여건이나 급식의 경우는 비교도 할 수 없을 정도인데 그도 그럴 것이 목적이 각각 다르기 때문이라는 것이다. 아우슈비츠에서 중간에 무슨 일만 생기지 않는다면 우리도 곧 그런 곳으로 가게 될 테지만 주변에서 확인한 바에 따르면 그곳은 무슨 일이든 일어날 수 있는 곳이었다. 어떤 일이 있어도 절대 아프다고 말해서는 안 된다고 정보 제공자들이 말해 주었다. 병동 수용소는 특히 굴뚝 아래에 있었는데 관련자들은 그 굴뚝을 '2번 것'이라고 줄여 불렀다. 가장 위험한 것은 아무래도 끓이지 않은 물을 마시는 것이었는데 나 역시 기차역에서 목욕탕으로 가면서 그런 물을 마셨지만 그때는 그 물이 그렇게 위험한지 알 수 없었다. 그곳에 푯말이 있었다고 말하면 할 말도 없고 논쟁거리도 안 되겠지만 그렇더라도 군인들이 마시지 말라고 얘기는 해 줬어야 한다고 생각한다. 그때 '아, 그들의 목표가 무언지 봐야 하는구나.' 하는 생각이 머리를 스쳤다. 감사하게도 그 물을 마셨음에도 내 몸에는 이상이 없고 소년들로부터도 그때까지 어떤 증상에 대해서도 듣지 못했다.

나는 그날 시간이 흐르면서 여러 가지 알아야 할 사항과 볼 것, 관습에 대해 처음으로 알게 되었다. 일반적으로 나는 오후에 더 많은 소식을 접할 수 있었는데 내 주변 사람들은 그곳에 있는 굴뚝보다는 우리의 미래에 관한 전망과 가능성, 희망에 대해 더 많은 얘기들을 나누었다. 어떤 때는 굴뚝이 그곳에 있지도 않은 듯 냄새가 별로 나지 않았다. 이미 많은 사람이 아는 것처럼 모든 일은 바람의 방향에 달려 있었다. 그날 나는 처음으로 여자들도 보게 되었다. 철조망 옆에 흥분해서 떼 지어 모여 있던 사람들이 손으로 가리켰다. 그들이 여자들인지 잘 알아볼 수 없었지만 저 멀리 우리 앞에 펼쳐진 진흙 들판 건너편에 실제로 있었다. 나는 그들을 보고 약간 놀랐다. 처음에 여자들을 발견하고 즐거워하고 흥분하던 사람들도 잠시 후 모두 쥐 죽은 듯 조용해지는 것을 볼 수 있었다. 그때 떨리는 목소리로 울려 퍼진 한마디가 내 귀를 때렸다.

"모두 민머리야."

잠시 후 이 무거운 침묵 속에서 희미하고 찍찍거리며 거의 알아들을 수는 없었지만 의심할 여지 없이 평화롭고 흥겨운 음악 소리가 여름밤에 산들산들 부는 바람의 파도를 타고 들려왔다. 이 음악 소리와 광경을 지켜보며 나를 비롯한 우리 모두가 크게 놀랐다. 나는 그날 처음으로 우리 막사 앞에 정렬한 10열 종대 뒤쪽 어느 줄에 서 있었는데 우리가 뭘 기다리는지도 몰랐다. 쭉 둘러보니 우리 막사와 마찬가지로 앞, 뒤, 옆 할 것 없이 모든 막사 앞에도 죄수들이 모두 정렬해 있었다. 바깥 주도로에 자전거를 탄 세 명의 군인이 부드러운 석양 공기를 뚫고 서서히 미끄러지듯 소리 없이 나타나자 누가 명령이라도 한 듯 나는 얼른 모자를 벗었다. 그 모습이 엄정해서 멋지다는 느낌이 들었다. 순간 그런 진정한 군인을 오랫동안 만나 보지 못했다는 생각이 머리를 스쳤다. 이 싸늘하고 얼음장 같은 군인을 나는 한동안 멍하니 쳐다보고만 있었다. 차단기 이쪽에서는 우리의 숨은 대장이(그 역시 모자를 손에 들고 있었다.) 그들에게 보고를 하고 차단기 건너편에서는 군인 한 명이 긴 노트 같은 것에 기록하고 다른 군인은 접근할 수도 없는 높은 사람인 양 듣고만 있었다. 말 한마디나 어떤 소리 하나, 끄덕임도 없이 아무도 없는 주도로 위를 스르르 지나가는 이 상서롭지 않은 강자에게서 아침에 기차에서 친절하고 유쾌하게 인사를 나눈 부대원의 모습을 찾아보기란 정말 어려웠다. 그때 나지막한 목소리가 들려왔다. 내 오른쪽으로 가슴을 쭉 펴고 서 있는 군인의 옆얼굴과 불룩 튀어나온 가슴 곡선이 보였는데 그는 다름 아닌 아침에 본 장교였다. 그가 입술을 거의 움직이지 않고 소곤거리며 말했다.

"저녁 인원 점검."

그는 미소를 지으며 고개를 살짝 끄덕였고 모든 것을 명확히 잘 이해했으며 어떤 의미에서는 모든 일이 거의 그가 원하는 대로 진행되고 있다는 듯 학자 같은 얼굴을 하고 있었다. 어둠이 찾아오면서 나는 처음으로 그곳의 밤의 색깔과 장면을 보게 되었다. 불꽃놀이 같은 진짜 불꽃과 섬광이 왼쪽 하늘 가장자리를 온통 물들였다. 내 주변에서 많은 사람들이 계속 푸념을 하며 소곤거렸다.

"화장터들이야!"

그런데 사람들이 마치 자연 현상을 보고 경탄하는 것 같다는 생각이 들었다. 잠시 후 점호가 끝나고 우리는 해산했다. 나는 약간 배가 고팠다. 그런데 아침에 먹은 빵이 저녁 식사라는 사실을 알게 되었다. 막사와 관련해 내가 알게 된 사실은 내부에 아무것도 없다는 것이었다. 가구나 설비, 전등도 없고 바닥이 시멘트로 된 공간으로, 헌병대 마구간에서와 마찬가지로 저녁에는 쉬는 것이 밤을 보내는 유일한 해결책이었다. 뒤에 앉은 어느 소년이 내 등에 다리를 꾀고 있었고 내 무릎에는 앞에 앉은 사람이 기대고 있었다. 나는 많은 새로운 경험과 체험, 느낌으로 무척 피곤해서 곧 꾸벅꾸벅 졸기 시작했다.

그다음 날들에 대해서는 벽돌 공장에서의 생활과 마찬가지로 구체적인 부분들에 대한 기억은 많지 않고 분위기나 느낌 같은, 말하자면 전반적인 인상만 남아 있을 뿐이다. 이에 대해 자세히 말하기는 무척 어려울 것 같다. 그날들에도 여전히 새로 알아야 할 것과 봐야 할 것, 경험해야 할 일들이 생겼다. 이때 나는 처음 여자들을 봤을 때 느낀 이상하고 낯선 싸늘함을 두어 번 더 경험했다. 한번은 냉담하고 찡그린 얼굴로 서로를 응시하는 사람들과 함께 있었는데 그들은 서로에게 질문을 던지고 있었다.

"당신들 생각은 어때요? 당신들은 어떻게 생각하시죠?"

이렇게 물으면 아예 대답하지 않든지 항상 똑같은 대답을 하곤 했다.

"끔찍하죠."

진정으로 아우슈비츠의 특징을 말하고자 한다면(물론 내 입장에서) 이것은 그곳에서의 체험을 정확히 표현하는 말이 아니다. 우리 막사에는 수백 명이 거주했는데 그중에 그 불운한 남자도 끼어 있다는 것을 알게 되었다. 그는 너무 헐렁해서 좀 이상해 보이는 죄수복을 입었고 모자 역시 너무 커서 시종 이마에 흘러내렸다. 그런데 그 역시 같은 질문을 했다.

"당신들 생각은 어때요? 당신들은 어떻게 생각하시죠?"

물론 우리는 아무 말도 할 수 없었다. 나는 산만하게 횡설수설하는 그의 말을 잘 알아들을 수 없었다. 하지만 알아들을 수 있는 부분만 대충 요약하면 다음과 같은 말이었다. 우리는 다른 생각은 할 필요 없이 집에 남겨 두고 온 사람들만 끊임없이 생각해야 한다며 자신을 기다리는 아내와 두 아이들을 위해서라도 마음을 강하게 먹어야 한다고 했다. 그런데 세관 건물과 기차, 벽돌 공장에서와 마찬가지로 이곳에서도 가장 큰 고민거리는 해가 너무 길다는 것이었다. 한여름의 해가 아주 일찍 떠오르고 하루가 시작되었다. 나는 아우슈비츠의 아침이 얼마나 추운지 그때 알게 되었다. 나는 소년들과 함께 우리 막사의 철조망이 보이는 쪽에 쪼그리고 앉아 바짝 달라붙어 서로에게 온기를 전해 주며 비스듬하게 떠오르는 붉은 태양을 바라보고 있었다. 그런데 몇 시간이 지나자 우리는 반대로 그늘을 찾기 시작했다. 어쨌든 이곳에서도 시간은 흘렀다. 피혁 장인도 우리와 함께 있었는데 몇 가지 농담을 했고 우리는 편자 못 대신 조약돌을 모아 놀이를 했는데 기생오라비가 계속 이겼다. 로시에의 목소리도 들렸다.

"우리 일본어로 노래 부르자!"

그 외에도 우리는 하루에 두 번씩 공동 화장실에 갔고 아침에는 다 함께 세면실이 있는 막사에 갔다. 세면실은 공동 화장실과 비슷한 공간인데 다만 단상처럼 생긴 약간 높은 부분이 없는 대신 세로로 긴 줄이 세 개 있었는데 아연으로 도금된 물통이 연결되어 있었다. 또 각각의 줄 위에는 철 수도관이 수평으로 설치되어 있었는데 이 수도관에 촘촘하게 뚫린 작은 구멍에서 물이 흘러나왔다. 그 밖에 음식 배급과 점호, 공지 사항 전달 등으로 하루의 일과가 채워졌다. 여기에 더해 둘째 날 저녁에는 막사 구역 폐쇄도 경험하게 되었다. 나는 우리 대장이 안절부절못하다 못해 그렇게 화내는 모습을 처음 봤다. 이때 멀리서 여러 가지 소리가 들려왔고 그 소리들이 뒤섞여 혼란스러웠는데 내가 제대로 들었다면 숨이 막힐 정도로 어두운 막사 안에서 비명 소리와 개 짖는 소리, 총이 탕탕거리는 소리를 서로 구별해 낼 수 있을 것 같았다. 잠시 후 나는 철조망 울타리 뒤쪽에서 사람들이 행진해 오는 광경을 볼 수 있었는데 사람들 말에 의하면 일을 하고 돌아오는 사람들이라고 했다. 나도 그렇게 믿을 수밖에 없었다. 주변 사람들이 얘기했듯 나 역시 뒤쪽 사람들이 들것에 들고 오는 것이 의심의 여지 없이 누워 있는 시체들이라는 것을 알 수 있었기 때문이다. 그때 본 모든 일이 한동안 내 머릿속을 떠나지 않고 계속 맴돌았음은 물론이다. 하지만 다른 한편으로는 그런 생각들을 하는 것만으로 하는 일 없이 기나긴 날을 보내기에는 충분하지 않았다. 그래서 아우슈비츠에서도 지루할 수 있다는 생각이 갑자기 들었다. 물론 특권을 받은 사람이라는 가정하에 말이다. 우리는 기다리고 또 기다렸다. 그런데 다시 생각해 보면 그 기다림은 사실 아무 일도 일어나지 않기를 바라는 것이었다. 지루함과 이상한 기다림, 나는 이 인상이 아우슈비츠의 진정한 실체를 대략적으로 표현한 게 아닌가 하는 생각이 든다. 물론 내 관점에서 말이다.

나는 한 가지 고백할 게 있는데 그것은 둘째 날 나는 수프를 먹었고 셋째 날에는 심지어 수프를 기다리기까지 했다는 것이다. 아우슈비츠의 식사 체계는 상당히 이상했다. 아침 일찍 어떤 액체가 도착했는데 사람들이 그것을 커피라고 불렀다. 점심 식사로는 수프를, 놀라울 정도로 이른 시간인 9시경에 주었다. 그 이후로는 해 질 녘에 있는 인원 점검 시간 직전에 빵과 마가린을 주는데 그 전까지 아무것도 주지 않았다. 이렇게 나는 셋째 날이 되면서 배고픔의 고통을 알게 되었고 다른 소년들 역시 모두 배가 고파 불평하기 시작했다. 골초 소년만이 그 느낌은 자신에게 전혀 새롭지 않다며 오히려 담배가 더 피우고 싶다고 했다. 그는 항상 그러듯 짧게 얘기했고 얼굴에는 거의 만족스러운 듯한 표정을 지어 보였다. 그러자 소년들은 약간 화가 난 표정으로 그만하라며 손을 내저었다.

나중에 세어 보니 내가 실제로 아우슈비츠에 머문 기간이 사흘밖에 되지 않는다는 사실을 깨닫고 무척 놀랐다. 사흘째 저녁에 나는 이미 익숙한 화물 기차 한 칸에 앉아 있었다. 목적지는 '부헨발트'라고 했다. 그즈음에는 내가 이렇게 뭔가를 보장하는 듯한 이름에 대해 상당히 신중한 태도를 가졌음에도 우리를 배웅해 준 사람들의 친절하고 따뜻한 태도와 그 죄수들의 얼굴에 나타난 다정하고 꿈 같고 부러운 듯한 표정에서 그것이 결코 착오가 아닐 것이라는 느낌이 들었다. 그들 중에는 그곳에 오래 있었고 많은 것을 아는 죄수도 있었지만 그들과 더불어 팔에 찬 완장과 모자, 신발에서도 알 수 있듯 직위가 높은 죄수들도 있었다. 기차 옆에서도 모든 일을 그들이 처리했다. 군인이라곤 약간 멀리 플랫폼 끝부분에 중간 간부 몇 명이 있을 뿐이었다. 그 조용한 장소의 평화로운 저녁의 은은한 색채 속에서 내가 그곳에 도착한, 정확히 사흘 반 전의 모습은 전혀 느낄 수 없었다. 고작해야 역의 웅장함 정도 말고는 번잡하고 흥분과 빛과 움직임과 소리들과 생동감으로 열광하고 사방에서 불이 반짝거리고 가슴을 두근거리게 만드는 역의 모습은 찾아볼 수 없었다. 그 여정의 모든 것이 이미 익숙한 방식으로 이루어졌기 때문에 별로 말할 것이 없다. 그때는 예순 명이 아닌 여든 명이 탔지만 짐이 없었고 여성들을 배려할 필요도 없었다. 그곳에도 변기가 있고 역시 덥고 목이 말랐지만 음식에 관한 한 절박한 욕망이 일지는 않았다. 기차 안에서 평소보다 큰 빵과 두 덩어리의 마가린, 겉보기엔 헝가리의 서펄러디 소시지를 연상시키는 독일식 소시지도 하나씩 나누어 주었다. 나는 그것을 바로 다 먹어 버렸는데 당장 배가 고프기도 했지만 사실 기차에 따로 보관할 곳도 없었기 때문이다. 게다가 여행이 사흘이나 걸린다는 얘기도 해 주지 않았기 때문이다.

우리는 부헨발트에 아침에 도착했는데 해는 비쳤지만 구름이 좀 있는 데다 가벼운 바람이 공기를 식혀 주어 상쾌하고 깨끗한 날씨였다. 그곳의 기차역은 아우슈비츠 역에 비하면 최소한 시골 냄새가 나고 플랫폼이 정감이 가서 마음에 들었다. 하지만 우리를 맞는 사람들은 그리 친절하지 않았다. 그곳에서는 차량의 문을 죄수들이 아니라 군인들이 열었다. 사실 이번이 군인들과 가까운 관계를 맺고 밀접하게 접촉할 수 있는 진정한 첫 기회라는 생각이 들었다. 그들이 하는 일을 보니 모든 일이 정말 빠르고 정확하게 진행되었다. "Alle raus!(모두 나가!)", "Los!(빨리!)", "Fünferreihen!(5열 종대!)", "Bewegt euch!(출발!)"처럼 짧게 외치는 소리가 들렸고 쿵하는 소리와 찰싹하는 소리, 군화로 걷어차는 소리와 개머리판으로 가격하는 소리, 몇 사람의 희미한 신음 소리도 들려왔다. 잠시 후 마치 끈으로 묶어 잡아당기는 것처럼 행렬이 정렬되었고 우리는 행진해 나아갔다. 그러자 플랫폼 끝에 있던 군인들이 반 바퀴씩 방향을 전환한 후 두 방향에서 한 명씩 합류했다. 가만히 살펴보니 5행 5열에 있는 사람, 그러니까 스물다섯 번째 죄수복을 입은 사람 옆으로 두 명이 1미터 정도 거리를 두고 섰다. 그들은 아무 말이 없고 한순간도 시선을 떨어뜨리지 않았다. 우리는 군인들의 걸음에 방향과 속도를 맞춰 걸었는데 생각해 보면 그때까지의 모든 삶이 항상 그랬던 것 같다. 나는 어릴 때 종잇조각과 막대기를 가지고 송충이를 성냥 통에 들어가게 한 기억이 있는데 그 경우와 좀 비슷한 것 같았다. 송충이는 계속 움직이고 꿈틀거렸다. 이 모든 생각에 나는 몸이 좀 마비되고 멍해지는 것 같았다. 나는 웃음이 좀 나오기도 했는데 헝가리에서 헌병대로 이동하던 날 우리를 인솔하던 헝가리 경찰들이 허둥대며 부끄러워하던 모습이 생각났기 때문이다. 말없이 모든 일을 완벽할 정도로 일사불란하게 처리하는 이 독일 전문가들에 비해 헝가리 헌병들은 시끄럽게 거드름만 피웠지 실속이 전혀 없음을 인정할 수밖에 없었다. 나는 예를 들어 독일 군인들의 얼굴이나 눈, 머리색과 그 밖의 개인적인 특징뿐 아니라 그들의 실수나 얼굴에 난 뾰루지까지 자세히 보려 했지만 소용이 없었다. 이 모든 것에 집중할 수 없었기 때문이다. 그럼에도 내가 의심할 수밖에 없었던 것은 이러한 모든 것에도 불구하고 우리 쪽에 있는 이 군인들이 과연 우리와 비슷한 사람들인가, 본질적으로 인간과 동일한 재료로 만들어진 존재들인가 하는 점이었다. 하지만 그때 내 관점이 틀릴 수도 있겠다는 생각이 스쳤다. 그것은 물론 나 역시 같은 재료로 만들어지지 않았다는 생각 때문이었다.

주변을 잘 관찰해 보니 우리는 비탈진 길을 따라 위쪽으로 올라갔다. 다시 멋진 길이 나타났는데 아우슈비츠에서처럼 곧지 않고 꾸불꾸불한 국도였다. 주변에는 많은 자연 녹지가 보이고 멋진 건물들과 빌라들이 멀리 숲과 공원과 정원 사이에 숨어 있었다. 전체 지역이 크기와 비율 면에서 모두가 적당했다고 감히 말할 수 있을 것 같은데 최소한 아우슈비츠에 익숙해진 내 눈에는 친근하게 느껴졌다. 도로 오른쪽 가장자리에 작은 일반 동물원이 있어서 우리는 놀랐다. 노루와 설치류를 비롯해 여러 동물이 있었는데 그중에는 추레한 불곰도 한 마리 있었다. 그 곰은 발자국 소리를 듣자 흥분해서 곧 우리 안에서 먹이를 달라는 자세로 앉았다가 몇 가지 우스꽝스러운 동작도 보여 주었지만 곰의 노력에도 불구하고 별 성과

가 없었다. 잠시 후 우리는 동상을 하나 지나갔는데, 그 동상은 두 방향으로 나뉘는 길 안쪽에 있는 숲 속 빈터 잔디 위에 세워져 있었다. 하얀색 받침돌 위에 역시 하얀색의 연하고 거칠고 광택 없는 돌로 안정감 있게 세워져 있었는데, 좀 투박해 보이는 것으로 봐서 즉흥적인 영감을 받아 만들어진 작품 같다는 생각이 들었다. 옷에 있는 줄무늬와 빡빡 민 머리, 무엇보다 하고 있는 전체 행동을 보니 죄수를 묘사하려 했다는 것을 바로 알 수 있었다. 고개를 앞으로 숙이고 한쪽 발을 뒤로 높이 들어 올린 것으로 봐서 달려가는 장면을 본뜬 것 같았는데 가슴에 안은 입방체 모양의 엄청나게 큰 돌덩어리를 두 손으로 꽉 쥐며 아래쪽에서 감싸고 있었다. 첫눈에는 학교에서 배운 대로 아무 이해관계 없이 예술적 관점에서만 바라봤지만 잠시 후 틀림없이 어떤 의미가 담겨 있으리라는 생각이 들었다. 그래서 곰곰이 생각해 보니 사실 그렇게 호의적인 의미는 아닐 거라는 생각이 들었다. 아무튼 촘촘한 철조망과 굵이어 땅딸막한 돌기둥 사이로 장식된 철문이 나타났는데 윗부분은 유리로 되어 있어 언뜻 배의 함교를 연상시키는 구조물이라는 생각이 들었다. 잠시 후 우리는 그 아래로 들어갔다. 드디어 우리가 부헨발트 강제 수용소에 도착한 것이다.

부헨발트는 산과 골짜기가 있는 시골로 언덕 등성이에 위치해 있다. 공기는 깨끗하고 사방의 다채로운 풍경과 빙 둘러싼 숲, 아래 골짜기에 있는 시골집들의 빨간 기와지붕이 눈을 즐겁게 해 주었다. 목욕탕은 왼쪽에 있다. 아우슈비츠에서와 방법은 좀 달랐지만 죄수들 대부분이 친절했다. 도착 후에 여기에서도 목욕과 이발, 소독제, 옷 갈아입는 과정이 사람들을 기다리고 있었다. 탈의실에 있는 물건들이 아우슈비츠에 있는 것들과 정확히 똑같다. 그러나 그곳의 목욕탕 물이 좀 더 따뜻하고 이발사들은 좀 더 신중하게 머리카락을 자르며 그곳 탈의실에는 옷 담당자가 있는데 그는 사람을 한번 슬쩍 보고는 치수를 바로 알아맞힌다. 그 후 복도로 나와 유리로 된 내리닫이 창문 앞으로 가면 혹시 금니가 있는지 묻는다. 그런 다음 여기에 오래전부터 살고 있는 머리도 기른 헝가리 사람이 커다란 책에 이름을 적는다. 노란색 삼각형과 줄무늬가 있는 길쭉한 천을 주는데 둘 다 리넨 천이다. 삼각형 중앙에는 헝가리인이라는 표시로 커다란 U 자가 있고 줄무늬 천에는 번호가 인쇄되어 있는데 예를 들어 내 번호는 64921번이었다. 전해 듣기로는 가능한 한 빨리 이 번호의 정확하고 분명한 독일어 발음을 배워 두는 편이 좋을 거라고 했다. 예를 들어 "피어 운트 제이치히, 노인, 아인 운트 츠반치히"라고 말이다. 누군가가 내 신분을 물으면 나는 항상 이렇게 대답해야 하기 때문이다. 이곳에서는 이 번호를 피부에 새기지 않는다. 이 때문에 목욕탕 같은 곳에서 걱정스럽게 질문을 하면 온 지 오래된 죄수가 손을 높이 들고 천장을 바라보며 항변한다.

"Aber Mensch, um Gotteswillen! Wir sind doch hier nicht in Auschwitz!(아, 이 한심한 사람! 우리는 지금 아우슈비츠에 있는 게 아니야!)"

이 모든 것에도 불구하고 이곳에서 유일하게 바늘과 실을 가지고 있는 재봉사의 도움을 받아 저녁까지는 옷에 번호와 삼각형을 달아야 한다. 저녁때까지 긴 줄을 기다리기가 싫증난다면 빵이나 마가린을 좀 떼어 주고 재봉사들에게 호의를 부탁할 수도 있지만 굳이 주지 않더라도 기꺼이 달아 준다. 사람들에게 듣기로는 그 일이 결국 그들의 의무이기 때문이다. 부헨발트는 아우슈비츠보다 공기가 쌀쌀하고 날은 잿빛으로 흐리고 자주 보슬비가 내린다. 부헨발트에서는 아침 식사로 캐러웨이 씨 수프를 줘서 사람들을 놀라게 하기도 한다. 또 이곳에서 알게 된 사실은 아우슈비츠에서는 보통 빵을 하루에 4분의 1덩어리 배급하고 경우에 따라서는 5분의 1덩어리를 주기도 한 데 반해 부헨발트에서는 보통 3분의 1덩어리를 주고 어떤 날에는 반 덩어리를 주기도 한다는 것이다. 점심 식사로는 걸쭉한 죽을 주는데, 붉은 색깔의 작은 고기 조각이 들어 있기도 하고 운이 좋으면 고깃덩어리 한두 개가 들어 있을 때도 있다. 나는 이곳에서 '출라거(덤)'라는 개념도 알게 되었는데, 현재 이곳에 있고 배급을 할 때면 아주 흐뭇해하는 한 장교의 표현에 의하면 마가린 옆에 소시지나 잼 한 숟가락을 배급받는 것을 말한다고 한다. 우리는 부헨발트에서 '천막 수용소', 다른 이름으로는 '소수용소'라고 부르는 천막에 거주했다. 바닥에 짚을 깔고 잤는데 간격 없이 다닥다닥 붙어서 잤지만 등을 바닥에 붙일 수는 있었다. 뒤쪽 철조망 울타리에 전기는 흐르지 않는다. 하지만 누구든 저녁에 천막을 벗어나는 순간 셰퍼드가 물어뜯는다고 사방에서 경고를 했다. 처음 들을 때는 겁주기 위한 말이라고 생각할 수 있지만 이 경고의 엄중함을 의심해서는 안 된다. 언덕 쪽 위와 옆 그리고 사방으로 펼쳐진 대수용소의 자갈 포장도로와 산뜻한 녹색 막사들, 삼 층짜리 석조 가옥들이 보이기 시작하는 다른 쪽 철조망 울타리에서는 매일 저녁 즉석 매매가 이루어지는데 오래전부터 이곳에서 사는 죄수들이 숟가락과 칼, 코펠, 옷가지를 판다. 그들 중 한 사람이 빵 반 덩어리에 팔겠다며 스웨터를 보여 주고 설명도 곁들였지만 나는 사지 않았다. 여름에는 스웨터가 필요 없을뿐더러 겨울은 아직 멀었다는 생각이 들었기 때문이다. 그제야 나는 그렇게 많은 색깔의 삼각형이 있고 삼각형 안에 그렇게 많은 글자가 있음을 처음으로 알게 되었다. 도대체 누가 어느 나라 사람인지 알 수가 없었다. 하지만 주변에서 많은 헝가리어 사투리 단어들이 들려오고 많은 이상한 언어도 들려왔는데 그 언어를 아우슈비츠에서 우리를 맞이한 죄수들로부터 처음 듣고 그다음에는 기차 안에서 들었다. 부헨발트 천막 수용소에 거주하는 사람들은 점호가 없고 세면실은 야외에 있는데 좀 더 구체적으로는 나무 그늘 아래에 있다. 세면대의 구조는 아우슈비츠 세면대와 기본적으로 비슷했지만 구유 모양의 돌로 되어 있었으며 무엇보다 중요한 것은 수도관에서 하루 종일 물이 흘러나온다는 것인데, 물이 뿜어져 나오거나 최소한 계속 새 나왔다. 벽돌 공장에 있을 때 이후 처음으로 목이 마르거나 물을 마시고 싶다는 생각이 들면 언제나 마실 수 있는 기적이 나에게 일어난 것이다. 물론 부헨발트에도 화장터가 있지만 하나밖에 없었다. 그리고 이 화장터가 수용소의 목적이나 본질, 정신, 의미도 아니고(나는 당당하게 이렇게 말할 수 있을 것 같다.) 정상적인 생활 가운데 수용소에서 숨진 사람들을 화장하기 위한 시설이라고 할 수 있을 것 같다. 사람들의 말에 의하면 부헨발트에서는(아마 이 말은 여기에 오래전부터 있는 죄수들로부터 나온 것 같은데 내 귀에도 들려왔다.) 과거에 자기들이 일할 때에 비해 채석장이 거의 가동되고 있지 않지만 그럼에도 채석장에서는 가장 주의를 기울여야 한다고 했다. 이 수용소는 칠 년 전부터 운영되고 있다는데 '다하우', '오라니엔부르크', '작센하우젠' 같은 더 오래된 수용소에 있다가 이곳으로 온 죄수들도 있었다. 그제야 옷을 잘 입고 철조망 울타리 건너편에서 위엄 있는 얼굴로 우리를 쳐다보며 여유 있게 미소 짓는 몇몇 사람들에 대해 이해할 수 있을 것 같았다. 그들은 1만 번대와 2만 번대 번호를 달고 있었고, 네 자리 숫자뿐 아니라 세 자리 숫자를 달고 있는 사람도 보였다. 수용소 근처에는 문화적으로 유명한 도시인 바이마르가 위치해 있는데 물론 이 도시의 명성에 대해서는 나도 이미 헝가리에서 배웠다. 많은 사람 중에서도 "Wer reitet so spät durch Nacht und Wind"로 시작하는 시[6]를 쓴 유명한 시인이 바로 이곳에서 살고 작품 활동을 했다. 나는 그 시를 보지 않고도 외울 수 있다. 소문에 의하면 그 시인이 직접 나무를 한 그루 심었는데 그 후에 뿌리가 내리고 가지도 무성해져 기념 안내판을 세웠다고 한다. 우리 죄수들로부터 그 나무를 보호하기 위해 울타리를 쳤는데 현재 수용소 어딘가에 그 나무가

---

6) 괴테의 시 「마왕」으로, 이 구절은 "어둠과 바람을 가르며 달려가는 자 누구인가?"라는 의미이다.

있다고 한다. 이 모든 것을 고려할 때 아우슈비츠에 남게 된 사람들이 우리를 부러워하는 표정을 지은 일을 전적으로 이해할 수 있을 것 같다. 나 역시 곧 부헨발트를 좋아하게 되었다고 말할 수 있을 것 같다.

차이츠는 정확히 말하면 지역 이름을 따라 이름이 붙여진 강제 수용소로, 부헨발트에서 화물 기차로 한 시간 정도 거리에 있다. 기차에서 내려 이십 분에서 이십오 분 정도 군인들이 동행해 더 걸어가는데 잘 정리된 농지와 멋진 시골 풍경이 펼쳐진다. 나 역시 이 루트를 경험할 수 있었다. 이름의 첫 글자가 알파벳순으로 M 이전인 사람들의 최종 정착지는 이곳이 될 것이라고 확인해 주었다. 나머지 사람들의 최종 목적지는 역사적으로 유명한 도시라 나도 들어 본 적이 있는 마그데부르크 수용소라고 했다. 이러한 사실은 부헨발트에서 맞은 나흘째 저녁에 손에 기다란 리스트를 든, 다양한 권위를 가진 죄수들이 아크등이 밝혀진 매우 넓은 공간에서 우리에게 알려 주었다. 이렇게 해서 가슴 아프게도 많은 소년들, 특히 로시에와 영영 헤어질 수밖에 없었다. 결국 이름 철자에 따라 서로 다른 기차에 올라타야 했고 유감스럽게도 이렇게 해서 많은 사람들과 헤어지게 됐다.

몇 번이고 강제 수용소를 옮기면서 겪는 짜증 나는 피로보다 사람을 더 넌더리 나고 지칠 대로 지치게 만드는 일은 없을 거라고 말하고 싶다. 아우슈비츠와 부헨발트, 그 후에 차이츠를 거치면서 나는 이것을 경험했다. 이번에 도착한 곳은 작고 열악하고 외따로 떨어진, 말하자면 시골 강제 수용소임을 곧 보게 되었다. 여기에서는 목욕탕이나 화장터를 찾아봐야 소용이 없었다. 그런 시설은 좀 더 중요한 강제 수용소에만 있는 듯 보였다. 이 시골 역시 단조로운 평지인데, 수용소 끝에서야 보이는 푸른 산맥은 누군가에게 듣기로 튀링겐 산악 지역이라고 했다. 가시철조망이 국도를 따라 설치되어 있는데 네 모서리에 네 개의 감시탑이 세워져 있었다. 수용소는 정사각형 형태로 기본적으로 먼지가 자욱한 하나의 커다란 광장인데 정문과 좀 떨어진 국도 방향은 탁 트인 데 반해 나머지 세 면은 격납고나 서커스장의 범포 천막만 한 거대한 천막들이 둘러싸고 있었다. 이곳에서 장시간 사람들 숫자를 세고 줄을 정돈하고 몰아세우기도 하고 밀치기도 했는데, 나중에 들으니 이것은 새로 들어온 사람들을 10열 종대로 세워 놓고 어느 천막으로 갈지 정하기 위해서였다. 나도 한쪽, 좀 더 자세히 말하면 뒤편 오른쪽 끝 천막 옆으로 떠밀려 얼굴은 정문을 향하고 천막을 등지고 선 채 사람을 힘들게 하는 햇살 아래 몸이 거의 마비될 때까지 서 있었다. 아는 소년들이 있는지 둘러봤지만 주변에는 온통 처음 본 사람들뿐이었다. 내 왼쪽에는 키가 크고 마르고 약간 이상한 사람이 있었는데 혼자 뭐라고 중얼거리며 상체를 규칙적으로 앞뒤로 움직였고 오른쪽 사람은 키가 작고 어깨가 넓었는데 휴식 때 작고 날카로운 소리를 내며 앞쪽의 땅바닥을 향해 정확하게 침을 뱉으며 시간을 보냈다. 그도 나를 쳐다봤는데 처음에는 그냥 흘깃 쳐다보더니 두 번째 볼 때는 단춧구멍 같은 눈에 삐딱한 눈빛을 띠고 좀 더 유심히 바라보았다. 눈 아래로 우스꽝스럽게 작고 뼈가 거의 없는 것 같은 코를 볼 수 있었고 죄수 모자는 멋을 내느라 눈을 반쯤 가리도록 눌러쓰고 다녔다. 세 번째에는 나에게 어디에서 왔느냐고 물었는데 그제야 나는 그의 앞니가 하나도 없는 것을 알게 되었다. 내가 부다페스트에서 왔다고 하자 갑자기 생기가 돌더니 환상 도로는 아직 있는지, 마지막에 6번 전차를 타고 그곳을 떠나온 듯 아직도 6번 전차가 다니는지 등을 묻기 시작했다. 당연히 모두 그대로 있다고 하자 그는 만족해하는 것 같았다. 그가 내가 어떻게 이곳에 오게 됐는지도 궁금해해서 말해 주었다.

"간단해요. 버스에서 내리라고 했어요."

"그다음에는?"

그가 또 묻자 그 후에는 특별한 것 없이 그들이 나를 이곳으로 싣고 왔다고 했다. 그러자 그는 마치 헝가리 생활에 대해 잘 모르는 사람처럼 놀라는 것 같았다. 그래서 나도 그에게 질문을 하고 싶었지만 그럴 수 없었다. 그 순간 반대쪽에서 따귀를 갈겼기 때문이다. 철썩하는 소리가 들렸을 때 이미 나는 땅바닥에 주저앉은 상태였고 얼굴 왼쪽이 화끈거리기 시작했다. 그때 내 앞에 한 사람이 서 있었는데 머리에서 발끝까지 승마복을 입고 긴 머리에 검은색 예술가 모자를 쓰고 거무스름한 피부에 검은색의 가는 콧수염이 나 있었는데 내가 싫어하는 냄새조차 풍기고 있었다. 의심할 바 없이 진짜 향수 냄새였다. 정신없이 소리를 질러 대는 말 중에 여러 번 반복해서 들리는 '조용'이라는 단어밖에 알아들을 수 없었다. 그가 높은 사람처럼 보인 것은 말할 필요도 없는데 달고 있는 번호가 아주 낮고 삼각형에 Z가 새겨져 있었으며 쇠줄에 달린 은색 호루라기를 걸고 팔에는 멀리서도 눈에 띄는 LÄ가 새겨진 흰색 완장을 차고 있었는데 이 모든 것이 그의 위치를 강조해 주는 듯 보였다. 그럼에도 나는 그때까지 누구에게도 맞아 본 적이 없었기 때문에 분노를 참을 수 없었다. 그래서 주저앉은 채 분노를 얼굴에 드러내려 애썼다. 그러는 와중에도 그는 상관없다는 듯 계속 소리를 질러 댔지만 기름에 떠 있는 것 같은 커다란 검은 눈동자의 시선이 서서히 부드러워지더니 이내 미안한 듯한 표정을 지어 보이는 것으로 봐서 그가 내 분노를 읽은 것 같았다. 그 와중에도 그는 내 얼굴에서 발끝까지 쭉 훑어봤는데 당황스러우면서 기분이 나빴다. 잠시 후 그는 갑자기 나타났듯 순식간에 길을 터 준 사람들 사이로 사라졌다.

내가 힘들게 몸을 다시 일으키자 바로 오른쪽에 있던 사람이 아프냐고 물었다. 나는 의식적으로 전혀 아프지 않다고 큰 소리로 대답했다. 그러자 그가 말했다.

"그럼 코피를 좀 닦는 게 좋겠어."

손을 코에 대니 손가락이 빨개졌다. 그러자 그가 피가 멈추도록 머리를 뒤로 젖히라고 하더니 거무스름한 사람에 대해 말해 주었다.

"집시야."

그가 잠시 생각하더니 다음과 같이 말했다.

"저 자식 호모일 거야. 틀림없어."

나는 그가 무슨 말을 하는지 정확히 알 수 없어서 그 표현의 정확한 의미를 물었다. 그러자 그가 살짝 웃으며 말했다.

"말 그대로 동성애자 말이야."

그제야 나는 그 말의 의미를 알 것 같았다. 그가 손을 옆으로 내밀며 말했다.

"나는 번디 치트롬이야."

나도 이름을 말해 주었다.

그 후에 그 사람은 사실 노동 봉사에 동원되어 이곳으로 오게 됐다는 사실을 알게 되었다. 전쟁이 시작됐을 때 나이가 스물한 살이어서 동원됐다고 했다. 당시에 나이나 혈통 등 모든 면에서 노동 봉사에 적합했고 사 년 동안 집에 가지 못했다고 했다. 지뢰를 철거하러 우크라이나에도 갔었다고 했다.

"치아는 어떻게 된 거예요?"

내가 물었다.

"두들겨 맞았어."

그가 대답했다. 그 말에 내가 깜짝 놀라며 물었다.

"어쩌다가요?"

그러나 그는 얘기가 길다며 맞은 이유에 대해서는 많은 얘기를 하지 않았다. 단지 상병 한 명과 싸웠으며 코뼈도 그때 부러졌다는 말만 했다. 그는 지뢰 철거 작업에 대해서도 간략하게만 얘기해 줬다. 그의 표현에 따르면 삽 한 자루와 철사 한 줄이면 되고 운도 따라 줘야 한다고 했다. 이 때문에 독일인들이 헝가리 군인들을 대체할 때 '수형자 중대'에서 극소수만 살아남았다고 했다. 그때 그들은 좀 더 쉬운 일과 나은 대우를 약속받았기 때문에 기뻐했다고 했다. 물론 그들도 기차에 태워져 아우슈비츠로 보내졌다.

나는 궁금한 것들을 계속 물어보려 했지만 그 순간에 세 사람이 다시 돌아왔다. 십 분쯤 전에 앞쪽에서 일어난 일을 보고 나는 한 사람의 이름에 주목하게 되었는데 좀 더 정확히 얘기하면 여러 사람이 일제히 한 사람의 이름을 외치고 있었다.

　　"코바치 박사!"

　　그러자 통통하고 토실토실한 얼굴에 원래 대머리인 정수리를 제외한 나머지 부분을 이발 기계로 빙 둘러 민 남자가 수줍어하고 얌전을 빼며 사람들의 환호에 못 이긴 척 앞으로 나오더니 이번에는 그가 나머지 두 사람을 지명했다. 그러고 나서 세 사람이 거무스름한 사람과 함께 어디론가 사라졌고 잠시 후 뒷줄에 있는 나에게까지 지금 우리가 지휘관, 그러니까 막사 반장과 막사 봉사자들을 선출했다는 얘기가 전해졌다. 번디 치트롬은 독일어를 모르기 때문에 나는 대충 우리가 '방 봉사자들'을 뽑았다고 통역해 주었다. 잠시 후 그들이 우리에게 구령과 구령에 맞는 동작을 가르쳐 주려 했다. 한 번 이상은 가르쳐 주지 않겠다고 독일 군인들이 봉사자들에게 경고했고 봉사자들이 우리에게 그 경고를 전해 주었다. 이 구령들 중에 "차렷!", "탈모!", "착모!" 등과 같은 몇 가지는 기본적으로 경험상 이미 아는 것들이었지만 "정착(定着)!", "동작 그만!"처럼 처음 듣는 구령도 있었다. "정착!"은 모자를 똑바로 쓰라는 구령이고(모자는 당연히 똑바로 써야 함에도 말이다.) "동작 그만!"은 손을 움직이지 않고 허벅다리에 고정시키는 것을 말한다. 우리는 이 구령들을 여러 차례 연습했다. 우리는 막사 반장에게는 다른 일이 더 있다는 것을 알게 됐는데, 그것은 점호

보고였다. 그는 우리 앞쪽에서 수차례 연습했는데 군인 역할
은 땅딸막하고 진홍빛 피부에 얼굴에는 보랏빛이 도는 막사
봉사자가 대신 했다.

"제5막사 점호 보고. 총 250명 중 현재 인원은⋯⋯."

이런 식으로 계속되었는데 이 연습 과정에서 나는 우리 막
사가 제5막사이며 총인원이 250명임을 알게 되었다. 이렇게
몇 번 연습을 반복하자 모두가 정확하고 완벽한 것 같다고 생
각했다. 그러자 또 아무것도 하는 일 없이 몇 분이 지나갔다.
나는 천막 오른쪽 공터에 쌓여 있는 흙과 그 위에 보이는 긴
장대, 그 뒤의 깊은 구덩이로 보이는 곳에 눈길이 가서 번디
치트롬에게 도대체 그것의 용도가 무엇이냐고 물었다.

"뒷간이야."

그가 한 번 보더니 바로 대답했다. 내가 이 단어의 의미를
잘 모르자 그가 고개를 몇 번 저었다.

"너 이제 보니 지금까지 엄마 치마 옆에만 앉아 있었구나!"

그가 이렇게 말하더니 간단하게 한마디로 설명해 주었다.
그리고 한마디 덧붙였는데 그의 말을 그대로 전하면 다음과
같다.

"저 구덩이를 똥으로 채울 때쯤이면 우리는 자유의 몸이 될
거야!"

나는 웃었지만 그는 진지했다. 그의 생각일 뿐이라고 말하
기도 어려울 정도로 그는 확신하는 것 같았다. 그러나 문 쪽에
서 엄격하고 품위 있어 보이는 군인 세 명이 눈에 띄게 편안하
고 안정감 있게 서서히 다가오고 있었기 때문에 그의 생각에

대해서는 더 이상 얘기를 나눌 수 없었다. 곧 막사 반장이 연습 때는 한 번도 들어 보지 못한 열정적이고 쩌렁쩌렁한 소리로 크게 외쳤다.

"차렷! 탈모!"

그러고는 나를 비롯한 우리 모두와 마찬가지로 그 역시 당연히 모자를 벗었다.

6

나는 죄수들에게도 일상이 있고 죄수들의 일상이라는 것이
사실 너무나도 단조롭다는 것을 차이츠에 와서야 알게 되었
다. 나도 이와 비슷한 상황에 처해 본 적이 있는 것 같은데 바
로 아우슈비츠로 가는 기차 안에서였다. 그곳에서 역시 시간
과의 싸움이었는데 모든 것이 각자의 능력에 따라 흘러갔다.
차이츠에서는, 나의 경우에는 마치 멈춰진 기차 같은 느낌을
받았다. 반면에 다른 한편으로는(이것 역시 사실이었는데) 내
앞과 주변에서 벌어지는 수많은 변화들이 따라잡을 수 없을
정도로 빠른 속도로 지나갔다. 이제 최소한 내가 그 길을 모두
지나왔고 길 위에서 기회가 주어질 때마다 성실하게 임하려
노력했다는 한 가지는 말할 수 있다.

최소한 내 경험으로는 모든 새로운 일은 어디에서나 처음
에는 좋은 의도로 시작한다. 심지어 강제 수용소에서도 말이

다. 그래서 나는 처음에는 착실한 죄수가 되는 데 만족했고 나머지 일은 어떻게든 되리라 생각했다. 이것이 대체로 나의 기본적인 생각이었기 때문에 나는 이것에 기초해 행동했다. 다른 사람들의 생각도 대충 나와 비슷한 것 같았다. 나는 아우슈비츠에서 들은 노동 수용소 시설에 관한 호의적인 의견들이 어느 정도 과장된 정보에 기초했다는 사실을 곧 자연스럽게 깨닫게 되었다. 하지만 그 과장의 정도나 그에 따른 주요 결과들에 대해 정확한 숫자를 제시할 수는 없었는데 다른 사람들도 마찬가지라고 당당히 얘기할 수 있을 것 같다. 우리 수용소의 수용 인원에 대해 모두가 다른 얘기를 했지만 내가 보기에는 자살자를 제외하고 2000명 남짓 되는 것 같았다. 자살은 간혹 있는 일이며 규칙적이거나 전형적인 일은 아님을 모두 알았다. 나도 간혹 그런 일에 대해 들었는데 그럴 때면 사람들은 자살에 대해 논쟁을 벌이기도 하고 서로 의견을 나누기도 했다. 어떤 사람들은 자살을 비난하는가 하면 다른 사람들은 동정하기도 했는데 특히 자살자와 아는 사람은 애도를 표하며 동정했다. 사람들은 자살이 가끔 있는 일이며 자신과는 상관없고 뭐라고 말하기도 쉽지 않을뿐더러 어떻게 보면 분별없는 행동이지만 또 어떻게 보면 존경할 만한 일이라고 생각하는 경향이 있었지만 전반적으로는 경솔한 행동이라고 평가하는 것 같았다.

번디 치트롬이 가르쳐 준 바에 따르면 이곳에서 가장 중요한 것은 자포자기하지 않는 것이다. 전에는 이런 상황에 처해본 적이 없기 때문에 이곳에서는 자포자기하기 쉽다. 번디 치트롬은 이런 지혜를 노동 수용소에서 배웠다고 했다. 가장 중요한 일은 어떤 상황에서도 잘 씻는 것이다.(구멍이 뚫린 쇠파이프가 연결된 구유 모양의 물통들이 두 줄로 평행하게 수용소의 국도 쪽 야외에 있었다.) 또 본질적인 면에서 중요한 것 한 가지는 배급을, 그것이 있든 없든 아껴서 나눠 먹어야 한다는 것이다. 특히 빵을 다음 날 아침에 주는 커피와 함께 먹으려면 스스로 이 원칙을 잘 지켜야 한다. 게다가 점심시간에 먹을 빵도 한 조각 남겨둬야 한다. 이때 온통 주머니로 쏠리는 생각과 수시로 주머니로 향하는 손을 잘 통제해야 한다. 그렇게 해야만 먹을 것이 없다는 고통스러운 생각으로부터 벗어날 수 있다. 그리고 나는 그때까지 옷 보관소에 있던 양말 대용의 발싸개를 손수건으로 생각하고 있었다는 점도 알게 되었다. 점호나 행진 중에는 항상 중간이 안전하다는 것도 알게 되었다. 수프를 받을 때는 가능하면 앞쪽보다는 뒤쪽으로 가야 솥 바닥에 있는 걸쭉한 수프를 먹을 수 있다. 수저 자루의 한쪽은 망치로 날카롭게 두드려 칼로 사용할 수도 있다. 나는 이 모든 것과 그 밖에 수용소 생활에서 필요한 모든 지식을 번디 치트롬에게 배웠다. 그가 하는 것을 슬쩍슬쩍 엿보다가 비슷하게 적용해 보려 했다.

나도 결코 믿기 어려웠지만 분명한 사실은 삶의 질서나 어떤 본보기, 말하자면 미덕 같은 것이 이 수용소에서보다 중요한 곳은 없다는 것이다. 오래전부터 수용된 사람들이 사는 1번 막사 주변만 잠시 둘러봐도 이러한 사실을 알 수 있다. 그들이 가슴에 달고 있는 노란 별이 모든 본질적인 것을 나타내고 그

안의 L은 그들이 저 멀리 라트비아, 좀 더 정확히 얘기하면 리가라는 도시에서 왔음을 말해 준다는 것을 알게 되었다. 그들 가운데서 처음에 우리를 놀라게 한 좀 이상한 사람들도 볼 수 있다. 좀 떨어진 곳에서 보기는 했어도 그들은 모두 나이가 많은 노인이었고 고개를 목 쪽으로 푹 숙이고 얼굴에서 코가 오뚝했으며 움츠린 어깨에 지저분한 죄수복이 헐렁하게 걸쳐져 있었는데 그 모습이 삼복더위임에도 추워서 떨고 있는 겨울 까마귀를 연상시켰다. 경직된 다리로 가다 서다를 반복하는 것을 보면 과연 그들의 이러한 수고가 정말 가치 있는 것인지 묻고 싶었다. 이 움직이는 물음표들(그들의 외형과 체구를 다른 식으로 묘사하기가 어려우니 이렇게 부르겠다.)을 나중에 강제 수용소에서 무슬림이란 이름으로 알게 되었다. 번디 치트롬이 그들을 조심하라고 주의를 주었다.

"그들을 보고 있으면 삶의 의욕마저 사라져 버리거든."

번디 치트롬이 자신의 생각을 말해 주었다. 그의 말에도 어느 정도 일리가 있었지만 시간이 지나면서 나는 거기에 뭔가 설명이 더 필요할 것 같다고 생각하게 되었다.

이곳에서 고집은 특히 중요한 도구이다. 형태는 다양했지만 차이츠에 있을 때도 고집이 부족하지 않았다고 말할 수 있다. 나는 가끔 고집이 나에게 큰 도움이 된다는 사실을 깨닫게 되었다. 내가 이곳에 도착했을 때 내 왼쪽 줄에 있던 집단이라고 해야 할지, 단체라고 해야 할지, 무리라고 해야 할지는 모르겠지만 그 이상한 사람들 때문에 나는 좀 놀랐다. 나중에 번디 치트롬에게 들어 그들에 대해 많은 것을 알게 되었다. 번디 치트롬이 그들은 핀란드인이라고 말해 주었다. 그런데 그들에게 어디에서 왔는지 물으면 그들이 대답하길(그들은 가치가 있다고 생각할 때만 대답한다.) 핀 민카츠에서 왔다고 하는데 사람들은 이 단어를 문카치[7]로 이해한다. 그들은 또 핀 사다라다에서 왔다고도 하는데 이 단어는 샤토럴려우이헤이[8]로 짐작한다. 번디 치트롬은 노동 봉사를 할 때 이들을 알게 되었는데 그들에 대해 별로 좋게 생각하지 않았다. 일할 때나 행진할 때나 점호할 때 어디에서나 그들을 볼 수 있는데 그들은 마치 결코 갚지 못할 빚이라도 진 듯 리드미컬하게 앞뒤로 몸을 흔들며 기도문을 끊임없이 중얼거렸다. 그들이 예를 들어 "칼 팔아요."라고 속삭이기 위해 입을 삐쭉거릴 때면 사람들은 귀를 기울이지도 않는다. 특히 아침에 "수프 팔아요."처럼 아무리 유혹적인 제안을 해도 사람들은 더더욱 귀를 기울이지 않는다. 이상하게 그들은 수프를 먹지 않을뿐더러 가끔 나오는 소시지도 먹지 않는데 종교적으로 허락되지 않는 음식은 아무것도 먹지 않았다. "그럼 그 사람들은 뭘 먹고 사나요?"라고 물을 수 있을 텐데 번디 치트롬은 "그들을 염려할 필요는 전혀 없어. 보다시피 그들은 살아 있잖아."라고 대답했다. 그들은 자기들끼리나 라트비아인들과는 이디시어를 사용했지만 독일어와 슬로바키아어도 할 줄 알았다. 어떤 언어를 더 할 줄 아는지는 모르겠으나 사업상의 대화가 아니라면 물론 헝

---

7) 헝가리 화가의 이름.
8) 헝가리의 지명.

가리어는 할 줄 몰랐다. 한번은 도저히 피할 길이 없이 그들 무리에 끼게 되었다.

"이디시어 할 줄 알아?"

이것이 그들의 첫 질문이었다. 아쉽지만 나는 할 줄 모른다고 했다. 그러자 그들은 나와 상대하지 않았고 나는 퇴짜를 맞았다. 그들은 공기나 없는 존재를 바라보듯 나를 쳐다봤다. 나는 말을 걸고 상대해 주기를 바랐지만 모두 허사였다.

"넌 유대인이 아니고 이방인이잖아."

그들은 고개를 저었다. 소위 사업 세계에서는 능수능란하다는 사람들이 결과적으로 이익보다 손해와 손실이 훨씬 많은 이런 일에 어리석게 집착하는 걸 보고 나는 놀랄 수밖에 없었다. 나는 그날 헝가리에서도 느낀 당혹감과 같은 근질근질한 미숙함을 그들 틈바구니에서 간혹 느꼈는데 그것은 내가 완전히 정상적이지 않고 내 생각이 다른 사람들의 일반적인 생각과 완전히 부합하지 않는다는 느낌이었다. 그것은 말하자면 내가 유대인 같다는 느낌이었다. 강제 수용소에서, 그것도 유대인 사이에서 그런 느낌이 든다는 것이 좀 이상했다.

나는 한번은 번디 치트롬 때문에 놀란 적이 있다. 번디 치트롬은 일할 때나 쉴 때나 자주 노래를 불렀는데 그가 좋아하는 노래를 나도 배웠다. 노동 봉사를 할 때 죄수들에게 배웠다고 했다.

우크라이나 땅에서 우리는 지뢰를 제거하네.
하지만 우리는 겁쟁이가 되지 않을 거야.

그 노래는 이렇게 시작되는데 나는 마지막 소절을 특히 좋아했다.

좋은 친구인 동료가 한 명 쓰러진다면
우리는 조국에 전하리.
무슨 일이 우리를 기다린다 해도
소중한 우리 조국이여
우리는 결코 그대를 배신하지 않으리.

부정할 수 없는 멋진 노래였다. 힘찬 노래라기보다 멜로디가 구슬프고 다소 느린 노래였지만 전체 가사에 나 역시 당연히 감동을 받았다. 마침 그때 기차 안에서 우리는 같은 헝가리 사람이라고 말했던 헌병이 떠올랐다. 엄밀히 말해서 그들도 조국으로부터 처벌받았다는 생각이 들었다. 한번은 번디치트롬에게 이 말을 했다. 그는 이견을 달지는 않았지만 좀 당황하고 불쾌해하는 것 같았다. 다음 날 시간이 나자 그는 깊이 생각에 잠겨 내 말은 기억에도 없다는 듯 휘파람을 불고 흥얼거리더니 잠시 후 노래를 부르기 시작했다. 그는 헝가리에 있을 때 살았던 거리에 대해서도 자주 얘기했다.

"네펠레이츠 거리의 보도블록을 밟아 보고 싶어."

나는 그 거리를 동부역 근처 어딘가에 있는 외딴 골목으로 기억하고 있었지만 번디 치트롬이 하도 여러 번 자기 집의 번지수를 말해 주고 그 거리의 다양한 모습에 대해 언급해서 나역시 그 거리의 모든 매력을 알게 되었고 한번 가 보고 싶다는 생각도 들었다. 그는 어떤 장소나 광장, 길, 집들, 건물 첨탑들과 여러 진열장에서 반짝거리는 유명한 문구나 광고들, 그의 말에 따르면 "페슈트의 불빛들"에 대해 자주 말하거나 인용하거나 상기시켰다. 하지만 나는 그의 말을 정정해 주어야 했다. 소등 규정 때문에 이 불빛들이 더 이상 존재하지 않으며 폭격으로 도시의 모습 역시 많이 바뀌었다고 설명할 수밖에 없었다. 그는 듣고는 있었지만 나의 설명이 구미에 맞지 않는다는 표정이었다. 그는 다음 날 기회가 생기자 또다시 그 불빛들에 대해 말하기 시작했다. 고집의 종류가 얼마나 많은지 누가 알겠는가마는 나는 차이츠에서 그 많은 고집 중에서 선택할 수 있었다. 나는 과거와 미래에 대한 얘기도 들었지만 죄수들 사이에서 특히 자유에 대해서는 이제까지 어떤 곳에서도 들어 보지 못했을 만큼 많은 얘기를 들었다. 이것은 당연한 것이며 그 이유는 어떤 식으로든 설명할 수 있다. 다른 사람들은 속담이나 농담, 우스갯소리에서 자신만의 즐거움을 찾기도 했다. 물론 나 역시 이런 것들을 들어 보았다. 공장에서 돌아와 점호를 하기 전까지의 한 시간은 항상 특별하고 생기 있고 자유로운 시간이었는데 나는 수용소에서 저녁 식사 시간과 더불어 이 시간을 가장 기다리고 좋아했다. 한번은 사방이 북적거리고 물건을 사고파는 사람과 수다를 떠는 사람으로 가득한 마당에서 누군가와 부딪친 일이 있었다. 헐렁한 죄수 모자 밑으로 근심에 찬 작은 두 눈동자가 나를 바라보고 있었는데 코와 얼굴이 특색 있었다.

"아니!"

그는 나를 보고 나는 그를 보고 있었기 때문에 우리는 거의 동시에 소리를 질렀다. 그 불운한 사람이었다. 그는 나를 보자마자 무척 반가워하며 숙소가 어디인지 물었다. 나는 5막사라고 대답했다.

"유감이군."

그는 다른 막사에 산다며 아쉬워했다. 그는 아는 사람을 볼 수 없다고 불평했고 나 역시 마찬가지라고 하자 왜인지는 모르겠지만 슬퍼하는 것 같았다.

"우리는 없어질 거야. 우리는 곧 없어질 거야."

그가 고개를 저으며 나로서는 알 듯 모를 듯한 말을 했다. 잠시 후 갑자기 그의 표정이 밝아졌다. 그가 자기 가슴을 가리키며 나에게 물었다.

"이 U 자가 무슨 의미인지 알아?"

나는 당연히 웅가르(Ungar), 그러니까 헝가리 사람을 의미한다고 대답했다.

"아니, 운슐디히(Unschuldig)를 의미해."

그가 대답했다. 그것은 죄가 없다는 뜻이다. 잠시 후 그가 호탕하게 웃더니 이유는 모르겠지만 자기 생각이 아주 마음에 든다는 듯 생각에 깊이 잠긴 얼굴로 한참 동안 고개를 끄덕였다. 얼마 후 다른 사람으로부터 똑같은 농담을 들은 적이 있는데 그 역시 똑같이 행동했다. 초창기에는 수용소에서 이 농담을 자주 들을 수 있었다. 이런 농담이 분위기를 좋게 하고 힘을 북돋아 주는 것 같았다. 그래서 사람들은 이 농담을 수없이 하고 수없이 듣더라도 항상 똑같이 웃어 주었고 얼굴이 부드러워지고 고통스러운 미소라도 항상 즐거운 표정들이었다. 그것은 심금을 울리는 음악이나 특별한 감동을 주는 이야기를 들을 때의 표정과 비슷했다.

나는 사람들에게 같은 노력과 같은 선의를 볼 수 있었는데 모두가 자신이 착한 죄수임을 보여 주려 했다. 이것이 우리의 관심사였다는 것은 말도 안 되는 소리이고, 오히려 주변 조건들이 이것을 원했기 때문이다. 말하자면 이곳에서의 삶이 그러도록 강요했기 때문이다. 줄을 모범적으로 잘 서고 숫자도 맞으면 예를 들어 점호 시간이 짧아졌다. 최소한 초창기에는 그랬다. 또 우리가 일을 성실하게 하면 구타 같은 것은 피할 수 있었다. 최소한 많은 경우에 그랬다.

솔직히 말해 최소한 처음에는 우리 모두의 생각을 전적으로 이익이나 이득이 지배하지는 않았던 것 같다. 일을 예로 들 수 있을 것 같은데, 작업 첫날 오후에 화차 하나 분량의 회색 조약돌을 내리는 것으로 나는 곧장 일을 시작했다. 번디 치트롬이 첫눈에 보기에도 선량해 보이는 나이가 꽤 많은 감시 군인의 허락을 맡아 우리는 상의를 벗었다. 그때 나는 처음으로 번디 치트롬의 황갈색 피부와 불끈거리는 우람하고 부드러운 근육과 왼쪽 가슴 밑에 있는 검은 반점을 보게 되었다.

"자, 이들에게 부다페스트 사람의 능력을 보여 줍시다!"

번디 치트롬이 말했다. 그는 정말 진지했다. 그에 반해 나는 태어나서 처음으로 손에 쇠스랑을 잡고 일을 해 봤다. 이곳저곳을 둘러보는 모습이 십장처럼 보이고 틀림없이 공장에서 일했을 것 같은 감시인은 크게 만족하는 것 같았다. 물론 일의 진도가 더 빨라졌다. 하지만 시간이 지나면서 손바닥에서 타는 듯한 통증이 느껴져 손을 펴 보니 손가락 안쪽이 온통 빨개져 있었다. 그때 감시인이 물었다.

"무슨 일이야?"

나는 웃었다. 그러고는 손바닥을 그에게 보여 주었다. 그러자 그의 얼굴이 어두워지더니 그가 소총 멜빵을 끌어당기며 말했다.

"일해! 어서 해!"

이 일로 나의 관심도 자연스럽게 다른 방향으로 돌려졌다. 이때부터 나는 언제 보는 눈을 피해 쉴 수 있을지, 어떻게 하면 삽과 괭이와 쇠고랑을 덜 쥘 수 있을지에 대해서만 생각했다. 나는 이렇게 요령을 피우는 데서 큰 진전을 이루었다. 내가 해야 하는 그 어떤 일보다 요령을 피우는 데 훨씬 능숙했고 더 많이 배우고 더 많이 연습했다. 한번은 "이렇게 해서 결국 누구에게 좋은 건데요?"라고 묻던 그 전문가가 기억났다. 바로 이 부분에서 뭔가 문제가 있고 뭔가를 막는 장애와 오류와 실패가 있었다고 할 수 있을 것 같다. 정중한 말 한마디나 제스처, 여기저기에 보내는 반짝이는 눈빛 하나까지 모두 하나의 빛이다. 최소한 나라도 이런 것들을 더 유용하게 사용해야 했는데 그러지 못해 유감이다. 곰곰이 생각해 보면 사실 개인적으로 서로에게 화가 나는 점이 있어서 그런 것은 아닐까? 사실 수용소에서도 우리에게 자존심은 남아 있었다. 그런데 드러내지 않고 남들에게 하는 상냥하고 분별 있는 사소한 말이 결국 본인에게 더 많은 것으로 돌아온다는 것을 알게 되었다.

하지만 그럼에도 이 경험들이 나를 근본적으로 흔들지는 못했다. 기차도 여전히 달리고 앞을 내다보니 목적지 역시 저 멀리 어딘가에 숨겨져 있었다. 시간이 흐른 뒤 번디 치트롬과 내가 황금기로 명명한 초기에는 차이츠에서의 생활이 적당히 요령도 부리고 운도 좀 따라 줘서 그런대로 견딜 만했다. 물론 다가올 미래가 우리를 그 시기에서 벗어나게 할 때까지 일시적으로 말이다. 일주일에 이틀은 빵 반 덩어리를 받고 사흘은 3분의 1덩어리를 받았다. 4분의 1덩어리를 받는 날은 일주일에 두 번밖에 없었다. 덤도 자주 받았다. 일주일에 두 번은 삶은 감자를 여섯 개씩 모자에 담아 주었는데 이때는 덤이 없었다. 우유 국수도 일주일에 한 번씩 주었다. 이른 기상으로 처음에는 화가 나지만 이슬 맺힌 촉촉한 여름 새벽과 화창한 하늘, 김이 피어오르는 커피가 곧 화를 누그러뜨렸다. 이 시간에는 화장실을 지혜롭게 사용해야 한다. 곧 "집합! 정렬!"이라는 외침이 들리기 때문이다. 아침 점호는 항상 짧게 진행되는데 아마 작업이 기다리고 있어 바쁘기 때문인 것 같다. 우리 죄수들이 사용할 수 있는 공장 옆문은 국도 왼쪽 모래밭 쪽에 있는데 수용소에서 걸어서 십 분에서 십오 분 정도 걸리는 거리이다. 이미 멀리에서 윙윙거리는 소리와 덜커덩거리는 소리, 딸가닥거리는 소리와 쇠 구멍에서 공기 새는 소리도 서너 번 들렸다. 공장의 주도로와 사거리가 나타나고 덜커덩거리며 움직이는 기중기, 흙 파는 기계, 수많은 선로와 연통, 냉각탑, 파이프, 작업장 건물들이 미로처럼 얽혀 있는 것이 보였는데 공장이라기보다 하나의 도시 같았다. 많은 구덩이와 도랑, 잔해들과 붕괴된 건물, 파손된 배수로와 파헤쳐진 전선 따위가 공습이 있었음을 말해 주었다. 첫날 점심 식사 시간에 이 공장 이름이 브라바크라는 사실을 알게 되었는데 갈탄휘발유주식회사라는 의미의 원래 이름이 주식 시장에 상장되면서 축약되었다고 했다. 사람들이 덩치가 크고 피곤한지 숨을 가쁘게 쉬며 팔로 머리를 괸 채 주머니에서 먹다 남은 빵조각을 더듬거리는 한 사람을 가리키며 모든 정보가 그에게서 나온다고 말했다. 나중에 수용소에서 사람들이 그 사람에 대해 즐겁게 말하길(그에게 직접 듣지는 못했지만) 언젠가 그 사람도 이 회사의 주주 가운데 한 사람이었다고 했다. 공장 냄새가 곧바로 체펠 정유 공장을 연상시켰는데, 이곳에서도 휘발유 생산에 힘을 쏟고 자체적으로 개발한 공법으로 원유가 아닌 갈탄에서 휘발유를 뽑아낸다고 했다. 나는 재미있는 발상이라고 생각했다. 물론 사람들이 이런 생각을 기대하지는 않으리라는 생각이 들었다. 노동 대대에 편성된다는 것은 아주 흥분되는 일이다. 어떤 사람은 삽질을 좋아하고 어떤 사람은 곡괭이질을 좋아하며 어떤 사람은 전선 매설 작업의 장점을 들기도 하고 어떤 사람은 모르타르 혼합기 운전을 선호하기도 한다. 또 어떤 숨겨진 이유와 의심스러운 취향 때문인지는 모르겠으나 허리까지 오는 노란 진흙과 검은 기름 속에서 하는 작업임에도 하수관 공사를 선호하는 사람들이 있었는데 그들은 대부분 라트비아 사람이나 그들과 친한 핀란드 사람이었다. 정렬이란 단어의 고음에서 저음으로 떨어지는, 감미롭고 구슬프게 늘어지며 길고도 유혹적인 선율은 하루에 딱 한 번 들을 수 있는데, 바로 숙소로 돌아갈 시간임을 알려 주는 저녁이었다.

"저리 비켜, 무슬림들!"

번디 치트롬이 북적거리는 세면대 근처에서 큰 소리로 외치며 비집고 들어온다. 내 몸의 한 구석도 감시자 같은 그의 시선을 피할 수 없다.

"고추도 씻어, 거기에 이가 사니까!"

그가 말했고 나는 웃으며 그의 말대로 했다. 이제는 특별한 시간이 시작된다. 사소한 일들을 처리하고 농담이나 불평을 주고받고 다른 사람을 찾아가거나 대화를 나누기도 하고 거래를 하거나 소식을 교환하는 시간인데 모두 움직이라거나 빨리 행동하라고 재촉할 때 내는 냄비 두드리는 소리만이 사람들의 행동을 멈추게 할 수 있다.

"점호!"

이 시간이 얼마나 걸릴지는 전적으로 운에 달려 있다. 한 두 시간, 길어야 세 시간이 지나면(그사이에 조명등에도 불이 들어온다.) 천막 안 좁은 길이 크게 혼잡해지는데 양쪽에는 이곳에서 '박스'라고 부르는, 잠자리로 사용하는 삼 층짜리 상자들이 줄지어 있다. 그러고 나서 잠시 후 천막 안이 어두컴컴해지면 속삭임이 시작되는데 과거와 미래와 자유에 대해 얘기 나누는 시간이다. 고국에서는 모두 전형적으로 행복한 사람들이었고 많은 이들이 부유했음을 알게 되었다. 그럴 때면 이때쯤 저녁 식사로 무엇을 먹곤 했는지에 대해서나 남자들끼리 나누는 솔직한 대화 주제들에 대해서도 알게 되었다. 또 이때 다시는 들어 보지 못할 얘기도 들었는데 몇몇 사람들이 자기들끼리 동조하며 어떤 특정한 이유로 진정제의 일종인 브롬을 수프에 섞는다고 알 듯 모를 듯한 표정을 지으며 주장했다. 그럴 때면 번디 치트롬도 네펠레이츠 거리와 불빛들, 아니면 부다페스트 여자들에 대해 언급했다.(그는 특히 제일 먼저 이 얘기를 했는데 물론 나로서는 알아들을 수 없는 것이 많았다.) 한번은 수상쩍게 중얼거리는 소리와 조용히 찬송을 부르는 듯한 가사, 천막 한쪽 구석에 켜진 희미한 촛불이 관심을 끌었다. 그날은 금요일 저녁이었고 그는 랍비라고 했다. 나는 그를 내려다보기 위해 침대 판자 위를 걸어서 건너갔다. 한 무더기의 사람들 가운데 정말 나도 아는 랍비가 있었다. 그는 죄수복과 죄수 모자를 쓰고 있었지만 경건하게 기도를 올렸는데 나는 기도를 하기보다는 잠을 자고 싶었기 때문에 그를 오래 보고 있지는 않았다. 나는 번디 치트롬과 함께 3층에서 잠을 잤다. 우리는 박스를 다른 두 명과 함께 사용했는데 둘 다 젊고 호감이 갔으며 역시 부다페스트 출신이었다. 나무판자에 짚을 깔고 짚 위에 자루용 삼베를 깔았다. 모포는 두 사람에 하나씩 주었는데 여름이라 이 정도면 넉넉했다. 자리는 그리 넓지 않았다. 내가 돌아누우면 옆 사람도 돌아누워야 했고 옆 사람이 다리를 올리면 나 역시 다리를 올려야 했다. 그럼에도 깊이 잠들어 모든 것을 잊어버렸다. 정말로 황금기였다.

얼마 후에 변화들이 느껴지기 시작했는데 특히 배급과 관련해 변화가 컸다. 빵을 반 덩어리 받던 시기는 어느새 가고 그 대신 돌이킬 수 없이 3분의 1덩어리나 4분의 1덩어리를 받는 시기가 왔고 덤이 나온다는 보장도 더 이상 할 수 없었다. 이때 나의 기차도 속도를 늦추기 시작했고 그 후에는 완전히 멈춰 버렸다. 나는 앞을 내다봤지만 겨우 내일밖에 보이지 않았다. 그 내일도 오늘과 같은 날이거나 아주 비슷한 날이다. 물론 그것도 운이 좋은 경우에 말이다. 나는 의욕이 사라지고 활력도 잃었고 아침에 일어나기도 힘들었으며 매일 지친 채 잠자리에 들었다. 나는 배가 고팠고 움직이는 것 자체도 힘이 들었다. 모든 상황이 어렵게 바뀌었는데 나 스스로가 짐이 되어 갔다. 나와 우리는, 확실히 얘기할 수 있을 것 같은데 더 이상 늘 착한 죄수가 될 수는 없었다. 이러한 모습은 군인들뿐 아니라 우리 중에 직책을 맡은 사람들에게서도 찾아볼 수 있었는데 대표적인 사람이 우리 중 제일 높은 수용소 반장이었다.

그는 어디에서 만나더라도 항상 검은색 옷을 입고 있었다. 그는 아침이면 기상을 알리는 호루라기를 불었고 저녁이면 마지막으로 모든 것을 점검했으며 숙소 앞쪽 어딘가에서 모든 전달 사항을 얘기했다. 그는 독일어를 사용했고 혈통적으로는 집시족이었는데 우리 사이에서는 그를 그냥 집시라고 불렀다. 우리가 이렇게 부른 첫 번째 이유는 그의 거주 장소가 강제 수용소로 지정되었기 때문이고 두 번째는 번디 치트롬이 첫눈에 알아봤을 정도로 그의 성격이 일반 사람과는 달랐기 때문이다. 그가 달고 있는 삼각형의 녹색은 사람을 죽이고 강탈한 사람임을 알려 주는데 사람들 말로는 그가 자신에게 생계를 제공해 주던 그보다 나이가 많고 아주 부유한 부인을 죽였다고 했다. 이렇게 해서 나는 생애 처음으로 진짜 강도 살인범을 직접 보게 되었다. 그가 하는 일은 곧 법이었는데 그의 임무는 수용소 안에서 질서와 정의를 구현하는 것이었다. 이 말을 처음 듣는 사람은 모두 상당히 거북하게 생각했는데 나 역시 마찬가지였다. 반면에 나는 말의 뉘앙스에 따라 어떤 점에서 상대방의 오해를 불러일으킬 수도 있다는 것을 알게 되었다. 예를 들어 나는 개인적으로 흠잡을 데 없이 정직한 막사 봉사자 한 사람 때문에 더 큰 어려움을 겪었다. 그를 잘 아는 사람들은 바로 그의 정직함 때문에 그를 막사 봉사자로 선출했다. 듣자니 그들은 다름 아니라 코바치 박사(여기에서 박사는 의사가 아니고 변호사를 가리킨다.[9])를 막사 반장으로 뽑은 사람들이었는데 그들은 모두 아름다운 벌러톤 호수 근처에 있는 시오포크 지역 출신이었다. 그는 피부색은 진홍빛이며 이름은 모두에게 포도르로 알려진 사람이었다. 사실인지 아닌지는 모르겠지만 사람들의 공통된 의견은 수용소 반장이 성적인 재미를 위해 막대기와 주먹을 사용한다는 것이다. 수용소에 퍼져 있는 소문에 의하면 그는 여자들은 물론 심지어 남자 어른이나 소년과의 관계 시에 만족감을 극대화시키기 위해 그것들을 이용한다는 것이다.(사람들이 정통한 소식이라고 했다.) 하지만 그 막사 봉사자의 경우에는 규율이 하나의 구실이 아닌 실질적 요소이며 일반적 관심 사항이기 때문

---

9) 헝가리에서 '박사(doktor)'란 단어는 의사, 박사 학위를 받은 자, 변호사 등 다양한 의미로 사용된다.

에 필요할 경우에는(그는 이것을 항상 잊지 않고 언급했다.) 항상 그래 왔듯 몽둥이와 주먹으로 바로 갈겨 버릴 것이라고 했다. 그럼에도 규율은 전혀 혹은 거의 지켜지지 않았다. 그래서 그는 긴 국자 손잡이를 잡고 밀려드는 사람들을 뚫고 지나가야 했다. 이때 우리는 솥단지 앞으로 가서 그릇을 지정된 위치 끝에 정확하게 놔야 하는데 그러지 않으면 그가 국자로 그릇을 쳐 버리고 지나갔다. 그럴 때면 그릇과 수프가 공중으로 날아다니기도 했다. 이는 줄을 서 있는 사람들과 그의 일을 방해했기 때문인데 정확한 자리에 그릇을 놓은 뒷사람들이 웅성거리는 소리를 통해서도 이를 알 수 있었다. 이럴 때면 침대에 누워 있는 사람까지 끌어내렸는데 이는 한 사람이 잘못하면 다른 사람도 연대 책임을 져야 했기 때문이다. 물론 이것들의 차이점을 그 의도에 따라 봐야겠지만(나는 그것을 알아차릴 수 있었다.) 내가 보기에 어떤 점에 있어서는 거의 차이가 없었다. 어떤 관점에서 보아도 결과적으로 둘 다 동일한 것을 경험했기 때문이다. 그들 외에도 이곳에는 노란 완장을 차고 항상 잘 다려진 줄무늬 죄수복을 입은 독일인 죄수 감독 카포가 있는데 다행스럽게도 나는 그들을 많이 보지는 못했다. 하지만 얼마 지나지 않아 '조장'이라고 쓰인 검은색 완장을 찬 사람들이 나타나 우리 줄로 하나둘 들어오는 것을 보고 나는 정말 놀랐다. 그중 한 명은 우리 막사 사람으로 지금까지 내 눈에 거의 띄지 않았고 내 기억에 다른 사람들도 그를 대단한 사람으로 여기지 않았고 유명한 사람도 아니었다. 그런데도 그는 저녁 식사 시간에 새로 만든 검은색 완장을 차고 당당하고 건장한 모습으로 처음 나타났던 것이다. 이제 그가 더 이상 낯선 사람이 아니라는 사실을 직시해야 했다. 그를 아는 사람뿐 아니라 친구들도 그에게 다가가기가 쉽지 않았다. 사방에서 그의 진급에 대해 기뻐하며 축하하고 행운을 빌며 그에게 손을 내밀었지만 그는 몇 사람의 손만 잡을 뿐 다른 사람들의 손은 잡아 주지 않았다. 그러자 그 사람들은 얼른 자리를 피해 버렸다. 그리고 잠시 후 최소한 내가 보기에는 가장 엄숙한 순간이 이어졌는데 일반적인 주목과 존경심 내지는 일종의 경건함이 느껴지는 조용한 분위기에서 아주 위엄 있고 서두르거나 허둥대지 않으면서 감탄하는 시선과 부러워하는 시선을 뚫고 식사를 한 번 더 하기 위해 다가갔다. 그는 이러한 행위가 자신의 지위에 맞는다고 여겼고 막사 봉사자가 솥 바닥에서 수프를 떠 주었다. 막사 봉사자는 그를 자기와 동등한 특권을 가진 사람으로 여겼다.

한번은 가슴이 근육으로 불룩하고 당당한 모습으로 걸어오는 사람을 보게 되었다. 나는 팔에 있는 철자를 보고 그가 아우슈비츠에서 온 독일인 장교임을 바로 알 수 있었다. 하루는 내가 그 사람의 그룹에 속하게 되었는데 일을 시작할 때 자기 입으로 말을 잘 듣는 사람을 위해서는 불에라도 뛰어들겠지만 아무짝에도 쓸모없는 사람이나 다른 사람에게 일을 떠넘기는 사람은 결코 용납하지 않겠다고 했는데 그 말은 사실이었다. 나는 다음 날 번디 치트롬과 함께 다른 그룹으로 옮겨갔다. 한 가지 변화가 감지되었는데 흥미롭게도 그 변화는 주로 외부자들에게 나타났다. 예를 들어 수용소 안에 있는 공장 사람들과 우리를 지키는 사람들, 몇몇 권위 있는 사람들이 변하고 있음을 알아차릴 수 있었다. 처음에는 뭐라고 설명할 수 없었지만 최소한 내 눈에는 모두가 아주 멋지게 보였다. 하지만 얼마 후 다른 이유들로 인해 알아차리기가 물론 쉽지는 않았지만 우리 역시 변했을 수 있겠다는 생각이 들었다. 예를 들어 번디 치트롬의 경우에 겉으로는 특별한 변화를 찾아볼 수 없었다. 하지만 기억을 더듬어 처음 만났을 때의 모습과 비교해 보면 내 오른쪽에 줄을 서 있을 때나 일을 할 때 눈에 확 띄었다. 마치 생물 교과서에 나오는 삽화에서처럼 울룩불룩하고 탄력이 있어 부드럽게 휘거나 단단하고 팽팽하게 아래위로 움직이는 힘줄과 근육을 가졌었기 때문이다. 하지만 지금의 번디 치트롬을 보면 그 모습을 의심할 수밖에 없다. 이때 나는 종종 시간이 우리의 눈을 기만한다는 생각이 들었다. 그런데 예를 들어 콜먼 가족과 같은 온 가족의 이러한 변화(그 결과를 통해 분명히 알 수 있다.) 과정을 통해 나는 변화에 대해서는 신경을 끄게 되었다. 수용소에 있는 사람이라면 누구나 이들을 안다. 그들은 키슈바르더라는 지역에서 왔는데 이곳에는 이들 외에도 그 지역에서 온 사람이 꽤 많다. 그런데 이들과 말하거나 이들에 대해 말하는 것을 들어 보면 그 지역에서는 꽤 덕망 있는 사람들 같았다. 그들은 모두 셋이었는데 몸집이 작고 대머리인 아버지와 큰아들과 작은아들이었다. 두 아들은 아버지를 닮지 않았지만 둘은 상당히 닮았는데(아마 어머니를 닮은 모양이었다.) 둘 다 머리카락이 뻣뻣한 금발이고 눈은 푸른색이었다. 이들은 항상 셋이 손을 잡고 함께 다녔다. 시간이 흐르면서 아버지가 뒤처지기 시작하는 것을 보게 되었다. 그는 두 아들의 도움을 받아야 했는데 손을 잡고 끌려가야 했다. 시간이 얼마 더 지나자 아버지가 보이지 않았다. 얼마 후에는 큰아들이 작은아들을 끌어 줘야 했다. 또 얼마의 시간이 지나자 동생마저 옆에서 사라지고 형 혼자 몸을 가누고 다니더니 지금은 그 역시 어디에서도 볼 수 없다. 나는 이 모든 사건을 인식하고 있었다. 하지만 곰곰이 생각해 보면 그 인식이란 것이 마지막에 정리해서 풀어헤치는 식이 아니라 단계별로 하나하나 거치면서 익숙해지는 식이었고 마지막에는 거의 인식하지도 못하게 되었다. 그러던 어느 날 피혁 장인을 만나고는 나 자신도 변했을 수 있겠다는 생각을 하게 되었다. 하루는 그가 주방이 있는 천막에서 아주 태연하게 나오는 것을 보게 되었다. 그는 모든 사람이 부러워하는 감자 껍질을 벗기는 막강한 힘을 가진 조에 배속되었다는 새로운 사실을 알게 되었다. 그는 처음에는 나를 아는 척도 하지 않으려 했다. 그래서 나는 그와 함께 셸 정유 공장에 있던 사람임을 부각시켰고 혹시 부엌에 씹을 만한 것이나 냄비 바닥에 남은 것이 없는지 물었다. 그는 한번 보겠다고 대답했다. 그러고는 혹시 나에게 담배가 있는지 물었다. 자기는 전혀 담배를 좋아하지 않는데 부엌 조장이 담배라면 환장을 한다고 했다. 없다고 하자 그가 가 버렸다. 얼마 지나지 않아 나는 더 이상 그를 기다려 봐야 소용없다는 사실을 깨닫게 되었다. 우정이란 것도 유한하며 결국 생존 법칙이 모든 것을 결정한다는 생각이 들었다. 두말할 필요도 없이 어쩌면 이것은 당연한 일일 것이다. 또 한번은 내가 어느 특이한 사람을 잘 알아보지 못한 적이 있다. 그는 비틀거리며 변소로 향하고 있는 듯했다. 그는 죄수 모자를 귀까지 뒤집어썼고 얼굴은 이곳저곳 움푹 들어가고 초췌하고 창백하고 코는 노랬는데 코끝에 콧물이 매달린 채 흔들리고 있었다.

"기생오라비!"

내가 불렀지만 그는 고개도 들지 않았다. 그는 한 손으로 바지를 움켜쥔 채 발을 질질 끌며 가고 있었다. 이런 일이 일어나리라고는 생각조차 하지 못했다. 또 한번은 몸이 온통 노랗고 바짝 마르고 눈이 크고 열이 있어 보이는 사람을 본 적이 있는데 내가 보기엔 골초 소년이 틀림없는 듯했다. 이 일이 있을 즈음 막사 반장이 저녁 점호와 아침 점호 시간에 사용한 표현이 시간이 흐르면서 막사에 둘, 막사에 다섯, 막사에 열셋 하는 식으로 숫자만 바뀐 채 지속적으로 나타났다. 얼마 후 부재, 퇴소, 탈락을 의미하는 독일어 단어 '아프강(Abgang)'도 등장했다. 아무리 좋은 의도를 가져도 소용없는 상황도 있는 것 같다. 집에서 읽은 책에 의하면 사람이 열심히 노력하고 시간이 흐르면 감옥 생활에도 곧 익숙해진다고 했다. 예를 들어 규율에 따라 공정하게 운영되는 일반 감옥이라면 의심의 여지 없이 그럴 수도 있을 것이다. 하지만 그곳이 강제 수용소라면 내 경험으로 볼 때 그럴 가능성이 전혀 없다. 최소한 내가 당당히 말할 수 있는 것은 노력이 부족하거나 의도가 선하지 않아서가 아니라 바로 간단히 말해 시간이 충분히 주어지지 않기 때문이라는 것이다.

보고 듣고 경험한 것에 따라 나는 강제 수용소에서 벗어나는 세 가지 길과 방법을 알게 되었다. 나 자신은 가장 소박한 첫 번째 방법으로 살아왔다. 나는 인간의 본성에는 어떤 경우에라도 빼앗을 수 없는 부분이 있다고 배웠다. 사실 우리의 상상은 죄수의 몸이라도 자유롭게 허락되었다. 손에 삽과 곡괭이를 들고 분주히 움직이면서도 경제적이고 실속 있게 최소한의 동작만 하면서 상상을 통해 그곳에서 벗어날 수 있었다. 하지만 상상이라고 아무 제한이 없는 것은 아니고 한계 안에서만 자유로워질 수 있었다. 나는 똑같은 노력을 함으로써 콜카타나 플로리다 같은 세상에서 가장 멋진 곳 어디로든 갈 수 있지만 이러한 상상은 사실적이지 못해 스스로도 그것을 믿을 수 없었다. 그래서 대부분의 경우에는 집에 있는 상상을 하곤 했다. 이러한 상상 역시 콜카타에 있다고 상상하는 것만큼 무모한 일임은 말할 필요도 없다. 그런데 나는 집에 있다고 상상하면서 일종의 겸손함 같은 것을 느끼게 되었다. 다시 말해 나는 바르게 살지 못했고 집에서 시간을 유용하게 사용하지 못했으며 후회할 일이 너무 많다는 사실을 깨닫게 되었다. 좋아하지 않는 음식이 나오면 음식을 이리저리 뒤적이다가 일부만 골라 먹고 나머지는 옆으로 밀어 둔 일들이 생각났다. 그 순간 이해할 수 없고 돌이킬 수 없는 실수였다는 생각이 들었다. 또 인간적으로 엄마와 아빠 사이에서 쓸데없이 줄다리기를 했던 일 역시 후회되었다. 나는 '나중에 집으로 돌아간다면' 하고 생각했다. 마치 그 어떤 것보다 자연스러운 이 사실 다음에 올 질문들에만 관심 있는 사람처럼 주저 없이 간단하면서도 명확한 단어를 사용했다. 그래서 내가 집으로 돌아간다면 무슨 일이 있어도 끝을 내고 화해를 이끌어 내야겠다고 마음먹었다. 헝가리에 있을 때 몇 가지 긴장되는 일이 있었다. 좀 우스운 얘기지만 긴장했다기보다는 두려워했다는 표현이 맞을 것 같다. 나는 학교에서 배우는 몇 가지 과목과 선생님을 두려워했는데 혹시 질문하려고 호명했는데 대답을 못 하면 어쩌나 하는 걱정 때문이었다. 또 성적표를 보여 줘야 하는 아빠도 두려움의 대상이었다. 그런데 지금은 단지 상상하고 체험하고 웃어 보는 재미를 위해 그때의 두려움들을 되새겨 보았다. 그런데 나는 하루를 처음부터 끝까지 상상해 볼 때 가장 즐거운 시간을 보낼 수 있었다. 아침부터 저녁까지 있었던 일을 겸허하게 몇 번이고 상상하곤 했다. 어떤 특별하고 완벽한 활기찬 하루를 상상할 수도 있었겠지만 실제로는 빠른 기상, 학교, 두려움, 맛없는 점심 등과 같은 고달픈 날들만 상상되곤 했다. 그래서 당시에는 흘려보내고 거부하고 인식하지도 못 했던 많은 가능성들을 이곳 강제 수용소에서 말하자면 가장 완벽하게 모두 복원해 내곤 했다. 아무리 촘촘한 감옥 벽도 상상의 날개를 제한하지는 못한다는 말을 나는 들은 적이 있고 실제로도 체험했다. 유일한 문제라면 상상을 하면서도 손으로는 일을 해야 한다는 사실을 잊어버릴 정도로 현실에서 멀리 떠나는 것이었다. 하지만 나는 아주 신속하고 적절하고 확실하게 내가 처해 있는 현실로 다시 돌아오곤 했다.

이즈음부터 우리 옆에 있는 6번 막사 같은 곳에서 아침 점호 시간에 인원수가 맞지 않는 일이 발생하기 시작했다. 모두가 무슨 일이 일어났는지 잘 알았다. 아무리 강제 수용소에 있어도 영원히 일어나지 않을 사람을 깨울 수는 없기 때문이다.
이것이 바로 수용소에서 벗어나는 두 번째 방법이다. 한 번이
라도, 단 한 번이라도 이 유혹에 빠져 보지 않은 사람은 없었
던 것 같다. 과연 누가 흔들림 없이 의연하게 살아갈 수 있었
겠는가? 특히 아침에 일어날 때면 더더욱 그렇다. 새로운 해
가 떠오르면 우리는 잠에서 깬다. 막사 안은 이미 소란스럽고
옆에 있는 사람들이 이미 자살자의 짐을 챙기기 시작한다. 이
럴 때면 나도 흔들리지 않을 수 없다. 번디 치트롬이 계속해서
막지만 않았다면 나 역시 무조건 시도했을 것이다. 사람들은
커피는 중요하지 않지만 점호에는 가야 한다고 생각했다. 나
역시 그랬다. 물론 우리는 잠자리에 그대로 누워 있지 않는다.
누구도 어린아이처럼 행동하지 않기 때문이다. 누군가가 다
른 사람들처럼 정상적으로 성실하게 일어나지 않는다면…….
아, 우리는 절대적으로 안전한 장소를 한 곳 알고 있다. 내기
를 하자고 하면 우리는 100포린트[10]라도 걸 것이다. 어제인지
그 전인지 밖을 내다보다가 갑자기 생각났다. 어떤 계획이나
의도 없이 아주 우연히 알게 되었고 우리끼리만 알고 있었다.
그런데 지금 그곳이 생각난다. 예를 들어 맨 아래 박스 밑으로
기어 들어가든지 100퍼센트 확실한 틈새나 빈 곳, 파인 곳이
나 귀퉁이를 찾아낸다. 그런 다음에는 짚이나 건초, 담요로 잘
덮는다. 도중에 '점호에 가야 하는데.' 하는 생각을 한다. 나도
이들의 마음을 아주 잘 이해하던 때가 있었다. 좀 더 대담한

---

10) 헝가리의 화폐 단위.

사람들은 한 명 정도는 빠져도 되는 것 아니냐고 생각한다. 결국 우리는 사람일 뿐이며 잘못 셀 수도 있다. 어차피 오늘 아침뿐인데 한 명 정도는 눈에 띄지도 않을뿐더러 저녁이 되면 다시 인원수가 맞을 것이기 때문이다. 물론 그동안 우리가 그를 보호해 주기는 한다. 좀 더 무모한 사람들은 그 안전한 장소에 숨어 있으면 어떤 식으로도, 어떤 도구로도 그들을 찾아낼 수 없으리라고 생각한다. 그런데 정말 무모한 사람들은 아주 단순하게 생각하기 때문에(나 역시 한때 그렇게 생각했다.) 한 시간의 꿀잠에 결국 엄청난 위험과 혹독한 대가가 따른다는 사실에 대해서는 생각하지 않는다.

하지만 실제로 이러한 시간이 주어지지도 않는다. 아침이면 모든 일이 빠르게 돌아가기 때문이다. 신속히 수색 팀도 구성된다. 앞에는 말쑥하게 면도하고 콧수염을 멋지게 매만지고 검은색 옷을 입은 채 향수 냄새를 풍기는 수용소 반장이 있고 그 뒤에는 독일인 카포가 바짝 붙어 있다. 그 뒤로는 막사 반장과 막사 봉사자들이 서 있는데 모두 손에 곤봉과 몽둥이와 갈고리가 달린 막대를 들고 곧장 6번 막사로 향한다. 안에서 소음이 들리고 대혼란이 일더니 잠시 후 "잘 들어!" 하는 소리가 들린다. 이 소리는 수색 팀의 승리를 외치는 승전가이다. 고통스럽게 내지르는 소리가 섞여 들리더니 이내 소리가 가늘어지고 잠시 후 아무 소리도 들리지 않는다. 얼마 지나지 않아 인간 사냥꾼들이 다시 나타난다. 그들이 천막에서 뭔가를 질질 끌고 와 대열 가장 끝으로 가 내던지더니 곧 눕혀 버린다. 여기에서 보면 죽은 무언가가 움직임 없이 쌓여 있는 것 같기도 하고 뒤엉킨 넝마 무더기 같기도 하다. 나는 그쪽을 보지 않으려 했다. 하지만 각각의 부분과 각각의 모습과 윤곽이 어디에서 본 것 같다는 기억 때문에 눈을 돌리지 않을 수 없었다. 나는 그가 한때 알고 지낸 불운한 남자라는 사실을 알게 되었다.

"작업반 정렬!"

잠시 후 구령이 들렸다. 우리는 오늘 독일 군인들이 상당히 엄격할 것임을 예측할 수 있었다.

이곳을 벗어나는 세 번째 방법은 글자 그대로 실제로 탈출하는 방법인데 우리 수용소에서 지금까지 딱 한 번의 시도가 있었다. 탈출자는 세 명이었는데 모두 라트비아인이었다. 그들은 경험이 많고 독일어를 잘했으며 지리에도 밝고 탈출에 확신을 가진 포로들이었다. 귀엣말로 소식이 퍼져 나갔다. 우리가 처음 이 사실을 알게 되었을 때는 우리를 경비하던 경비원들이 문책을 받으리란 생각에 고소해하기도 하고 여기저기에서 감탄이 터져 나오기도 했다. 모방 탈출을 모색하는 사람들이 있는가 하면 탈출 가능성을 가늠해 보는 데 열중하는 사람들도 있었다. 하지만 시간이 지나자 모두가 그들에게 분개하기 시작했다. 그들의 탈출 때문에 우리가 벌로 새벽 2~3시까지 점호를 받으며 서 있었기 때문이다. 좀 더 정확히 말하면 서 있었다기보다 비틀거리고 있었다.

다음 날 저녁에 숙소로 돌아올 때 나는 또다시 오른쪽을 쳐다보지 않으려고 안간힘을 썼다. 거기에 있는 세 개의 의자에 세 사람, 아니, 세 사람 같은 것이 앉아 있었기 때문이다. 나는 정확히 어떤 광경이 펼쳐지고 있는지, 그들 목에 걸린 종이판에 볼품없는 큰 글씨로 무어라고 쓰여 있는지에 대해서는 별로 관심이 없어서 자세히 보지 않았다. 그런데 그 내용이 수용소에서 오랫동안 회자되었기 때문에 결국 나도 알게 되었다. 그 문장은 "Hurrah! Ich bin wieder da!"였는데 "와! 내가 다시 여기에 있다!"라는 의미였다. 그 위에 조그만 판잣집 같은 것이 있었는데 헝가리 마당에서 볼 수 있는 카펫 먼지떨이 걸이를 연상시키는 구조물이었다. 그 위에 세 개의 밧줄과 매듭이 있는 걸로 봐서 교수대 같았다. 물론 저녁 식사에 대해서는 말도 꺼낼 수 없었다. 잠시 후 수용소 반장이 직접 앞에서 지휘했다. "점호!" 이어서 다음 구령이 떨어졌다. "수용소 전체 차렷!" 평소처럼 처형 집행관들이 정렬했고 잠시 후 군 간부 대표자들도 나타났다. 그러고는 그들의 규정과 방법에 따라 일어날 모든 일이 일어났다. 다행히 우리와는 상당히 떨어져 있는 앞쪽 세면대 근처에서 일어났기 때문에 나는 그 장면을 보지 않았다. 오히려 나는 중얼거리는 소리 같기도 하고 노래 같기도 한 어떤 소리가 들려오는 왼쪽으로 귀를 기울였다. 가는 목을 앞으로 내밀고 바라보니 대열 가운데 머리가 조금씩 흔들리는 사람이 보였다. 특히 그의 코와 광채를 발하는 눈물에 젖은 커다란 눈이 보였는데 그는 바로 랍비였다. 잠시 후 나는 그 말의 뜻을 이해할 수 있었다. 대열에 있는 다른 사람들도 점차 이 말을 따라 했기 때문이다. 예를 들어 핀란드인은 모두 그 말을 따라 했고 다른 사람들도 다수가 랍비의 말을 따라 했다. 게다가 어떻게 그렇게 됐는지는 모르겠으나 이미 옆에 있는 다른 동으로도 전해지고 사방으로 퍼져 나가고 있었다. 옆동에서도 점점 많은 사람들의 입이 움직이고 조심스럽지만 단호하게 어깨와 목과 머리를 앞뒤로 움직이는 것도 볼 수 있었다. 이 중얼거리는 소리는 우리 대열 중간에서도 간신히 들릴 만큼 작았지만 마치 땅속으로부터 울려 퍼지듯 "이스카달, 뵈이스카달" 하는 소리가 계속해서 들려왔다. 이것은 카디시라는 죽은 사람의 명복을 비는 유대인들의 기도인데 이 정도는 나도 이미 알고 있었다. 그런데 이것 역시 일종의 고집이라는 생각이 들었다. 그들에게 마지막으로 남고 그들이 유일하게 할 수 있으며(나는 이 점을 인식해야 했다.) 어느 정도는 해야만 하는 반강제적인 일이었기 때문이다. 말하자면 규정되어 있고 어떤 면에서는 이미 정해져 있어서 해야 할 의식으로 인식했기 때문이다. 그런데 이것도 별반 소용없는 고집이었다. 앞쪽에서 처형당한 사람들의 마지막 경련 외에는 아무런 변화가 없고 우리 역시 아무 움직임이 없었으며, 특히 이 중얼거림에도 불구하고 우리 가운데 동요하는 사람 역시 아무도 없었기 때문이다. 그럼에도 랍비의 얼굴이 풀리는 듯 보이고 그힘으로 인해 양 콧방울이 특이하게 떨리게 만든 그의 감정을 나는 이해해야 했다. 그가 벽돌 공장에서 한 말을 되새겨 보면 그가 말한 오랫동안 기다려 온 다가올 승리의 순간이 바로 지금인 것 같았다. 이유는 모르겠지만 나는 처음으로 어떤 결핍과 시기심이 느껴졌다. 유대어로 최소한 몇 문장이라도 기도할 수 없다는 점이 처음으로 안타깝게 느껴졌다.

그런데 어떤 고집이나 기도나 도피로도 벗어날 수 없는 것이 하나 있었는데 그것은 바로 배고픔이었다. 물론 헝가리에 있을 때도 배가 고픈 적이 있었다. 아니면 최소한 그런 적이 있었다고 나는 믿는다. 그 후 벽돌 공장과 기차 안, 아우슈비츠와 부헨발트에서도 배가 고팠다. 하지만 이렇게 장기간 지속적으로 배가 고픈 적은 없었다. 온몸이 어떤 구멍이나 공간으로 바뀌어 버린 듯했다. 나의 모든 노력과 수고는 바닥이 보이지 않고 계속 이어지는 이 공간을 제거하고 메우고 더 이상 소리 나지 않도록 하는 데 집중되었다. 나의 눈은 오직 이를 위해 존재했고 나의 모든 의식 역시 이러한 역할만 할 수 있었으며 이것이 나의 모든 행위를 지배했다. 내가 나무나 쇠나 돌덩어리를 먹지 않은 것은 오직 씹거나 소화시킬 수 없기 때문이었다. 모래는 먹어 본 적이 있다. 나는 풀을 보면 결코 망설이지 않았다. 하지만 유감스럽게도 공장에서나 이곳 수용소에서나 풀은 찾아보기가 쉽지 않았다. 사람들은 작은 양파 하나에 빵 두 덩어리를 요구하기도 했고 운이 좋은 사람은 빵 두 덩어리에 사탕무나 소 사료용 무를 팔기도 했다. 전문가들은 사탕무에 더 많은 영양분이 있다고 말하지만 그럼에도 나는 소 사료용 무를 선호하는데 단지 그것이 즙이 더 많고 더 크기 때문이다. 소 사료용 무는 질기고 매워서 나도 별로 좋아하지는 않는데 누군들 좋아하겠는가. 하지만 그것이라도 있다면 만족했고 혹시 다른 사람이 소 사료용 무를 먹는 것을 볼 때면 약간의 위안을 받기도 했다. 감시인들의 점심은 항상 공장으로 가져왔고 그럴 때면 나는 그들에게서 눈을 떼지 못했다. 그들을 볼 때마다 그리 기분이 좋지는 않았다. 그들은 음식을 빨리 먹느라 잘 씹지도 않았다. 그들은 식사를 뚝딱 해치웠는데 자신이 무슨 일을 하는지도 잘 모르는 것 같았다. 언젠가한 작업장에서 일한 적이 있는데 장인들이 집에서 가져온 도시락을 푸는 것을 본 적이 있다. 내 기억으로 그때 나는 길쭉한 병에서 강낭콩을 연이어 꺼내는 여기저기 사마귀가 난 커다랗고 노리끼리한 손을 계속 바라보고 있었다. 그런데 약간은 의심의 눈초리로, 약간은 실낱같은 희망을 가지고 봐라봤던 것 같다. 그런데 사마귀가 난 손은(나는 손에 난 사마귀들과 콩을 쥐는 행동을 뚫어지게 보고 있었다.) 길쭉한 병과 입 사이를 부지런히 오갈 뿐이었다. 잠시 후 그가 몸을 트는 바람에 등에 가려 더 이상 보이지 않았다. 인간적인 미안함 때문에 일부러 가려 주는 것 같았다. 먹는 것을 보는 것만도 나에게는 의미가 있고 대단한 것이니 신경 쓰지 말고 먹으라고 말해 주고 싶었다. 나는 어제 처음으로 한 핀란드 사람으로부터 감자 껍질을 코펠 가득 샀다. 그가 정오 쉬는 시간에 태연히 감자 껍질을 꺼냈다. 다행히 그날은 봤으면 트집을 잡았을지 모를 번디 치트룸이 작업장에 함께 있지 않았다. 그는 자기 앞에 꾸깃꾸깃한 종이를 꺼내더니 그 속에서 소금 덩어리를 꺼내 천천히 긁었다. 그러고는 손가락 끝을 입으로 가져가더니 살짝 맛을 봤다. 잠시 후 그가 어깨를 반쯤 돌리더니 말했다.

"이거 파는 거야!"

보통 이 정도 소금이라면 빵 두 덩어리나 마가린과 맞먹었다. 그런데 그는 저녁 수프의 절반을 요구했다. 나는 이런저런 이유를 들어 가며 값을 깎으려 했다. 심지어 공정성에 대해서도 언급했다.

"넌 유대인이 아니야."

그가 핀란드인 특유의 방식으로 고개를 저었다.

"그럼 내가 왜 여기 있는 거죠?"

내가 그에게 물었다.

"내가 그걸 어떻게 알아?"

그가 어깨를 으쓱했다.

"빌어먹을 놈의 유대인!"

내가 그에게 말했다. 그러자 그가 대답했다.

"그렇게 말한다면 더 싸게 주지 않겠어."

결국 나는 그가 요구하는 값에 살 수밖에 없었다. 그런데 그가 어떻게 내가 수프를 받는 순간에 정확히 그곳에 나타났는지 알 수가 없었다. 그뿐 아니라 그날 저녁 식사로 우유 국수가 나오리라는 사실도 도대체 어떻게 눈치챘는지 알 수 없었다.

일부 개념들은 강제 수용소에서 지내 본 사람만이 제대로 이해할 수 있다고 말할 수 있을 것 같다. 어린 시절에 읽은 부질없는 동화에 자주 등장하는 주인공 가운데 '유랑 청년' 혹은 '가난한 청년'이 있다. 그는 공주와 결혼하기 위해 흔쾌히 왕의 노예로 일한다. 이레만 일하면 공주와 결혼할 수 있기 때문이다. 그런데 왕이 "나에게 이레는 칠 년과 같다!"라고 말한다. 나 역시 강제 수용소에 대해 똑같은 말을 할 수 있을 것 같다. 내가 이렇게 빨리 노인 같아지리라고는 생각지도 못했다. 집에서라면 내가 이렇게 늙어 버리는 데 최소한 오십 년에서 육십 년은 필요했으리라는 생각이 들었다. 그런데 이곳에서는 내 몸이 망가지는 데 석 달이면 충분했다. 내 몸이 얼마나 망가져 가는지를 매일 반복해서 확인하고 생각해야 하는 것만큼 고통스럽고 짜증나는 일은 없다고 말하고 싶다. 헝가리에 있을 때는 건강에 크게 신경 쓰지 않아도 신체 조직들이 유기적으로 작동했다. 몸을 기계라고 한다면 나는 내 기계를 좋아했다. 그늘 진 방에서 재미있는 소설을 읽던 어느 여름 오후가 생각난다. 그때 나는 소설을 읽으면서 근육이 탱탱하고 햇볕에 그은, 금빛 솜털이 난 부드러운 허벅지 피부를 기분 좋게 손바닥으로 쓰다듬었다. 그런데 이제는 똑같은 피부가 주름이 생겨 축 처지고 노랗게 뜨고 바짝 말라 여기저기에 부스럼과 기미, 찢어진 곳, 터진 곳, 곰보 자국과 각질투성이였다. 이 때문에 특히나 손가락 사이가 짜증 날 정도로 가려웠다. 번디치트롬에게 보여 줬더니 뭔지 알겠다는 듯 고개를 끄덕이더니 옴이라고 했다. 나는 하루가 다르게 뼈를 감싸는 성분인 살과 탄력이 줄어들고 녹아 어디론가 사라져 버리는 제어할 수 없이 빠른 속도에 그저 멍하니 바라볼 뿐이었다. 매일 새롭게 일어나는 일로 놀라게 되었다. 한때는 훌륭한 친구였던 나의 몸이 이제 점점 이상하고 점점 이질적으로 변하면서 뭔가 새로운 문제가 발생하고 뭔가 추한 모습이 새로 보이기 시작했다. 나를 쳐다볼 때마다 나는 두려움 같은 것을 느꼈다. 이 때문에 지나친 수고에 대한 모든 불쾌한 저항이나 추위 때문에 나는 씻거나 옷을 벗으려고 하지 않은 것은 물론 신발도 벗지 않았다.

이곳에서 지급되는 물건들은 최소한 나에게만큼은 정말 많은 짜증을 유발한다. 강제 수용소에서 입는 옷들도 만족스럽지 않다. 용도에도 잘 맞지 않을뿐더러 문제투성이여서 곧 불편함의 원인이 된다. 요컨대 나는 그 옷들이 유용하지 않다고 자신 있게 말할 수 있다. 예를 들어 보슬비가 뽀얗게 내릴 때면(이런 비는 주로 계절이 바뀔 때 한없이 내리곤 한다.) 아마포로 만들어진 옷이 뻣뻣한 난로 연통처럼 바뀐다. 그럴 때면 한기를 느끼는 피부는 물기가 있는 부분과의 접촉을 어떻게든 피하려 했지만 물론 그래 봐야 소용이 없었다. 명목상 나눠 준 죄수 가운 역시 도움이 되지 않았다. 이 가운 역시 하나의 새로운 멍에이자 새로운 축축한 층에 불과했기 때문이다. 내 생각에는 시멘트 포대의 거칠거칠한 종이 역시 충분한 해결 방법이 되지 못했는데 이런 죄는 곧 드러날 위험이 있음에도 번디 치트롬 역시 다른 사람들처럼 이것을 옷 속에 끼고 다녔다. 발각되면 등과 가슴을 구타당한다. 그런데 바스락거리는 소리 때문에 곧 죄가 발각되곤 했다. 그렇다면 나는 묻고 싶다. 바스락거리는 소리도 내지 않는데 왜 이렇게 죽사발이 되도록 때리고 언제 끝날지 알 수 없는 이 아픔은 도대체 뭐란 말인가?

하지만 가장 화가 나는 것은 나무 신발이다. 모든 문제는 진흙 때문에 시작되었다. 심지어 진흙과 관련해서도 그때까지 알던 개념이 적합하지 않았다. 물론 나는 헝가리에서도 진흙을 보고 밟아 보기도 했다. 하지만 진흙이 이렇게 최고의 근심거리가 되고 삶의 무대가 되리라고는 생각지도 못했다. 걸을 때 종아리께까지 진흙에 빠지는데 그럴 때면 발에 있는 힘을 다 주고 진흙에서 발을 빼서는 20~30센티미터 앞을 다시 디딘다. 그런데 나는 이렇게 할 수 없었다. 나무 신발을 신었지만 소용없어 보였다. 시간이 흐르면서 굽이 떨어져 나긴 깃을 알게 되었다. 이렇게 두꺼웠던 뒷부분이 갑자기 얇아지자 신발 바닥이 곤돌라처럼 둥글게 휜 채 다녀야 했다. 이렇게 바닥이 둥근 신발을 신고 다니면 마치 오뚝이처럼 앞으로 흔들리게 된다. 이 밖에도 굽 자리의 윗부분과 얇아진 바닥 사이에 날이 갈수록 틈이 생기면서 걸을 때마다 차가운 진흙과 작은 돌조각, 각종 날카로운 물건들이 바로 뚫고 들어온다. 그러면서 신발 윗부분이 복사뼈를 쓸어 그 아래 말랑말랑한 부분에 많은 상처를 남겼다. 이 상처들의 특징은 진물이 나는 것이고 그 진물 때문에 끈적끈적했다. 이 상태로 시간이 흐르면 신발로부터 벗어날 수가 없다. 달라붙어 벗을 수가 없는 것이다. 마치 하나의 새로운 신체 부위처럼 신발이 실제로 발에 붙어 있었다. 나는 낮뿐만 아니라 밤에 잠자리에 들 때도 신발을 그대로 신고 있었다. 이것은 잠자리에서 일어날 때, 좀 더 정확히 말하면 침대에서 아래쪽으로 뛰어내릴 때 시간을 아끼기 위함이었다. 밤마다 두세 번 혹은 경우에 따라서는 네 번도 일어나야 할 때가 있었다. 그래도 밤에는 괜찮다. 우리는 바깥의 진흙 속에서 비틀거리기도 하고 미끄러지기도 하다가 결국 어떻게든 조명등 불빛 덕에 목적지에 다다르게 된다. 그런데 만일 낮에 일을 하는 도중에 피할 수 없는 설사가 나오면 어떻게 해야 할까? 이럴 때면 사람들은 모든 용기를 내서 모자를 벗고 감시인에게 "혹시 변소 좀!" 하고 허락을 청한다. 물론 근처에 변소가 있고(있더라도 죄수들이 사용할 수 있는 변소라는 가정하에 말이다.) 감시인이 선해서 첫 번째 사람과 두 번째 사람은 허락해 줬다고 하자. 그런데 세 번째로 "저도 좀!" 하고 감시인의 인내심을 시험할 만큼 용감하고 과감한 사람이 어디 있겠는가? 이럴 때면 우리의 노력이 결판이 나서 몸과 의지 가운데 하나가 우위를 점할 때까지 이를 악물고 사타구니를 계속 떨면서 말없이 투쟁할 수밖에 없다.

최후의 수단으로, 예상했든 예상하지 못했든, 부르려 하든 피하려 하든 간에 구타는 어느 곳에서나 항상 있었다. 물론 나 역시 구타를 당했다. 하지만 정도가 약하지는 않았어도 다른 사람들이 일상적이고 평균적으로 당하는 것에 비해 심하지는 않았다. 수용소에서 일반적으로 맞는 정도였지 개별적으로 구타를 당하지는 않았다. 그런데 특히 아이러니한 점은(굳이 애기를 해야 한다면) 나는 적임자라고 할 수 있고 권한을 위임받았으며 의무를 가지기도 한 나치 친위대 대원들이 아닌 소속이 불분명한, '토트'라는 일종의 근로 감독 기관 소속의 노란 제복을 입은 군인으로부터 구타를 당했다. 내가 시멘트 포대를 떨어뜨렸을 때 그가 근처에 있었는데 크게 소리를 치며 벌떡 일어섰다. 시멘트 나르는 일은 모든 근로대 사람이 선호하는 일인데 내가 보기에도 그럴 만하다. 소수에게만 기회가 돌아갈뿐더러 우리 사이에서도 거의 쉬쉬하면서 기꺼이 하고 싶어 하는 일이기 때문이다. 고개를 숙이면 누군가가 목에 포대를 하나 올려 준다. 그러면 포대를 가지고 짐차가 있는 곳까지 걸어가면 그곳에서 다른 누군가가 내려 준다. 그다음에는 그때그때 만들어지는 길로 돌아간다. 운이 좋은 경우에는 다음 포대를 받을 때까지 살짝 요령을 피우거나 시간을 약간 훔칠 수도 있다. 시멘트 포대는 10~15킬로그램 정도 됐는데 헝가리에서 같았으면 애들 장난감에 불과해 틀림없이 그것으로 공놀이라도 했을 것이다. 그런데 이곳에서는 비틀거리다가 떨어뜨리고 말았다. 특히나 종이 포대가 찢어지면서 그 틈새로 안에 든 값비싼 시멘트가 쏟아져 땅바닥에 먼지처럼 쌓였다. 그때 옆에 있던 그의 주먹이 내 얼굴에 닿는 것을 느낄 수 있었다. 잠시 후 그가 나를 땅바닥에 때려눕힌 후 장화로 내 가슴을 밟은 채 손으로 목덜미를 잡고 얼굴을 땅으로 가져가더니 시멘트에 짓눌렀다. 그는 미친 듯 소리 지르며 시멘트 가루를 모아 핥게 했다. 잠시 후 그는 더 이상 포대를 떨어뜨려선 안 된다는 것을 나에게 보여 주기 위해 세차게 나를 잡아당겨 일으켜 세웠다.

"내가 보여 주지! 이 더럽고 저급하고 저주받은 유대인 놈!"

이때부터 그는 내 차례가 돌아올 때마다 직접 내 목덜미에 포대를 올려 주었으며 나에게만 관심을 가졌다. 내가 그의 유일한 근심거리였기에 내가 차 쪽으로 가거나 돌아올 때 그는 나만 바라보았으며 순서상으로나 논리적으로 내 앞에 다른 사람이 있었음에도 나를 앞쪽으로 가게 했다. 결국 우리는 거의 공모를 한 셈이 되었는데 서로를 파악할 수 있었다. 그의 얼굴에서는 만족감과 고무된 듯한, 이렇게 말하면 안 되겠지만 거만함 같은 것을 읽을 수 있었다. 어떤 관점에서는 내가 그것을 정당하게 인정해야 했다. 실제로 나는 비틀거렸고 허리가 구부정하고 눈이 깜깜했지만 그것을 견뎌 냈다. 나는 포대를 하나도 떨어뜨리지 않고 오가며 짐을 날랐다. 이렇게 함으로써 나는 결국 그가 옳다는 것을 인식하게 되었다. 그런데 그날이 끝나 갈 무렵 내 안에 있는 무언가가 치료가 불가능할 정도로 크게 손상되었다는 느낌이 들었다. 이날부터 나는 아침에 일어날 때마다 그날이 마지막 아침일 거라고 생각했고 걸을 때마다 더 이상 걷지 못할 거라고, 움직일 때마다 더는 움직이지 못할 거라고 생각했다. 그런데 아직까지는 여전히 걷고 움직이고 있었다.

7

　도저히 더 이상 심각해질 수 없는 일들이 있고 그런 상황들이 생기기도 하는 것 같다. 나는 많은 노력과 부질없는 시도 끝에 시간이 흐르면서 평화와 안정을 찾게 되었다. 예를 들어 이전에는 납득할 수 없을 정도로 정말 중요하게 여기던 것들이 이제는 더 이상 중요하지 않아졌다. 예를 들어 점호를 받다가 피곤해지면 진흙이나 웅덩이가 있는지 보지도 않고 자리를 잡고 앉아 버렸다. 옆에 있는 사람이 힘껏 끌어 올려 줄 때까지 그대로 있었다. 추위나 습기, 바람이나 비도 나를 막지 못했다. 이런 것들은 나에게 영향을 미치지 못했고 느낌조차 없었다. 배고픔마저 사라져 버렸다. 먹는 것이라면 무엇이든 보이는 대로 입으로 가져갔지만 말하자면 그것은 재미 삼아 기계적이고 습관적으로 하는 행동일 뿐이었다. 일할 때? 물론 일할 때도 시선을 의식하지 않았다. 마음에 들지 않으면 그들이 나를 두들겨 팼지만 그래 봐야 더 이상 어쩌지 못했다. 나로서는 오히려 시간을 벌 뿐이었다. 나는 한 대 맞으면 바로 땅에 누워 버렸다. 그러고는 금세 잠이 들어 버렸기 때문에 나는 아무것도 느낄 수 없었다.

이때 나에게 나타난 두드러진 변화 중 하나는 과민 증상이었다. 누군가가 내 살갗을 스친다든지 해서 화나게 하거나 행진할 때 내가 발을 잘못 디뎌(이런 일이 자주 있었다.) 뒤에 있는 사람이 내 발꿈치를 밟기라도 하면 나는 조금도 주저 없이 그를 죽일 수도 있을 것 같았다. 물론 그것이 가능하다면 말이다. 이럴 때면 나는 손을 들어 올렸는데 잠시 후면 내가 도대체 손을 왜 올렸는지조차 잊어버리곤 했다. 나는 번디 치트롬과도 다퉜다. 나는 더 이상 버틸 수 없고 같이 일하는 다른 사람들에게 짐이 되고 있으며 모두에게 문제를 일으킬 뿐이고 옴도 옮길 거라고 했다. 그러자 그가 나를 쏘아봤다. 무엇보다 내가 그를 난처하게 하고 심적으로 불편하게 만드는 것 같았다. 나는 이것을 어느 날 저녁에 그가 나를 화장실로 데려갔을 때 느낄 수 있었다. 나는 발버둥 치며 저항했지만 그가 온 힘을 다해 내 웃옷을 붙잡았고 내가 주먹을 그의 몸과 얼굴을 향해 뻗었지만 모두 빗나갔다. 그는 덜덜 떨리는 내 살갗을 차가운 물로 문질러 씻겨 주었다. 나는 그에게 후견인 노릇은 나에게 짐이 될 뿐이니 나를 놔두고 제발 꺼져 달라고 수백 번도 더 얘기했다. 그는 나에게 여기서 뒈질 거냐고 했다. 집에 돌아가고 싶지 않으냐고 물었다. 그가 내 얼굴에서 어떤 대답을 읽었는지 모르겠으나 나는 그에게서 끊임없이 사고만 치는 사람이나 유죄 판결을 받은 사람, 전염병 환자를 바라볼 때의 당혹감과 공포심 같은 것을 동시에 볼 수 있었다. 그때 그가 예전에 무슬림에 대해 의견을 말했던 것이 떠올랐다. 어쨌든 그 후로 그는 나를 보지 않으려고 피했고 나 역시 결국 이 부담감에서 홀가분해졌다.

나는 무릎 통증에서 결코 자유로워질 수 없었다. 통증이 늘 나를 따라다녔기 때문이다. 며칠 후 나는 무릎을 자세히 살펴보았다. 나의 몸이 이미 이곳 환경에 적응되기는 했어도 오른쪽 무릎 주변이 빨갛게 부어오른 것을 보자 놀라 바로 눈을 감아 버렸다. 물론 나는 수용소에 의무실이 있다는 사실을 잘 알았다. 하지만 우선 진료 시간이 저녁 식사 시간과 겹쳐 진료를 받을 수 없었다. 치료보다는 식사가 우선이라는 생각 때문이었다. 그뿐 아니라 나의 이런저런 경험과 이곳에서의 생활상을 고려해 볼 때 진료소에 믿음이 가지 않았다. 게다가 진료소는 멀리 떨어져 있었다. 천막 두 개를 지나야 하는데 꼭 가야 하는 긴급 상황이 아니라면 이렇게 먼 거리를 가고 싶지 않았다. 그런데 무릎이 계속 아파 왔다. 결국 번디 치트롬과 숙소 동료 한 명이 황새 새끼 업기 놀이를 하듯 손으로 가마를 만들어 나를 진료소로 데려갔다. 나를 진료대 위에 올려놓자 아주 아플 거라고 미리 알려 주었다. 즉시 수술해야 하는데 마취제가 없어 그냥 수술을 해야 했기 때문이다. 수술 중에 쳐다보니 칼로 내 무릎에 십자 모양으로 두 개의 칼자국을 내더니 허벅지에서 많은 고름을 짜냈다. 그런 후에는 무릎 전체를 종이로 싸매 주었다. 잠시 후 내가 저녁 식사는 어떻게 하느냐고 물었더니 제공될 거라고 했다. 실제로 필요한 조치들이 취해졌고 나는 저녁을 먹을 수 있었다. 그날 수프는 내가 아주 좋아하는 순무와 콜라비로 만든 것이었다. 진료소 환자들을 배려한 것인지 수프가 걸쭉했는데 나는 매우 만족스러웠다. 그날 나는 진료소에서 밤을 보냈다. 칸막이 침대 맨 위층에서, 그것도 혼자 있었다. 이때 아주 난감했던 점은 설사가 나오는데 발을 움직일 수 없다는 것이었다. 처음에는 속삭이다가 잠시 후 소리를 질렀고 결국에는 울부짖었음에도 도움의 손길은 나타나지 않았다. 다음 날 아침에 나는 다른 환자 몇 명과 함께 뚜껑 없는 트럭의 젖은 양철판 위에 실려졌고 내가 제대로 이해했다면 수용소 소속 병원이 있는 '글라이나'라는 근처 마을로 옮겨졌다. 이동 중에 트럭 뒤쪽에서 물기에 반사되어 반짝거리는 총을 무릎에 올린 채 멋진 접이식 의자에 앉은 군인 한 명이 언짢고 불쾌한 얼굴로 우리를 감시했다. 아마도 우리에게 나는 역겨운 냄새와 계속 지켜보고 있어야 하는 우리의 몰골 때문인 것 같았다. 그는 몹시 언짢은 표정으로 얼굴을 찡그렸는데 이해가 됐다. 나는 받아들일 수밖에 없었다. 가장 가슴 아팠던 점은 일반적인 사실에 기초해 자의적으로 판단한다는 것이었다. 지금의 상황은 내 잘못만도 아니고 원래 내 성격은 이렇지도 않다고 변명하고 싶었다. 하지만 물론 그것을 증명하기가 쉽지 않다는 점을 인식하고 있었다. 도착하자마자 정원에 물을 뿌리는 것과 비슷하게 생긴 고무 호수에서 나를 향해 물줄기가 뿜어져 나오더니 내가 움직이는 곳으로 계속 따라왔다. 나는 그 물줄기를 맞고 있을 수밖에 없었다. 넝마 옷과 오물과 종이 붕대까지 모든 것을 깨끗이 씻어 냈다. 잠시 후 나를 방으로 데려가더니 셔츠를 하나 주고는 합판으로 만들어진 이 층짜리 침대 아래층을 쓰라고 했다. 전에 있던 사람이 사용해 딱딱하고 평평하게 눌리고 다져져 있었고 여기저기 수상쩍은 얼룩과 수상쩍은 냄새, 수상쩍은 탈색된 부분이 널려 있었지만 지금은 임자가 없는 짚으로 된 매트리스 침대였다. 나에게 시간을 보내라고, 특히 잠을 푹 자라고 주어진 것이었다. 우리는 새로운 곳으로 옮겨 왔음에도 옛 습관을 그대로 가지고 있는 듯했다. 나 역시 처음에는 몸에 배고 이미 익숙해진 많은 습관들과 맞서 싸워야 했다. 예를 들어 처음에 이곳으로 왔을 때는 새벽이면 자동으로 잠에서 깼다. 또 한번은 아침 점호에 늦어 밖에서 사람들이 나를 찾고 있으리라는 생각에 깜짝 놀란 적도 있다. 그러다가 내 앞에 펼쳐진 광경과 현실을 인식하면서 서서히 마음이 안정되고 내가 착각했음을 깨닫게 되었다. 나는 집에 온 듯 안정되었고 모든 것이 정상화되었다. 이쪽에서는 누군가가 끙끙 신음을 했고 좀 떨어진 곳에서는 두 사람이 얘기를 주고받았다. 건너편에서는 코가 뾰족한 어떤 사람이 말없이 입을 벌린 채 고정된 시선으로 천장을 바라보았다. 수술 후 줄곧 그랬듯 상처가 너무 아팠다. 갈증도 심했는데 고열 때문인 것 같았다. 이곳에는 점호도 없고 군인들을 보지 않아도 되고 특히나 일하러 가지 않아도 된다는 사실을 완전히 받아들이기까지는 꽤 오랜 시간이 필요했다. 그리고 최소한 나에게만큼은 어떤 부수적인 주변 환경이나 질병도 기본적으로 이러한 우대를 빼앗아 갈 수 없었다. 가끔씩 사람들이 젊은 의사 한 명과 나이 든 의사 한 명이 근무하는 2층의 조그마한 방으로 나를 데려갔는데 나는 두 의사 중 나이 든 의사에게 배당되었다. 그는 마른 체형에 머리가 검은색이며 호의적인 사람이었고 깨끗한 옷에 신발을 신고 팔에 완장을 차고 있었다. 눈에 띄는 얼굴은 다정하고 늙은 여우를 연상시켰고 품행이 바른 사람이었다. 그가 자신은 트란실바니아에서 왔다면서 나에게 어디에서 왔는지 물었다. 그 사이에 그는 무릎 주위에 딱딱해지고 녹황색으로 변한, 닳아서 해진 종이 붕대를 벗겨 냈다. 그런 다음에 두 손으로 허벅지를 눌러 고름을 짜냈다. 의사는 마지막으로 거즈 조각을 말아 코바늘 비슷한 도구로 살갗과 살 사이로 밀어 넣었다. 그의 설명에 의하면 상처가 필요 이상으로 빨리 아물지 않도록 치료 상태를 유지하고 상처를 깨끗하게 하는 과정이라고 했다. 내 입장에서는 그 소리가 아주 듣기 좋았다. 현재로서는 밖에서 내가 할 수 있는 일이 없기 때문이기도 했지만 잘 생각해 보면 내 입장에서 건강을 빨리 되찾아야 할 이유도 전혀 없기 때문이었다. 그런데 의사의 다음 말은 썩 내키지 않았다. 자기가 보기에 옆면도 절개해야 할 것 같다고 했다. 옆면을 절개해서 첫 번째 절개한 곳과 세 번째 절개 부분을 서로 연결해야 할 것 같다고 했다. 의사가 나에게 결심이 섰는지 물었는데 그때 나는 상당히 놀랐다. 마치 내 대답을 기다리는 듯 나를 응시했기 때문이다. 나의 위임을 기다린다고까지는 말할 수 없지만 최소한 동의는 받으려는 것 같았다.

"좋을 대로 하세요."

내가 대답하자 의사가 늦지 않는 게 상책이라고 했다. 그러고는 그 자리에서 수술을 시작했다. 그러나 도중에 내가 아파서 소리를 지르자 의사가 상당히 난처해했다.

"이러면 내가 수술을 할 수 없어."

의사가 여러 번 말했다. 그 말에 내가 변명했다.

"저도 어쩔 수가 없어요."

그러자 의사는 원래 계획했던 위치까지 절개하지 않고 몇 센티미터만 더 절개한 후 멈췄다. "이 정도면 되겠어."라고 말하는 것으로 봐서 대충 만족하는 듯 보였다. 이제 최소한 두 곳에서 고름을 짜낼 수 있겠다고 말했기 때문이다. 병원에서도 시간은 흘러갔다. 잠들어 있을 때가 아니면 배고픔과 갈증, 상처 부위의 통증을 느꼈고 이런저런 대화를 하거나 치료를 받으면서 시간을 보냈다. 일은 하지 않았다. 나는 이 기분 좋게 얼얼한 생각과 언제고 즐거움을 주는 특권 의식 속에서 아주 잘 지냈다고 당당히 말할 수 있을 것 같다. 새로운 환자들이 들어올 때면 나는 수용소에 새로운 소식은 없는지, 몇 동에서 왔는지, 혹시 중간 키에 코가 납작하고 앞니가 빠진 5막사에 있는 번디 치트롬을 아는지 물어봤지만 기억하는 사람이 아무도 없었다. 나는 진료소에서 나와 비슷한 상처가 있는 환자들을 가장 많이 봤는데 상처가 주로 허벅다리와 종아리에 많았지만 좀 더 위인 허리, 뒤쪽 엉덩이, 팔, 심지어 목과 등에도 있었는데 의학 용어로 '급성 결체 조직염'이라고 들었다. 의사에게 들으니 수용소 환경에서 이렇게 자주 발병하는 것이 특별하거나 놀랄 일이 아니라고 했다. 며칠 후 발가락을 하나나 둘, 심지어 모두 절단해야 하는 환자들이 도착했다. 밖은 지금 한겨울이라 나무 신발 때문에 사람들이 동상에 걸렸다고 했다. 한번은 재단사가 만든 죄수복을 입은, 겉보기에도 고위직으로 보이는 사람이 치료실로 들어왔다.

"봉주르!"

그가 작지만 또릿또릿한 소리로 인사했다. 나는 이 프랑스어 인사말과 붉은색 삼각형에 쓰여 있는 F 자를 보고 그가 프랑스인임을 곧 알 수 있었다. 완장에 'O. 아르츠트(Arzt)'라고 쓰여 있는 걸 보니 병원의 수석 의사임에 틀림없었다. 나는 그를 한참 동안 쳐다보았다. 최근에 이 의사만큼 멋진 사람을 보지 못했기 때문이다. 그는 키는 그리 크지 않았지만 골격을 감싼 적당한 양의 살로 죄수복이 채워져 있었다. 얼굴 역시 통통했는데 윤곽이 아주 특징적이었다. 얼굴에 다양한 인상과 표정이 있고 턱은 둥글었는데 가운데가 들어가고 약간 어두운 듯하면서 윤기가 흐르는 피부는 과거에 다른 사람들과 함께 집에 있었을 때처럼 빛에 반사되어 은은하게 빛났다. 나이는 그리 많아 보이지 않았는데 서른 살쯤 되어 보였다. 의사들은 아주 생기 넘쳤고 수석 의사에게 잘 보이려고 그에게 모든 것을 설명하는 것을 볼 수 있었다. 그런데 이러한 장면은 수용소에서 볼 수 있는 것이라기보다 지금도 곧장 기억을 떠올릴 수 있는 예전 고국에서의 모습이라는 생각이 스쳤다. 그들은 마치 문명어인 프랑스어를 잘 이해하고 말할 수 있다는 것을 보여 줄 기회를 잡기라도 한 듯 품위 있고 흥겹고 사교적인 태도로 행동했다. 그런데 수석 의사는 이러한 행동들을 별 의미 없이 받아들이는 것을 볼 수 있었다. 그는 침울한 표정으로 차분하게 서서히 모든 것을 자세히 살폈고 나지막한 목소리로 질문에 짧은 단어로 대답하거나 고개를 끄덕일 뿐이었다. 갈색 눈에는 낙심과 침울이 서려 있었다. 나는 이렇게 높은 사람들을 대동하고 다닐 만큼 능력 있고 저명한 사람이 왜 그런 표정을 짓고 있는지 이해할 수 없어 그저 놀라웠다. 나는 의사의 얼굴을 자세히 바라보고 그의 행동거지를 유심히 살펴보았다. 그때 서서히 그 역시 이곳에 있어야 하는 신세라는 생각이 들었다. 그러자 어떤 놀라움이나 당혹감 없이 결국 수용소 생활 자체가 그를 힘들게 하는 것 같다는 생각이 살며시 들었다. 나는 당신의 고통은 별거 아니니 너무 슬퍼하지 말라고 얘기해 줄까도 생각했다. 하지만 무례하지 않을지 걱정이 되었다. 그 순간에 나는 프랑스어를 할 줄 모른다는 생각이 퍼뜩 지나갔다.

깊은 잠에 빠져 이사를 간다는 사실을 잊어버리고 있었다. 얼마 전에 듣기로 차이츠 수용소의 천막 막사 자리에 그동안 돌로 된 겨울 막사가 지어졌다고 했다. 막사들 사이에 당연히 병원도 있다고 했다. 나는 다시 짐차에 던져졌고(어두운 것을 보니 저녁임을, 추운 것을 보니 대략 한겨울임을 알 수 있었다.) 근처에 엄청나게 큰 장소가 나타났다. 그 장소의 현관에 들어서니 화학 약품 냄새를 풍기는 나무통이 놓여 있었다. 나는 청결을 위해 이 통 안에, 불평과 부탁과 항의에도 불구하고 정수리까지 몸을 담가야 했다. 통에 담긴 내용물이 차갑기도 했지만 내 앞에 있는 상처 나고 온갖 오물을 뒤집어쓴 다른 환자들도 갈색 물이 담긴 같은 통으로 들어가는 것을 보자 오싹해졌다. 이곳에서도 시간은 흘러갔다. 몇 가지 차이점을 제외하고는 이전에 있던 곳과 기본적으로 모든 게 비슷했다. 차이점이라면 예를 들어 새 병원에는 삼 층짜리 나무 침대가 있다는 것이었다. 또 의사에게 데려가는 횟수도 줄어들었다. 그러다 보니 내 상처도 이곳에서 자연스럽게 어느 정도 아물어 갔다. 그런데 얼마 가지 않아 왼쪽 엉덩이에 통증이 있어 살펴보니 이미 익숙한 빨간 염증이 있었다. 염증이 사라지거나 그사이에 뭔가 다른 일이 일어나지 않을까 해서 며칠 기다려 봤지만 달라진 게 없어 나는 좋든 싫든 간호사에게 얘기를 해야 했다. 그후에 다시 한 번 재촉하고 며칠을 더 기다리고서야 막사 현관에 있는 진료실에서 의사에게 진찰을 받을 수 있었다. 이렇게 해서 오른쪽 무릎 외에 왼쪽 엉덩이도 손바닥 크기 정도 절개해야 했다. 게다가 침대와 관련하여 안 좋은 일이 있었다. 내 침대는 항상 잿빛 하늘이 보이는, 길쭉하고 작은 유리 없는 창문 맞은편에 있었는데 실내에서 내뿜는 입김이 창문 쇠창살에 고드름과 뾰족뾰족한 서리를 계속해서 만들어 냈다. 그때 내가 입고 있던 옷은 환자들에게 지급되는 단추도 없는 짧은 셔츠와 겨울이라 특별히 지급된 이상하게 생긴 녹색의 털모자가 전부였다. 모자의 귀 부분은 둥글고 이마 부분은 뾰족한 모양으로 접혀 있어 스케이트 경기 우승자나 무대 위 사탄 역할을 하는 배우에게나 어울릴 법한 모양이었지만 아무튼 꽤 유용했다. 그때 나는 매우 추웠다. 걸레처럼 해지긴 했지만 그때까지 그나마 다른 부족한 것들을 보완해 주던 두 장의 담요

중 한 장을 빼앗긴 후로는 특히 추웠다. 곧 돌려줄 테니 잠깐만 빌려 달라며 간호사가 가져간 것이다. 나는 두 손으로 담요를 부여잡고 매달려 보았지만 간호사의 힘을 당할 수 없었다. 담요를 빼앗기고 나서 내가 알기로 담요를 빼앗아 갈 때는 주로 곧 죽게 될 환자의 담요를 빼앗아 간다는 생각이 나를 힘들게 했다. 얼마 후 내 뒤 아래쪽 침대에서 아주 익숙한 소리가 다시 들려왔다. 간호사가 다시 나타난 것이다. 간호사는 새로운 환자를 부축해 들어오며 환자를 어느 침대에 눕힐지 유심히 살폈다. 그는 자기 병세가 심각해 의사가 개별 침대를 쓰도록 허락했다며 천둥처럼 소리를 질러 댔다.

"싫어요!"

그가 의사를 들먹였다.

"나에게는 권리가 있어요! 의사에게 물어보세요!"

그가 다시 한 번 소리쳤다.

"싫어요!"

이렇게 소리를 지르자 간호사들이 그를 여러 번 다른 침대로 옮겨야 했고 결국 그는 내 침대 옆으로 왔다. 이렇게 해서 나는 결국 내 또래의 소년과 침대를 같이 쓰게 되었다. 얼굴이 노랗고 눈이 새빨간 그를 나는 어디에선가 본 듯했다. 그런데 사실 이곳에 있는 사람은 모두 얼굴이 노랗게 뜨고 커다란 눈은 모두 충혈되어 있었다. 이 소년의 첫 번째 질문은 혹시 마실 물이 있느냐는 것이었고 나도 있으면 좋겠다고 하자 곧장 그럼 담배는 있느냐고 두 번째 질문을 했다. 물론 나는 담배도 가지고 있지 않았다. 그는 담배를 주면 대신 빵을 주겠다고 제안했다. 가진 담배가 없으니 그런 말은 하지도 말라고 했더니 그는 한동안 말이 없었다. 계속 떨리는 그의 몸에서 열기가 전해 오는 것으로 봐서 열이 있는 게 아닌가 싶었다. 그런데 그 열기가 추위에 떠는 나에게 도움이 되었다. 그는 저녁에 몸을 뒤척여 댔고 조심성 없이 내 상처를 계속 건드렸다. 나는 상당히 언짢았다. 결국 나는 그 소년에게 한마디 했다.

"이봐! 나도 좀 쉽게 건드리지 마!"

소년은 더 이상 내 상처를 건드리지 않았다. 아침이 돼서야 그 이유를 알 수 있었는데 커피가 와서 그를 흔들어 깨웠지만 일어나지 않았다. 이 상황에 대해 말하려는데 간호사가 나에게 짜증을 내며 소년의 급식 그릇을 달라고 했다. 나는 얼른 소년의 그릇을 간호사에게 건넸다. 나는 소년의 빵을 대신 받아 두고 저녁에는 수프도 받아 두었다. 그 이후에도 나는 계속 이렇게 그의 음식을 받아 두었다. 그러던 어느 날 소년이 아주 이상한 행동을 하기 시작했다. 나는 보고를 할 수밖에 없었다. 더 이상 소년과 침대를 함께 사용하기가 불가능했기 때문이다. 계속 조치가 늦어지자 약간 걱정이 되었다. 조치가 늦어지는 이유도 쉽게 예상할 수 있었다. 며칠 후 소년은 다른 몇 명과 함께 우리 막사에서 나갔다. 감사하게도 그 후에 간호사가 아무 말도 하지 않았다. 당분간 침대를 혼자 사용할 수 있게 되었다.

나는 수용소에서 벌레들에 대해 많이 알게 되었다. 아무리 잡으려 해도 벼룩은 정말 잡을 수 없었다. 나보다 훨씬 잘 먹어 상당히 민첩했기 때문이다. 반면에 이는 쉽게 잡을 수 있었다. 그렇다고 다 잡을 필요성은 못 느꼈다. 이 때문에 정말 화가 날 때는 엄지손가락으로 입고 있는 아마포 셔츠 등 위를 쭉 훑어 내렸다. 그럴 때면 뭔가 툭툭 터지는 소리가 들렸는데 이 소리로 복수의 정도를 알 수 있었고 왠지 모를 희열도 느낄 수 있었다. 일 분 후에 같은 자리에서 같은 작업을 반복해도 결과는 똑같았다. 온몸에 이가 있었는데 숨을 구멍만 있으면 다 들어가 있었다. 내 녹색 모자에는 회색으로 보일 정도로 많은 이가 우글거렸다. 나는 깜짝 놀라 거의 움직일 수가 없었다. 그런데 내가 가장 놀라고 질겁했던 것은 엉덩이가 간질거려 종이 붕대를 들어 올렸더니 살 위에서 이들이 내 살을 뜯어 먹는 것을 봤을 때였다. 나는 얼마간 참고 기다리며 이를 잡아 없애려 했고 그게 안 되면 최소한 상처에서 밀어내고 끄집어내려 했다. 그런데 단언컨대 이 작업보다 가망 없는 싸움이나 더 집요하고 파렴치한 저항은 없으리라는 생각이 들었다. 얼마간의 시간이 흐른 뒤 나는 싸움을 중단했다. 이들이 우글거리는 것과 이들의 식욕과 욕심과 탐욕, 순수한 행복을 그저 지켜볼 뿐이었다. 이런 모습을 어디에선가 본 것 같다는 생각이 스쳤다. 이런저런 것들을 고려해 볼 때 어느 정도는 이들을 이해할 수도 있겠다는 생각이 들었다. 마침내 마음이 홀가분해지고 질색하는 마음도 사라졌다. 그렇다고 즐겁지도 않았다. 계속 언짢았다. 하지만 화를 낼 필요도 없는 일상적인 일로 받아들이기로 했다. 이것도 자연의 질서일진대 어찌하겠는가. 나는 얼른 종이 붕대를 다시 덮어 버리고 그 후로 이들에게 싸움을 걸거나 이들을 괴롭히지 않았다.

솔직히 말해 나는 수용소에서 완전한 평안을 경험한 적도 없지만 그렇다고 더 이상 가능성이 없을 정도로 상황을 절망적으로 인식한 적도 없다. 물론 방법을 찾아보려 노력한다는 가정하에 말이다. 아무리 봐도 수용소에서 더 일할 수 있겠다는 가능성이 보이지 않는 다른 사람들과 함께 원래 있던 부헨발트로 돌려보내지자 물론 나는 남은 힘을 다해 다른 사람들과 기쁨을 나누었다. 그곳에서의 행복했던 날들, 특히 아침에 나오는 수프가 불현듯 생각났기 때문이다. 고백하건대 나는 그렇게 열악한 조건에서 열차를 타고 부헨발트로 보내지리라고는 생각지도 못했다. 아무튼 그때까지는 내가 전혀 이해할 수도 없고 거의 믿을 수 없었던 일들이 실제로 존재한다는 점을 말하고 싶다. 예를 들어 자주 듣곤 했던 '시체'라는 표현을 그때까지는 죽은 사람에게만 쓰는 줄 알았다. 하지만 의심할 수 없는 사실은 나도 그런 모습으로 아직 살아 있고 완전히 꺼질 듯 말 듯 깜빡거리지만 여전히 내 안에 이른바 생명의 불꽃이 타고 있다는 점이었다. 다시 말해 내 몸이 그곳에 있고 나는 내 몸에 대해 속속들이 알았지만 문제는 내가 그 안에 들어가 있지는 않았다는 것이다. 덜컹거리는 열차 바닥의 차갑고 사방이 의심적은 액체로 축축한 짚 위에 내 몸이 눕혀져 있고 내 옆과 그 위에도 비슷한 물체가 눕혀져 있음을 나는 어렵지 않게 인지할 수 있었다. 또 종이 붕대는 이미 오래전에 너덜거리다 찢어져 떨어져 버리고 떠날 때 입혀 준 셔츠와 죄수 바지가 상처에 짝 달라붙어 있다는 것도 알 수 있었다. 그런데 이 모든 사실이 나에게 가까이 와 닿지 않고 관심도 가지 않을

뿐더러 더 이상 나에게 영향을 미치지도 못했다. 이미 나는 오래전부터 마음이 가볍고 평화로웠는데 솔직히 말해 나는 마치 백일몽에 빠진 듯 정말 평안한 느낌이었다. 어느 정도 시간이 흐른 뒤에는 처음으로 신경과민의 고통으로부터도 벗어날 수 있었다. 다른 사람들의 몸이 내 몸을 밀치는데도 더 이상 짜증이 나지 않았다. 오히려 내 몸과 유사하고 친근한 다른 사람들의 몸이 바로 내 옆 이곳에 있다는 사실이 기뻤다. 나는 처음으로 그들에게 생소하고 이례적이고 엉성하고 서투른 어떤 감정 같은 것을 느꼈다. 아마 그것이 사랑일지도 모른다는 생각이 들었다. 그들도 같은 생각을 하는 것 같았다. 그들은 더 이상 전처럼 희망 섞인 말을 많이 하지 않았다. 아마도 바로 이 점이(물론 여러 가지 어려운 상황 때문이기도 하겠지만) 사람들로 하여금 침묵하게 만든 것 같았다. 그런데 다른 한편으로는 사람들의 일반적인 신음 소리와 이 사이로 숨을 몰아쉬는 소리와 조용한 한탄 소리 외에 여기저기서 들려오는 위로의 말과 안심시키는 말들로 인해 가족적인 분위기가 느껴지기도 했다. 아직 움직일 힘이 남아 있는 사람들은 이런 위로의 말을 할 뿐 아니라 행동하는 데도 주저하지 않았다. 한번은 내가 오줌이 마렵다고 하자 얼마나 먼 곳에서 시작되었는지 모르지만 자비로운 손길들의 부산한 움직임을 통해 통조림 깡통이 나에게 전달되었다. 갑자기 등 아래쪽에(누가 언제 어떻게 나를 옮겼는지 모르겠지만) 기차의 합판 대신 포장도로의 얼어붙은 물웅덩이들이 느껴졌다. 운 좋게 다시 부헨발트에 도착했다는 사실도 이제는 더 이상 큰 의미가 없었다. 또 이곳이 내가 그토록 갈망하던 장소였다는 사실도 이미 오래전에 잊어버렸다. 도대체 내가 어디에 있는지도 알 수 없었다. 아직 기차역에 있는지 더 안쪽에 있는 것인지 주변을 봐도 알 수 없었다. 그토록 생생하게 기억하던 길과 빌라들과 동상들이 보이지 않았다.

아무튼 나는 눕혀진 곳에서 인내심을 갖고 아무런 호기심도 없이 온순하고 평화롭게 한참 동안 누워 있었다. 추위나 아픔은 느껴지지 않았다. 진눈깨비가 마치 뭔가가 쑤시듯 내 얼굴을 적신다는 사실도 살갗을 통해 느꼈다기보다 인식을 통해 알게 되었다. 나는 이런저런 생각을 하다가 어떤 움직임이나 수고도 없이 눈에 들어오는 것을 그대로 쳐다보고 있었다. 예를 들어 내 얼굴 위로 낮게 깔린 잔뜩 찌푸린 잿빛 하늘을 바라보았다. 좀 더 자세히 말하면 그것은 내 눈앞을 뒤덮은 납빛의 굼뜬 겨울 구름이었다. 잠시 후 구름이 여기저기 갈라지더니 틈이 생겨났고 순식간에 환해지는 구멍도 만들어졌다. 하늘 위에서 갑자기 한 줄기 빛이 내 얼굴에 투사되는 것이 마치 하늘의 깊이를 보여 주는 것 같았다. 또 어찌 보면 나를 잽싸게 엿보는 하나의 눈길 같기도 했다. 정확히 무슨 색이라고 말하기는 어렵지만 그 눈이 밝은색이었음은 분명하다. 내가 처음에 아우슈비츠에 도착했을 때 가장 먼저 나를 바라보던 의사의 눈과 약간 비슷했다. 내 바로 옆에는 실용적이지 않은 물건인 나무 신발이 있고 다른 쪽에는 내 것과 비슷한 악마 모자가 있었다. 코와 턱 부분이 툭 튀어나오고 그 사이는 들어간 얼굴이 하나 보였다. 그 얼굴 뒤로 다른 머리들과 몸들, 물건들이 보였다. 아마도 이곳에 잠시 보관하는 것으로 보이는, 좀 더 정확히 말하면 적재물의 잔재와 쓰레기라는 생각이 들었다. 한 시간이 흘렀는지 하루가 흘렀는지 혹은 한 달이 흘렀는지는 모르겠지만 얼마간의 시간이 흐른 후에 소리와 소음, 일하는 소리와 정돈하는 잡음이 들려왔다. 내 옆에 있던 머리가 획 들어 올려지더니 다시 아래로 떨어졌다. 그 사람의 어깨 옆에 죄수복을 입은 팔들이 보였다. 이미 사람이 수북이 쌓여 있는 손수레 비슷한 것 위로 내던져진 듯했다. 그와 동시에 이 사람 저 사람의 말이 섞여 들려 잘 알아들을 수 없었다. 쉰 듯한 이 목소리들 중에서 (나는 이 목소리를 기억할 수밖에 없는데) 한때는 단호했던 목소리가 들렸다.

"싫…… 어요."

그가 중얼거렸다. 내 느낌에는 그를 내던지려는 순간 놀라서 동작을 멈춘 것 같았다. 곧이어 다른 사람의 목소리가 들렸는데 그의 어깨를 잡고 있는 사람의 목소리임에 틀림없었다. 정겹고 남자답고 다정한 목소리였지만 약간 이국적이었다. 내가 지금까지 수용소에서 들어 온 독일어의 느낌으로 볼 때 어떤 반감을 가지고 말했다기보다 약간 당황하고 놀랐다는 느낌을 받았다.

"Was? Du willst noch leben?(뭐? 너 아직 살고 싶어?)"

그가 물었다. 그 순간에 나 역시 이 남자의 말이 근거도 없고 비이성적이라는 생각이 들어 다소 이상하게 여겨졌다. 그때 나는 좀 더 이성적으로 행동해야겠다는 생각을 했다. 그들이 나를 향해 허리를 굽혔다. 내 눈 근처에서 누군가의 손이 계속 뭔가를 가리키는 바람에 나는 눈을 감을 수밖에 없었다. 나 역시 수레에 쌓인 적재물 중간으로 휙 던져졌고 그들이 우리가 탄 수레를 어딘가로 끌고 갔다. 어디로 가는지 나는 별로 관심도 없었다. 오로지 그때 떠오른 한 가지 생각과 질문에만 관심 있었다. 그런데 그것을 모른다면 나의 실수일 수도 있다는 생각이 들었다. 하지만 내가 부헨발트의 관례나 규정, 수속 절차 등을 물어볼 수 있을 만큼 앞을 내다볼 수 있는 상황이 아니었다. 한마디로 여기에서는 사람을 어떻게 죽이는지, 그러니까 아우슈비츠에서처럼 가스로 죽이는지 듣던 대로 약으로 죽이는지 총으로 죽이는지 이것도 저것도 아니면 내가 알지 못하는 수천 가지 방법 중 한 가지 방법으로 죽이는지 등에 관해 예측해 볼 수가 없었다. 아무튼 나는 아프지 않기만을 바랐다. 좀 이상하게 들릴 수도 있겠지만 이것은 진심이었고 우리의 미래와 관련된 좀 더 현실적인 다른 희망들과 마찬가지로 이러한 바람이 내 마음속에 가득했다. 이때 나는 허영심이라는 감정이 최후의 순간까지 사람을 따라다닌다는 사실을 알게 되었다. 이러한 불확실성이 내 가슴을 후벼 파서 어떤 질문이나 요구, 한마디의 말도 할 수 없었기 때문이다. 나는 수레를 미는 사람들을 쳐다보지도 않았다. 길이 높은 커브에 도착하자 아래쪽에 탁 트인 전망이 펼쳐졌다. 방대한 비탈면에 사람들이 빼곡하게 자리 잡은 광경이 보였다. 같은 형태의 석조 가옥들이 보이고 말쑥한 녹색으로 다른 건물들과 구별되는, 새로 지은 것 같고 아직 색칠이 덜 된 우중충한 막사들도 보였다. 또 몇몇 구역을 구분하는 내부 철조망들의 복잡하지만 질서 정연한 구조물들이 보이고 좀 더 멀리에는 안개에 뒤덮인, 지금은 벌거벗은 거대한 원시림이 보였다. 무얼 하는지는 모르겠지만 내가 정확히 봤다면 한 건물 옆에는 많은 벌거벗은 무슬림이 뭔가를 기다리고 서 있고 몇몇 관리자들이 건물 위층과 아래층으로 오르내리고 있었다. 등받이 없는 의자와 분주한 움직임들로 봐서 이발을 하는 것 같았다. 그렇다면 틀림없이 다음에는 목욕탕으로 가서 목욕을 하고 막사 안으로 들여보내질 것이다. 안쪽에 좀 더 멀리 있는 포장된 수용소 도로 위에는 느릿느릿 움직이는 사람들과 생기 없이 일하는 사람들, 꾸무럭거리며 시간을 보내는 사람들이 보였다. 또 오래된 수감자들, 병든 사람들, 관리자들, 창고지기들, 수용소 내 헌병으로 발탁된 특권자들이 오가며 자신들의 일상적인 일을 하고 있었다. 여기저기에서 수상한 연기가 익숙한 수증기와 뒤섞이는 것이 보였다. 어디에선가 쨍그랑거리는 익숙한 소리가 마치 꿈속에서 들리는 종소리처럼 아득하게 들려왔다. 소리 나는 곳을 바라보니 저 아래 쪽에서 솥단지를 지고 가는 것이 보였다. 그들은 어깨 위에 막대기를 멨고 막대기 위에는 김이 모락모락 나는 솥단지가 올려져 막대기와 솥단지의 무게 때문에 끙끙댔다. 공기 중에 멀리 퍼져 있는 떨떠름한 냄새로 보아 순무 수프임에 틀림없었다. 이 광경과 향기가 가슴을 뭉클하게 할 수 있다는 것에 나는 가슴이 아팠다. 이미 굳은 가슴속에서 파도가 밀려오듯 갑자기 강렬한 감정이 일었고 나는 차갑고 축축한 얼굴 위로 뜨거운 눈물을 쏟아 냈다. 나는 통찰력을 발휘해 신중하고 이성적이고 냉철하게 생각하려 했지만 소용없었다. 이때 가슴속에서 한 가지 욕망이 슬그머니 고개를 내밀었다. 그 욕망의 비합리성 때문에 부끄럽기도 했지만 그럴수록 더 끈질기게 욕망이 나를 붙잡고 늘어졌다. 그것은 이 멋진 강제 수용소에서 조금이라도 더 살고 싶다는 욕망이었다.

8

내가 아는 한 인생이나 어떤 사건들의 인과 관계를 기대와 규칙과 이성으로는 결코 정확하게 설명할 수 없는 경우가 있는 것 같다. 최소한 내가 보기에는 그렇다. 수레에서 다시 땅바닥에 내려졌을 때 예를 들어 이발기나 면도칼로 도대체 나에게 무얼 하려는 건지 이해할 수가 없었다. 그곳은 숨이 막힐 정도로 사람들로 가득 차 있고 첫눈에는 샤워장으로 오해할 수도 있는 장소였다. 나 역시 바닥에 딱 달라붙어 있는 많은 발들과 발뒤꿈치, 종양이 생긴 종아리와 종아리뼈로 빽빽한 미끄러운 격자 나무판 위로 올려졌다. 이곳의 상황은 내 예상과 대충 맞아떨어졌다. 그때 순간적으로 떠오르는 것이 있었다. 여기에서도 모든 것이 아우슈비츠에서와 비슷하게 움직인다는 것이었다. 그런데 더 놀랍게도 잠시 후 쉬 소리와 꼬르륵 소리가 나더니 갑자기 많은 양의 물이, 그것도 따뜻한 물이 위에 있는 수도꼭지에서 쏟아져 내리기 시작했다. 하지만 나는 그리 기쁘지 않았다. 조금 더 몸을 따뜻하게 하고 싶었는데 갑자기 저항할 수 없는 강한 힘이 빼곡히 들어찬 다리들의 숲 속에서 나를 휙 들어 올렸지만 나는 아무것도 할 수 없었기 때문이다. 그 와중에 누군가가 커다란 침대 시트처럼 보이는 천과 그 위에 다시 담요로 내 몸을 둘둘 감쌌다. 그다음에 어떤 사람의 어깨가 생각나는데 그 사람이 내 머리를 뒤쪽에 두고 다리를 앞으로 향하게 한 채 나를 어깨에 둘러멨다. 문 하나와 좁은 계단의 가파른 층계들, 또 다른 문을 지나자 홀 같은 장소가 나타났는데 방이라고 해도 무방할 것 같다. 방은 넓고 밝았는데 무엇보다 시설들이 화려해 병영의 것이라고는 보고도 믿기지 않을 정도였다. 마지막으로 침대가 기억나는데 속이 짚으로 잘 채워진 매트리스와 두 장의 회색 담요가 구비된 실제로 사용하는 일반적인 1인용 침대였다. 나는 어깨에서 그 침대로 옮겨졌다. 또 두 사람이 생각나는데 성격도 괜찮고 외모도 멋진 사람들로, 얼굴과 머리색도 떠오른다. 그들은 하얀 바지에 러닝셔츠를 입고 나무 신발을 신고 있었다. 나는 그들을 자세히 훑어보며 즐거워했는데 그들도 나를 쳐다보았다. 입이 눈에 띄었는데 노래를 하는 듯한 말이 한동안 들려왔다. 느낌상 나에게 뭔가를 묻고 싶어 하는 것 같았다. 나는 무슨 말인지 이해하지 못했다는 의미로 고개만 저었다. 그러자 그들 중 한 명이 아주 이상한 억양의 독일어로 물었다.

"Hast du Durchmarsch?"

혹시 설사를 하지 않느냐는 질문이었다. 그때 내가 왜 그랬는지는 모르겠지만 나도 모르게 "아니요."라고 대답했는데 그 소리를 듣고 나도 깜짝 놀랐다. 그러자 그가 말했다.

"그렇군."

생각해 보면 항상 그래 왔듯 나는 그때 역시 허영심으로 살았다는 생각이 든다. 그때 그들이 잠시 뭔가를 깊이 생각하더니 황급히 어딘가를 다녀와서는 물건 두 개를 내 손에 쥐여 주었다. 하나는 미지근한 커피가 담긴 그릇이고 다른 하나는 빵이었는데 6분의 1덩어리 정도 되는 것 같았다. 나는 어떤 대가나 교환 없이 그것을 받아서 먹을 수 있었다. 그런데 잠시 후 내장이 삶의 신호를 보내더니 뒤틀리며 먹은 음식을 받아들이지 않아 한동안 온 정신이 내장에 쏠렸다. 특히나 내가 조금 전에 설사하지 않는다고 한 거짓말이 들통 나지 않게 하려고 온 힘을 쏟았다. 잠시 후 정신을 차려 보니 음식을 준 둘 중 한 사람이 다시 그곳에 있었다. 그런데 그는 장화를 신고 군청색의 멋진 모자를 쓰고 빨간색 삼각형이 붙은 죄수복을 입고 있었다.

그가 나를 다시 어깨에 둘러메고 계단을 내려간 후 곧장 밖으로 나갔다. 내 생각이 맞는다면 우리는 요양소나 의무실로 보이는 커다란 회색 나무 막사 안으로 곧장 들어갔다. 이곳의 상황은 전체적으로 내 예상과 대충 맞아떨어졌고 모든 것이 잘 정돈되어 두말할 필요 없이 모든 것이 편하게 느껴졌지만 조금 전에 나에게 커피와 빵을 준 행동에 대해서만큼은 잘 이해가 가지 않았다. 막사 안에는 우리가 지나가는 복도를 따라 내게는 아주 익숙한 삼 층짜리 박스 침대들이 우리에게 인사를 건네듯 줄지어 있었다. 침대가 사람들로 가득 차 있었다. 서로 잘 알아보지 못할 정도로 혼잡한 가운데 막사를 쭉 둘러보니 예전에 알던 얼굴 몇이 눈에 들어왔다. 옴과 궤양 질환이 있는 피부, 뼈, 누더기 옷, 삐쩍 마른 손발을 보고 나는 그들을 바로 알아볼 수 있었다. 이 모든 부속 시설에는 한 칸에 다섯 명 정도씩 들어갔는데 한두 개는 여섯 명도 들어갈 수 있을 것 같았다. 차이츠에 있을 때처럼 혹시 짚이 깔려 있는지 판자 위를 살펴보았지만 이곳에는 없었다. 이곳에 머물 것으로 기대되는 상황에서 솔직히 짚이 깔려 있는지는 그리 중요하지 않았다. 우리가 잠시 멈춰 나를 둘러멘 사람과 다른 사람이 대화를 하는 것인지 협의를 하는 것인지 모르겠으나 아무튼 얘기를 나누는 사이에 놀라운 광경이 펼쳐졌다. 처음에는 내가 잘못 본 게 아닌지 의심이 들었지만 이 막사는 조명 시설이 잘돼 있어 램프들이 밝아 잘못 본 게 아니었다. 이곳에도 왼쪽으로 일반 박스 침대들이 두 줄로 늘어서 있는 것을 볼 수 있었는데 특이하게 판자 위에 빨간색, 주황색, 파란색, 녹색, 보라색 누비이불이 한 장씩 깔려 있고 그 위에 똑같은 누비이불이 한 장씩 더 깔려 있었다. 두 장의 이불 사이로 빡빡 민 머리들이 따닥따닥 붙어 있는 것이 보였는데 머리 크기가 서로 달랐지만 대략 내 또래 아이들의 머리만 했다. 이때 나는 바닥에 내려졌고 넘어지지 않도록 누군가가 붙잡는 것이 느껴졌다. 이내 사람들이 내 몸에서 담요를 벗기고 무릎과 엉덩이 상처 부위에 종이 붕대를 감더니 셔츠를 입혀 주었다. 두 소년이 잽싸게 양쪽으로 비키며 자리를 만들어 주자 나는 두 장의 누비이불 사이로 쑥 밀려 들어갔다. 삼 층짜리 박스 침대의 중간층이었다.

그들이 아무 설명도 없이 가 버렸기 때문에 나는 스스로 상황을 파악해야 했다. 아무튼 나는 이곳에 있고 이것은 부정할 수 없는 사실임을 인정해야 했다. 이러한 생각이 매 순간 되살아났고 시간이 흐를수록 더욱더 강해졌다. 이후에 나는 몇 가지 사항도 알게 되었다. 예를 들어 이곳은 막사의 끝 쪽이 아니라 앞쪽이라는 사실이었는데 반대편에 있는 밖으로 통하는 문과 앞에 보이는 밝고 넓은 공간이 이러한 사실을 말해 주었다. 이 공간은 관리자들과 서기들, 의사들의 생활 공간이자 작업 공간이었는데 가장 눈에 잘 띄는 곳에 하얀 천이 덮인 책상 같은 것이 있었다. 반면에 뒤쪽 나무 박스에서 거주하는 사람들은 대부분 이질이나 장티푸스에 걸린 사람들이거나 최소한 곧 증상이 나타날 사람들이었다. 그 첫 번째 증상은 지독한 냄새가 특징인데 목욕탕 근로자들이 나에게도 물어봤던 설사였다. 그들이 물어봤을 때 내가 사실대로 대답했더라면 내 자리도 그곳일 거라는 사실을 알게 되었다. 일일 보급품과 음식은 전반적으로 차이츠에서와 비슷했다. 아침에 커피가 주어졌고 이른 오전에는 수프가 도착했다. 빵은 3분의 1덩어리나 4분의 1덩어리가 주어졌는데 4분의 1덩어리가 주어질 때면 대부분 다른 덤이 있었다. 이곳에서는 하루의 때를 알기가 참 어려웠다. 항상 똑같이 조명을 밝히고 있어서 창문을 통해 들어오는 빛이나 어둠이 실내에 영향을 미치지 못했기 때문이다. 항상 같은 시간에 일어나는 일들로 미뤄 짐작할 수밖에 없었다. 예를 들어 커피를 주면 아침이고 의사가 작별 인사를 하면 잠잘 시간이라는 것을 알 수 있었다. 나는 그 의사와 첫날부터 알게 되었다. 그날 우리 박스 침대 앞에 서 있는 한 사람에게 눈길이 갔다. 그의 머리가 대략 내 침대 높이와 일직선상에 있는 것으로 봐서 키는 그리 크지 않은 것 같았다. 얼굴은 통통한 정도가 아니라 살이 쪄서 여기저기 포동포동했다. 콧수염은 둥글게 말아 올렸는데 색깔이 희끗희끗했다. 그의 수염을 보자 나는 깜짝 놀랐는데 강제 수용소에서 이렇게 멋진 수염을 본 적이 없었기 때문이다. 아주 잘 다듬어진 턱수염 역시 희끗희끗했는데 작고 뾰족하게 정리되어 있었다. 그는 커다랗고 멋진 모자를 쓰고 어두운 색깔 직물 바지를 입고 있었다. 상의는 꽤 좋은 옷감으로 만든 죄수복을 입고 완장을 차고 있었는데 빨간색 표시 안에 F 자가 새겨져 있었다. 그가 누군가가 새로 들어오면 늘 그렇듯 나를 주시하더니 뭔가 말을 건넸다. 나는 내가 아는 프랑스어를 총동원해 겨우 한마디 건넸다.

"선생님, 말씀하신 것을 제가 이해하지 못했어요."

그러자 의사가 약간 쉰 상냥한 목소리로 말했다.

"그래, 그래. 얘야, 괜찮아."

잠시 후 그가 집에서 먹던 것과 같은 진짜 각설탕 하나를 코앞 담요 위에 올려놓았다. 그런 후 삼 층짜리 박스 양쪽을 쭉 돌면서 주머니에서 각설탕을 꺼내 모든 아이들에게 하나씩 나누어 주었다. 그는 몇몇 아이들의 경우에는 앞에 각설탕을 놓고 그냥 지나갔지만 어떤 아이들 앞에서는 좀 더 머물며 이야기도 나누었다. 특히 그런 아이들에게는 얼굴을 가볍게 두드리거나 목에 간지럼을 태우기도 했으며 마치 시간이 날 때 좋아하는 카나리아와 함께 재잘거리듯 아이들과 함께 재잘거렸다. 그가 프랑스어를 할 줄 아는 몇몇 좋아하는 아이들에게는 특별히 각설탕을 하나씩 더 준다는 사실도 알게 되었다. 그제야 집에 있을 때 왜 항상 교육의 중요성, 특히 외국어의 유용성에 대해 얘기했는지 알 수 있을 것 같았다.

나는 이 모든 상황을 다 이해하고 파악했다. 단, 도대체 가까이에서는 무엇인지 알 수 없는 그 무언가를 점점 더 기다리고 있다는 느낌과 전제하에 말이다. 그것은 곧 상황의 전환, 비밀의 개봉, 상황에 대한 각성이 아닐까 하는 생각이 들었다. 그 의사가 다음 날 다른 환자들을 진료하다가 나를 손가락으로 가리켰다. 사람들이 나를 자리에서 꺼내 의사 앞 진찰대에 올려놓았다. 그가 친절하게 몇 마디 건넨 후 내 몸을 가볍게 두드리며 진찰했다. 차가운 귀와 날카로운 턱수염 끝이 가슴과 등에 닿았다. 숨을 크게 들이쉬고 기침도 해 보라고 했다. 다음으로는 등을 대고 눕히더니 조수로 보이는 사람에게 종이 붕대를 떼어내라고 하고는 상처들을 살피기 시작했다. 처음에는 상처에서 약간 떨어진 채 바라보기만 하더니 잠시 후 상처 주변을 빙 둘러 만지자 상처에서 뭔가가 나오는 것이 보였다. 의사는 흠흠 소리를 내더니 걱정이 많은 듯 고개를 절레절레 저었다. 내 상처가 그를 우울하고 언짢게 만든 것 같았다. 더 이상 보고 싶지 않은 듯 그는 얼른 붕대를 다시 감았다. 그는 상처를 보고 그리 좋아하지 않았으며 결코 마음이 누그러지거나 만족해하는 것 같지도 않았다.

다른 부분에서도 별로 유쾌하지 않은 일들이 일어났는데

나는 그것을 지켜보고 있을 수밖에 없었다. 예를 들어 내 옆에 누워 있는 아이들의 말을 전혀 알아들을 수 없었다. 그런데 아이들이 내 머리 위쪽이나 앞쪽에서 자유롭게 대화를 나누었다. 마치 내가 그들의 길을 가로막는 장애물 같았다. 그들이 먼저 나에게 누구인지, 무얼 하는지 물었다. '헝가리인'이라고 말했더니 어느새 전후좌우로 소식이 쫙 퍼져 나갔다. 벤게르스키, 벤그리야, 마자르스키, 마차르, 옹그로아 등 헝가리인을 의미하는 다양한 언어의 발음이 들려왔다.

"케니르!"

그들 중 한 명이 헝가리어로 빵을 의미하는 케니르라고 외치자 아이들이 합창을 하듯 일제히 깔깔깔 웃는 것으로 보아 헝가리인에 대해 아주 잘 알고 있다는 확신이 들었다. 불쾌했다. 나는 어떤 식으로든 그들이 잘못 알고 있다고 설명해 주고 싶었다. 헝가리 사람들은 나를 헝가리인으로 여기지 않으며 나 역시 헝가리인에 대해 그들과 대충 비슷하게 생각한다고 말해 주고 싶었다. 따라서 나를 삐딱한 눈으로 바라본다면 그것은 아주 이상할뿐더러 불합리하다고 말하고 싶었다. 그때 갑자기 황당한 장애물이 나타났는데 나는 이 말을 헝가리어나 기껏해야 불완전한 독일어로밖에 할 수 없다는 생각이 스치자 차라리 말하지 않느니만 못할 수도 있다는 생각이 들었다.

며칠이 지나면서 더 이상 감출 수 없는 또 하나의 문제가 있었다. 이곳에서는 필요한 경우 겨우 우리 또래의 간호 보조사로 보이는 소년을 부를 수 있다는 사실을 알게 되었다. 부르면 그가 손잡이가 달린 납작한 통을 가져왔고 우리는 그 통을 이불 밑으로 집어넣었다.

"여기! 다 끝났어! 여기!"

잠시 후 우리는 그가 올 때까지 다시 불러 대야 했다. 낮에 한두 번 정도 부르는 것에 대해서는 그 아이뿐 아니라 어느 누구도 이의를 제기하지 않았다. 그런데 나는 보통 하루에 세 번 정도 그를 불렀고 어떤 날에는 네 번을 부르기도 했다. 그 아이가 화가 난 것 같았다. 충분히 그럴 만했다. 그것은 말할 필요도 없다는 것을 인정할 수밖에 없었다. 한번은 간호 보조사 소년이 통을 들고 의사에게 가더니 내용물을 보여 주고 뭔가를 설명하며 논쟁을 벌이는 것 같았다. 그러자 의사가 잠시 깊은 생각에 잠기더니 이내 머리와 손으로 확실한 거부 의사를 밝히는 것을 볼 수 있었다. 의사는 저녁에 각설탕을 주는 것도 거르지 않았다. 모든 일이 잘돼 가는 것 같았다. 나는 최소한 오늘만큼은 여전히 제공되고 확실해 보이는 이불과 나를 따뜻하게 데워 주는 몸들의 실존 속에 다시 둥지를 틀 수 있었다. 다음 날 커피가 나오는 시간과 수프가 나오는 시간 사이에 외부 세계로부터 한 사람이 들어왔는데 상당히 높은 사람 같았다. 그는 검은색 펠트로 만들어진 커다란 모자를 쓰고 흠 잡을 데 없이 멋진 코트를 입었으며 바지는 면도날처럼 주름이 날카롭게 잡혀 있고 구두약으로 광택을 낸 반짝거리는 단화를 신고 있었다. 얼굴은 야성적이고 얼굴선은 조각칼로 깎은 듯 남성적인 반면 피부는 속살이 보일 정도로, 껍질을 벗겨 놓은 듯 보라색을 띠어 나는 좀 놀랐다. 이 밖에도 그는 키가 크고 체구가 우람했으며 관자놀이 근처에는 검은 머리 사이로 흰머리가 조금씩 보였다. 뒷짐을 지고 있어 완장에 무슨 글자가 쓰여 있는지는 내 자리에서 잘 볼 수 없었지만 아무 글자도 쓰여 있지 않은 붉은색 삼각형이 눈에 확 띄었는데 그 표시는 순수 독일 혈통이라는 상서롭지 않은 사실을 나타냈다. 나는 이때 내 인생에서 처음으로 만 번대도 아니고 천 번대도 아니고 백 번대도 아닌 단 두 자리 숫자가 표기된 사람을 볼 수 있었다. 우리 담당 의사가 잽싸게 그에게 다가가 인사를 하고 악수한 후 팔을 가볍게 두드렸다. 마치 방문만으로도 가문의 영광이 될 손님을 기다렸다는 듯 그에게 호감을 얻으려 하는 것 같았다. 그런데 모든 제스처로 볼 때 의심의 여지 없이 나에 대해 얘기하는 것 같아 나는 깜짝 놀랐다. 그가 둥글게 원을 그리더니 손을 쫙 펴서 나를 가리켰다. 그리고 빠른 독일어로 그에게 "당신한테."라고 말하는 소리가 또렷하게 들렸다. 의사는 마치 되도록 빨리 팔아 치워야 할 상품을 그 남자에게 권하기라도 하듯 설명 중간에 끊임없이 제스처를 해 가며 설득하기도 하고 뭔가를 입증하려 하기도 하고 마음에 호소하기도 했다. 그는 처음에는 마치 중요한 파트너나 까다로운 손님처럼 말없이 듣고만 있었다. 그런데 결국 우리 의사에게 완전히 설득을 당한 듯 보였다. 그가 갈 때 나를 향해 보여 준 작고 까만 눈의 짧고 날카롭고 압도하는 눈빛과 한두 번의 끄덕임, 악수 등 일련의 분위기로 봐서(게다가 의사의 만족스러운 밝은 얼굴에서도 마찬가지로) 나는 최소한 그렇게 느꼈다.

잠시 후 다시 문이 열렸다. 죄수복에 있는 붉은색 삼각형과

P 자(폴란드인의 인식 표기)가 바로 눈에 들어왔다. 검은색 완장에는 '간호인'이라는 글자도 보였다. 들어온 사람이 간호인임을 알 수 있었다. 그는 젊었는데 스무 살 남짓 되어 보였다. 좀 작았지만 멋진 푸른색 모자를 쓰고 귀와 목 위로 부드러운 밤색 머리가 늘어져 있었다. 길쭉하지만 통통하고 둥그스름한 얼굴의 이목구비가 뚜렷했고 분홍빛 피부는 호감이 갔고 약간 크지만 부드러운 입술 모양은 동정심을 불러일으켰다. 한마디로 멋있었다. 만약 그가 곧장 의사를 찾지 않았다면, 그리고 곧장 의사에게 나를 데려가지 않았다면, 또 마침 그의 팔에 나를 자리에서 끌어내 감싼 이불이 들려 있지 않았다면 나는 틀림없이 그를 보며 감탄하고 있었을 것이다. 그런데 그가 습관대로 나를 어깨에 둘러메려 했다. 나는 그대로 있지는 않았다. 박스 침대를 구분하는 십자형 버팀목을 두 손으로 붙잡았다. 거의 본능적으로 손에 닿는 것을 붙잡았던 것이다. 나는 약간 창피하기도 했다. 그때 나는 이 며칠간의 삶이 우리의 이성을 얼마나 혼란스럽게 하고 일을 힘들게 하는지 경험하게 되었다. 결국 그가 힘이 더 세다는 사실을 느낄 수밖에 없었다. 두 주먹으로 그의 허리와 엉덩이를 때려 봤지만 소용없었다. 그는 그저 웃을 뿐이었고 나는 그의 어깨에서 흔들림을 느낄 뿐이었다. 나는 저항을 멈추고 아무 곳이나 그가 원하는 곳으로 날 데려가도록 내버려 두었다.

부헨발트에는 특별한 장소들이 있다. 철조망 뒤쪽으로 가면 지금까지는 거의 멀리에서만 바라볼 수 있었던(소수용소에 머물고 있다면) 멋진 녹색 막사들 중 하나에 이르게 된다. 그런데 지금은 그 안에(최소한 그 안에는) 의심스러울 정도로 깨끗하고 반질반질한 복도가 있다는 사실을 알게 된다. 그 복도로 들어가면 문들이 있는데(일반적으로 볼 수 있는 흰색의 진짜 문들이다.) 그 문 가운데 하나를 열고 들어가면 따뜻하고 밝은 방이 있고 그곳에 당신이 도착하기를 기다리는 침대가 잘 정돈되어 있다. 침대 위에는 붉은색 이불이 있다. 당신은 볏짚이 채워진 푹신한 매트리스에 몸을 누인다. 그 안에 흰색의 차가운 층이 있는데 확인해 보면 착각이 아니라 진짜 침대 시트가 있는 것을 알게 된다. 목덜미 밑으로 나쁘지 않은 생소한 압력을 느낄 수 있는데 볏짚이 잘 채워진 베개 때문이다. 흰색 베갯잇도 씌워져 있다. 간호인이 당신을 싸서 온 담요를 네 겹으로 접어 당신 발치에 둔다. 한기를 느낄 때 덮으라고 놔둔 것이 분명하다. 잠시 후 그가 마분지로 된 카드와 연필을 손에 들고 침대 끝에 앉아 이름을 묻는다. 나는 '피어 운트 제이치이, 노인, 아인 운트 츠반치히'라고 내 번호를 말해 주었다. 그가 번호를 받아 적는다. 하지만 계속 재촉한다. 잠시 후에야 그가 당신의 진짜 이름도 알고 싶어 한다는 사실을 알게 된다. 나의 경우를 봤을 때 당신 역시 기억을 더듬다 이름이 생각나기까지 한참이 걸릴 것이다. 내가 서너 번 반복해서 얘기하자 비로소 그가 이해하는 것 같았다. 잠시 후 그가 쓴 것을 나에게 보여 주었다. 가는 눈금선이 그어진 일종의 체온 차트 위쪽에 '케비슈테르시'라고 쓴 것을 소리 내어 읽었다. 그가 "맞아?"라고 물었고 나는 "맞아요."라고 대답했다. 그러자 그가 차트를 책상 위에 놓더니 가 버렸다.

이제는 시간이 있기 때문에 주변을 좀 둘러보고 살펴보고 관찰할 수 있다. 예를 들어 그때까지는 눈에 띄지 않았던 다른 사람들이 방에 있다는 사실 같은 것도 알게 된다. 그들을 보면 모두 환자임을 쉽게 짐작할 수 있다. 또 이 색깔, 눈을 편안하게 해 주는 이 느낌, 모든 것들을 압도해 버리는 이 짙은 붉은색은 사실 긴 나무 바닥의 옻칠에 빛이 반사된 것이며 침대 위에 있는 이불 역시 비슷한 색이라는 것도 눈에 들어온다. 침대는 열두 개 정도이다. 모두가 1인용 침대인데 이층 침대는 흰색 에나멜이 칠해진 널빤지로 짜인 칸막이벽 옆 내가 1층에 누워 있는 이 침대와 내 앞쪽 반대편 칸막이 옆에 있는 두 개가 전부이다. 줄지어 있는 침대들 주변에 족히 몇 미터는 되어 보이는 쾌적하고 넓은 빈 공간이 있는데 그것을 보면 당신은 이해할 수 없을 것이다. 또 여기저기에 하나씩 비어 있는 침대를 보면 침대가 낭비되고 있다는 사실에 놀랄 것이다. 그 밖에 빛이 들어오는 여러 개의 작은 사각형으로 나누어진 멋진 유리창도 볼 것이고 베개에 새겨진, 부리가 흰 독수리를 나타내는 연갈색 마크와 '무장친위대'라는 글자도 눈에 들어올 것이다. 그들의 얼굴은 살펴봐야 소용없다. 어떤 표정이나 말을 기대하겠지만 역시 소용이 없다. 당신이 이곳에 도착함과 동시에 그들을 통해 뭔가 새로운 사건, 관심, 실망, 기쁨, 분노, 일시적 호기심 등 어떤 것이라도 좀 알아보려 하지만 별로 도움이 되지 않는다. 오히려 마음이 불편하고 당황스럽고 불가사의한 정적만 지속될 뿐이다. 당신은 틀림없이 아주 이상한 느낌을 경험할 것이다. 침대로 둘러싸인 사각형의 빈 공간에 있는 흰색 천이 덮인 작은 탁자, 반대편 벽 옆에 놓인 큰 탁자, 그 주변에 있는 몇 개의 등받이 의자, 문 옆에 계속 타고 있는 장식이 화려한 커다란 철제 벽난로, 그 옆에 까만빛이 감도는 검은 석탄이 가득 담긴 통 등을 볼 수 있다.

이때부터는 곰곰이 생각하게 된다. 이 모든 것을 어떻게 이해해야 할지, 이불과 침대가 있는 조용하고 거짓말 같은 이 방을 어떻게 생각해야 할지 고민하기 시작한다. 이런저런 생각을 해 본다. 기억을 더듬거나 추론하고 아는 것들을 끌어내 선별해 보기도 한다. 아우슈비츠에서 듣던 대로 우유와 버터를 잘 먹인 후 내장을 하나하나 꺼내 과학 발전을 위해 생체 실험을 하는 장소가 아닐까 생각할 수도 있다. 나 역시 그렇게 생각했다. 하지만 이것은 여러 가정 가운데 하나임을 알아 둬야 한다. 다시 말해 다양한 가능성 가운데 하나일 뿐이라는 것이다. 게다가 이곳에서 우유와 버터는 본 적도 없다. 그때 다른 곳에서는 이때쯤이면 수프를 준다는 사실이 떠올랐다. 하지만 이곳에서는 아직 어떤 조짐이나 소리나 냄새도 없었다. 이때문에 아우슈비츠에서 들은 말이 약간 의심스럽다는 생각이 들었다. 하지만 무엇이 가능하고 무엇이 믿을 만한지 과연 누가 판단할 수 있겠는가? 당신이 아는 모든 지식을 동원해 본들 강제 수용소에서 만들어지기도 하고 상상 속의 일들이 현실이 되기도 하는, 계산하기도 어려운 각각의 다양한 생각과 지어낸 이야기와 장난과 농담과 숙고 끝에 나온 생각들을 과연 누가 끄집어내서 조사하겠는가. 나는 곰곰이 생각해 보았다. 지금 어떤 사람을 이 방으로 데려온다고 가정해 보자. 나는 이불이 있는 침대에 그를 눕힐 것이다. 그를 간호하고 돌보고 모든 필요를 충족해 준다고 하자. 단, 음식은 주지 않는다는 가정하에 말이다. 그렇다면 경우에 따라서는 예를 들어 사람이 어떻게 굶어 죽는지 같은 것을 관찰할 수 있을 것이다. 틀림없이 그 자체로도 흥미로울뿐더러 경우에 따라서는 더 의미 있게 사용될 수도 있을 것이다. 그렇지 않을까? 나는 그렇다고 생각한다. 아무리 생각해 봐도 이 생각이 더 현실성 있고 유용하다는 판단이 든다. 하물며 나도 이런 생각이 드는데 나보다 훨씬 강력한 권한을 가진 사람이라면 당연히 이런 생각을 하지 않을까 하는 생각이 들었다. 나는 왼쪽에 1미터쯤 떨어져 누워 있는 한 환자를 살펴보았다. 나이가 좀 들어 보이고 머리가 많이 빠졌지만 옛 얼굴 윤곽이 남아 있고 여기저기 살도 좀 있었다. 그런데 그의 귀는 밀랍으로 만든 잎사귀가 아닐까 의심이 들 정도로 그것과 비슷해 보였고 콧잔등과 눈 주변은 이미 익숙한 노란색을 띠고 있었다. 그는 등을 대고 누워 있었는데 이불이 아래위로 조금씩 움직이는 걸로 봐서 잠을 자고 있는 듯했다. 나는 혹시나 해서 그에게 속삭여 보았다.

"혹시 헝가리어 할 줄 아세요?"

아무 말이 없었다. 내 말을 이해하는 것은 고사하고 듣는 것 같지도 않았다. 나는 고개를 돌려 버렸다. 그리고 다시 생각을 정리하려는 찰나에 속삭이는 소리가 들렸다. 그것도 똑똑히 알아들을 수 있는 헝가리어가 내 귀를 스쳤다.

"그래."

눈도 뜨지 않고 자세도 바뀌지 않았지만 틀림없이 그 사람이었다. 내가 왜 그랬는지 모르겠는데 바보처럼 너무 기쁜 나머지 그에게 뭘 물어보려고 했는지 잠시 잊어버렸다. 잠시 후 내가 물었다.

"어디에서 오셨어요?"

이번에도 한참 있다가 대답했다.

"부다페스트에서……."

내가 다시 물었다.

"언제요?"

그가 약간 뜸을 들인 후 다시 대답했다.

"11월에……."

잠시 후 내가 다시 마지막으로 질문했다.

"이곳에서 먹을 것은 주나요?"

그는 이번에도 조금 있다가 대답했다. 무슨 이유 때문인지는 모르겠으나 말할 때 중간에 잠시 쉬어야 하는 것 같았다.

"아니……."

"그냥 여쭤봤습니다……."

그런데 바로 그 순간에 간호인이 들어와 곧장 그에게 다가갔다. 이불을 위로 젖히고 담요로 그를 둘둘 감싸더니 꽤 체중이 나가는 그의 몸을 가볍게 어깨에 둘러메고 문밖으로 나갔다. 나는 처음 보는 광경에 놀라 그저 쳐다볼 뿐이었다. 복부 근처에서 풀려 흔들리는 종이 붕대 조각이 마치 작별 인사를 하는 것 같았다. 그와 동시에 찰칵거리는 짧은 소리가 들리더니 잠시 후 전기가 찌지직거리는 소리도 들렸다. 곧이어 누군가의 목소리가 들려왔다.

"이발사들은 목욕탕으로! 이발사들은 목욕탕으로!"

혀를 약간 굴리는 소리가 나기는 했지만 아주 듣기 좋고 호감이 갔으며 감미롭고 부드럽고 음악 같은 목소리여서 마치 그의 눈빛을 느낄 수 있을 것 같았다. 나는 처음에는 놀라서 침대에서 떨어질 뻔했다. 환자들을 보니 이 일이 내가 처음 도착했을 때만큼이나 감흥이 없는 듯 보였다. 이 일이 이곳에서는 틀림없이 일상적인 일 가운데 하나라는 생각이 들었다. 문 위쪽 오른쪽에 사운드박스 같은 갈색 상자가 보였는데 이 기기를 통해 군인들이 명령을 전달할 거라는 생각이 들었다. 잠시 후 간호인이 다시 들어오더니 내 옆에 있는 침대로 갔다. 그는 이불과 시트를 개고 짚 매트리스 구멍으로 손을 집어넣어 잘 고른 후 그 위에 다시 침대 시트와 이불을 가지런히 정리했다. 조금 전에 이 침대에 있던 사람을 다시 보기는 분명히 어려우리라는 생각이 들었다. 그렇다고 내가 할 수 있는 일은 없었지만 나는 혹시 이곳의 비밀을 누설한 게 들통나 처벌을 받은 건 아닐까 생각해 보았다. 반대편에 있는 것과 유사한 기계와 장치나 알 수 없는 어떤 것을 통해 누설하는 것을 엿듣고 알게 되지 말라는 법도 없지 않을까? 또다시 어떤 사람의 목소리가 들리자 나는 내 옆에서 세 번째의 창문 쪽 침대에 누워 있는 환자를 주시했다. 젊고 삐쩍 마르고 얼굴이 하얀 환자였다. 그에게는 긴 머리카락이 아직 그대로 남아 있었는데 그것도 머리숱이 많은 금발인 데다 곱슬머리였다. 그는 똑같은 말을 두세 번 반복했는데 어찌 보면 신음을 하는 것 같았다. 그는 음들을 길게 늘이면서 한 사람의 이름을 부르고 있었는데 나도 곧 그 이름을 알아들을 수 있을 것 같았다.

"피에트하! ……. 피에트하!"

그러자 간호인이 한마디 대답했는데 그 역시도 음을 늘이며 말했다.

"왜 그래?"

내가 느끼기엔 애정이 듬뿍 담긴 목소리 같았다. 그는 뭔가 좀 더 긴 말도 하는 것 같았다. 그러자 피에트하(여기에서는 간호인을 이렇게 부른다는 사실을 알게 되었다.)가 그의 침대 곁으로 다가갔다. 마치 누군가의 영혼에 대고 말을 하듯 한참 동안 속삭였고 조금만 더 참고 견디라고 격려했다. 그사이에 간호인은 환자의 등 뒤로 손을 집어넣어 살짝 들어 올리고는 베개와 그 위에 있는 이불을 정리했다. 이 모든 행동을 사랑을 가지고 친절하고 다정하게 했다. 이 광경이 나를 혼란스럽게 만들고 그때까지 한 거의 모든 추측이 틀렸음을 말해 주었다. 다시 뒤로 누운 그의 표정에서 편안하고 홀가분한 느낌을 읽을 수 있었다. 그는 죽음에 이르러 탄식하는 듯한 말을 남겼는데 우리는 그의 말을 똑똑히 알아들을 수 있었다.

"징쿠에…… 징쿠에 바르조…….."

내 생각이 틀리지 않다면 어떤 감사를 표하는 말 같았다. 잠시 후 점점 다가오는 소음과 소란, 복도에서 밀려드는 왁자지껄한 소리에 나의 침착했던 마음이 들뜨기 시작했다. 이 소리들이 나를 흥분시켰고 소리가 점점 커지자 참을성도 없어졌다. 이미 다른 사람들의 감정도 나와 다르지 않다는 것을 느낄 수 있었다. 밖에서는 시끄러운 소리와 사람들이 오가는 소리,

나무 신발의 뚜벅거리는 소리, 한 남자의 외침 소리도 들렸다.

"6호실! 식사!"

이때 간호인이 밖으로 나가 열린 문을 통해 팔밖에 보이지 않는 누군가의 도움을 받아 무거운 냄비를 끌고 들어왔다. 방 안은 이미 수프 향기로 가득했다. 음식은 이곳에서 누구나 잘 알고 있는 말린 쐐기풀 수프가 틀림없는 것 같았다. 따라서 이 점에서도 내 짐작은 틀렸다.

그 후 나는 다른 많은 것들을 유심히 살펴보았다. 시간과 하루의 여러 때와 날들이 지나면서 다른 모든 것이 서서히 명확해졌다. 어느 정도 시간이 흐른 후에는 조금씩 신중하고 조심스럽게 현실에서 일어나는 일들을 인정하고 받아들여야 했다. 눈앞에 펼쳐지는 것들이 일어날 수 있는 일들이며 믿을 수밖에 없다고 수긍해야 했다. 곰곰이 생각해 보니 이곳에서 일어나는 일들이 다른 많은 이상한 일들에 비해 단지 생소하고 좀 더 유쾌할 뿐 본질적으로 더 이상하지는 않다는 생각이 들었다. 결국 이 강제 수용소에서는 모든 것이 가능하고 믿을 수밖에 없었다. 설사 그 반대의 경우라 할지라도 극히 자연스러운 일이었던 것이다. 오히려 다른 한편으로 나를 정말 힘들고 불안하게 하고 나의 안전을 위협했던 것은 아무리 이성적으로 바라보려 해도 내가 다른 곳이 아닌 바로 이곳에 있어야 하는 어떤 이유도 발견하지 못했으며 나의 사고력이 받아들일 수 있는 어떤 근거도 찾을 수 없다는 점이었다. 나는 서서히 이전 막사에서와 달리 이곳에서는 모든 환자가 붕대를 감고 있다는 사실을 발견하게 되었다. 시간이 지나면서 그쪽은 아마도 내과이고(누가 그것을 알 수 있겠는가마는) 이쪽은 외과라고 가정해 보았다. 하지만 내가 이곳 외과에 있다는 사실이, 곰곰이 생각해 보면 수레에 실려 이곳으로, 이 방으로 또 이 침대로 오게 된 일에 대해, 사람들의 손과 어깨와 생각을 거쳐 이곳으로 오게 된 현실적인 일련의 작업들에 대해 충분한 이유와 설명을 제공한다고는 결코 생각할 수 없었다. 나는 조금이나마 환자들의 입장에서 생각하고 그들을 이해해 보려 했다. 그들은 대부분 이곳에 오래 거주한 죄수들이라는 사실도 알게 되었다. 또 이곳에서는 차이츠에서와 달리 존경할 만한 사람을 한 명도 보지 못했다. 또 한 가지 눈에 띈 점은 저녁이면 같은 시간에 환자들과 몇 분씩 얘기를 나누기 위해 들르는 사람들과 방문자들의 가슴에 모두 빨간 삼각형이 붙어 있었다는 점이다. 예를 들어 전혀 보고 싶지 않았던 녹색이나 검은색 삼각형뿐 아니라 한번 보고 싶었던 노란색 삼각형도 전혀 볼 수 없었다. 이들은 혈통과 언어와 연령 면에서 다른 사람들이었다. 이 점 외에도 그들은 나나 지금까지 쉽게 이해할 수 있었던 어떤 사람들과도 좀 달랐다. 이 점이 나를 난처하게 했다. 그러나 한편으로 바로 이곳 어딘가에도 존경할 만한 사람이 있으리라는 생각이 들었다. 아마 피에트하를 예로 들 수 있을 것 같다. 우리는 저녁마다 그의 '도브라 노츠'라는 저녁 인사와 함께 잠들고 아침에는 '도브레 라노'라는 말과 함께 잠에서 깬다. 누구도 시비 걸지 못할 깔끔한 방 청소, 막대기에 매단 걸레를 이용한 바닥 청소, 매일매일 하는 석탄 조달, 난방, 음식 배급, 배급에 필요한 그릇과 수저 설거지, 그 밖에 필요에 따라 하는 환자 이송 그리고 이것 말고 무슨 일이 더 있는지 누가 알겠는가? 아무튼 모든 일이 그의 손을 거친다. 그는 말이 많지는 않지만 미소나 남을 도우려는 마음은 한결같다. 한마디로 그는 중요한 관리나 방에서 존경받는 사람이 아니다. 완장에 쓰인 대로 그저 환자들을 도와주는 간호인일 뿐이다.

아니면 이곳에 있는 의사를 들 수 있다. 이미 드러난 대로 얼굴 피부가 벗겨진 것 같은 사람이 여기 의사이다. 그것도 수석 의사이다. 그의 방문, 그러니까 회진은 아침마다 똑같이 이루어지는 결코 바뀌지 않는 의식이다. 방을 정리하고 커피를 마신 후 피에트하가 그릇을 놔두는, 담요로 만든 커튼 뒤로 그릇들을 옮기면 복도에서 이미 익숙해진 구둣발 소리가 들려온다. 다음 순간에 힘 있는 손이 문을 구석까지 활짝 열어젖히고 그다음에는 '구텐 모르겐'이라는 인사가 들려야 하겠지만 실제로는 음을 길게 늘여 기껏해야 '모오근'이라는 목에서 나는 소리만 들리면서 곧 의사가 들어선다. 왜인지는 모르겠지만 우리가 그의 인사에 답하는 것은 적절치 않다는 생각이 들었다. 그 역시 기대하는 것 같지 않았다. 피에트하만이 미소를 지으며 모자를 벗고 존경을 표하며 그를 맞이했다. 하지만 오랫동안 여러 차례 지켜보니 그 존경의 표현이 일반적으로 우리가 지위 높은 상사에게 하는 것 같지는 않았고 오히려 자신의 주관과 자유 의지에 따라 단순히 존경을 표하는 것 같았다. 잠시 후 의사가 엄격하고 깊은 생각에 잠긴 얼굴로 마치 진짜 병력 차트를 살피듯 피에트하가 하얀색 책상 위에 미리 정리해 놓은 차트를 하나씩 들고 살펴본다. 만약 실제 병원이라면 환자들의 상태에 대한 것보다 중요하고 당연한 질문은 없을 것이다. 다음으로 의사가 어떤 환자에게는 이렇게 다른 환자에게는 저렇게 말하는데, 좀 더 정확히 말하면 그는 두 가지 말밖에 하지 않는다. 예를 들어 그는 차트의 이름을 읽는다.

"케비슈…… 다음은 뭐야? 아, 케비슈테르시로군!"

곧 알게 된 사실이지만 앞서 아침 인사를 할 때 답변을 해서는 안 되는 것처럼 이때도 어떤 대답을 함으로써 우리가 이곳에 있음을 증명해서는 안 되었다.

"이 환자는 오늘 나온다!"

의사가 이렇게 얘기할 수도 있는데 이 말의 의미는(시간이 흐른 후에 알게 된 사실이지만) 해당 환자는 오전에 가능하다면 직접 걸어서 불가능하다면 피에트하 어깨에 업혀서라도 무조건 칼과 가위와 종이 붕대가 있는 자기에게 오라는 것이었다. 그는 우리가 있는 복도에서 10미터에서 15미터 정도 떨어진 첫 번째 진료소에 있었다. 그는 차이츠의 의사와 달리 내게 동의도 구하지 않고 이상하게 생긴 가위로 엉덩이 부분 두 곳을 절개했는데 아무리 소리를 질러 봐야 전혀 신경 쓰지 않는 것 같았다. 그 후 그는 상처를 눌러 고름을 짜내고 상처 안을 거즈로 채운 후 마지막으로 연고를 아껴 가며 조금 발라 줬다. 의심의 여지 없이 전문 지식을 가졌음을 알게 되었다.

"이 환자는 오늘 집에 간다!"

이것은 의사가 할 가능성이 있는 두 번째 말이다. 이 환자는 이미 완치된 것으로 본다는 의미로 당연히 집, 그러니까 이전에 있던 막사로 돌아가 근로대에서 일을 하게 된다는 뜻이다.

다음 날에도 모든 것이 똑같이 진행되는데 피에트하와 우리 환자들도 똑같은 질서와 규칙에 따라 행동한다. 게다가 시설물 역시 매일 변함없이 같은 일을 반복하고 확인하고 연습하고 증명하는 일에 참여하고 중요한 역할을 하는 듯 보였다. 물론 우리에게 무엇보다도 당연하고 의심할 수 없는 목표와 일은, 의사는 치료를 하는 것이고 우리 환자들은 빨리 치료받고 회복해 집으로 돌아가는 것이었다.

나중에 나는 그에 대해 더 많은 것들을 알게 되었다. 진료실에는 환자들이 많았는데 그 가운데는 처음 본 사람들도 있었다. 이럴 때면 피에트하가 어깨에 메고 있던 나를 옆쪽에 있는 긴 의자에 내려놓고 의사가 부를 때까지 기다려야 했다. 예를 들어 의사는 기분 좋게 재촉하며 부르곤 했다.

"이리 와, 이리! 어서어서!"

의사는 친절했지만 내 귀를 붙들고 잡아당긴 후 단번에 수술대 위에 올려놓는 행동은 별로 유쾌하지 않았다. 한번은 환자들이 몰려든 적이 있었다. 환자들을 데려가고 데려왔고 직접 걸어오는 환자들도 있었다. 진료실에서 다른 의사들과 간호인들도 일하고 있었다. 이럴 때면 직급이 낮은 다른 의사가 중간에 있는 수술대와 좀 떨어진 옆쪽에서 간단하게 치료하는 경우도 있었다. 나는 흰머리에 키가 작고 맹금류의 부리 같은 코를 가졌으며 역시 아무것도 없는 붉은색 삼각형과 두세 자리 숫자는 아니지만 그래도 상당한 특권층에 속하는 천 자리 숫자를 달고 있는 의사 한 명과 알게 되었다. 아니, 친해졌다고 말할 수 있을 것 같다. 그가 말하길 우리 의사는 강제 수용소에 벌써 십이 년째 있다고 했다.(이 사실은 나중에 피에트하도 확인해 주었다.) 그는 "십이 년째"라고 말하면서 마치 극히 드물고 거의 있을 법하지도 않으며(최소한 내가 보기에는 그렇게 생각하는 것 같았다.) 또 당장 실행 불가능한 일을 대하는 얼굴로 조용히 고개를 끄덕였다. 내가 그에게 물었다.

"그런데 선생님은요?"

그러자 그가 "어, 나는……." 하며 표정이 바뀌더니 "다 해서 육 년."이라고 말하며 마치 말할 가치도 없이 사소하고 아무것도 아니라는 듯 손사래를 쳤다. 오히려 의사는 내가 몇 살이고 어떻게 해서 집에서 이렇게 멀리 떨어진 곳까지 오게 됐는지 꼬치꼬치 캐물었다. 이렇게 우리의 이야기가 시작되었다. 그가 내게 혹시 뭔가 나쁜 짓을 한 건 아니냐고 물었다. 나는 결코 그런 적이 없다고 했다. 그러자 그러면 도대체 왜 여기에 있느냐고 물었다. 나는 인종이 다르다는 단순한 이유 때문에 오게 됐다고 했다. 그런데 그가 도대체 왜 체포되었는지 캐물었다. 나는 할 수 있는 한 간단하게 잡힌 날 아침과 버스, 세관, 헌병대에서 있어난 일을 얘기해 주었다. 그가 부모님은 내가 잡힌 사실을 모르느냐고 물었고 나는 당연히 모른다고 했다. 그는 이런 일을 한 번도 들어 보지 못한 사람처럼 아연실색하는 것 같았다. 육 년째 세상으로부터 완전히 단절된 채 지내는 것 같았다. 그는 곧 내가 한 얘기를 옆에 있는 다른 의사에게 전했고 그 의사 역시 다른 의사들과 간호인들과 상태가 우리보다 좋아 보이는 다른 환자들에게 전했다. 결국 사람들이 각자 얼굴에 이상한 표정을 지은 채 고개를 저으며 사방에서 나를 쳐다보는 상황이 되었다. 불쌍한 듯 쳐다보는 것 같아 좀 부끄러웠다. 순간적으로 그들에게 뭔가 한마디 해야겠다는 생각이 들었다. 하지만 최소한 그 순간에는 그래야 할 이유를 찾지 못했기 때문에 결국 말하지 않았다. 뭔가가 내가 말하려는 것을 제지했고 갑자기 말할 마음이 사라졌기 때문이다. 내가 보기에 그들은 만족해하는 것 같았고 이런 느낌이 그들에게 기쁨을 주는 것 같았다. 물론 내 생각이 틀렸을 수도 있겠으나 그렇지 않았던 것 같다. 왜냐하면 그 이후에도 두세번 더 그 일에 대해 캐물었는데 어떤 이유나 필요성에 의해 그러한 감정을 느낄 기회나 방법, 구실을 찾는다는 느낌을 받았기 때문이다. 그들의 방법에 대한 무언가를 증명하려는 것 같기도 했다. 그들에게 그럴 능력이 있는지 도대체 누가 알겠는가마는 최소한 나에게는 그렇게 보였다. 그 후 사람들이 나를 유심히 쳐다보았다. 그럴 때면 나는 놀라서 혹시 우리 말고 누군가가 바라보고 있는 건 아닌지 두리번거리곤 했다. 하지만 보이는 것이라곤 침울한 이마와 찡그린 눈과 앙다문 입술뿐이었다. 마치 갑자기 무언가가 떠올라 직접 눈으로 확인하는 것 같았다. 그 무언가란 곧 그들이 여기에 있는 이유가 아닐까 하는 생각이 들었다.

그다음으로는 방문자들을 들 수 있다. 나는 그들을 바라보며 그들이 도대체 왜 오는지 관찰도 하고 그 이유를 찾아보려 했다. 가장 먼저 알게 된 사실은 그들은 대부분 저녁 무렵에, 그것도 거의 같은 시간대에 방문한다는 것이었다. 이러한 사실로 볼 때 대수용소인 이곳 부헨발트에서도 차이츠에서처럼 한 시간 정도의 자유 시간이 주어지는 것 같았다. 이곳에서도 근로대의 도착과 저녁 점호 사이에 자유 시간이 주어지는 것이 틀림없었다. P 자를 단 사람들이 가장 많았지만 J, R, T, F, N 자를 단 사람들도 있고 심지어 No 자를 단 사람들도 있었다. 또 다른 글자를 단 사람들이 있는지 누가 알겠는가? 아무튼 나는 흥미로운 것들을 많이 경험했고 그들로부터 새로운 것들도 많이 배웠다. 이렇게 해서 이곳의 환경과 조건, 사회생활에 대한 좀 더 정확한 통찰력을 갖게 되었다. 부헨발트에 온 지 오래된 죄수들은 다소 멋있고 얼굴이 통통했으며 움직임과 걸음걸이가 민첩하고 머리도 기르고 다녔다. 피에트하의 경우처럼 줄무늬 죄수복도 일을 할 때만 입었다. 피에트하는 저녁에 빵을 나누어 준 후(일반적으로 3분의 1이나 4분의 1덩어리를 주었는데 덤으로 뭔가를 줄 때도 있고 주지 않을 때도 있었다.) 예를 들어 외출할 때면 그 역시 셔츠와 스웨터를 입었는데 우리 환자들 앞에서는 감정을 감추려는 듯 보였지만 그럼에도 그의 얼굴과 행동에는 즐거워하는 모습이 역력했다. 그는 희미한 줄무늬가 있는 멋진 갈색 옷을 한 벌로 입었는데 등 중간 부분을 조금 잘라 내고 죄수복 옷감을 이용해 사각형으로 기운 부분이 있었으며 바지 양옆에는 지워지지 않는 붉은 유성 물감으로 긴 줄이 하나씩 그어져 있었다. 가슴과 바지 왼쪽에 있는 삼각형과 죄수 번호가 흠이라면 흠이었다. 그가 손님을 맞이할 때면 많은 불편과 시련이 뒤따르곤 했다. 시설 때문이었는데 운 나쁘게도 어찌 된 일인지 내 침대 발치에 전기 콘센트가 있었다. 이럴 때면 나는 나 자신에 집중하거나 새하얀 천장과 램프의 법랑 갓을 응시하거나 생각에 몰두하려 노력했다. 그럼에도 피에트하가 코펠과 개인 소유의 전기 포트를 가지고 웅크리고 앉아 있는 것이 신경에 거슬렸다. 마가린이 끓으며 지글거리는 소리를 듣고 그 속에서 튀겨지는 파 줄기와 감자 조각, 경우에 따라서 소시지 조각들에서 피어오르는 향기를 맡아야 했다. 어떤 때는 조용하게 푹푹거리며 독특한 소리를 내다가 갑자기 지글지글거리는 소리에 신경이 쓰이는데 (이럴 때면 고개를 돌려 휘둥그레진 눈으로 당황해하며 한참 바라본다.) 안쪽은 노랗고 바깥쪽은 하얀색인 그것은 달걀이었다. 음식이 다 익고 모든 준비를 마치면 손님이 문을 열고 들어온다.

"도브레 베헤르!"

손님이 고개를 끄덕이며 이렇게 상냥하게 인사하며 들어온다. 그 역시 폴란드인이기 때문이다. 이름이 즈비스헤크라고 했는데 어떤 때는 다른 단어와 합성한 건지 애칭인지는 몰라도 즈비스쿠라고도 불렀다. 그 역시 건너편 홀 어딘가에서 간호인으로 일하고 있었다. 그 역시 죄수복을 입지 않고 운동을 하거나 사냥을 할 때 어울림직한 짧은 부츠를 신고 있었다. 물론 그도 등이 기워지고 가슴에 죄수 번호가 있는 암청색 서지 재킷을 입고 있었다. 그 안에는 턱까지 오는 스웨터를 입고 있었다. 그는 키가 크고 체구가 컸으며 어떤 필요성 때문인지 스스로의 판단에 의해서인지는 몰라도 머리를 밀었으며 통통한 얼굴에서는 밝고 처세에 능하고 똑똑하다는 느낌을 받았다. 그는 전반적으로 호의적이고 호감이 가는 사람이라는 생각이 들었다. 하지만 그럼에도 개인적으로는 피에트하와 그를 바꾸고 싶지 않았다. 그들은 뒤쪽에 있는 큰 탁자에 앉아 저녁을 먹으며 얘기를 나누었다. 그럴 때면 방에 있는 몇몇 폴란드인도 조용히 한두 마디 거들곤 했다. 또 그들은 농담을 주고받거나 식탁 위에 팔꿈치를 대고 팔씨름을 하기도 했는데 그럴 때면 방 안에 있는 모든 사람이 무척 재미있어했다. 나 역시 마찬가지였다. 보기에는 즈비스헤크가 강해 보였지만 실제로는 대부분 피에트하가 이겼다. 그들은 장점과 단점, 기쁨과 근심 등 모든 일과 문제를 함께 나누었으며 심지어 소유물과 음식까지 나누었다. 그들은 사람들이 말하는 바로 그 친구였던 것이다. 즈비스헤크 외에 다른 사람들도 피에트하에게 들러 서둘러 몇 마디씩 나누었는데 어떤 때는 어떤 물건을 급히 주고받았다. 물론 그것이 무엇인지는 한 번도 본 적이 없지만 짐작할 수 있을 것 같았다. 나는 쉽게 알 수 있었다. 그들은 다시 누워 있는 한두 환자에게 잽싸게 거의 숨어들듯 은밀하게 다가갔다. 일 분 정도 환자 침대에 앉아 물건들을 서툴게 싼 종이 꾸러미를 겸손하게 또 어찌 보면 점잔 떨며 침대 위에 올려놓았다. 그들은 잠시 후 상태는 호전되고 있는지 다른 문제는 없는지 묻는 것 같았다.(속삭임이 들리지는 않았지만 들렸어도 이해하지 못했을 것이다.) 또 밖에서는 일이 어떻게 진행되는지 알려 주는 것 같았고 이 사람 저 사람의 안부를 전하고 건강이 어떤지도 알려 주는 것 같았으며 그의 안부도 다른 사람들에게 전하겠다고 확신시키는 것 같았다. 어느덧 시간이 다 됐다는 생각이 들었는지 환자의 팔과 어깨를 토닥이며 조만간 또 올 테니 걱정하지 말라고 말하는 듯했다. 잠시 후 그들은 대부분 만족스러운 표정으로 역시 서둘러 빠져나갔다. 결국 그들이 방문한다고 어떤 결과나 이익이나 구체적인 이득은 없는 듯 보였다. 그들은 다른 어떤 목적도 없이 단지 환자를 만나 몇 마디 나누려고 방문하는 듯했다. 잘은 모르겠으나 서두르는 모습에서 그들이 분명히 금지된 행동을 하고 있음을 알 수 있었다. 아마 잠깐이라는 조건으로 피에트하가 봐줘서 이루어지는 것 같았다. 나는 뭔가 의심스러웠고 이런 일이 지속적으로 이루어지자 이 일 자체가 위험하고 억지를 부리는 것이며 일종의 반항에 해당한다고 솔직히 말해 주려 했다. 빠르게 사라지는 사람들의 표정에서 뭐라고 규정하기는 어렵지만 마치 어떤 반항에 성공했다는 듯한 밝은 모습을 읽을 수 있었다. 이로써 어떤 하나의 질서와 일상의 단조로움과 약간의 본성 자체에 어느 정도 변화를 유도하고 구멍을 내고 조그마한 문제를 제기하는 데 성공했다는 듯 말이다. 최소한 나는 그렇게 생각했다. 한편 나는 나와 좀 떨어져 있는 반대편 칸막이 벽 옆에 누워 있는 한 환자의 침대 곁에 있던 이상한 사람들을 보았다. 그 환자는 오전에 피에트하가 어깨에 메고 들어왔는데 주변이 상당히 분주했다. 내가 보기에 상태가 상당히 심각한 것 같았다. 듣기로는 러시아인이라고 했다. 저녁에는 방문객들이 거의 방의 절반을 차지했다. 많은 사람의 옷에 R 자 표시가 있었는데 다른 글자들도 보였다. 그들은 털모자를 쓰고 솜을 기워 만든 바지를 입은 좀 이상한 사람들이었다. 한 부류의 사람들은 중간을 중심으로 반쪽 머리카락은 기르고 다른 반쪽 머리는 빡빡 밀었고 또 다른 부류의 사람들은 정상적으로 머리를 길렀지만 이마부터 양쪽 목덜미까지 정확히 이발 기계 넓이만큼 기계로 밀었다. 외투에는 일반적으로 볼 수 있는 천을 기운 자국이 있고 붉은색 X 자 선도 보였는데 잘못 쓴 글자나 숫자나 기호를 지울 때 쓰는 것과 비슷했다. 등 쪽에는 커다란 붉은색 원이 있고 그 안에는 멀리서도 보일 만큼 커다란 붉은 점이 있었는데 유사시에 그들을 향해 쏘라고 유혹하는 표적 같았다. 그들은 서 있다 왔다 갔다 하다 조용히 뭔가를 깊이 생각하기도 했다. 어떤 사람은 허리를 숙여 베개를 정리했고 다른 사람은 환자의 말 한마디와 시선 하나에 집중하고 있었다. 그때 노란색 물건이 반짝거리는 것이 보이더니 피에트하의 도움으로 칼과 금속 그릇도 등장했다. 잠시 후 놋쇠 그릇에 액체가 떨어지는 것이 보였다. 내 눈을 의심할 수밖에 없었지만 내가 보고 있는 것이 다름 아닌 레몬이라는 것을 코가 증명해 주었다. 다시 문이 열렸다. 나는 깜짝 놀랐다. 의사가 급히 들어왔기 때문이다. 나는 의사가 이런 시간에 들어오는 것을 한 번도 보지 못했다. 사람들이 의사에게 길을 열어 주었고 의사가 환자를 향해 허리를 숙이고 진찰한 후 뭔가를 만지작거렸다. 아주 짧은 시간이었다. 그러고는 다시 가 버렸다. 불만스럽고 엄하고 사나운 얼굴로 어느 누구에게도 말을 걸거나 눈길을 주지 않았다. 내가 보기에는 오히려 자기에게 쏠린 시선을 피하고 싶어 하는 것 같았다. 잠시 후 방문자들이 이상하리만치 조용해졌다. 한 명 두 명 무리에서 떨어져 침대 곁으로 다가가 죽은 환자를 향해 허리를 굽힌 후 왔을 때처럼 한두 명씩 돌아갔다. 그들은 절망스럽고 기력이 빠지고 지친 모습이었다. 그 순간 나 역시 그들에게 연민이 느껴졌다. 그들이 근거도 없이 노심초사하며 품었던 희망과 은밀하게 돌보며 품어 왔던 믿음이 영원히 사라져 버린 현장을 지켜봐야 했기 때문이다. 잠시 후 피에트하가 아주 조심스럽게 시신을 어깨에 둘러메더니 어딘가로 데려갔다.

마지막으로 나를 도와준 사람의 예가 더 있다. 나는 세면실에서 그와 만났다. 복도 끝에서 왼쪽으로 열려 있는 세면실에는 틀고 잠글 수 있는 수도꼭지와 세면대가 있었기 때문에 나는 다른 곳에서는 씻을 생각을 전혀 해 본 적이 없다. 의무 때문은 아니고 단지 경험상 그곳이 더 마음에 들었기 때문이다. 점차 시간이 흐르면서 그곳은 난방이 안 되고 물도 차갑고 수건도 없어 불편하다는 점을 깨닫게 되었다. 그런데 그곳에는 열린 장롱과 비슷한 빨간 휴대용 변소가 있었는데 내부를 누가 관리하고 비우고 청소하는지는 모르겠으나 항상 청결했다. 한번은 내가 볼일을 보고 나가려는 순간 한 사람이 문을 열었다. 멋진 사람이었다. 윤기 나는 검은 머리를 이마 뒤로 빗어 넘겼지만 양쪽 이마 위로 다시 흘러내렸고 얼굴에는 머리가 새까만 사람들에게 볼 수 있는 연한 초록빛이 감돌았다. '간호인'이라고 쓰여 있는 완장이 없고 붉은 삼각형에 체코인을 의미하는 T 자가 쓰여 있지 않았다면 나는 건장한 장년으로 보이는 그의 세련된 외모와 새하얀 외투를 보고 의사라고 착각했을 것이다. 그는 놀랐는지 멈칫했다. 그는 내 얼굴과 셔츠 위로 드러난 목과 갈비뼈와 종아리를 보며 약간 놀란 듯했다. 그가 나에게 뭔가를 물었다. 나는 그동안 폴란드인들의 대화에서 알게 된 대로 "니에 로주멘."이라고 말하며 못 알아듣겠다고 했다. 그러자 그가 독일어로 나에게 누구이며 소속이 어디인지 물었다. 나는 헝가리인이며 6호실 소속이라고 했다. 그러자 그가 집게손가락으로 가리켜 가며 말했다.

"너 여기서 기다려! 잠시 후 돌아올게. 알겠어?"

나는 알겠다고 대답했다. 그러자 그가 어디론가 가더니 다시 돌아왔다. 그는 빵 4분의 1덩어리와 뚜껑이 위로 젖혀진 작고 예쁜 통조림통을 내 손에 쥐여 주었다. 아직 건드리지 않은 분홍빛 다진 고기가 들어 있었다. 고맙다고 인사하려고 고개를 들었지만 그는 이미 나갔고 문이 닫히는 것만 보였다. 나는 방으로 돌아와 피에트하에게 그 사람의 생김새에 대해 몇 마디 말해 보았다. 그러자 그가 우리 방 옆의 7호실 간호인일 거라고 바로 말해 주었다. 이름도 말해 주었다. 바우슈라고 하는 것 같았는데 돌이켜 생각해 보니 보후시라고 했던 것 같다. 어쨌든 새로 온 환자도 나중에 그렇다고 얘기해 줬다. 때때로 환자들이 바뀌었다. 첫날 오후에 내 위층 침대에서 한 명을 데려가더니 피에트하가 곧 한 명을 새로 데려왔다. 그는 나이와 인종 면에서 나와 비슷했는데 나중에 폴란드어를 쓰는 폴란드 소년이라는 사실을 알게 되었다. 피에트하와 즈비스헤크가 그 아이의 이름을 쿠할스키 혹은 쿠하르스키라고 불렀는데 그들은 항상 '하르스키' 부분을 강조해서 불렀다. 그들이 간혹 그 아이에게 농담을 했다. 놀려서 화나게 만들기도 했다. 최소한 빠르게 움직이는 혀와 굵어진 목소리의 화난 어감으로 봐서 격분하는 것 같았다. 소년이 이리저리 버둥거릴 때면 격자 합판 사이로 지푸라기가 내 얼굴 위에 비 오듯 쏟아졌는데 방에서 이 장면을 지켜보던 모든 폴란드인이 정말 즐거워했다. 헝가리 환자가 쓰던 내 옆 침대에도 누군가가 왔다. 그 역시 소년이었다. 처음에는 그가 어떤 아이인지 잘 알 수 없었다. 그는 피에트하와 대화가 통하는 것 같았다. 그럼에도 그동안 폴란드 말을 자주 들어 온 내가 보기에 서서히 그것은 폴란드어가 아니라는 생각이 들었다. 헝가리어로 말을 건넸지만 그는 말이 없었다. 그의 자라나는 붉은 머리카락과 주근깨가 가득한 통통한 얼굴, 모든 것을 재빨리 포착하고 바로 적응하는 듯 보이는 푸른 눈은 뭔가 의심스러워 보였다. 그가 자리를 잡고 정리를 할 때 손목 안쪽에 푸른 표시가 있는 것이 보였다. 아우슈비츠에서 부여하는 번호였는데 백만 자리 숫자였다. 어느 날 오전에 갑자기 문이 열리더니 보후시가 들어왔다. 그는 일주일에 한두 번씩 정기적으로 나를 찾아왔는데 그날도 빵과 고기 통조림을 주기 위해 왔다. 역시 감사 인사를 할 시간도 주지 않았다. 피에트하에게도 고개만 끄덕이더니 바로 나가 버렸다. 그제야 나는 그 아이가 최소한 나만큼 헝가리어를 잘한다는 사실을 알게 되었다. 그가 곧장 헝가리어로 질문했기 때문이다.

"저 사람 누구야?"

내가 옆방 간호인인 바우슈로 알고 있다고 했다. 그러자 그가 "아마 보후시일 거야."라며 정정해 주었다. 그 이름은 체코슬로바키아에서는 아주 흔한 이름이며 자기도 체코슬로바키아에서 왔다고 했다. 그럼 왜 지금까지 헝가리어로 말하지 않았느냐고 물었더니 자기는 헝가리인을 별로 좋아하지 않기 때문이라고 했다. 나는 그의 말이 동의하며 나 역시 전반적으로 헝가리인을 좋아할 만한 이유를 발견하지 못했다고 했다. 그러자 그가 히브리어로 대화하자고 제안했다. 하지만 나는 할 줄 모른다고 고백해야 했고 결국 우리는 헝가리어로 대화하기로 했다. 그가 자기 이름을 말해 주었다. 루이스 아니면 로이스라고 했는데 내가 잘 알아듣지 못했다. 그럼 러이오시로 하자고 했더니 그것은 헝가리 이름이라며 강하게 이의를 제기했다. 자기는 체코인이기 때문에 차이를 둬서 로이스로 불러 달라고 했다. 내가 어떻게 그렇게 여러 언어를 할 줄 아느냐고 물었다. 그러자 자기는 원래 헝가리 북부 지방에 있는 펠비데크 출신이라고 했다. 그런데 헝가리인들을 피해, 그의 말을 빌리면 "헝가리인들의 점령"을 피해 가족들이 친척과 지인들과 함께 단체로 그곳에서 도망쳤다고 했다. 나는 언젠가 헝가리에 있었을 때 펠비데크가 다시 헝가리 땅이 되었음을 알리기 위해 국기를 흔들고 노래를 부르며 하루 종일 기쁨의 축제를 열었던 일이 생각났다. 그는 내가 잘 알아들었는지는 모르겠으나 '테레진'이라는 지역에서 강제 수용소로 오게 됐다고 했다. 그가 내게 틀림없이 테레지엔슈타트를 알고 있을 거라고 했다. 나는 그곳을 전혀 모른다고 했다. 그러자 그는 내가 체펠 섬에 있는 세관 건물에 대해 한 번도 들어 보지 못한 사람을 보고 놀랐던 것처럼 매우 놀라워했다.

"그건 프라하에 있는 게토야."

그가 내게 알려 주었다. 또 그의 말에 따르면 자기는 헝가리어와 체코어, 히브리어와 독일어 외에도 슬로바키아어와 폴란드어, 우크라이나어를 할 수 있으며 필요한 경우에는 러시아어도 할 수 있다고 했다. 그 후로 우리는 서로 친한 친구가 되었다. 그가 궁금해서 내가 보후시와 어떻게 알게 되었는지 말해 주었다. 또 도착 첫날의 경험과 느낌, 예를 들어 방을 보고 든 생각들에 대해 얘기해 줬더니 무척 흥미로워했다. 그가 내 말을 피에트하에게도 통역해 줬는데 피에트하가 나를 보며 크게 웃었다. 나는 헝가리 환자 때문에 놀란 일에 대해서도 얘기했다. 그러자 피에트하는 며칠 전부터 그 환자가 곧 죽을 거라 생각하고 있었는데 아주 우연히 그때 죽음을 맞았다고 얘기해 주었다. 그 밖의 일들에 대해서도 얘기해 주었다. 로이스는 말 첫머리마다 '텐 마차르', 그러니까 '너희 헝가리인은'이라며 말을 시작했는데 좀 당황스러웠다. 그는 이런저런 얘기를 할 때마다 이 단어를 계속 반복해서 사용했는데 내가 보기에 다행히 이 표현이 피에트하에게는 거슬리지 않는 듯했다. 그리고 별다른 생각이 들거나 추측을 한 건 아니지만 그 아이가 눈에 띄게 자주 그리고 항상 오랫동안 밖에 나가 있다는 걸 알아차렸다. 한번은 그가 빵과 통조림통을 가지고(물론 보후시로부터 받은 것이다.) 방으로 돌아왔는데 깜짝 놀랐다. 사실 그럴 만한 이유도 없었는데 말이다. 로이스 역시 내가 그랬던 것처럼 우연히 세면실에서 보후시와 마주쳤다고 했다. 보후시는 나를 불러 세웠던 것처럼 로이스를 불러 세웠고 그 이후 내게 일어난 일과 똑같은 일이 로이스에게도 일어났다. 차이점이라면 로이스는 보후시와 대화를 할 수 있다는 점이었다. 나중에 그들은 고향이 같다는 것이 밝혀졌는데 그 사실 때문에 보후시가 무척 기뻐했다. 그 아이는 그것이 당연한 일이라고 했는데 내가 생각해도 그랬다. 곰곰이 생각해 보니 이 모든 것은 이해할 수 있고 명확하고 수긍할 수 있는 일이라는 생각이 들었다. 나 역시 그 아이와 같은 생각이었다. 최소한 그 아이가 마지막에 짧게 덧붙인 말에서도 그것을 알수 있었다.

"네 사람을 빼앗아서 미안해!"

로이스가 이렇게 말하고 어디론가 가 버렸다. 이 말은 이제까지 나에게 주어지던 것이 앞으로는 그에게 주어진다는 것이며 앞으로는 과거에 그가 나를 바라보던 것처럼 그가 맛있게 먹을 때 내가 그를 바라볼 수 있다는 것이었다. 그런데 그것보다 더 놀라운 일은 로이스가 나가고 일 분도 지나지 않아 문이 열리더니 보후시가 급히 들어왔는데 그것도 나를 향해 곧장 왔던 것이다. 이때부터 그는 우리 둘을 동시에 방문했다. 어떤 때는 각자에게 1인분씩 나누어 주었고 어떤 때는 1인분만 가져왔는데 음식의 여분에 따라 달랐던 것 같다. 그런데 후자의 경우에는 우애 있는 형제처럼 나누어 먹으라고 손짓하는 것을 잊지 않았다. 그는 여전히 항상 바빴고 말로 시간을 낭비하지 않았다. 그의 얼굴에는 항상 바쁘다고 쓰여 있었고 어떤 때는 근심이 가득했는데 그럴 때면 거의 격분하거나 잔뜩 화가 난 표정을 읽을 수 있었다. 두 가지 근심의 짐, 그러니까 이중의 의무가 그의 어깨를 짓누르는 듯했다. 그는 한번 자신에게 맡겨진 일은 끝까지 책임지는 사람 같았는데 그렇다보니 그것 말고 다른 일은 할 수도 없는 것 같았다. 그가 이렇게 하는 이유는 이것을 통해서만 즐거움을 얻을 수 있기 때문으로 보였다. 어떤 면에서는 이것이 그에게 필요했던 것이다. 말하자면 이것이 그의 방식이었던 것 같다. 특히 이렇게 구하기 어려운 물건의 가치와 가격을 고려할 때 아무리 살피고 이리저리 곰곰이 생각해 봐도 다른 이유는 전혀 발견하지 못했기 때문이다. 그제야 비로소 이 사람들에 대해 최소한 대략이나마 이해할 수 있었던 것 같다. 나의 모든 경험을 동원해서 연결해 볼 때 의심의 여지가 없었기 때문이다. 다른 관점에서 보아도 마찬가지였다. 결국 그의 이러한 행동은 일종의 고집이었다는 것을 나는 잘 안다. 아무튼 그것은 정말 완벽하고 그때까지 내가 경험한 가장 성공적이고 특히 나에게 있어서는 두말할 필요도 없이 가장 유용한 고집이었다는 것을 알게 되었다. 그것은 논쟁의 여지가 없었다.

사람은 시간이 흐르면 아주 놀랄 만한 일에도 익숙해지는 것 같다. 아침에 의사의 지시가 있을 때면 나는 이제 혼자 걸어서 진찰실로 갈 수 있게 되었다. 셔츠 위에 담요를 뒤집어쓰고 맨발로 갔다. 얼얼한 공기에서 온갖 익숙한 냄새들 사이로 뭔가 새로운 냄새가 와 닿았다. 상당한 시간이 흘렀다는 점을 감안할 때 새싹이 움트는 봄 냄새가 틀림없었다. 돌아오는 길에 철조망 건너편 회색 막사 안에서 죄수복을 입은 몇 사람이 트럭에 연결할 수 있는 고무 타이어가 달린 커다란 트레일러를 끌고 나오는 것이 보였다. 가득 찬 짐 사이로 언 채 삐져나와 있는 몇 개의 손발과 바짝 마른 신체 부위들이 보였다. 나는 체온이 떨어지지 않도록 두른 담요를 바짝 잡아당겼다. 그리고 할 수 있는 한 빨리 따뜻한 방으로 가서 예의상 발을 씻고 이불 속으로 들어가 침대에 둥지를 틀기 위해 쩔뚝거리며 열심히 걸어갔다. 나는 옆에 있는 환자와 얘기를 나누고 (얼마 후 로이스는 막사로 돌아가고 좀 더 나이 든 폴란드 남자가 로이스 자리로 왔다.) 눈에 띄는 것들을 둘러보고 스피커에서 전달되는 명령을 들었다. 나는 스피커와 어느 정도의 상상력만으로도 무슨 일이 벌어지고 앞으로 무슨 일이 일어날지 다 알 수 있었다. 예를 들어 수용소의 모든 색깔과 맛과 냄새와 오고 가는 사람들, 움직임, 새벽부터 늦은 밤까지 일어나는 크고 작은 일들과 그 이상까지 나는 마법을 부리듯 다 알 수 있었다. 하루에도 여러 번씩 "이발사들은 목욕탕으로, 이발사들은 목욕탕으로."라는 말이 스피커에서 들려왔고 그 횟수가 점점 늘어났는데 이것으로 보아 새 운반 차량이 도착했음이 확실했다. 이 말과 함께 스피커에서 수도 없이 들리는 소리가 "시체 운반자들은 문으로."였다. 또 어떤 보급품을 요청하면 그것을 통해 운반품의 종류와 질을 추정할 수 있었다. 이때 창고 근로자들이 급히 옷 창고로 뛰어간다는 것도 알 수 있었다. 시체 운반자가 두 명이나 네 명이 필요할 경우 "들것 한 개" 혹은 "들것 두 개 즉시 문으로!"라고 하는데 이 말을 통해 어딘가에서 일을 하다가 혹은 지하실이나 다락이나 또 알 수 없는 어딘가에서 심문을 당하다가 사고가 발생했음을 확실히 알 수 있다. 감자 껍질을 벗기는 근로대의 경우 주간조뿐 아니라 야간조도 있다는 사실과 그 밖의 다른 일도 많이 알게 되었다. 오후가 되면 항상 같은 시간에 수수께끼 같은 말이 들려왔는데 처음에는 그 뜻을 몰라 골머리를 앓았다.

"엘라 츠보, 엘라 츠보, 아우프마르시렌 라센!"

이것은 의외로 간단한 말이었지만 곧 장엄하고 끝없이 이어지는 무거운 침묵과 "탈모!", "착모!" 하고 들리는 명령과 찍찍거리며 들리는 날카로운 음악 소리를 통해 수용소 밖에서 점호 중이라는 사실을 알게 되기까지 꽤 오랜 시간이 필요했다. 이렇게 해서 "아우프마르시렌 라센!"은 정렬시키라는 의미이고 '츠보'는 2를 의미하며 '엘라'는 LÄ, 즉 Lagerältester의 줄임말로 수용소 반장을 의미했다. 이 말에 따르면 부헨발트에는 제1수용소 반장과 제2수용소 반장 두 명이 있음을 알 수 있었다. 이 수용소에 이미 9만 번대 번호를 부여하고 있다는 사실을 고려하면 이것은 그리 놀랄 일도 아니었다. 서서히 우리 방도 조용해진다. 즈비스헤크가 방문했다 해도 이미 돌아갔을 시간이다. 피에트하는 마지막으로 방을 한번 쭉 둘러본 후 늘 그러듯 '도브라 노츠'라는 저녁 인사와 함께 소등한다. 침대에 쭉 펴고 누워 상처를 편하게 드러내 놓고 이불을 귀까지 덮으면 이때가 가장 편하다. 근심 걱정이 사라지고 스르르 잠이 온다. 더 이상 바랄 것이 없다. 나는 강제 수용소에서 그 이상은 바랄 수 없다는 점을 잘 안다.

나는 두 가지 일 때문에 약간 불안했다. 첫째는 두 곳에 있는 상처 때문이었다. 이 점에 대해서는 누구도 시비를 걸 수 없었다. 상처 부분은 아직 화끈거리고 아직 속살이 드러나 있었지만 상처 바깥 부분에는 새살이 돋아나고 여기저기에 갈색 딱지가 생기기 시작했다. 이제 의사는 상처 부위에 거즈도 대 주지 않고 치료받으러 오라고 부르는 일도 거의 없었다. 혹시 치료받으러 가더라도 불안해하며 치료를 빨리 끝냈고 그의 얼굴에서는 불안해하면서도 나름대로 만족하는 듯한 표정을 읽을 수 있었다. 다른 한 가지는 의심할 바 없이 기본적으로 즐거워해야 할 일이기도 하다. 나는 그것을 부정하지 않는다. 피에트하와 즈비스헤크가 갑자기 대화를 멈추고 먼 곳을 바라보며 동시에 손가락을 들어 우리뿐만 아니라 나머지 사람들에게도 조용히 하라고 주의를 준다. 멀리서 희미하게 들려오는 꽝 소리와 멀리서 목이 찢어져라 개가 짖는 소리 같은 것도 들을 수 있었다. 칸막이 건너편 보후시네 방으로 짐작되는 곳에서 소등 후에 시작된 활기찬 대화 소리가 들려왔다. 수차례 들리는 사이렌 소리도 이제는 일상적인 하루의 일부가 되었다. 밤에 스피커에서 들리는 지시 소리에 잠이 깨는 일도 이젠 익숙해졌다.

"화장터 소등!"

일 분쯤 지나면 이제 격하게 화를 내는 소리가 스피커에서 들려온다.

"화장터! 당장 소등해!"

불필요한 불빛 때문에 비행기들이 몰려드는 것을 원치 않는 것 같았다. 이발사들은 이제 언제 자는지도 모르겠다. 이제는 새로 도착한 죄수들이 목욕실로 들어가려면 그 앞에서 이틀이나 사흘 동안 알몸으로 서 있어야 한다고 들었다. 시체 처리반의 일 역시 끊임없이 밀려드는 소리가 들렸다. 우리 방에도 더 이상 빈 침대가 없다. 지금까지 흔했던 궤양이나 수술 상처 외에 나는 건너편 침대에 있는 한 헝가리 소년에게 처음으로 총상에 대한 얘기를 들었다. 내가 잘 들었는지 모르겠으나 '오르드루프'라는 지방에 있는 수용소에서 적군인 미군을 피해 오다가 총상을 입었다고 했다. 얘기를 들으니 그 수용소는 차이츠 수용소와 대략 비슷한 것 같았다. 사실은 지쳐서 행렬에서 이탈한 자기 옆에 있던 사람을 향해 총알이 날아왔는데 그때 자기도 다리에 총상을 입었다고 했다. 그는 뼈를 다치지 않은 것만 해도 다행이라고 덧붙였다. 순간 나에게는 그런 행운이 따르지 않으리라는 생각이 들었다. 틀림없이 내 발 어딘가에 그것도 뼈에 맞을 거라는 생각이 들었다. 이런 얘기는 계속 해 봐야 아무 소용이 없을 것 같다. 곧 그는 가을부터 강제 수용소에 있고 그의 번호는 8만 번대인 것을 알게 되었다. 우리 방에서는 그리 높은 번호가 아니었다. 한마디로 나는 다가오는 변화, 불편, 혼돈, 혼란, 근심 그리고 여러 문제들에 대한 소식과 낌새를 사방에서 접하고 있었다. 한번은 피에트하가 손에 종이를 들고 침대를 쭉 돌며 나를 비롯한 모든 환자에게 걸을 수 있는지 물었다. 내가 대답했다.

"아니요, 저는 걸을 수 없어요."

그러자 그가 말했다.

"아니, 넌 할 수 있어."

그러고는 방에 있는 모든 환자들의 이름과 내 이름도 적었다. 쿠하르스키의 이름도 있었다. 그에게는 언젠가 진찰실에서 봤을 때와 마찬가지로 벌린 입 크기의 수술 자국이 빼곡했고 두 다리는 모두 부어 있었다. 어느 날 저녁에는 빵을 조금씩 뜯어 먹고 있는데 스피커에서 소리가 들렸다.

"수용소 전체 유대인 즉시 집합!"

소리가 너무 무섭게 울려 나는 침대에서 곧바로 일어났다.

"왜 그래?"

피에트하가 호기심 어린 얼굴로 물었다. 나는 스피커를 가리켰다. 하지만 그는 예전처럼 미소를 지으며 두 손으로 급할 것 없으니 다시 누우라고 손짓했다. 그런데 이 긴장감과 허둥댐은 대체 뭘까? 스피커에서는 밤새도록 소리가 나오다가 찌지직거리다가 다시 말소리가 나온다. 수용소 방어대 소속의 곤봉을 든 대원들에게 즉시 작전을 개시하라고 지시한다. 그런데 그 대원들의 작전에 만족하지 못하는 것 같았다. 수용소 죄수 가운데 가장 막강한 권력을 가진 수용소 총반장과 수용소 방어대 감독에게 정문으로 가라고 지시했기 때문이다.

"뛰어!"

나는 전율했다.

어떤 때는 스피커에서 질문과 비난으로 가득한 소리만 들려오기도 했다.

"총반장! 집결시켜! 총반장! 유대인들은 어디 있어?"

스피커에서는 점점 다그쳐 묻고 부르고 명령하고 탁탁거리는 소리와 찍찍거리는 소리만 들릴 뿐이었다. 피에트하가 화를 내며 욕을 했다.

"씨팔놈!"

나는 그 일은 그가 알아서 할 거라고 생각하며 그에게 맡기고 조용히 다시 누웠다. 그날 저녁에는 더 이상 소리가 들리지 않았는데 다음 날 또다시 스피커에서 소리가 들려왔다.

"총반장! 수용소 전원, 정렬!"

잠시 후 오토바이 소리, 개 짖는 소리, 총소리, 곤봉으로 내리치는 소리, 달려가는 발소리 그리고 발자국이 날 정도로 육중한 군화 소리가 들렸다. 이 소리들이 갑자기 조용해질 때까지 군인들은 자기들 마음대로 뭐든지 할 수 있다는 점과 반항의 결과가 무엇인지를 똑똑히 보여 주었다. 잠시 후 의사가 불쑥 들어왔다. 회진이 시작되었다. 마치 밖에 아무 일도 없다는 듯 평소와 똑같이 아침 회진이 시작되었다. 그런데 의사는 평소처럼 차가워 보이거나 세련돼 보이지 않았다. 얼굴은 찡그리고 의사 가운은 녹물 자국으로 더러웠다. 핏줄이 선 눈의 무거운 시선이 연구라도 하듯 주변을 쭉 둘러보았다. 빈 침대를 찾고 있는 것이 분명했다. 그가 피에트하에게 물었다.

"그 사람 어디 있나? 여기에 상처 있는 소년 말이야!"

의사가 자기 종아리와 엉덩이를 대충 가리키며 한 사람 한 사람의 얼굴을 쭉 살폈다. 갑자기 그의 시선이 나에게 머물렀다. 하지만 나를 알아보지 못한 것이 확실했다. 다시 피에트하를 바라보기 위해 나에게서 시선을 돌렸기 때문이다. 그가 질문에 대한 답을 기다리고 재촉하고 요구하며 대답이 피에트하의 의무인 양 피에트하를 쳐다보았다. 나는 아무 말도 하지 않았지만 마음속으로는 일어나 웃옷을 입고 혼란의 중심으로 나아갈 준비를 하고 있었다. 그런데 그 순간에 나는 깜짝 놀라 피에트하를 바라보았다. 피에트하가 도대체 의사가 어느 환자를 생각하고 얘기하는지 몰라 당황하다가(얼굴에 그렇게 쓰여 있었다.) 갑자기 알겠다는 듯 "아하!" 하고 소리를 내더니 손을 펴 총 맞은 소년을 가리켰기 때문이다. 그러자 의사는 그가 찾고 있던 환자가 맞고 고민하던 문제도 해결됐다는 듯 표정이 밝아졌다.

"저 아이는 바로 집으로 간다!"

의사가 바로 지시를 내렸다. 그때 아직까지 방에서 한 번도 보지 못한 아주 특이하고 보기 드문, 말하자면 상황에 어울리지 않는 사건을 보게 되었다. 나는 부끄럽기도 하고 난처하기도 했다. 총에 맞은 소년이 침대에서 벌떡 일어나 마치 기도하기 위해 준비하는 사람처럼 두 손을 모았다. 의사가 놀라 뒤로 물러나며 순간적으로 일어난 일에 어리둥절해하자 소년이 바로 앞으로 다가가 무릎을 꿇고 두 손으로 의사의 다리를 붙잡아 감싸 안았다. 그러자 의사의 손이 번뜩이며 소년의 귀싸대기를 때리는 것이 보였다. 그의 말을 정확히 알아듣지는 못했지만 화가 난 것만은 확실했다. 그는 앞에 있는 장애물을 무릎으로 밀친 후 당황스럽고 평소보다 상기된 얼굴로 밖으로 나갔다. 얼마 후 빈 침대에 새 환자가 들어왔는데 그 역시 소년이었다. 이미 내 눈에도 익숙한 뭉뚝하고 딱딱한 붕대는 그의 발끝에 발가락이 하나도 없음을 말해 주었다. 얼마 후 피에트하가 바로 내 옆으로 지나가자 내가 조용히 그 혼자 들을 수 있게 말했다.

"피에트하, 고마워요."

그러자 피에트하가 물었다.

"뭐가?"

내가 다시 설명하려 했다.

"아, 그때는, 저번에……."

내가 한 말을 전혀 이해하지 못하겠다는 멍한 표정과 놀라는 모습, 전혀 모르겠다는 듯 고개를 가로젓는 모습에서 내가 말을 꺼낼 시간과 장소를 잘못 잡았다는 생각이 들었다. 또 어떤 일들은 지금 보듯 순전히 우리끼리만 처리해야 한다는 생각도 들었다. 어쨌든 모든 것은 공정한 규칙과 방법에 따라 진행되었다. 최소한 내가 보기에는 그랬다. 내가 이곳에 더 오래 있기는 했지만 그 소년은 나보다 힘이 셌기 때문이다. 따라서 그는 밖에 나가더라도 더 많은 기회가 있을 것이며 살아가는 데 전혀 문제가 없으리라는 생각이 들었다. 이렇게 다른 사람의 경우는 나와는 다르다고 생각하니 그 상황을 좀 더 쉽게 넘길 수 있었다. 처한 상황을 바라보고 깊이 생각하고 또 피하기 위해 나는 이러한 결과를 추론하고 이러한 교훈을 얻을 수밖에 없었다. 하지만 총에 맞는다면 나의 이러한 고민이 무슨 의미가 있겠는가? 실제로 이틀 전에 유리창이 깨지고 빗나간 총알이 반대편 벽에 박힌 일이 있었다. 그런데 같은 날 수상한 사람들이 피에트하에게 급히 한마디씩 하며 계속 들어왔다. 피에트하 역시 자주 그리고 어떤 때는 한참 동안 어딘가로 사라졌다. 저녁이 되자 뭔가 돌돌 만 긴 짐을 겨드랑이 밑에 세우고 방으로 돌아왔다. 처음에는 그것이 침대 시트라고 생각했다. 하지만 아니었다. 손잡이가 있었기 때문이다. 하얀색 깃발 같았다. 중간 부분이 잘 말려 있고 끝부분이 앞으로 튀어나와 있었다. 나는 아직까지 죄수들이 이런 물건을 들고 있는 것을 보지 못했다. 피에트하는 그 물건을 자기 침대 밑에 넣어 두기 전에 모두에게 보여 주고 원하는 사람은 잠깐씩 볼 수 있도록 허락했다. 그러자 방 전체가 술렁였고 쉿 소리와 소곤거리는 소리가 들려왔다. 피에트하는 미소를 지으며 마치 크리스마스트리 밑에 있던 오래전부터 기다린 선물을 받아 든 것처럼 그 물건을 가슴에 꼭 끌어안았다. 갈색 나무로 된 부품이 보이고 그 안쪽에 짧고 푸른색이 반짝이는 강철 부분이 튀어나와 있었는데 총신이 잘린 카빈총이었다. 그 총 이름이 바로 생각났는데 언젠가 오래전에 강도들과 형사들에 관한, 내가 아주 좋아하는 소설에서 읽은 적이 있었기 때문이다.

다음 날에도 분주했던 것 같다. 하지만 매일 어떤 일이 있었는지 누가 다 기억하겠는가. 아무튼 내가 말할 수 있는 것은 주방은 마지막까지 정상적으로 운영되었고 의사들도 대부분 정확히 업무를 보았다는 것이다. 그러던 어느 날 아침 커피를 마신 지 얼마 되지 않은 시각에 바삐 움직이는 발소리와 암호처럼 들리는 시끄러운 외침 소리가 들렸다. 그러자 피에트하가 자신의 은신처에서 잽싸게 짐을 꺼내더니 겨드랑이 밑에 숨긴 채 사라졌다. 얼마 지나지 않아 9시쯤 됐을 때 처음으로 죄수들이 아니라 군인들에게 지시하는 말이 스피커에서 흘러나왔다.

"나치 친위대 전 대원은 즉시 수용소를 떠난다!"

이 지시는 두 번 연속해서 내려졌는데 즉시 수용소를 떠나라는 명령이었다. 잠시 후 가까이 들렸다 멀리 들렸다 하는 전투 소리에 귀가 멍하더니 점차 소리가 잦아들었다. 결국 소음이 사라지고 조용해졌다. 너무나 조용했다. 우리는 숨어 엿보며 이미 들렸어야 할 덜커덩거리는 소리와 수프 나르는 사람들의 외침을 기다렸지만 아무 소리도 들리지 않았다. 때가 되어도 또 때가 지나도 소리는 들리지 않았다. 4시쯤 되었을 때 스피커에서 철컥하는 소리와 찍찍거리는 소리, 숨을 헐떡거리는 소리가 들리더니 총반장의 목소리가 들렸다.

"동료 여러분! 총반장입니다. 저는 총반장입니다."

감정에 북받치고 숨이 막히는지 잠시 잠긴 목소리가 나더니 다시 날카로워지며 거의 흐느끼는 소리가 들렸다.

"우리는 자유의 몸이 되었습니다!"

그런데 나는 이때 총반장이 드러내 놓고 이렇게 기뻐하는 걸 보면 그 역시 피에트하, 보후시, 의사 그리고 그들과 비슷한 생각을 가진 사람들과 한 팀일 거라는 생각이 들었다. 잠시 후 그가 짧고 멋진 연설을 한 후에 다른 사람들이 여러 언어로 한마디씩 했다. "아통시옹! 아통시옹!" 하고 들리는 프랑스어 후에 "포조르! 포조르!" 하는 체코어가 들렸고 다음으로 "니마네, 니마네, 루스키 토바르시히 니마네!"라고 외치는 억양을 듣자 정겨웠던 옛 기억이 떠오르면서 처음 이곳에 도착했을 때 목욕실에서 일하는 사람들이 내 주위에서 "우버거, 우버거!" 했던 언어가 생각났다. 이 언어가 들리자 내 옆에 있던 폴란드 환자가 갑자기 흥분해 침대에서 일어나더니 외쳤다.

"폴란드 공산주의 만세!"

그제야 나는 그가 흥분해서 안절부절못하고 하루 종일 이리저리 서성였다는 생각이 들었다. 잠시 후 나는 깜짝 놀랐다. 헝가리어가 들렸기 때문이다.

"주목! 주목! 헝가리수용소위원회는…….”

이런 일이 일어나리라고는 전혀 예측하지 못했다는 생각이 들었다. 하지만 귀를 기울여 봐야 별 소용이 없었다. 앞에서 얘기한 사람들과 마찬가지로 그 역시 자유에 대해서만 언급할 뿐 아직까지 나오지 않는 수프에 대해서는 어떤 암시나 말도 없었기 때문이다. 물론 나 역시 자유의 몸이 된 것이 무척 기뻤다. 하지만 한편으로는 예를 들어 '이런 일이 어제 일어날 수는 없었던 것일까?' 같은 생각이 드는 것은 어쩔 수 없었다. 밖을 보니 4월의 밤은 이미 어두워져 있었다. 피에트하가 흥분으로 빨개진 얼굴로 다시 돌아와서는 알아들을 수도 없는 말을 계속 쏟아 냈다. 그와 동시에 스피커에서 다시 총반장의 목소리가 들려왔다. 그가 감자 껍질을 벗기는 사람들에게 부엌으로 좀 와 달라고 부탁했고 나머지 사람들에게는 매운 구야시 수프[11]를 끓일 예정이니 밤이 늦더라도 자지 말고 기다려 달라고 했다. 그제야 나는 마음이 놓여 베개에 기댔다. 내 속에서 뭔가가 녹아내리는 것 같았다. 나는 자유에 대해 처음으로 진지하게 생각해 보기 시작했다.

---

11) 헝가리의 대표적인 수프로 쇠고기, 양파, 고추 등으로 만드는 육계장과 비슷한 매콤한 음식.

9

나는 집을 떠났을 때와 대략 비슷한 계절에 다시 집으로 돌아왔다. 아무튼 주변 숲은 이미 오래전부터 푸르렀고 시체들을 묻은 커다란 구덩이들 위에는 풀이 돋아나 있었다. 새로운 시대가 시작된 후 식어 버린 수용소의 난로들과 각종 누더기옷, 종이, 통조림통 쓰레기로 가득 찬 채 버려진 점호 장소의 아스팔트가 한여름의 열기로 녹아내리고 있었다. 그때 부헨발트에서 사람들이 나도 길을 떠날 마음이 있느냐고 물었다. 길을 떠날 사람들은 대부분 젊은이들이었다. 귀국 여정과 관련하여 일을 처리해 줄 땅딸막하고 안경을 끼고 머리가 센 헝가리수용소위원회 소속의 한 관리가 우리를 안내해 주었다. 트럭이 한 대 있는데 미군들이 우리를 동쪽으로 어느 정도 데려다줄 것이라고 했다. 그다음부터는 우리가 알아서 해야 한다고 말했다. 그는 자신을 미클로시 아저씨라고 부르라고 했다. 우리가 삶을 지속해 나가야 한다는 말도 덧붙였다. 어차피 우리는 달리 방법이 없었다. 이렇게 된 이상 나는 당연히 그렇게 할 거라고 생각했다. 한두 군데 이상한 곳과 약간 불편한 것을 제외하면 몸은 대체로 건강하다고 할 수 있었다. 그런데 몸의 특정 부위의 살을 꾹 누르면 치즈나 밀랍처럼 생명도 없고 탄력도 없는 물체를 누른 것처럼 한참 동안 오목하게 들어간 자국이 그대로 남아 있었다. 나치 친위대 병원에 있는 아늑한 방에서 처음으로 거울 속의 나를 봤을 때도 나는 좀 놀랐다. 내 기억 속에 있는 예전의 내 모습이 아니었기 때문이다. 거울 속 얼굴에서 몇 센티미터 정도 자란 머리카락 아래로 눈에 띄게 작아진 이마와 비정상적으로 넓어진 귓불 아래 새로 생긴 두 개의 보기 흉한 종창, 다른 곳에 생긴 물렁물렁한 염증이 눈에 들어왔다. 전체적으로 언젠가 책에서 읽은 온갖 음탕과 환락에 빠져 나이에 비해 많이 늙어 버린 사람에게서 볼 수 있는 주름 같은 것이 많이 보였다. 작아진 눈 역시 예전과 달랐다. 기억 속의 눈은 친밀하고 신뢰를 주는 눈이었다. 나는 다리를 절었는데 오른쪽 다리를 약간씩 끌었다. 미클로시 아저씨는 고국의 공기를 마시면 다 나을 테니 전혀 문제될 게 없다고 했다. 그는 우리가 집으로 돌아가면 새로운 조국을 건설하게 될 것이라고 했다. 그러고는 노래를 몇 곡 가르쳐 주었다. 마을과 소도시들을 걸어서 지나갈 때면(도중에 그런 경우가 종종 있었다.) 군인들처럼 3열로 맞춰 걸어가면서 이 노래들을 불렀다. 나는 특히 "마드리드 경계선에서 우리는 보초를 선다."로 시작하는 노래가 마음에 들었다. 이유는 모르겠지만 아무튼 좋았다. 다른 이유 때문에 부르기 좋아하던 노래도 있었는데 특히 다음 부분이 마음에 들었다.

하루 종일 우리는 일만 한다.
배가 고파 죽을 지경이다.
하지만 우리는 일로 찢긴 손으로
무기를 부여잡는다!

다른 이유로 나는 "우리는 프롤레타리아 청년 군위대"라는 가사가 있는 노래를 좋아했는데 이 구절 후에 우리는 "붉은 전선!"이라고 외치곤 했다. 그럴 때면 여기저기에서 창문과 문이 닫히는 소리가 들리고 대문 안쪽으로 재빨리 사라지는 독일 사람들을 볼 수 있었다.

우리는 가벼운 배낭을 메고 길을 갔다. 미군들이 사용하는 아마포로 만든 연푸른색 군용 배낭이었는데 폭은 좁고 길이는 그에 비해 너무 길어 다소 불편했다. 배낭 안에는 두꺼운 이불 두 개와 나치 친위대가 창고에 버리고 간, 소매와 목 부분에 초록색 줄무늬가 장식된 촘촘하게 잘 짜인 회색 스웨터, 통조림과 귀국 길에 필요한 몇 가지 물건이 있었다. 나는 미군용 녹색 능직 바지를 입고 튼튼해 보이는 고무 밑창이 달린 끈 매는 구두를 신었다. 그 윗부분에는 종아리를 보호하기 위해 끈과 버클이 달린 가죽 보호대를 착용했다. 머리에는 이상한 모양의, 계절에 비해 좀 무거워 보이는 모자를 썼다. 모자의 챙은 가파르고 윗부분은 마주 보는 변의 길이가 같은 비스듬

한 사각형 모양인데 기하학 용어로(학교에 다닐 때 배운 것이 생각났다.) 마름모꼴이었다. 사람들 얘기로는 폴란드 장교가 쓰던 모자라고 했다. 외투는 창고를 뒤져 좀 더 좋은 것으로 입을 수도 있었지만 우리가 항상 입던 실용적이고 줄무늬가 있는 낡은 옷을 번호와 삼각형만 떼고 그대로 입었다. 그 옷은 내가 직접 골라 입었는데 애착이 갔기 때문이다. 이렇게 번호와 삼각형을 떼고 입으면 최소한 오해의 소지가 없을뿐더러 이런 여름에는 편하고 실용적이고 시원하리란 생각이 들었다. 각국 군대가 우리에게 제공해 줄 수 있는 교통수단의 여건에 따라 우리는 트럭을 타기도 하고 마차를 타기도 하고 걷기도 하고 대중교통으로 이동하기도 했다. 우리는 우마차에 등을 기대고 자거나 버려진 학교의 교실 바닥이나 교단에서 자기도 했고 때로는 멋진 집들 사이에 있는 공원 잔디에 누워 별이 반짝이는 여름 하늘 아래에서 잠들기도 했다. 우리는 작은 강(두너 강을 본 사람 눈에는 최소한 그렇게 보였다.)에서 배를 타기도 했는데 강 이름이 엘베라고 했다. 우리는 또 언젠가 도시였지만 지금은 돌무더기와 여기저기 검게 그은 빈 벽들만 서있는 지역을 지나기도 했다. 벽들과 폐허와 부서진 다리 구조물 사이에서 사람들이 살고 거주하고 잠을 자고 있었다. 물론 그들을 보며 기쁘게 인사하려 했지만 그들이 좀 난처해한다는 느낌을 받았다. 나는 빨간 전차를 타기도 하고 승객용 좌석들이 구비된 차량들로 연결된 진짜 기차를 타기도 했지만 자리가 항상 지붕밖에 없었다. 우리는 어느 도시에 내렸는데 여기저기서 체코어와 헝가리어가 들려왔다. 우리는 저녁에 갈

아탈 열차를 기다리고 있었는데 역 주변에 아주머니와 노인, 성인 남자 할 것 없이 많은 사람들이 우리 주변으로 몰려들었다. 그들은 우리에게 강제 수용소에서 오는 길인지 묻고는 나뿐만 아니라 여러 사람을 잡고 혹시 이런저런 이름의 자기 가족을 만난 적이 있는지 캐물었다. 나는 그들에게 강제 수용소에서는 보통 이름이 없다고 말해 주었다. 그러자 그들은 찾는 사람의 외모와 생김새, 머리색과 특징들을 설명했다. 나는 강제 수용소에 있던 사람들은 외모가 다 바뀌어 설명해 봐야 소용없다고 그들을 이해시키려 했다. 그러자 사람들이 서서히 내 주변에서 흩어졌다. 그런데 한 사람은 그대로 남아 있었다. 그는 여름 복장으로 셔츠와 바지만 입고 있었다. 양쪽 엄지손가락을 멜빵끈 뒤로 집어넣은 채 나머지 손가락으로 천으로 된 멜빵끈을 톡톡 치고 있었다. 가스실을 봤느냐고 묻는 그의 호기심에 나는 약간 웃음이 나왔다.

"내가 가스실을 봤다면 지금 당신과 이렇게 얘기하고 있을 수 없겠지요."

내가 말했다. 그러자 그가 대답했다.

"아, 그렇겠군."

잠시 후 수용소에 가스실이 있느냐고 그가 다시 물어서 나는 당연히 다른 시설들과 함께 있다고 했다. 단, 수용소의 용도에 따라 다르다고 덧붙였다. 아마도 아우슈비츠에는 있을 거라고 했다. 하지만 나는 부헨발트에서 오는 길이라고 했다.

"어디라고요?"

그가 다시 물었다. 나는 다시 한 번 말해 주어야 했다.

"부헨발트요."

"아, 부헨발트요."

그제야 그가 고개를 끄덕였다. 내가 그렇다고 하자 그가 다시 말했다.

"아, 잠깐만요."

그는 마치 교사처럼 엄하고 굳은 표정을 지었다.

"그러니까 당신은 가스실에 대한 얘기를 누군가로부터 들었다는 얘기군요."

이유는 모르겠지만 행사에서나 들을 법한 이 정중한 호칭에 나는 뿌듯해졌다.

"네, 맞습니다."

그러자 그가 여전히 경직된 얼굴로 마치 여러 가지 일 사이의 명확한 사실 관계를 밝히려는 듯한 표정으로 말했다.

"그러니까 당신이 직접 보고 확인하지는 않았다는 거군요."

내가 다시 확인해 주었다.

"네."

그러자 그가 말했다.

"그렇군요."

그는 고개를 약간 끄덕이더니 허리를 쭉 펴고 걸어갔다. 내가 본 게 틀리지 않다면 그는 어느 정도 만족해하는 듯했다. 잠시 후 기차가 도착했으니 빨리 뛰라고 했다. 널찍한 승강구 나무 계단 위에 그런대로 참을 만한 자리를 잡을 수 있었다. 아침쯤 되었을까, 잠에서 깨어 보니 우리 기차가 신나게 달리고 있었다. 얼마 후 나는 눈이 번쩍 뜨였다. 지나치는 곳마다 지역 이름이 헝가리어로 쓰여 있었기 때문이다. 사람들이 눈부신 수면을 가리켰다. 두너 강이었다. 밝은 햇빛이 작열하고 아지랑이로 흔들리는 이곳이 빙 둘러 헝가리 땅이라고 했다. 얼마간 시간이 흘러 우리는 유리창들이 깨지고 지붕이 부서지고 망가진 큰 건물 안에 도착했다. 주변에서 사람들이 서부역이라고 했다. 나도 대충 알아볼 수 있을 것 같았다.

밖을 보니 직사광선이 역 앞 보도를 강렬하게 내리쬐고 있었다. 날씨는 무더웠고 자동차 소음과 먼지가 뒤섞여 있었다. 6번을 달고 있는 노란 전차들이 보였다. 이 역시 바뀐 게 없었다. 상인들도 보였는데 이상한 과자와 신문을 비롯한 여러 가지 물건을 팔고 있었다. 사람들은 모두 말쑥했고 각자 바쁜 일과 업무가 있는 듯 가던 방향으로 여기저기 사람들을 밀치며 달려가다시피 했다. 우리는 먼저 구급 기관으로 가야 한다는 통보를 받았다. 삶에 있어서 필수불가결한 부속물인 돈과 각종 증서들을 받기 위해 우리는 그곳에 즉시 이름을 알려 주어야 했다. 그런데 그 기관은 이곳이 아닌 동부역 근처에 있었기 때문에 우리는 첫 번째 모퉁이에서 전차에 올라탔다. 거리는 흉해 보였고 늘어선 집들은 여기저기 무너져 마치 이빨이 빠진 듯했고 그나마 남아 있는 집들도 파괴되어 온전하지 못했다. 창문들도 없는 것 같았다. 전차가 가는 노선 주변과 우리가 곧 내린 광장은 익숙해서 대충 어디인지 알 수 있을 것 같았다. 그 구급 기관은 내 기억 속에 남아 있는 어느 극장 맞은편에 있는 커다랗고 보기 좋은 회색 건물이었는데 이미 건물

입구와 마당과 복도가 사람들로 가득 차 있었다. 앉아 있는 사람, 서 있는 사람, 분주히 움직이는 사람, 시끄럽게 떠드는 사람, 중얼거리는 사람, 침묵을 지키는 사람 등 정말 다양했다. 많은 사람이 수용소 창고와 군부대에 있던 옷을 골라 입고 여기저기 있었는데 나처럼 죄수복을 그대로 입고 있는 사람도 몇 보였다. 그런데 어떤 사람들은 보통 사람들처럼 흰색 와이셔츠에 넥타이를 매고 뒷짐을 진 채 아우슈비츠로 떠나기 전처럼 근엄하게 뭔가 중요한 일에 대해 곰곰이 생각에 잠겨 있었다. 한쪽에서는 수용소에 대한 기억을 더듬어 서로 비교하고 있었고 다른 한쪽에서는 예상되는 지원 액수와 규모에 대해 대화를 나누었다. 또 어떤 사람들은 업무 절차가 번잡하다고 불평하면서 비합법적 특권들, 그러니까 다른 사람들에 대한 우대와 부정을 목격했다고 불만을 토로하기도 했다. 하지만 모든 사람이 기다려야 하고 그것도 한참 걸리리라는 한 가지 사실에 대해서만큼은 모두 생각이 같았다. 나는 기다리기가 너무 지겨워 배낭을 어깨에 메고 마당으로 나가 대문 앞에서 서성였다. 극장이 보였다. 그 순간 내 기억이 맞는다면 여기에서 오른쪽으로 한 블록, 많아야 두 블록을 가면 네펠레이츠 거리와 만나리라는 생각이 들었다.

나는 그곳에 있는 번디 치트롬의 집을 쉽게 찾을 수 있었다. 그 집은 허물어져 가는 주변의 노랗거나 잿빛인 집들과 특별히 달라 보이지 않았다. 최소한 나는 그 집이 마음에 들었다. 서늘한 대문 아래 당나귀 귀처럼 생긴, 낡고 길쭉한 번지표가 있는 것이 보였는데 내가 찾던 번지가 맞았다. 나는 3층까지 올라가야 했다. 약간 퀴퀴하고 시큼한 냄새가 나는 계단을 따라 올라갔다. 계단실 창문을 통해 외부 복도와 아래쪽에 구슬플 정도로 깨끗하게 잘 가꿔진 건물 정원이 보였다. 중앙에는 잔디가 덮여 있고 이런 건물 내 정원에서 흔히 볼 수 있듯 발육이 부진한 나무가 잎사귀에 먼지가 잔뜩 덮인 채 애처롭게 서 있었다. 반대편에서 머리를 동여맨 아주머니가 걸레를 들고 급히 나왔고 다른 방향에서는 노랫소리가 들려왔다. 어딘가에서 아이가 큰 소리로 울고 있었다. 잠시 후 내 앞에 있는 문이 열리자 나는 깜짝 놀랐다. 번디 치트롬의 눈처럼 작고 끝이 올라간 눈을 정말 오랜만에 다시 봤기 때문이다. 그녀는 아직 젊고 검은 머리에 키는 그리 크지 않았다. 그녀가 멈칫하며 뒤로 약간 물러섰는데 내 생각에는 외투 때문인 것 같았다. 나는 혹시 문을 닫아 버리지 않을까 하여 얼른 번디 치트롬이 집에 있는지 물었다.

"없어요."

그녀가 대답했다. 지금 잠시 자리를 비운 거냐고 물었더니 잠시 고개를 젓고 눈을 감으며 말했다.

"아예 없어요."

그녀가 다시 눈을 떴을 때 아래쪽 속눈썹이 눈물에 젖어 빛을 반사했다. 입술도 조금씩 떨렸다. 가급적 빨리 이곳에서 벗어나는 것이 좋겠다는 생각이 들었다. 하지만 그 순간 어두컴컴한 현관에서 머리에 수건을 쓰고 검은 옷을 입은 삐쩍 마른 노파가 나왔다. 내가 얼른 그 노파에게 말했다.

"번디 치트롬을 찾고 있습니다."

그러자 그녀도 같은 말을 했다.

"집에 없어요."

그런데 노파가 잠시 후 자신의 생각을 덧붙였다.

"다음에 한 번 더 와 보세요. 며칠 지나서요."

그러자 젊은 아주머니가 그 말에 동의할 수 없다는 듯 힘없이 고개를 돌리며 손 등을 입으로 갔다 댔다. 뭔가 하고 싶은 말을 하지 않고 억누르는 듯 보였다. 그 순간 나는 노파에게 뭔가 한마디 설명해 주어야 할 것 같았다.

"우리는 차이츠에서 함께 있었습니다."

그러자 노파가 뭔가 답변을 요구하는 듯 엄하게 물었다.

"그런데 왜 함께 오지 않았죠?"

내가 변명하듯 말했다.

"도중에 헤어졌어요. 저는 다른 곳으로 갔거든요."

그러자 노파가 아직 도착하지 않은 헝가리인들이 있는지 물었다.

"그럼요, 아직 많아요."

내가 대답했다. 그러자 노파가 크게 기뻐하며 젊은 아주머니에게 말했다.

"봐라!"

노파가 나를 보며 말을 이었다.

"아, 글쎄 사람들이 이제 도착하기 시작했다고 그렇게 여러 번 말했는데도 딸이 조급해하며 도대체 내 말을 믿으려 하지 않지 뭐야."

그 순간 나는 젊은 아주머니의 말이 맞을 수도 있고 아주머니가 나보다는 번디 치트롬에 대해 더 잘 알 수도 있다고 말할 뻔하다가 다시 입을 꽉 다물어 버렸다. 잠시 후 노파가 나에게 들어오라고 했지만 나는 우선 집에 가 봐야 한다고 말했다.

"당연히 부모님께서 기다리실 테지."

"네, 그러실 겁니다."

"그럼 얼른 가 봐요. 부모님이 기뻐하실 거예요."

이 말에 나는 그곳에서 나왔다.

기차역에 도착하자 다리가 아프기 시작했고 예전부터 눈에 익숙한 번호를 단 전차가 앞쪽으로 들어오자 나는 전차 발판으로 올라섰다. 그때 순간적으로 이상한 모양의 구식 레이스 칼라가 붙은 옷을 입은 삐쩍 마른 노파가 반 발자국쯤 뒤로 물러섰다. 그러자 유니폼을 입고 모자를 쓴 사람이 내게 다가와 표를 달라고 했다. 표가 없다고 했다. 그러자 그가 그럼 돈을 내라고 했다. 나는 지금 외국에서 오는 길이라 돈이 없다고 했다. 그러자 그가 내 웃옷과 얼굴을 쳐다보고 다시 옆에 있는 노파를 쳐다보더니 차량을 타는 데는 규정이 있다고 했다. 그 규정은 자신이 만든 것이 아니라 윗사람들이 만든 것이라고 했다. 따라서 표가 없으면 내려야 한다고 했다. 나는 그에게 다리가 아프다고 했다. 그러자 옆에 있던 노파가 다른 데로 눈길을 돌리는 것이 보였다. 이유는 정확히 모르겠으나 그 노파는 내가 자기를 비난한다고 생각하는 듯 몹시 기분 나빠 했다. 그때 덥수룩한 검은 머리에 체구가 큰 한 남자가 멀리 안쪽에서 큰 소리를 내며 열린 전차 문 쪽으로 나왔다. 그는 셔츠에 타이를 매지 않은 채 아마포로 만든 양복을 입고 어깨에는 끈

이 달린 검은색 쇼핑백을 메고 손에는 서류 가방을 들고 있었
다. 그가 도대체 뭐 하는 거냐고 소리를 질렀다. 그러고는 말
했다.

"표 하나 주시오!"

그가 검표원을 거의 팔꿈치로 밀치듯 하며 돈을 내밀었다.
나는 그에게 고맙다는 말을 전하고 싶었다. 하지만 그가 주변
을 돌아보고 화를 내며 내 말을 가로막았다.

"부끄러운 줄을 알아야지 말이야!"

그 말에 검표원은 전차 안쪽으로 들어갔고 노파는 계속 밖
을 내다보고 있었다. 잠시 후 그 남자가 부드러운 얼굴로 나를
보며 물었다.

"애야, 독일에서 오는 거니?"

"네."

"강제 수용소에서?"

"당연히 그렇죠."

"어느 수용소에서 오는 거지?"

"부헨발트요."

그는 이미 그곳에 대해 들었으며 나치군의 지옥들 중 한 곳
으로 알고 있다고 했다.

"어디에서 잡혀갔니?"

"부다페스트에서요."

"그곳에는 얼마 동안이나 있었지?"

"딱 일 년요."

"끔찍한 일을 많이 봤겠구나."

나는 아무 대답도 하지 않았다. 그러자 그는 중요한 것은 모든 게 끝났고 이제는 과거의 일이라는 것이라고 했다. 그는 또 덜컹거리며 지나가는 전차 밖으로 보이는 집들을 가리키며 떠났던 헝가리에 돌아와 부다페스트를 보니 어떤 느낌이 드느냐고 밝은 얼굴로 물었다. 내가 그에게 대답했다.

"증오심요."

그는 한동안 말이 없더니 잠시 후 자신도 내 기분을 이해할 수 있을 것 같다고 했다. 그런데 자신이 생각하기에는 "주어진 상황 속에서" 증오심 역시 나름의 역할과 자리가 있을 거라고 했다. 심지어 유용할 수도 있다고 했다. 이 점에서 자신과 같은 생각이기를 바란다고 덧붙이며 자신은 내가 누구를 증오하는지도 안다고 했다. 그 말에 내가 대답했다.

"모든 사람요."

그는 다시 침묵에 빠졌다. 이번에는 좀 더 긴 시간이 지나고 그가 다시 말문을 열었다.

"끔찍한 일을 많이 겪어야 했니?"

그때 나는 끔찍하다는 것을 어떻게 정의하느냐에 따라 다르지 않겠느냐고 대답했다. 그러자 그는 약간 당황해하는 얼굴로 틀림없이 굶주리고 구타를 많이 당했을 거라고 했다. 그러자 내가 당연하다고 대답했다.

"아니, 그게 왜 당연하다는 거니? 그건 결코 당연한 게 아니지!"

그가 소리쳤다. 이미 인내심을 잃은 것 같았다. 나는 강제 수용소에서는 그런 것이 당연하다고 했다.

"그래, 그렇겠군. 그곳에서는. 하지만 말이야……."

그가 말문이 막혀 더듬거리기 시작했다.

"그런데 말이야…… 강제 수용소 자체는 당연한 것이 아니잖아!"

그는 다시 적당한 말이 생각난 듯했다. 나는 그에게 아무 말도 하지 않았다. 낯선 사람이나 그 일에 대해 잘 모르는 사람, 어떤 면에서는 어린애와 같은 사람들과는 얘기해 봐야 아무 소용이 없다는 것을 서서히 깨달았기 때문이다. 여전히 변함없이 같은 장소에 있는 익숙한 광장이 눈에 들어왔다. 좀 황량해지고 관리가 안된 것 말고는 특별히 변한 게 없었다. 나는 전차에서 내려야 했다. 내려야 한다고 하자 그 역시 나를 따라 내렸다. 그가 그늘 아래 있는 등받이 없는 벤치를 가리키며 잠시 앉자고 했다.

그는 처음에는 좀 불안해 보였다. 잠시 후 그가 잔인함의 진실이 지금부터 밝혀지기 시작할 거라고 말했다. 또 세상은 이 모든 일이 도대체 어떻게 그리고 왜 일어났는가 하는 이해할 수 없는 의문 앞에 서 있다고 덧붙였다. 나는 아무 말도 하지 않았다. 그러자 그가 나를 향해 완전히 몸을 돌리며 말했다.

"네가 경험한 것들을 나에게 말해 줄 수 있겠니?"

나는 좀 놀랐다. 나는 그에게 말해 줄 흥미로운 경험이 별로 없다고 했다. 그러자 그가 살짝 미소 지으며 말했다.

"나에게 말해 달라는 게 아니고 세상을 향해 말해 달라는 거야."

나는 더욱 놀라 그에게 물었다.

"도대체 뭐에 대해 말해 달라는 거죠?"

"수용소의 지옥에 대해."

그가 대답했다. 나는 지옥에 대해 아는 것이 없을뿐더러 상상해 본 적도 없어서 아무 말도 해 줄 수 없다고 했다. 그가 그것은 일종의 비유라면서 물었다.

"강제 수용소를 지옥이라고 상상하면 안 되니?"

나는 신발 뒤꿈치로 땅바닥에 원을 몇 개 그리면서 누구나 자신의 방법과 기호에 따라 상상할 수 있겠지만 나의 경우에는 강제 수용소만 상상할 수 있을 뿐 지옥은 상상이 되지 않는다고 말했다.

"그래도 좀 해 볼 수 없겠니?"

그가 닦달했다. 나는 원을 몇 개 더 그리고 입을 열었다.

"그렇다면 지옥은 지겨울 시간이 없는 장소라고 상상할 수 있을 것 같아요."

내가 말을 이었다.

"최소한 아우슈비츠를 비롯한 강제 수용소에서는 일정한 조건하에 조금은 지겨운 시간이 있었거든요."

그는 내 대답이 별로 마음에 들지 않는 것 같았다. 잠시 말이 없더니 다시 물었다.

"그걸 무엇으로 설명하겠니?"

나는 잠시 곰곰이 생각하고 대답했다.

"시간으로요."

"시간으로 설명한다고?"

"네, 시간이 도와줄 거예요."

"도와준다고? 뭘?"

"모든 것을요."

나는 그에게 하나씩 설명하기 시작했다. 화려하진 않지만 그런대로 수긍할 수 있고 깨끗하고 멋진 역에 도착하는 것이 정말 생소하지만 차츰 시간이 지나면서 단계적으로 우리 앞에 펼쳐진 모든 것들이 이해된다. 하나의 단계를 거치면 다음 단계가 다가오고 있음을 알게 된다. 모든 단계를 거치고 나면 우리는 모든 것을 이해할 수 있게 된다. 모든 것을 이해하는 동안 아무것도 하지 않고 가만히 있는 것은 아니다. 새로운 일을 처리하고 살아가고 행동하고 움직이고 새로운 단계마다 새로운 요구 사항을 완수해 나간다. 그런데 만일 시간 체계가 존재하지 않아서 그 모든 것이 현장에서 일시에 우리의 인식으로 쏟아져 들어온다면 우리의 머리와 가슴이 견뎌 내지 못하리라는 식으로 나는 그에게 설명해 보았다. 그러자 그가 주머니에서 구겨진 담뱃갑을 꺼내 내게 한 대 내밀었다. 나는 됐다고 했다. 잠시 후 그는 담배 연기를 두어 번 깊이 빨아들이고는 두 팔꿈치를 무릎에 괴고 상체를 앞으로 푹 숙였다. 그가 나에게 눈길도 주지 않고 나지막한 목소리로 말했다.

"그렇군."

다른 한편으로 시간을 때워야 하는 것으로 이해한다면 그것은 오산이고 손해가 될 수도 있다고 나는 말을 이었다. 예를 들어 나는 강제 수용소에서 이미 사 년이나 육 년, 십이 년 된(좀 더 정확히 말하면 여전히 그곳에 잡혀 있던) 죄수들을 본 적이 있다고 했다. 그런데 이 사람들의 사 년이나 육 년, 십이 년

중에 가장 뒤의 것을 예를 들면 그는 12 곱하기 365일을, 다시 말해 12 곱하기 365 곱하기 24시간을, 또다시 말해 12 곱하기 365 곱하기 24 곱하기 등등의 이 모든 기간을 초 단위로, 분 단위로, 시간 단위로, 날짜 단위로 보내야 했다고 말했다. 나는 다시 말을 이었다. 이렇게 시간을 보내는 것이 그들에게도 도움이 되었을 것이라고 했다. 만약 이 모든 12 곱하기 365 곱하기 24 곱하기 60 곱하기 60의 시간이 그들 앞에 일시적으로 동시에 들이닥쳤다면 그들은 육체적으로나 정신적으로나 견뎌 내지 못했을 것이기 때문이라고 했다. 남자는 듣고만 있었다. 내가 다시 한마디 덧붙였다.

"저는 대략 이렇게 상상해야 할 것 같아요."

그사이에 그는 담배를 버리고 두 손으로 턱을 괴고 있었다. 그 때문인지는 몰라도 그의 목소리가 더 나지막하고 더 잠겨 있었다.

"아니, 그건 상상이 되지 않아."

내가 보기에도 그런 것 같았다. 바로 그 이유로 사람들이 지옥을 언급하는구나 하는 생각이 들었다.

그가 곧 허리를 곧게 세우더니 시계를 보았다. 순간 그의 얼굴 표정이 바뀌어 있었다. 그는 자신을 신문 기자라고 소개했다. 민주주의를 지향하는 신문이라고 덧붙였다. 순간적으로 그의 한두 마디 말에서 아득하게 누군가가 떠올랐는데 그 사람은 바로 빌리 아저씨였다. 차이점이라면 신뢰성이었는데 예를 들어 수용소에서 본 랍비의 말과 행동과 고집을 러이오시 아저씨의 말이나 행동과 대충 비교해 볼 때 드러나는 차이 정도였다. 이러한 생각이 들자 곧 정말로 가족들을 보게 된다는 생각이 스쳤다. 그래서 이때부터는 신문 기자의 말에 크게 신경 쓰지 않았다. 그는 우리의 "우연한 만남"을 "운 좋은 우연"으로 만들어 가자고 했다. 그러면서 기사를 써 보자고 제안했다. 그것도 연재 기사를 써 보자고 했다. 기사 자체는 자신이 쓰지만 내용은 전적으로 내가 말해 주는 대로 쓰겠다고 했다. 약간의 돈을 받을 텐데 새로운 삶을 살아가는 데 도움이 될 거라고 했다. 그는 약간 멋쩍은 미소를 지으며 생긴 지 얼마 안 된 신문사라 재정이 좋지 않아 많은 액수를 주기는 어렵다고 했다. 그런데 지금은 그게 중요한 게 아니라 아직 피 흘리고 있는 환자들을 치료하고 범죄자들을 처벌하는 것이 더 시급하다고 했다. 무엇보다 여론을 움직이고 무감각과 무관심과 의혹을 일소하는 것이 시급하다고 했다. 자기 생각에는 지금은 진부한 말들은 전혀 의미가 없고 원인과 진실을 규명해야 하며 우리는 "고통스러운 시련"에도 맞서야 한다고 했다. 그는 내가 하는 말에서 독창적인 것과 시대의 징표, 내가 제대로 이해했다면 이 시대의 "슬픈 징표"를 볼 수 있는데 그것은 사람들을 지치게 하는 일들의 홍수 속에서 새롭고 독특한 색깔을 띤다고 했다. 그러면서 나의 의견을 물었다. 나는 우선 개인적인 일부터 처리해야 할 것 같다고 했다. 그러자 그가 내 말을 오해했는지 다음과 같이 말했다.

"그렇지 않아. 이 일은 더 이상 너만의 일이 아니야. 우리의 일이기도 하고 전 세계의 일이기도 해."

나는 그의 말이 맞는 것 같다고 했다. 그런데 이젠 집에 가

봐야 할 것 같다고 했다. 그러자 그가 미안하다고 했다. 우리는 벤치에서 일어섰다. 하지만 그가 머뭇거렸다. 뭔가를 생각하는 듯했다. 헤어지는 순간을 사진에 담아 나중에 기사를 쓸 때 게재하는 게 어떻겠냐고 물었다. 나는 아무 말도 하지 않았다. 그가 멋쩍은 미소를 지으며 신문 기자들은 직업상 간혹 상대에 대한 배려심이 부족할 때가 있다고 했다. 싫다면 강요하지 않겠다고 했다. 그는 다시 벤치에 앉더니 무릎에 수첩을 펼치고 뭔가를 급히 적었다. 그러고는 그 페이지를 뜯어 나에게 건네주었다. 그 종이에는 그의 이름과 편집부 주소가 적혀 있었다. 그가 가까운 시일 내에 다시 보기를 희망한다면서 이별을 청했다. 잠시 후 따뜻하고 살집이 좀 있고 약간은 땀에 젖은 듯한 그의 손의 친밀감이 느껴지는 조임이 전해졌다. 그와 나눈 대화는 즐겁고 편안했고 그 역시 호의적이고 친절한 사람이라는 생각이 들었다. 나는 그의 모습이 행인들 속으로 사라지기를 기다려 그가 준 쪽지를 버렸다.

몇 걸음 걸어가자 우리 집이 있었다. 온전한 모습 그대로 남아 있었다. 건물 입구에서 나는 오래된 냄새와 쇠창살이 설치된 구조물 안에 있는 흔들리는 엘리베이터, 누렇게 변한 낡은 계단이 나를 반겨 주었다. 계단을 조금 올라가자 나에게 특별했던 순간을 상기시키는 친근한 층계참도 나에게 인사를 건넸다. 2층에 다다르자 나는 문에 달린 초인종을 눌렀다. 곧 문이 열렸다. 문은 안쪽에 있는 걸쇠의 쇠사슬이 허용하는 만큼만 열렸다. 예전에는 이런 걸쇠가 붙어 있지 않았기 때문에 나는 약간 놀랐다. 문틈으로 광대뼈가 튀어나오고 얼굴이 노란 낯선 중년 여성이 나를 내다보았다. 그녀가 나에게 누구를 찾느냐고 물었다. 나는 여기에 산다고 대답했다.

"아니에요. 여기에는 우리가 살고 있어요."

그녀가 이렇게 대답하고 문을 닫으려 했다. 그러나 내가 발을 집어넣었기 때문에 닫을 수 없었다. 나는 그럴 리가 없다고 그녀에게 설명하기 시작했다. 내가 이 집에서 살다가 잡혀갔기 때문에 우리 가족이 이 집에 사는 게 확실하다고 했다. 그러나 그녀는 내가 착각하고 있다고 단언했고 친절하고 예의 바르지만 안타깝다는 듯 고개를 가로저으며 그 집에는 분명 자기들이 살고 있다고 말했다. 그러면서 그녀가 문을 닫으려 했지만 나는 닫지 못하게 저지하고 서 있었다. 혹시 내가 착각을 했나 싶어 위에 있는 번지수를 올려다본 순간 내 발이 빠졌고 그녀는 문을 닫는 데 성공했다. 문에 달린 자물쇠가 돌아가는 소리가 두 번 들렸다.

나는 다시 계단을 향해 가다가 익숙한 문 앞에 걸음을 멈췄다. 초인종을 눌렀다. 그러자 뚱뚱하고 체격이 좋은 아주머니가 나왔다. 그 아주머니 역시 이미 경험한 것처럼 문을 닫으려 했다. 그런데 그녀 뒤에서 안경이 반짝거리더니 어두컴컴한 곳에서 플레이슈먼 아저씨의 잿빛 얼굴이 희미하게 보였다. 그 옆에 불룩한 배와 실내화, 크고 붉은 머리, 어린아이처럼 탄 가르마, 타다 남은 시가 동강이 눈에 들어왔다. 슈테이네르 노인이 분명했다. 내가 세관 건물에 잡혀가기 전날 저녁에 본 모습과 너무 비슷해서 마치 그날이 어제처럼 느껴졌다. 그들이 서서 우두커니 나를 바라보다가 내 이름을 크게 불렀다. 슈테이네르 노인은 줄무늬 죄수복을 입고 모자를 쓰고 땀에 절어 있는 내게 다가와 껴안기까지 했다. 그들이 나를 방으로 안내했고 플레이슈먼 부인이 먹을 만한 게 있는지 보러 급히 부엌으로 갔다. 나는 언제 어디서 어떻게 지냈는지 그들의 의례적인 질문에 답해야 했다. 그 후 나는 집에 대해 물었고 정말 우리 집에는 이미 다른 사람이 살고 있다는 사실을 알게 되었다.

"그럼 우리는요?"

내가 물었다. 그들이 머뭇거리자 내가 다시 물었다.

"아버지는요?"

그들은 말이 없었다.

잠시 후에 손 하나가(아마 슈테이네르 아저씨의 손이었던 것 같다.) 위로 올라가더니 옆으로 움직여 마치 한 마리의 늙은 박쥐처럼 조심스럽게 내 팔 위로 내려왔다. 그들의 말을 종합해 보면 중요한 것은 대충 다음과 같은 내용이었다. 아버지의 사망 소식의 진위 여부는 동료들의 증언에 기초한 것이라 유감이지만 의심의 여지가 없다고 했다. 그들의 증언에 따르면 아버지는 오스트리아에 있던 독일 수용소에서 잠깐 고통을 당한 후에 돌아가셨다고 했다.

"아, 수용소 이름이 뭐더라…… 아이고."

그때 내가 말했다.

"마우트하우젠요."

"맞아, 마우트하우젠!"

그들이 즐거워했다. 하지만 곧 다시 침울해졌다.

"그래, 그곳이었어."

나는 혹시 어머니에 대해 뭔가 들은 게 있느냐고 물었다. 그들은 당연히 들은 게 있다며 즐거운 표정으로 얘기해 주었다. 어머니는 살아 있고 건강하며 몇 달 전 이곳에 왔을 때 그들이 만나 얘기도 나누었다고 했다. 나는 질문을 계속했다.

"새어머니는요?

나는 궁금했다.

"그 사이에 재혼을 했어."

내가 다시 물었다.

"그렇군요. 그런데 누구와 했죠?"

그런데 그들은 이번에도 이름을 기억하지 못했다. 둘 중 한 사람이 말했다.

"내 기억이 맞는다면 무슨 코바치라고 했던 거 같은데."

그러자 다른 사람이 말을 이었다.

"아니야, 코바치라고 하지 않았어. 무슨 푸토라고 했던 것 같은데."

"쉬퇴겠지요."

"그래 맞아, 쉬퇴라고 했어."

그들이 이번에도 조금 전처럼 즐겁게 고개를 끄덕이며 그 이름을 확인해 주었다. 모든 면에서 그에게 신세를 많이 졌다고 했다. 어려웠던 시기에 새어머니를 숨겨 주고 재산도 보호해 줬다고 했다. 플레이슈먼 아저씨가 뭔가 깊이 생각하더니 잠시 후 입을 열었다.

"좀 서두른 감이 있기는 하지."

슈테이네르 노인 역시 이 말에 동의했다.

"하지만 결과를 보면 이해되는 면도 있지."

그가 덧붙였다. 이번에는 플레이슈먼 아저씨가 동의를 표했다.

나는 잠시 노인들과 함께 앉아 있었다. 이런 적포도주 색깔의 벨벳 소파에 앉아 본 지가 정말 오래되었기 때문이다. 플레이슈먼 부인도 와서 함께 앉았다. 테두리가 장식된 흰색 접시에 돼지기름을 바른 빵에 피망 조각과 얇게 자른 양파를 곁들여 가져왔다. 내가 과거에 이 빵을 좋아했던 것을 플레이슈먼 부인이 기억하고 있었기 때문인데 나는 이 자리에서 그 사실을 확인시켜 주었다.

두 노인이 이곳 헝가리에서도 쉽지 않았다고 말했다. 그들의 얘기는 전체적으로 정리가 되지 않아 혼란스럽고 종잡을 수 없어 마치 안개가 낀 듯 윤곽만 볼 수 있었다. 얘기의 본질에는 쉽게 접근할 수 없고 이해하기도 어려웠다. 노인들의 얘기 중에 피곤할 정도로 자주 등장하는 단어가 있었는데 그들은 이 단어를 사용해 새로운 전환점이나 변화, 순간을 묘사하려 했다. 예를 들어 별을 붙인 집이 '왔고', 10월 15일이 '왔고', 나치 군인들이 '왔고', 게토가 '왔고', 두너 강 사건이 '왔고', 해방이 '왔다'는 식이었다. 사람들이 흔히 저지르는 실수 가운데 하나가 어떤 사건들이 전체적으로 봤을 때 명확하지도, 현실 속에서 구체적으로 개념이 잡히지도 않을 뿐 아니라 개별 사건들 역시 정확히 이해되지 않음에도 그 사건들을 정상적인 경로로 분, 시간, 주, 달 단위로 이해하려 하지 않고 모든 사건을 멍한 상태에서 하나의 소용돌이 속에서 동시에 이해하려 한다는 점이다. 이것은 마치 어떤 오후 모임에서 참석자들이 갑자기 과음을 한 나머지 모두 주정뱅이가 되어 많은 사람이 이성을 잃고 도대체 자신들이 무얼 하고 있는지도 모르는 상태와 흡사하다고 할 수 있다. 그들은 한동안 말이 없었다. 얼마간 침묵이 흐른 후 플레이슈먼 노인 나에게 갑자기 물었다.

"앞으로의 계획은 세웠니?"

갑작스러운 질문에 나는 약간 놀랐다. 그리고 계획은 아직 세우지 못했다고 했다. 그때 슈테이네르 노인이 의자에 앉은 채 나를 향해 몸을 굽혔다. 내 팔 위에 있던 박쥐 같은 그의 손이 다시 올라가더니 이번에는 내 팔 대신 무릎 위로 내려왔다. 잠시 후 그가 말했다.

"우선 그 끔찍했던 일들을 다 잊어야 한다."

내가 좀 놀라며 물었다.

"왜 그래야 하죠?"

그가 대답했다.

"그래야 네가 살아갈 수 있거든."

플레이슈먼 노인이 고개를 끄덕이며 덧붙였다.

"자유롭게 살아가기 위해서 말이야."

이번에는 슈테이네르 노인이 고개를 끄덕이더니 그 역시 한마디 덧붙였다.

"그런 짐을 지고는 새로운 삶을 살아갈 수 없단다."

나 역시 그 말이 어느 정도는 일리 있다고 인정했다. 하지만 그들이 어떻게 나에게 그런 불가능한 일을 요구할 수 있는지는 잘 이해되지 않았다. 그래서 과거에 일어난 일은 이미 일어난 일인데 내 기억에 대고 명령을 할 수는 없다고 했다. 새로운 삶이란 내가 다시 태어나거나 정신이 손상을 입거나 병에 걸리거나 그와 비슷한 일이 일어날 때만 가능하다고 했다. 물론 내게 그런 일이 일어나기를 원치 않을 테지만 그렇다고 했다. 내가 말을 계속했다.

"특히 저는 그곳에서 일어난 일들이 끔찍하다고 생각해 본 적이 없어요."

그러자 그들이 깜짝 놀라는 것 같았다. 내 말을 도대체 어떻게 이해해야 할지, 도대체 어떻게 그런 생각이 들지 않을 수 있는지 궁금해했다. 그때 나는 이른바 '고난의 시기'에 그들은 무엇을 하고 지냈느냐고 물었다.

"글쎄…… 그냥 살아갔지."

한 노인이 대답했다.

"살아남으려고 안간힘을 썼지."

이번에는 다른 노인이 대답했다. 나는 그들 역시 한 걸음씩 걸어왔다고 말해 주었다. 그러자 그들은 걸어왔다는 게 무슨 뜻이냐고 물었다. 그들이 잘 이해하지 못하는 것 같아 내가 아우슈비츠에서 어떤 일이 있었는지 얘기해 주었다. 다른 열차의 경우에는 정확히 알 수 없기 때문에 항상 그랬다고는 할 수 없겠으나 우리 열차에는 3000명 정도 타고 있었다. 하지만 1000명 정도라고 가정하자. 의사가 신체검사를 하는 데 일 초에서 이 초 정도 걸린다. 이 초보다는 일 초가 걸리는 경우가 더 많다. 맨 처음 사람과 맨 마지막 사람은 무시해도 된다. 그들은 세지 않기 때문이다. 하지만 나처럼 중간쯤에 서 있는 경우에는 바로 가스실로 갈지 당분간은 기회가 주어질지를 결정하는 지점까지 십 분에서 이십 분 정도 걸린다. 그 와중에 줄이 움직이고 앞으로 나아간다. 많이 가든 적게 가든 모든 사람이 줄이 움직이는 속도에 따라 한 단계씩 나아간다.

이 말을 하자 갑자기 숙연해졌다. 이 분위기를 깬 유일한 소음은 플레이슈먼 부인이 내 앞에 있는 빈 접시를 집어서 부엌으로 가져갈 때 난 소리뿐이었다. 부인이 다시 부엌에서 나오는 것을 보지는 못했다. 두 노인은 그게 그들과 무슨 상관이며 도대체 무슨 말을 하려는 거냐고 물었다. 특별히 상관이 있는 건 아니지만 전적으로 그것이 온 것이 아니라 우리 역시 그것과 함께 갔다고 나는 말했다. 그들이 왔던 것처럼 지금은 모든 것이 끝나고 종료된 듯 보이고 수정할 수도 없는 듯 보이고 영구적으로 보이고 매우 신속하고 극도로 희미하게 보일 수도 있다고 했다. 지금 우리가 뒤를 돌아본다면 말이다. 게다가 물론 우리가 운명을 미리 알 수 있다면 말이다. 그렇다면 우리는 오직 시간의 흐름밖에 인식할 수 없다고 했다. 따라서 예를 들어 어리석은 한 번의 키스도 세관 건물에서 보낸 하루나 가스실처럼 운명이 될 수 있다. 그런데 앞을 내다보든 뒤를 돌아보든 둘 다 잘못된 시각이라고 나는 얘기했다. 결국 이십 분이라는 시간도 당사자의 입장에서는 아주 긴 시간이 될 수도 있다. 다음 일 분이 다시 시작되기 전에 각각의 일 분이 시작되고 유지되고 끝난다. 이제 그 각각의 일 분 동안 사실 뭔가 새로운

일이 일어날 수도 있었다는 사실을 우리는 고려해야 한다고
말했다. 물론 실제로 일어나지는 않았지만 일어날 수도 있었
다는 사실은 인정해야 한다. 결국 아우슈비츠에서나 헝가리
에서 아버지를 떠나보냈을 때를 생각해 보더라도 우연히 일
어난 사건과는 다른 뭔가가 일어날 수도 있었다.

나의 이 마지막 발언에 슈테이네르 노인의 마음이 약간 동
요하는 것 같았다.

"그럼 도대체 우리가 뭘 할 수 있었는데?"

슈테이네르 노인이 반은 화가 나고 반은 불평하는 얼굴로
내게 물었다. 나는 물론 아무 일도 할 수 없었을 거라고 말했
다. 아니면 아무것도 하지 않은 것이나 마찬가지로 무의미한
어떤 일이라도 할 수 있었다고 덧붙였다.

"하지만 그 말을 하려는 건 아니에요."

내가 그들에게 계속 설명하려 했다.

"그럼 무슨 말을 하려는 거야?"

그들이 물었다. 그들은 이미 인내심을 잃은 듯했다.

"단계들에 대해 얘기하는 거예요."

내가 대답했다. 나 역시 점점 화가 치밀었다. 우리는 모두
자신이 걸을 수 있는 만큼 걸어왔다. 나 역시 비르케나우뿐 아
니라 헝가리에서도 나의 걸음을 걸어왔다. 나는 아버지와 함
께 걷고 어머니와 함께 걷고 언너마리어와 함께 걸어왔다. 그
런데 가장 힘든 걸음을 위층에 사는 자매의 언니와 걸었던 것
같다. 이제는 '유대인'이 무엇을 의미하는지 그녀에게 말할 수
있을 것 같다. 걸음이 시작되기 전까지는 사실 나에게 아무런

의미도 없었다. 최소한 첫걸음을 떼기까지는 아무 의미도 없었다. 모든 것이 사실이 아니다. 다른 피도 없고 다른 사람도 없다. 다만…… 나는 말문이 막혔다. 하지만 주어진 상황과 그 안에 새로운 여건만 있을 뿐이라는 신문 기자의 말이 갑자기 생각났다. 나 역시 주어진 하나의 운명을 버텨 냈다. 그것은 나의 운명이 아니었지만 나는 끝까지 살아 냈다. 그들이 왜 내가 지금 그것을 품고 출발해 어딘가로 끼어들어야 한다는 것을 생각하지 못하는지 정말 알 수가 없다. 그것은 일어나지 않을 수도 있었던 착오이고 우연이고 일종의 탈선이었다고 말하는 것을 나는 더 이상 견딜 수 없다. 그들은 내 말을 잘 이해하지 못하고 내 말이 별로 마음에 들지 않는 것 같았다. 심지어 당장에라도 화를 낼 기세였다. 슈테이네르 노인은 여러 대목에서 내 말에 끼어들려 했고 한번은 거의 박차고 일어날 태세였다. 하지만 플레이슈먼 노인이 그를 붙잡으며 말했다.

"놔둬요! 그냥 얘기가 하고 싶어서 그러는 거 안 보여요? 얘기하게 그냥 놔둬요!"

내가 계속 얘기했다. 해 봐야 소용없는 말을 약간은 두서없이 했을 수도 있다. 그럼에도 말을 계속했다. 우리는 항상 이전의 삶을 이어 갈 뿐 결코 새로운 삶을 시작할 수는 없다. 나는 다른 길이 아닌 주어진 나의 운명 속에서 끝까지 정직하게 걸어왔다고 주장했다. 혹시 사람들이 나를 비난할 만한 흠과 오점과 일이 있다면 그것은 바로 우리가 지금 이곳에서 대화를 나누고 있다는 사실뿐일 것이다. 하지만 이것은 내가 어떻게 할 수 없는 일이다. 사람들은 나의 이 모든 정직과 여태까지 내가 걸어온 걸음의 의미를 다 잊어버리기를 원하는 것일까? 이 갑작스러운 마음의 변화와 반항심은 도대체 왜 이는 것일까? 사람들은 왜 다음과 같은 사실을 인식하지 못하는 것일까? 운명이 있다면 자유란 없다. 그런데 만약(내가 점점 흥분하며 말을 이었다.) 반대로 자유가 있다면 운명이란 없다. 그 말은(여기에서 나는 잠시 숨을 고르기 위해 말을 멈췄다.) 우리 자신이 곧 운명이라는 뜻이다. 갑자기 떠오른 말이었다. 하지만 예전에는 이렇게 확신한 적이 없었다. 이해력이 좀 더 있고 대화에 적당한 상대가 아닌 이 노인들과 마주하고 있다는 점이 좀 아쉬웠다. 하지만 이곳에 그들이 있고(이 순간에는 최소한 그렇게 보였다.) 또 어딜 가나 그들이 있는데 어찌하겠는가? 게다가 아버지와 이별할 때도 그들이 곁에 있었으니 말이다. 이 노인들 역시 자신들의 걸음을 걸어왔다. 그들은 이미 알고 모든 것을 예견하고 있었다. 아버지와 작별할 때도 이미 아버지의 장례라도 지내는 듯한 표정으로 작별을 고했다. 그뿐 아니라 내가 아우슈비츠로 출발할 때도 교외선 전차를 타야 할지 버스를 타야 할지를 두고 다퉜던 사람들이다. 이때 슈테이네르 아저씨가 벌떡 일어섰고 플레이슈먼 노인도 그를 따라 일어섰다. 그가 슈테이네르 아저씨를 앉히려고 했지만 허사였다.

"뭐라고?"

슈테이네르 아저씨가 주먹으로 가슴을 치며 빨개진 얼굴로 나에게 호통을 쳤다.

"그럼 우리가 범죄자라는 거야? 우린 희생자야!"

나는 범죄에 대해 말하려는 게 아니라고 애써 설명했다. 단지 이해를 위해, 정직하게 말하기 위해 있는 그대로 간단하게 표현한 점을 이해해 달라고 했다. 힘들겠지만 이해하려고 노력해 달라고 했다. 나에게서 모든 것을 빼앗아 갈 수는 없다고 했다. 승자가 되든 패자가 되든 한 가지는 되어야 한다고 했다. 내 생각이 옳으며 내가 무언가의 원인이 되거나 결과가 되는 것은 확실하다고 했다. 나는 거의 간청하며 그 점을 간과해서는 안 된다고 했다. 나는 오로지 결백을 위해 쓰라림을 삼킬 수는 없다고 했다. 하지만 그들은 아무것도 인정하려 하지 않았다. 그래서 나는 배낭과 모자를 들고 혼란한 말과 움직임, 각자의 계속되는 제스처와 허공을 맴도는 말을 뒤로한 채 그곳을 빠져나왔다.

아래로 내려가자 거리가 나를 반겨 주었다. 나는 전차를 타고 어머니에게 가야 했다. 하지만 나에게는 돈이 없다는 생각이 스치자 걸어서 가기로 마음먹었다. 나는 힘을 모으기 위해 올 때 앉았던 벤치 옆에 일 분 정도 멈춰서 있었다. 눈앞에 펼쳐진 내가 걸어가야 할 길이 점점 멀어지고 점점 넓어져 보이다가 이내 곧 사라져 버리는 것처럼 보였다. 푸른 언덕 위를 지나가는 양털구름은 보랏빛을 띠고 하늘은 붉은색으로 물들어 있었다. 주변이 뭔가 좀 바뀐 듯했다. 교통량이 줄어들고 사람들의 걸음걸이도 느려졌으며 목소리가 나지막해지고 시선도 부드러워지고 사람들이 서로의 얼굴을 바라보고 있는 듯했다. 이 시간대는 수용소에서도 내가 가장 좋아한 특별한 시간이었다. 지금 여기에서도 그 느낌이 전해졌다. 뭔가 섬세하고 고통스럽고 허무한 느낌이 찾아왔는데 그것은 바로 향수였다. 모든 것이 일시에 생생해지고 내 안에 있던 모든 것이 새록새록 피어오르고 이상한 기분이 들면서 사소한 기억들이 전율을 느끼게 했다. 그렇다. 어찌 보면 그곳에서의 삶이 더 순수하고 단순했다. 수용소에서의 모든 일이 다시 떠올랐다. 또 그곳에서는 별로 관심조차 없던 사람들과 나의 관념과 실존 속에서만 존재를 증명해 주는 번디 치트롬, 피에트하, 보후시, 의사 그리고 그 밖의 사람들이 한 명 한 명 떠올랐다. 나는 처음으로 약간의 원망 어린 마음과 애정 어린 반감으로 그들을 떠올려 보았다.

이제 우리 과장하지 말자! 내가 지금 이곳에 존재한다는 정말 어려운 문제가 남아 있기 때문이다. 계속 살아갈 수 있기 위해서는 모든 논거를 받아들여야 한다는 점을 나는 잘 안다. 석양으로 물든 아늑한 광장과, 수없이 비바람을 맞아 왔지만 여전히 수천 가지 기대로 충만한 거리들을 둘러보며 내 안에서 하나의 각오가 생겨나더니 그것이 점점 강해지는 느낌이 들었다. 그것은 바로 도저히 지속할 수 없을 것 같은 나의 삶을 지속해 가겠다는 각오였다. 어머니가 나를 기다리고 있다. 나를 보면 정말 기뻐하실 것이다. 불쌍한 어머니. 내 기억에 어머니는 내가 엔지니어나 의사 아니면 그와 비슷한 사람이 되기를 원했다. 나는 틀림없이 어머니가 원하는 사람이 될 것이다. 극복하지 못할 불가능은 없기 때문이다. 내가 나아갈 길 저만치에 행복이 피해 갈 수 없는 덫처럼 숨어서 나를 기다리고 있음을 나는 안다. 가스실 굴뚝 옆에서의 고통스러운 휴식 시간에도 행복과 비슷한 무언가가 있었기 때문이다. 모든 사람이 내게 수용소에서의 역경과 끔찍한 일들에 대해서만 묻는다. 나에게는 이러한 경험들이 가장 기억할 만한 일들로 남아 있는데 말이다. 그래, 사람들이 나중에 묻는다면 그때는 강제 수용소의 행복에 대해 얘기해 주어야 할 것 같다.

사람들이 묻는다면, 그리고 내가 잊지 않는다면 말이다.

작품 해설

1. 작가 전기: 유대인과 홀로코스트, 이혼, 아우슈비츠와 글쓰기, 노벨 문학상

임레 케르테스는 1929년 11월 9일에 부다페스트에서 목재상을 하던 한 유대인 가정에서 태어나 2016년 3월 31일에 향년 86세의 나이로 부다페스트에서 사망하였다. 그는 생애의 대부분을 어린 시절에 겪은 홀로코스트의 트라우마로 인해 고군분투하며 힘겹게 살아온 헝가리의 대표적인 현대 작가이다. 그의 생애를 전체적으로 살펴볼 수 있는 대표적인 키워드를 몇 개 들면 다음과 같다.

첫째, 유대인과 홀로코스트이다. 유대인이 헝가리 영토로 처음 들어온 시기는 11세기이다. 18세기까지는 유대인 수가 많지 않아 1750년에 1만 5000명에 불과했다. 그러나 19세기가

287

되면서 유대인의 헝가리 유입이 가속화되어 1825년에 19만 명, 1869년에 54만 2000명, 1910년에 91만 명으로 증가하였다. 임레 케르테스의 조부 역시 이 시기에 헝가리로 이주해 왔고 헝가리인으로 살아가기 위해 유대인 성을 '케르테스'라는 헝가리 성으로 바꾸었다. 그러나 1929년부터 시작된 세계 경제 공황으로 반유대 감정이 악화되고 1938년, 1939년, 1941년에 반유대인법이 통과되면서 헝가리 사회 내에서 차별받으며 살았다. 그러던 중 임레 케르테스는 1944년 6월 30일 열네 살의 나이로 7000여 명의 다른 유대인들과 함께 폴란드 아우슈비츠 수용소로 끌려갔다. 이후 독일 부헨발트 수용소와 차이츠 수용소에 수용되었다가 2차 세계 대전이 끝나면서 1년 만에 부다페스트로 귀향하였다. 1년에 걸친 강제 수용소 생활은 그의 삶에 커다란 트라우마를 남겼고 결국 정상적인 삶을 살아가지 못하게 하는 주요 원인이 되었다.

둘째, 부모님의 이혼과 자신의 이혼이다. 임레 케르테스가 어린 시절에 겪은 부모님의 이혼은 지속적으로 그에게 정체성의 혼란을 야기했으며 이후에 대인 관계나 세계관 형성에 커다란 영향을 미쳤다. 특히 아버지가 재혼한 후 새어머니나 아버지와의 관계는 부모와 자식 간의 사랑의 관계가 아닌 마지못해 함께 사는 형식적인 관계일 뿐이었다. 특히 새어머니와 아버지에 대한 반감이 강했는데 이는 임레 케르테스의 자전적 소설 『운명』을 통해서도 엿볼 수 있다. 자신의 이혼 역시 평생을 두고 그에게 아픔을 주었다. 부모님의 이혼이 그에게 있어 자신이 어찌할 수 없는 수동적 사건이라면 자신의 이혼은 스스로 선택한 능동적 행위라는 차이가 있다. 임레 케르테스가 이혼을 선택한 이유는 부인을 사랑하지 않았기 때문이 아니었다. 부인을 매우 사랑했지만 자녀 문제에 대한 의견이 달랐기 때문에 결국 유대인 부인과 헤어지게 되었다. 임레 케르테스는 자신이 아이를 낳으면 그 아이 역시 유대인으로 살아가야 하고 자신이 겪은 아우슈비츠를 경험해야 할지도 모른다는 생각에 아이 갖기를 거부했다. 반면에 그의 부인은 아우슈비츠에서 겪은 트라우마를 잊고 살아가기 위해 아이를 갖고 그 아이를 통해 새로운 행복을 찾기를 원했다. 결국 임레 케르테스는 자녀에 대한 부인과의 입장 차이 때문에 이혼을 결심했지만 이혼한 후에도 몸이 아플 때면 의사인 부인을 찾아가 처방전을 받는 등 관계를 유지했다.

셋째로, 아우슈비츠와 글쓰기이다. 임레 케르테스는 강제 수용소에서 돌아온 이후 신문사에서 일하기도 하고 잠시 공장 노동자 생활도 하였다. 하지만 그가 최종적으로 선택한 직업은 번역가와 작가였다. 그런데 임레 케르테스 자신도 "나는 글을 쓸 때마다 아우슈비츠를 떠올린다."라고 고백했듯 그의 거의 모든 작품은 아우슈비츠를 기반으로 한다. 그의 대표적인 작품인 '운명 4부작' 『운명』, 『좌절』, 『태어나지 않은 아이를 위한 기도』, 『청산』 역시 모두 그가 열네 살에 겪은 아우슈비츠에서의 경험을 토대로 한다. 임레 케르테스가 작가가 되기로 결심한 데는 아우슈비츠를 겪은 사람으로서의 사명감 같은 것이 작용했다.

1973년에 13년에 걸쳐 쓴, 홀로코스트를 소재로 한 그의 첫 소설 『운명』이 완성되었지만 출판사에서 출판을 거부할 정도로 사람들은 홀로코스트에 대해 별로 흥미를 느끼지 못했다. 이미 홀로코스트를 소재로 한 작품이 많이 출판되어 너무 진부한 소재라는 것이었다. 1975년에 다른 출판사를 통해 결국 『운명』을 출판하지만 읽는 사람이 거의 없어 대부분 창고에 쌓여 있었다. 헝가리 내에서 독자들은 아우슈비츠를 소재로 한 임레 케르테스의 작품에 전혀 관심을 갖지 않았지만 그는 아우슈비츠를 경험한 사람으로서 홀로코스트 사건을 세상에 고발해야 한다는 사명감을 갖고 있었다. 그러나 그의 외침에 무관심한 독자들을 보며 좌절하기도 하는데, 그런 심경이 운명 4부작 중 두 번째 작품인 『좌절』에 잘 나타나 있다.

그의 글쓰기 작업은 항상 고통을 수반했다. 열네 살에 겪은 아우슈비츠의 경험이 트라우마가 되어 가슴속 깊이 자리 잡아 글을 쓸 때마다 아우슈비츠를 떠올렸기 때문이다. 그 트라우마로 인해 그는 정상적인 가정생활과 결혼 생활을 할 수 없었고 그의 삶은 철저히 왜곡되었다. 따라서 그런 그에게 글쓰기 작업은 가슴속에 깊이 박혀 있는 고통과 트라우마를 끌어내는 작업이었고 그가 일생을 통해 아우슈비츠의 정신적 상흔을 극복하지 못한 원인이 되기도 하였다.

임레 케르테스의 글쓰기 작업은 "나는 누구인가?"라는 질문에 대한 답을 찾아나서는 여정이기도 했다. 그는 평생을 정체성의 혼란을 겪으며 살았다. 유대인으로서의 자신과 헝가리인으로서의 자신 사이에서 방황했고 강제 수용소에서 돌아온 후에도 왜 자신이 아우슈비츠에 보내졌는지 또 유대인이 자신에게 어떤 의미인지에 대한 답을 찾아가는 과정이 바로 그의 글쓰기 작업이었기 때문이다.

마지막으로 노벨 문학상 수상은 임레 케르테스의 삶을 완전히 바꾸어 놓았다. 2002년에 노벨 문학상을 수상하기 전까지만 해도 헝가리 문학계에서 작가로서의 그의 존재감은 미미했다. 심지어 헝가리 현대 문학사에서 그의 이름은 거의 언급조차 되지 않았다. 당연히 그는 그때까지 단칸방에서 작품을 쓰며 궁핍한 삶을 살았다. 많은 작품을 발표했지만 헝가리 내에서는 거의 주목을 받지 못했고, 그의 작품은 거의 팔리지 않았다. 생활이 궁핍해지자 그는 번역으로 연명하며 살았다. 그는 독일어에 능숙했던 덕에 주로 지그문트 프로이트, 후고 폰 호프만슈탈, 프리드리히 니체, 프리드리히 뒤렌마트, 아르투어 슈니츨러, 루트비히 비트겐슈타인과 같은 독일 철학자들의 저서와 독일어로 된 문학 작품들을 헝가리어로 번역했다. 그럼에도 삶은 항상 궁핍했고 그는 항상 병마와 싸워야 했다.

그러던 2002년 가을에 노벨 문학상을 수상하면서 그의 삶은 완전히 바뀌었다. 그가 노벨상 수상자 발표 직후에 한 언론과의 인터뷰에서 "경제적으로 좀 도움이 될 것 같다."라고 밝혔을 정도로 그의 삶은 먹고사는 것조차 힘들었다. 노벨상 수상이 임레 케르테스에게 경제적 안정을 가져다주기도 했지만 더욱더 중요한 것은 그동안 헝가리 내에서 거의 존재감이 없던 그의 작품들이 재평가되기 시작했다는 점이다. 부다페스트 대학교 졸탄 케네레시(Zoltán Kenyeres) 교수는 "우리는 그

동안 헝가리 문학계의 보석을 알아보지 못했다."라는 말로 당시 헝가리 문학계의 반응을 전했다.

2.『운명』: 아우슈비츠에서의 행복

아빠와 새엄마와 함께 부다페스트에 사는 열네 살 소년 죄르지 쾨베시는 유대인 혈통으로 가슴에 노란 별을 달고 다녀야 했다. 그러던 어느 날 아빠가 노동 봉사 명령을 받고 어디론가 끌려갔다. 얼마 후 쾨베시에게도 노동 봉사 명령이 떨어져 체펠 섬에 있는 정유 공장에서 조수로 일해야 했다. 그러던 어느 날 아침 평소처럼 버스를 타고 체펠 섬으로 일을 하러 가던 중 경찰이 버스를 세우고 유대인은 모두 내리라고 했다. 쾨베시는 역시 가슴에 노란 별을 달고 있는 몇몇 또래 아이들과 함께 기차에 실려 아우슈비츠로 보내진다. 며칠 후 그는 부헨발트 수용소로 보내졌다가 얼마 후 다시 차이츠 수용소로 보내진다. 쾨베시는 배고픔과 염증으로 인한 신체적 고통으로 극한적 어려움을 겪지만 함께 지내던 번디 치트롬의 도움으로 고비를 넘긴다. 얼마 후 쾨베시는 다시 부헨발트 수용소로 보내졌다가 독일 나치군의 패전으로 부헨발트가 해방되면서 1년 만에 다시 부다페스트로 돌아온다. 1년간 많은 변화가 있었다. 아빠는 노동 봉사를 명령을 받고 떠난 후 다시 돌아오지 않았고 새엄마는 그들의 가게에서 일하던 쉬퇴 아저씨와 재혼을 했다.

이 내용이 임레 케르테스의 노벨 문학상 수상작 『운명』의 대략적인 줄거리이다. 줄거리만 봐서는 지금까지 우리가 봐 온 홀로코스트를 소재로 한 다른 작품들과 크게 다르지 않다. 유대인으로 태어나 강제 수용소에 끌려가 배고픔과 정신적·신체적 상처로 고통받다가 해방되어 다시 집으로 돌아온다는 이야기이다. 지금까지 헨리크 그린베르크, 로나 아라토, 루트 클뤼거, 빅토르 프랑클, 엘리 위젤, 장 아메리, 코르델리아 에드바르트손, 타데우시 보로프스키, 파울 첼란, 프리모 레비 등 수많은 작가들이 홀로코스트를 소재로 한 작품들을 발표하였다. 그럼에도 홀로코스트가 일어난 지 약 반세기가 지난 2002년에 또다시 홀로코스트 작가 임레 케르테스에게 노벨 문학상을 수여한 이유는 무엇일까? 그리고 임레 케르테스의 대표작 『운명』이 기존의 홀로코스트 작품들과 차별화되는 점은 무엇일까? 바라보는 관점에 따라 다양한 분석이 가능하겠으나 문학적 기법, 소설의 구조, 메시지 등에서 차별성을 확인할 수 있다.

먼저 『운명』에 나타난 문학적 기법을 살펴보면 기존의 홀로코스트 작품들과 상당한 차이를 발견할 수 있다. 예를 들어 헨리크 그린베르크의 『유대인 전쟁』이나 타데우시 보로프스키의 『신사 숙녀 여러분, 가스실로』, 빅토르 프랑클의 『죽음의 수용소에서』의 서술 기법을 보면 역사성에 기반을 두고 강제 수용소의 참혹상이나 잔인함을 상당히 사실적이고 주관적으로 묘사한다. 그에 반해 『운명』의 주인공 쾨베시는 독자들이 의아해할 정도로 강제 수용소의 상황을 마치 자기와는 상관

없는 양 차분하고 객관적으로 묘사한다. 또 기존의 홀로코스트 작품들에서는 가해자인 독일 나치 군인들을 부정적으로 묘사하지만 『운명』에서는 "깔끔하고 정직하며 질서와 정확성, 일을 좋아한다."라는 식으로 여러 곳에서 오히려 나치 군인들을 긍정적으로 묘사한다. 그래도 여기까지는 독자들의 인내심이 어느 정도 유지된다. 하지만 소설의 마지막에 이르러 "사람들이 나중에 묻는다면 그때는 강제 수용소의 행복에 대해 얘기해 주어야 할 것 같다."라는 쾨베시의 고백을 접하고는 대부분의 독자가 당황하게 된다. 매일 죽음의 고비와 맞닥뜨리고 주변에 시체가 나뒹굴고 가스실에서는 수많은 생명이 연기로 사라지고 상처에 이가 꿈틀거리는 지옥 같은 강제 수용소가 어떻게 행복한 장소가 될 수 있을까? 독자들은 당황하고 황당해하며 결국에는 쾨베시의 고백에 분노하게 된다.

그렇다면 임레 케르테스는 왜 우리가 지금까지 봐 온 홀로코스트 작품과는 다른 주인공의 언행과 태도를 구현한 것일까? 지금까지 대부분의 홀로코스트 작품들은 주인공이 강제 수용소에서 겪는 정신적·육체적 아픔과 고통을 역사성에 바탕에 두고 주관적이고 사실적이며 직설적으로 기술하였다. 따라서 독자들은 글을 읽으며 주인공의 아픔에 동조하고 나치 군인들의 만행에 함께 분노하였다. 반면에 임레 케르테스는 아우슈비츠의 참혹상을 예술성에 바탕을 두고 지극히 객관적이고 간접적으로 기술하였다. 따라서 독자들은 주인공에게 공감하거나 같은 입장을 취하기를 거부한다.

임레 케르테스가『운명』이라는 작품을 쓴 목적은 명확하다. 아우슈비츠를 통해 사회적 힘과 폭력이 개인의 종말을 강요하는 시대를 고발하는 것이다. 기존의 홀로코스트 작품들의 목적과 크게 다르지 않다. 하지만 임레 케르테스는 기존의 작가들과 동일한 목적에서 작품을 탄생시켰음에도 독자들이 주인공과 함께 호흡하기보다 독자들이 '대신 화내게 하는 기법'을 사용하였다. 주인공이 강제 수용소에서 경험하는 고통을 마치 남이 당하는 양 지극히 객관적으로 묘사하고 가해자인 독일 나치 군인들을 긍정적으로 묘사하며 종국에는 강제 수용소 생활이 행복했다고 고백함에 따라 독자들은 강제 수용소의 현실과 주인공의 현실 인식 사이의 괴리 때문에 더욱 크게 분노하게 된다.

다음으로『운명』을 포함한 임레 케르테스의 운명 4부작의 두드러진 특징 중 하나로 작품 구조상의 특징을 들 수 있는데 이는 소설의 주제와도 밀접하게 관련된다. 소설의 구조 면에서 밀접한『운명』,『좌절』,『태어나지 않은 아이를 위한 기도』,『청산』은 각각 독립된 작품으로 읽을 수도 있지만 동시에 하나의 일관된 이야기로 엮여 있어 한 편의 장편 소설로도 볼 수 있다. 대부분의 홀로코스트 소설은 일반적으로 주인공이 강제 수용소에 끌려가 수용소에서 육체적·정신적으로 고통받는 참혹한 과정을 통시적으로 서술한다. 그러나 임레 케르테스는 홀로코스트 사건 자체보다는 주인공이 홀로코스트를 겪은 후에 그의 삶이 어떻게 왜곡되고 고통받는지, 그 고통으로부터 어떻게 빠져나올지에 대해 더 많은 관심을 기울인다.

1부『운명』의 내용은 앞에서도 언급했듯 열네 살의 유대인 주인공 쾨베시가 강제 수용소로 끌려갔다가 1년 후에 돌아오는 과정을 그린다. 그런데 이 1부의 이야기는 나머지 세 작품에서 때로는 액자 소설의 형태로, 때로는 꿈과 기억의 형태로, 때로는 논리적으로 이해할 수 없는 포스트모더니즘적 기법으로 반복되어 재등장한다.

2부『좌절』에서는 한 노인 작가가『운명』이라는 작품을 써서 출판사에 가져가지만 출판을 거부당하고 두 번째 작품을 쓰는데 그 소설의 제목이『좌절』이다. 노인 작가의 두 번째 소설『좌절』의 주인공은 신문 기자인 쾨베시로, 친구를 만나기 위해 비행기를 타고 열여섯 시간을 날아가 수십 년 전 부다페스트에 도착한다. 쾨베시는 과거의 부다페스트로 돌아가 신문사 기자, 공장 노동자, 공무원, 감옥의 간수, 신문사 칼럼니스트로 생활하며 시클러이와 작가 베르그의 도움을 받게 되는데 그들은 쾨베시의 도플갱어이다.

3부『태어나지 않은 아이를 위한 기도』의 주인공은 말년의 작가 B.로 요양원에서 부인과의 이혼 과정과 아이를 낳지 않은 이유, 학창 시절 등에 관해 철학자 오블라트 박사와 대화를 나누는 구조로 되어 있다. 이 작품에도 그가 어린 시절에 강제 수용소에서 겪은 경험들이 등장한다.

운명 4부작의 마지막 작품인『청산』에서는 주인공 케셰뤼가 9년 전에 같은 출판사에 일하다가 자살로 삶을 마감한 B.라는 작가가 남겼다는 유작을 찾아보지만 찾지 못한다. 대신 그 작품과 비슷한 희곡 작품『청산』을 발견하고 읽게 되는데 주인공의 이름이 자신과 같은 케셰뤼이며 작품의 내용이 바로 자신이 살아온 삶과 같다는 사실을 발견하게 된다. 결국 발견되지 않은 B.의 유작은 바로 주인공 케쉐리가 살고 있는 현실임이 밝혀진다.

이처럼 1부 『운명』의 내용이 나머지 세 작품에 반복해서 등장하고 주인공의 다양한 도플갱어가 등장하는 것은 열네 살의 어린 소년이 겪은, 이성적으로나 논리적으로 도저히 납득할 수 없는 아우슈비츠 사건을 이해해 보기 위해 다양한 관점과 다양한 시점에서 분석하는 과정으로 볼 수 있다. 결국 2부 『좌절』과 3부 『태어나지 않은 아이를 위한 기도』, 4부 『청산』은 1부 『운명』을 통해서만 이해와 해석이 가능한 구조이다.

임레 케르테스가 『운명』을 통해 우리에게 주는 메시지는 대략 세 가지로 정리할 수 있다. 먼저 우리는 모두 아우슈비츠의 공범이라는 것이다. "전적으로 그것이 온 것이 아니라 우리 역시 그것과 함께 갔다."라는 쾨베시의 언급을 통해 이를 알 수 있다. 그는 유대계 헝가리인들을 태우고 아우슈비츠를 향해 달리던 기차를 국경에 세워 놓고 아우슈비츠에서는 돈과 귀금속이 필요 없으니 이왕이면 같은 나라 국민인 헝가리인에게 주고 가라던 헝가리 국경 수비대 대원, 강제 수용소에서 빈손으로 돌아온 쾨베시에게 돈이 없으면 전차에서 내리라고 한 전차 운전사, 개인의 명예욕 때문에 쾨베시에게 강제 수용소에 관해 글을 함께 써 보자고 제안한 신문 기자 등 모두가 나치 독일군에 동조한 공범이며 강제 수용소를 추상체로 받아들이고 나치군의 만행에 침묵을 지킨 대부분의 헝가리인 모두가 암묵적인 공범이라고 주장한다.

다음으로 임레 케르테스는 주인공 쾨베시의 입을 통해 사회적인 힘과 폭력이 개인의 종말을 강요하는 현대 사회가 자신이 겪은 아우슈비츠와 닮은꼴이라고 주장한다. 어린 시절에 부모의 이혼으로 입은 정신적 상처, 유대인에 대한 차별, 학교에서 겪은 무서운 체벌 등이 정도의 차이는 있지만 자신이 1년 동안 있었던 강제 수용소에서의 생활과 여러 가지 면에서 흡사하다는 것이다. 그는 운명이 존재하는 것이 아니라 스스로가 곧 운명이라고 주장하며 사회적 폭력이 난무하는 아우슈비츠와 유사한 현대 사회에서 살고자 하는 의지를 가질 것을 우리에게 주문한다.

마지막으로 아우슈비츠 사건은 특정 지역과 특정 시기에 일어난 과거의 사건이 아니라 지금도 여전히 자행되고 있는 현재 진행형의 사건이라고 주장한다. 그는 홀로코스트가 유럽에서 일어났지만 유럽에서만 일어날 수 있는 사건이 아니고 21세기를 살고 있는 우리에게도 언제든 다시 일어날 가능성이 있는 사건이라고 규정한다. 따라서 케르테스는 "나치군은 언제든 다시 우리에게 돌아올 수 있다."라고 경고한다.

3. 번역 후기

『운명』의 번역 과정에서 몇 가지 고민이 있었다. 가장 큰 고민은 제목을 어떻게 번역할 것인가 하는 점이었다. 임레 케르테스가 지은 헝가리어 제목 *Sorstalanság*를 그대로 직역하면 Sors(운명)+talan(없는)+ság(것)이 된다. 따라서 원작자의 의도를 살려 '운명 없음'으로 할지 아니면 문장화해 '운명은 없다'로 할지 오랜 시간 고민하다가 결국 가독성과 원작자의 의도를 고려하여 '운명'으로 번역하였다.

다음으로는 임레 케르테스 특유의 문체를 어떻게 한국어로 그대로 옮길 것인가 하는 고민이었다. 임레 케르테스의 문체는 만연체이고 다루는 주제는 대부분 인간의 실존과 철학적 사고이다. 이는 독일 철학자들의 저서와 독일 문학 작품을 번역하는 과정에서 영향을 받은 것으로 보인다. 깊은 철학적 사고가 담긴 내용을 만연체로 풀어내다 보니 자연히 문장이 길고 이해하기가 쉽지 않다. 때로는 한 문장이 거의 한 페이지에 달하기도 한다. 자연히 독자들의 가독성을 위해 긴 문장을 짧게 나눌 것인가 아니면 원작품의 문체 특징을 살려 번역할 것인가 하는 고민에 빠졌다. 결국 가능하면 원작품의 맛을 살리기 위해 만연체 그대로 번역하였다. 그러나 불가피한 경우에는 전체적인 문장의 흐름과 독자들의 이해를 위해 할 수 없이 몇 개의 문장으로 나누기도 하였다.

마지막으로 커다란 고민은 헝가리어 원문에 등장하는 독일어, 프랑스어, 폴란드어, 체코어, 슬로바키아어 문장들을 어떻게 처리할 것인가 하는 문제였다. 헝가리어 판에는 곳에 따라 외국어 문장들을 헝가리어로 번역하지 않고 그대로 두었는데 유럽인들은 일반적으로 여러 가지 외국어를 구사할 수 있기 때문에 독서를 하는 데 크게 방해되지 않는다. 그러나 한국 독자들은 영어 이외의 다른 유럽 언어들을 구사하는 경우가 많지 않아 문맥을 따라가기가 쉽지 않으리라 판단해 필요한 경우에는 부득이하게 외국어 문장 옆에 괄호를 달고 한국어로 번역해 두었다.

기타 번역 과정에서 있었던 어려움은 번역 시에 일반적으로 발생하는 문제들로, 관례에 따라 처리하였다. 혹시 독서 과정에서 이해가 가지 않는 부분이 있거나 문맥을 따라가기가 쉽지 않은 부분이 있다면 그것은 순전히 번역자의 능력 부족 때문임을 밝혀 둔다.

부다페스트 대학교(ELTE)에서 학위를 마치고 2002년 여름에 귀국한 후 그해 9월부터 한국외국어대학교 헝가리어과에서 강의를 시작하였다. 항상 학생 신분으로 지내다가 선생이 되고 몇 달 지나지 않은 그해 가을, 하루는 여러 국내 언론사에서 일시에 연락이 왔다. 2002년 노벨 문학상 수상자인 헝가리 작가 임레 케르테스에 관한 보도 자료를 달라는 것이었다. 당시에 눈앞이 캄캄하고 숨이 막혀 왔던 기억이 있다. 이유인즉 부다페스트 대학교에서 헝가리 문학 학부 과정과 대학원 과정을 모두 마쳤지만 임레 케르테스에 대해서는 거의 들어본 적이 없었기 때문이다. 우선 급한 대로 지도 교수님께 연락을 드렸지만 임레 케르테스의 생애에 관한 간단한 자료 외에는 변변한 자료를 받을 수 없었다.

2002년 가을 임레 케르테스가 노벨 문학상을 받고서야 헝가리 문학 전공자였던 내가 처음으로 임레 케르테스의 작품과 조우하였다. 임레 케르테스라는 작가는 노벨 문학상 수상 이전까지 헝가리 내에서는 거의 알려지지 않았고 그의 작품 역시 독자들의 주목을 거의 받지 못했다. 헝가리 문학계에서도 주류 작가로 다루어지지 않았다. 오히려 헝가리보다는 독일에서 더 잘 알려져 있었다. 노벨 문학상 수상 발표 이후에 헝가리 문학계에서는 그의 수상과 관련하여 많은 논쟁과 비판이 잇따랐다. 많은 헝가리 사람이 그의 작품들을 읽어 보지도 않고 우선 비판부터 해 댔다. 많은 사람이 임레 케르테스의 노벨 문학상 수상의 부당함을 증명하기 위해 그의 작품들을 손에 들었다. 얼마 후 독자들은 그의 작품들에 찬사를 보내기 시작했다. 한번은 내가 수업을 들었던 부다페스트 대학교 헝가리 문학과 학과장인 졸탄 케네레시 교수가 언론과의 인터뷰에서 "우리는 그동안 헝가리 문학계의 보석을 알아보지 못했다."라고 통탄한 내용을 들을 수 있었다.

2002년 가을에 이루어진 유쾌하지 못한 조우 이후에 나는 헝가리 문학 전공자로서의 자존심에 상처를 안고 임레 케르테스의 작품들을 탐독하기 시작했다. 그리고 몇 편의 연구 논문도 발표하였다. 이제는 누군가가 임레 케르테스에 관해 물어 오면 몇 시간 정도는 그의 작품에 대해 이야기할 수 있게 되었다. 하지만 가슴 한편에 무언가 무거운 짐이 항상 나를 짓누르고 있었다. 언젠가 임레 케르테스의 작품을 한국 독자들에게 소개해야겠다고 마음먹었지만 늘 바쁘다는 핑계로 차일피일 미룬 것이 어느덧 10년이 흘러 버렸다. 이번에 우연한 기회에 민음사와 인연을 맺게 되었다. 10년 동안 미뤄 왔던 숙제를 할 수 있게 도와주신 민음사에 감사의 말씀을 드린다. 더불어 얼마 전에 소천한 임레 케르테스의 명복을 빈다.

2016년 4월
유진일

작가 연보

1929년   11월 9일 부다페스트에서 목재상을 하던 유대인 가정에서 출생.

1944년   6월 30일 열네 살의 나이로 7000여 명의 헝가리 유대인들과 함께 폴란드 아우슈비츠 수용소로 끌려감.

1945년   독일 부헨발트 수용소와 차이츠 수용소에 수용되었다가 2차 세계 대전이 끝나면서 부다페스트로 귀향.

1948년   고등학교를 졸업한 후 부다페스트 엘테 대학교에 지원하였으나 진학에 실패함.

1948~1950년   부다페스트 일간지 《빌라고샤그》와 《에슈티 부더페슈트》의 편집인으로 일함.

1951년   신문이 공산당 기관지가 되면서 해고되어 공장에서 노동자로 일함.

1951~1953년   제철·기계 산업부 언론 부서에서 기자로 일함.

1953년	프리랜서 작가와 번역가로 일하면서 니체, 호프만 슈탈, 슈니츨러, 프로이트, 비트겐슈타인, 카네티, 로트 등 철학가들과 작가들의 작품을 독일어에서 헝가리어로 번역함.
1955~1960년	이 기간 동안 쓴 여러 글에 이후에 출판된 그의 첫 소설이자 2002년에 노벨 문학상 수상작으로 선정된 『운명(Sorstalanság)』의 기본 사상이 나타나 있음.
1973년	13년에 걸쳐 그의 첫 소설 『운명』을 완성하고 머그베퇴 출판사에 출판을 의뢰하지만 거부당함. 그 과정에 관한 이야기가 『운명』의 후속작 『좌절』에 그려짐.
1975년	그의 첫 소설 『운명』이 완성된 지 2년 만에 세피로 덜미 출판사를 통해 마침내 출판되었으나 문단의 주목을 전혀 받지 못함.
1977년	임레 케르테스가 자주 사용하는 액자 소설 구조의 단편 소설 「추적자」와 「탐정 이야기」 발표.
1983년	페테르 에스테르하지와 함께 밀란 퓌슈트상을 공동 수상하면서 그의 첫 소설 『운명』에 대한 독자들의 관심이 증가하기 시작함.
1988년	『운명』의 후속작이며 운명 4부작 중 2부인 『좌절 (Kudarc)』 발표.
1989년	티보르 데리상과 어틸러 요제프상을 수상하면서 문단에서 위치가 공고해짐.

1990년	운명 4부작 중 3부『태어나지 않은 아이를 위한 기도(Kaddis a meg nem született gyermekért)』를 발표하고, 이 작품으로 '올해의 도서상'과 외를레이상 수상함.
1991년	단편집『영국 국기(Az angol lobogó)』발표.
1992년	자신이 좋아하는 철학자와 작가를 만나 이야기를 나누는 일기 형식의 에세이집『항해선 일기(Gályanapló)』발표.
1993년	홀로코스트를 주제로 자신이 강연했던 자료들을 모은 에세이집『문화로서의 홀로코스트(A holocaust mint kultúra: Három elöadás)』발표.
1995년	소로스 재단상과 독일의 부란덴부르크 문학상 수상.
1996년	샨도르 마러이상 수상.
1997년	단편집『누군가 다른 사람: 그 변화의 연대기(Valaki más: A változás krónikája)』발표. 라이프치히 문학상, 프리드리히 군돌프상, 코슈트상, 부다페스트 대상 등을 수상하며 문단에서 유명세를 타기 시작함.
1998년	에세이집『처형 부대의 재장전 순간에 사색할 수 있는 고요함(A gondolatnyi csend, amíg a kivégzöosztag újratölt)』발표.
2000년	헤르더상과 디 벨트 문학상을 수상하며 작가로서의 명성을 확고히 함.

2001년	에세이집『추방당한 언어(A száműzött nyelv)』발표.
2002년	10월 10일 노벨 문학상 수상.
2003년	운명 4부작의 마지막 작품『청산』발표.
2005년	3월 10일 소르본 대학교에서 명예박사 학위를 수여받음.
2009년	한 프랑스 신문과의 인터뷰에서 파킨슨병으로 고생하고 있음을 고백함.
2014년	헝가리 최고의 훈장인 성 이슈트반 훈장을 받음.
2016년	3월 31일 향년 86세의 나이로 부다페스트 자택에서 사망.

세계문학전집 **340**

운명

1판 1쇄 펴냄   2016년 5월 9일
1판 14쇄 펴냄   2024년 3월 14일

지은이   임레 케르테스
옮긴이   유진일
발행인   박근섭, 박상준
펴낸곳   (주)민음사

출판등록   1966. 5. 19. (제 16-490호)
서울특별시 강남구 도산대로1길 62(신사동) 강남출판문화센터 5층 (우편번호 06027)
대표전화 02-515-2000 팩시밀리 02-515-2007
www.minumsa.com

한국어 판 ⓒ (주)민음사, 2016. Printed in Seoul, Korea

ISBN 978-89-374-6340-2 04800
ISBN 978-89-374-6000-5 (세트)

세계문학전집 목록

1·2 변신 이야기 오비디우스 · 이윤기 옮김 서울대 권장도서 100선

3 햄릿 셰익스피어 · 최종철 옮김 서울대 권장도서 100선 | 미국대학위원회 선정 SAT 추천도서

4 변신 · 시골의사 카프카 · 전영애 옮김 서울대 권장도서 100선

5 동물농장 오웰 · 도정일 옮김 미국대학위원회 선정 SAT 추천도서 | 《타임》 선정 현대 100대 영문소설

6 허클베리 핀의 모험 트웨인 · 김욱동 옮김 《뉴스위크》 선정 100대 명저

7 암흑의 핵심 콘래드 · 이상옥 옮김 미국대학위원회 선정 SAT 추천도서 | 《뉴스위크》 선정 10대 명저

8 토니오 크뢰거 · 트리스탄 · 베네치아에서의 죽음 토마스 만 · 안삼환 외 옮김 노벨 문학상 수상 작가

9 문학이란 무엇인가 사르트르 · 정명환 옮김

10 한국단편문학선 1 김동인 외 · 이남호 엮음 국립중앙도서관 선정 청소년 권장도서

11·12 인간의 굴레에서 서머싯 몸 · 송무 옮김

13 이반 데니소비치, 수용소의 하루 솔제니친 · 이영의 옮김 노벨 문학상 수상 작가

14 너새니얼 호손 단편선 호손 · 천승걸 옮김

15 나의 미카엘 오즈 · 최창모 옮김

16·17 중국신화전설 위앤커 · 전인초, 김선자 옮김

18 고리오 영감 발자크 · 박영근 옮김

19 파리대왕 골딩 · 유종호 옮김 노벨 문학상 수상 작가 | 《타임》 선정 현대 100대 영문소설

20 한국단편문학선 2 김동리 외 · 이남호 엮음

21·22 파우스트 괴테 · 정서웅 옮김 서울대 권장도서 100선 | 미국대학위원회 선정 SAT 추천도서

23·24 빌헬름 마이스터의 수업시대 괴테 · 안삼환 옮김

25 젊은 베르테르의 슬픔 괴테 · 박찬기 옮김 논술 및 수능에 출제된 책(1998~2005)

26 이피게니에 · 스텔라 괴테 · 박찬기 외 옮김

27 다섯째 아이 레싱 · 정덕애 옮김 노벨 문학상 수상 작가

28 삶의 한가운데 린저 · 박찬일 옮김

29 농담 쿤데라 · 방미경 옮김

30 야성의 부름 런던 · 권택영 옮김

31 아메리칸 제임스 · 최경도 옮김

32·33 양철북 그라스 · 장희창 옮김 노벨 문학상 수상 작가 | 서울대 권장도서 100선

34·35 백년의 고독 마르케스 · 조구호 옮김 노벨 문학상 수상 작가 | 서울대 권장도서 100선

36 마담 보바리 플로베르 · 김화영 옮김 서울대 권장도서 100선

37 거미여인의 키스 푸익 · 송병선 옮김

38 달과 6펜스 서머싯 몸 · 송무 옮김

39 폴란드의 풍차 지오노 · 박인철 옮김

40·41 독일어 시간 렌츠 · 정서웅 옮김

42 말테의 수기 릴케 · 문현미 옮김

43 고도를 기다리며 베케트 · 오증자 옮김 노벨 문학상 수상 작가 | 서울대 권장도서 100선

44 데미안 헤세 · 전영애 옮김 노벨 문학상 수상 작가

45 젊은 예술가의 초상 조이스 · 이상옥 옮김 서울대 권장도서 100선

46 카탈로니아 찬가 오웰 · 정영목 옮김

47 호밀밭의 파수꾼 샐린저 · 정영목 옮김 《타임》 선정 현대 100대 영문소설 | 미국대학위원회 선정 SAT 추천도서 | 《뉴스위크》 선정 100대 명저 | BBC 선정 꼭 읽어야 할 책

48·49 파르마의 수도원 스탕달 · 원윤수, 임미경 옮김

50 수레바퀴 아래서 헤세 · 김이섭 옮김 노벨 문학상 수상 작가 | 국립중앙도서관 선정 청소년 권장도서

51·52 내 이름은 빨강 파묵·이난아 옮김 노벨 문학상 수상 작가

53 오셀로 셰익스피어·최종철 옮김 서울대 권장도서 100선

54 조서 르 클레지오·김윤진 옮김 노벨 문학상 수상 작가

55 모래의 여자 아베 코보·김난주 옮김

56·57 부덴브로크 가의 사람들 토마스 만·홍성광 옮김 노벨 문학상 수상 작가

58 싯다르타 헤세·박병덕 옮김 노벨 문학상 수상 작가

59·60 아들과 연인 로렌스·정상준 옮김 《뉴스위크》 선정 100대 명저

61 설국 가와바타 야스나리·유숙자 옮김 노벨 문학상 수상 작가 | 서울대 권장도서 100선

62 벨킨 이야기·스페이드 여왕 푸슈킨·최선 옮김

63·64 넙치 그라스·김재혁 옮김 노벨 문학상 수상 작가

65 소망 없는 불행 한트케·윤용호 옮김 노벨 문학상 수상 작가

66 나르치스와 골드문트 헤세·임홍배 옮김 노벨 문학상 수상 작가

67 황야의 이리 헤세·김누리 옮김 노벨 문학상 수상 작가

68 페테르부르크 이야기 고골·조주관 옮김

69 밤으로의 긴 여로 오닐·민승남 옮김 노벨 문학상 수상 작가 | 미국대학위원회 선정 SAT 추천도서

70 체호프 단편선 체호프·박현섭 옮김

71 버스 정류장 가오싱젠·오수경 옮김 노벨 문학상 수상 작가

72 구운몽 김만중·송성욱 옮김 서울대 권장도서 100선 | 국립중앙도서관 선정 청소년 권장도서

73 대머리 여가수 이오네스코·오세곤 옮김

74 이솝 우화집 이솝·유종호 옮김 논술 및 수능에 출제된 책(1998~2005)

75 위대한 개츠비 피츠제럴드·김욱동 옮김 《타임》 선정 현대 100대 영문소설

76 푸른 꽃 노발리스·김재혁 옮김

77 1984 오웰·정회성 옮김 《타임》 선정 현대 100대 영문소설 | 《뉴스위크》 선정 100대 명저

78·79 영혼의 집 아옌데·권미선 옮김

80 첫사랑 투르게네프·이항재 옮김

81 내가 죽어 누워 있을 때 포크너·김명주 옮김 노벨 문학상 수상 작가

82 런던 스케치 레싱·서숙 옮김 노벨 문학상 수상 작가

83 팡세 파스칼·이환 옮김

84 질투 로브그리예·박이문, 박희원 옮김

85·86 채털리 부인의 연인 로렌스·이인규 옮김

87 그 후 나쓰메 소세키·윤상인 옮김

88 오만과 편견 오스틴·윤지관, 전승희 옮김 미국대학위원회 선정 SAT 추천도서

89·90 부활 톨스토이·연진희 옮김 논술 및 수능에 출제된 책(1998~2005)

91 방드르디, 태평양의 끝 투르니에·김화영 옮김

92 미겔 스트리트 나이폴·이상옥 옮김 노벨 문학상 수상 작가

93 페드로 파라모 룰포·정창 옮김

94 차라투스트라는 이렇게 말했다 니체·장희창 옮김 국립중앙도서관 선정 청소년 권장도서

95·96 적과 흑 스탕달·이동렬 옮김 국립중앙도서관 선정 청소년 권장도서

97·98 콜레라 시대의 사랑 마르케스·송병선 옮김 노벨 문학상 수상 작가 | BBC 선정 꼭 읽어야 할 책

99 맥베스 셰익스피어·최종철 옮김 서울대 권장도서 100선 | 미국대학위원회 선정 SAT 추천도서

100 춘향전 작자 미상·송성욱 풀어 옮김 서울대 권장도서 100선

101 페르디두르케 곰브로비치·윤진 옮김

102 포르노그라피아 곰브로비치·임미경 옮김

103 인간 실격 다자이 오사무·김춘미 옮김

104 네루다의 우편배달부 스카르메타·우석균 옮김

105·106 이탈리아 기행 괴테·박찬기 외 옮김

107 나무 위의 남작 칼비노·이현경 옮김

108 달콤 쌉싸름한 초콜릿 에스키벨·권미선 옮김

109·110 제인 에어 C. 브론테·유종호 옮김 BBC 선정 꼭 읽어야 할 책

111 크눌프 헤세·이노은 옮김 노벨 문학상 수상 작가

112 시계태엽 오렌지 버지스·박시영 옮김 《타임》 선정 현대 100대 영문소설 | 《뉴스위크》 선정 100대 명저

113·114 파리의 노트르담 위고·정기수 옮김 미국대학위원회 선정 SAT 추천도서

115 새로운 인생 단테·박우수 옮김

116·117 로드 짐 콘래드·이상옥 옮김 《뉴스위크》 선정 100대 명저

118 폭풍의 언덕 E. 브론테·김종길 옮김 미국대학위원회 선정 SAT 추천도서

119 텔크테에서의 만남 그라스·안삼환 옮김 노벨 문학상 수상 작가

120 검찰관 고골·조주관 옮김

121 안개 우나무노·조민현 옮김

122 나사의 회전 제임스·최경도 옮김 미국대학위원회 선정 SAT 추천도서

123 피츠제럴드 단편선 1 피츠제럴드·김욱동 옮김

124 목화밭의 고독 속에서 콜테스·임수현 옮김

125 돼지꿈 황석영

126 라셀라스 존슨·이인규 옮김

127 리어 왕 셰익스피어·최종철 옮김 서울대 권장도서 100선 | 《뉴스위크》 선정 100대 명저

128·129 쿠오 바디스 시엔키에비츠·최성은 옮김 노벨 문학상 수상 작가

130 자기만의 방·3기니 울프·이미애 옮김

131 시르트의 바닷가 그라크·송진석 옮김

132 이성과 감성 오스틴·윤지관 옮김

133 바덴바덴에서의 여름 치프킨·이장욱 옮김

134 새로운 인생 파묵·이난아 옮김 노벨 문학상 수상 작가

135·136 무지개 로렌스·김정매 옮김

137 인생의 베일 서머싯 몸·황소연 옮김

138 보이지 않는 도시들 칼비노·이현경 옮김

139·140·141 연초 도매상 바스·이운경 옮김 《타임》 선정 현대 100대 영문소설

142·143 플로스 강의 물방앗간 엘리엇·한애경, 이봉지 옮김 미국대학위원회 선정 SAT 추천도서

144 연인 뒤라스·김인환 옮김

145·146 이름 없는 주드 하디·정종화 옮김

147 제49호 품목의 경매 핀천·김성곤 옮김 《타임》 선정 현대 100대 영문소설

148 성역 포크너·이진준 옮김 노벨 문학상 수상 작가 | 퓰리처상 수상 작가

149 무진기행 김승옥

150·151·152 신곡(지옥편·연옥편·천국편) 단테·박상진 옮김 《뉴스위크》 선정 100대 명저

153 구덩이 플라토노프·정보라 옮김

154·155·156 카라마조프가의 형제들 도스토옙스키·김연경 옮김

157 지상의 양식 지드·김화영 옮김 노벨 문학상 수상 작가

158 밤의 군대들 메일러·권택영 옮김 퓰리처상 수상 작가

159 주홍 글자 호손·김욱동 옮김 서울대 권장도서 100선 | 미국대학위원회 선정 SAT 추천도서

160 깊은 강 엔도 슈사쿠·유숙자 옮김

161 욕망이라는 이름의 전차 윌리엄스·김소임 옮김

162 마사 퀘스트 레싱·나영균 옮김 노벨 문학상 수상 작가

163·164 운명의 딸 아옌데·권미선 옮김

165 모렐의 발명 비오이 카사레스 · 송병선 옮김

166 삼국유사 일연 · 김원중 옮김 서울대 권장도서 100선

167 풀잎은 노래한다 레싱 · 이태동 옮김 노벨 문학상 수상 작가

168 파리의 우울 보들레르 · 윤영애 옮김

169 포스트맨은 벨을 두 번 울린다 케인 · 이만식 옮김

170 썩은 잎 마르케스 · 송병선 옮김 노벨 문학상 수상 작가

171 모든 것이 산산이 부서지다 아체베 · 조규형 옮김 《타임》 선정 현대 100대 영문소설

172 한여름 밤의 꿈 셰익스피어 · 최종철 옮김 미국대학위원회 선정 SAT 추천도서

173 로미오와 줄리엣 셰익스피어 · 최종철 옮김 미국대학위원회 선정 SAT 추천도서

174·175 분노의 포도 스타인벡 · 김승욱 옮김 노벨 문학상 수상 작가 | 《타임》 선정 현대 100대 영문소설

176·177 괴테와의 대화 에커만 · 장희창 옮김

178 그물을 헤치고 머독 · 유종호 옮김 《타임》 선정 현대 100대 영문소설

179 브람스를 좋아하세요... 사강 · 김남주 옮김

180 카타리나 블룸의 잃어버린 명예 하인리히 뵐 · 김연수 옮김 노벨 문학상 수상 작가

181·182 에덴의 동쪽 스타인벡 · 정회성 옮김 노벨 문학상 수상 작가

183 순수의 시대 워튼 · 송은주 옮김 《뉴스위크》 선정 100대 명저 | 퓰리처상 수상작

184 도둑 일기 주네 · 박형섭 옮김

185 나자 브르통 · 오생근 옮김

186·187 캐치-22 헬러 · 안정효 옮김 《타임》 선정 현대 100대 영문소설

188 솔로호프 단편선 솔로호프 · 이항재 옮김 노벨 문학상 수상 작가

189 말 사르트르 · 정명환 옮김

190·191 보이지 않는 인간 엘리슨 · 조영환 옮김 《타임》 선정 현대 100대 영문소설

192 왑샷 가문 연대기 치버 · 김승욱 옮김 퓰리처상 수상 작가

193 왑샷 가문 몰락기 치버 · 김승욱 옮김 퓰리처상 수상 작가

194 필립과 다른 사람들 노터봄 · 지명숙 옮김

195·196 하드리아누스 황제의 회상록 유르스나르 · 곽광수 옮김

197·198 소피의 선택 스타이런 · 한정아 옮김 퓰리처상 수상 작가

199 피츠제럴드 단편선 2 피츠제럴드 · 한은경 옮김

200 홍길동전 허균 · 김탁환 옮김

201 요술 부지깽이 쿠버 · 양윤희 옮김

202 북호텔 다비 · 원윤수 옮김

203 톰 소여의 모험 트웨인 · 김욱동 옮김

204 금오신화 김시습 · 이지하 옮김

205·206 테스 하디 · 정종화 옮김 미국대학위원회 선정 SAT 추천도서 | BBC 선정 꼭 읽어야 할 책

207 브루스터플레이스의 여자들 네일러 · 이소영 옮김

208 더 이상 평안은 없다 아체베 · 이소영 옮김

209 그레인지 코플랜드의 세 번째 인생 워커 · 김시현 옮김 퓰리처상 수상 작가

210 어느 시골 신부의 일기 베르나노스 · 정영란 옮김

211 타라스 불바 고골 · 조주관 옮김

212·213 위대한 유산 디킨스 · 이인규 옮김 서울대 권장도서 100선 | BBC 선정 꼭 읽어야 할 책

214 면도날 서머싯 몸 · 안진환 옮김

215·216 성채 크로닌 · 이은정 옮김

217 오이디푸스 왕 소포클레스 · 강대진 옮김 서울대 권장도서 100선

218 세일즈맨의 죽음 밀러 · 강유나 옮김

219·220·221 안나 카레니나 톨스토이 · 연진희 옮김 서울대 권장도서 100선

222 오스카 와일드 작품선 와일드·정영목 옮김

223 벨아미 모파상·송덕호 옮김

224 파스쿠알 두아르테 가족 호세 셀라·정동섭 옮김 노벨 문학상 수상 작가

225 시칠리아에서의 대화 비토리니·김운찬 옮김

226·227 길 위에서 케루악·이만식 옮김 《타임》 선정 현대 100대 영문소설 | 《뉴스위크》 선정 100대 명저

228 우리 시대의 영웅 레르몬토프·오정미 옮김

229 아우라 푸엔테스·송상기 옮김

230 클링조어의 마지막 여름 헤세·황승환 옮김 노벨 문학상 수상 작가

231 리스본의 겨울 무뇨스 몰리나·나송주 옮김

232 뻐꾸기 둥지 위로 날아간 새 키지·정회성 옮김 《타임》 선정 현대 100대 영문소설

233 페널티킥 앞에 선 골키퍼의 불안 한트케·윤용호 옮김 노벨 문학상 수상 작가

234 참을 수 없는 존재의 가벼움 쿤데라·이재룡 옮김

235·236 바다여, 바다여 머독·최옥영 옮김

237 한 줌의 먼지 에벌린 워·안진환 옮김 《타임》 선정 현대 100대 영문소설

238 뜨거운 양철 지붕 위의 고양이·유리 동물원 윌리엄스·김소임 옮김 퓰리처상 수상작

239 지하로부터의 수기 도스토옙스키·김연경 옮김

240 키메라 바스·이운경 옮김

241 반쪼가리 자작 칼비노·이현경 옮김

242 벌집 호세 셀라·남진희 옮김 노벨 문학상 수상 작가

243 불멸 쿤데라·김병욱 옮김

244·245 파우스트 박사 토마스 만·임홍배, 박병덕 옮김 노벨 문학상 수상 작가

246 사랑할 때와 죽을 때 레마르크·장희창 옮김

247 누가 버지니아 울프를 두려워하랴? 올비·강유나 옮김

248 인형의 집 입센·안미란 옮김

249 위폐범들 지드·원윤수 옮김 노벨 문학상 수상 작가

250 무정 이광수·정영훈 책임 편집 서울대 권장도서 100선

251·252 의지와 운명 푸엔테스·김현철 옮김

253 폭력적인 삶 파솔리니·이승수 옮김

254 거장과 마르가리타 불가코프·정보라 옮김

255·256 경이로운 도시 멘도사·김현철 옮김

257 야곱을 둘러싼 추측들 욘존·손대영 옮김

258 왕자와 거지 트웨인·김욱동 옮김

259 존재하지 않는 기사 칼비노·이현경 옮김

260·261 눈먼 암살자 애트우드·차은정 옮김 《타임》 선정 현대 100대 영문소설

262 베니스의 상인 셰익스피어·최종철 옮김

263 말리나 바흐만·남정애 옮김

264 사볼타 사건의 진실 멘도사·권미선 옮김

265 뒤렌마트 희곡선 뒤렌마트·김혜숙 옮김

266 이방인 카뮈·김화영 옮김 노벨 문학상 수상 작가 | 미국대학위원회 선정 SAT 추천도서

267 페스트 카뮈·김화영 옮김 노벨 문학상 수상 작가 | 국립중앙도서관 선정 청소년 권장도서

268 검은 튤립 뒤마·송진석 옮김

269·270 베를린 알렉산더 광장 되블린·김재혁 옮김

271 하얀 성 파묵·이난아 옮김 노벨 문학상 수상 작가

272 푸슈킨 선집 푸슈킨·최선 옮김

273·274 유리알 유희 헤세·이영임 옮김 노벨 문학상 수상 작가

275 **픽션들** 보르헤스 · 송병선 옮김 서울대 권장도서 100선

276 **신의 화살** 아체베 · 이소영 옮김

277 **빌헬름 텔 · 간계와 사랑** 실러 · 홍성광 옮김

278 **노인과 바다** 헤밍웨이 · 김욱동 옮김 노벨 문학상 수상 작가 | 퓰리처상 수상작

279 **무기여 잘 있어라** 헤밍웨이 · 김욱동 옮김 미국대학위원회 선정 SAT 추천도서

280 **태양은 다시 떠오른다** 헤밍웨이 · 김욱동 옮김 《타임》 선정 현대 100대 영문 소설

281 **알레프** 보르헤스 · 송병선 옮김

282 **일곱 박공의 집** 호손 · 정소영 옮김

283 **에마** 오스틴 · 윤지관, 김영희 옮김

284·285 **죄와 벌** 도스토옙스키 · 김연경 옮김 미국대학위원회 선정 SAT 추천도서

286 **시련** 밀러 · 최영 옮김

287 **모두가 나의 아들** 밀러 · 최영 옮김

288·289 **누구를 위하여 좋은 울리나** 헤밍웨이 · 김욱동 옮김 노벨 문학상 수상 작가

290 **구르브 연락 없다** 멘도사 · 정창 옮김

291·292·293 **데카메론** 보카치오 · 박상진 옮김

294 **나누어진 하늘** 볼프 · 전영애 옮김

295·296 **제브데트 씨와 아들들** 파묵 · 이난아 옮김 노벨 문학상 수상 작가

297·298 **여인의 초상** 제임스 · 최경도 옮김 미국대학위원회 선정 SAT 추천도서

299 **압살롬, 압살롬!** 포크너 · 이태동 옮김 노벨 문학상 수상 작가

300 **이상 소설 전집** 이상 · 권영민 책임 편집

301·302·303·304·305 **레 미제라블** 위고 · 정기수 옮김

306 **관객모독** 한트케 · 윤용호 옮김 노벨 문학상 수상 작가

307 **더블린 사람들** 조이스 · 이종일 옮김

308 **에드거 앨런 포 단편선** 앨런 포 · 전승희 옮김 미국대학위원회 선정 SAT 추천도서

309 **보이체크 · 당통의 죽음** 뷔히너 · 홍성광 옮김

310 **노르웨이의 숲** 무라카미 하루키 · 양억관 옮김

311 **운명론자 자크와 그의 주인** 디드로 · 김희영 옮김

312·313 **헤밍웨이 단편선** 헤밍웨이 · 김욱동 옮김 노벨 문학상 수상 작가

314 **피라미드** 골딩 · 안지현 옮김 노벨 문학상 수상 작가

315 **닫힌 방·악마와 선한 신** 사르트르 · 지영래 옮김

316 **등대로** 울프 · 이미애 옮김 《타임》 선정 현대 100대 영문소설 | 《뉴스위크》 선정 100대 명저

317·318 **한국 희곡선** 송영 외 · 양승국 엮음

319 **여자의 일생** 모파상 · 이동렬 옮김

320 **의식** 노터봄 · 김영중 옮김

321 **육체의 악마** 라디게 · 원윤수 옮김

322·323 **감정 교육** 플로베르 · 지영화 옮김

324 **불타는 평원** 룰포 · 정창 옮김

325 **위대한 몬느** 알랭푸르니에 · 박영근 옮김

326 **라쇼몬** 아쿠타가와 류노스케 · 서은혜 옮김

327 **반바지 당나귀** 보스코 · 정영란 옮김

328 **정복자들** 말로 · 최윤주 옮김

329·330 **우리 동네 아이들** 마흐푸즈 · 배혜경 옮김 노벨 문학상 수상 작가

331·332 **개선문** 레마르크 · 장희창 옮김

333 **사바나의 개미 언덕** 아체베 · 이소영 옮김

334 **게걸음으로** 그라스 · 장희창 옮김 노벨 문학상 수상 작가

335 코스모스 곰브로비치·최성은 옮김

336 좁은 문·전원교향곡 지드·동성식 옮김 노벨 문학상 수상 작가

337·338 암 병동 솔제니친·이영의 옮김 노벨 문학상 수상 작가

339 피의 꽃잎들 응구기 와 시옹오·왕은철 옮김

340 운명 케르테스·유진일 옮김 노벨 문학상 수상 작가

341·342 벌거벗은 자와 죽은 자 메일러·이운경 옮김 퓰리처상 수상 작가

343 시지프 신화 카뮈·김화영 옮김 노벨 문학상 수상 작가

344 뇌우 차오위·오수경 옮김

345 모옌 중단편선 모옌·심규호, 유소영 옮김 노벨 문학상 수상 작가

346 일야오궁 한사오궁·심규호, 유소영 옮김

347 상속자들 골딩·안지현 옮김 노벨 문학상 수상 작가

348 설득 오스틴·전승희 옮김

349 히로시마 내 사랑 뒤라스·방미경 옮김

350 오 헨리 단편선 오 헨리·김희용 옮김

351·352 올리버 트위스트 디킨스·이인규 옮김

353·354·355·356 전쟁과 평화 톨스토이·연진희 옮김

357 다시 찾은 브라이즈헤드 에벌린 워·백지민 옮김

358 아무도 대령에게 편지하지 않다 마르케스·송병선 옮김

359 사양 다자이 오사무·유숙자 옮김

360 좌절 케르테스·한경민 옮김 노벨 문학상 수상 작가

361·362 닥터 지바고 파스테르나크·김연경 옮김 노벨 문학상 수상 작가

363 노생거 사원 오스틴·윤지관 옮김

364 개구리 모옌·심규호, 유소영 옮김 노벨 문학상 수상 작가

365 마왕 투르니에·이원복 옮김 공쿠르상 수상 작가

366 맨스필드 파크 오스틴·김영희 옮김

367 이선 프롬 이디스 워튼·김욱동 옮김 퓰리처상 수상 작가

368 여름 이디스 워튼·김욱동 옮김 퓰리처상 수상 작가

369·370·371 나는 고백한다 자우메 카브레·권가람 옮김

372·373·374 태엽 감는 새 연대기 무라카미 하루키·김난주 옮김

375·376 대사들 제임스·정소영 옮김

377 족장의 가을 마르케스·송병선 옮김 노벨 문학상 수상 작가

378 핏빛 자오선 매카시·김시현 옮김

379 모두 다 예쁜 말들 매카시·김시현 옮김

380 국경을 넘어 매카시·김시현 옮김

381 평원의 도시들 매카시·김시현 옮김

382 만년 다자이 오사무·유숙자 옮김

383 반항하는 인간 카뮈·김화영 옮김 노벨 문학상 수상 작가

384·385·386 악령 도스토옙스키·김연경 옮김

387 태평양을 막는 제방 뒤라스·윤진 옮김

388 남아 있는 나날 가즈오 이시구로·송은경 옮김

389 앙리 브륄라르의 생애 스탕달·원윤수 옮김

390 찻집 라오서·오수경 옮김

391 태어나지 않은 아이를 위한 기도 케르테스·이상동 옮김 노벨 문학상 수상 작가

392·393 서머싯 몸 단편선 서머싯 몸·황소연 옮김

394 케이크와 맥주 서머싯 몸·황소연 옮김

395 월든 소로·정회성 옮김

396 모래 사나이 E. T. A. 호프만·신동화 옮김

397·398 검은 책 오르한 파묵·이난아 옮김 노벨 문학상 수상 작가

399 방랑자들 올가 토카르추크·최성은 옮김 노벨 문학상 수상 작가

400 시여, 침을 뱉어라 김수영·이영준 엮음

401·402 환락의 집 이디스 워튼·전승희 옮김

403 달려라 메로스 다자이 오사무·유숙자 옮김

404 아버지와 자식 투르게네프·연진희 옮김

405 청부 살인자의 성모 바예호·송병선 옮김

406 세피아빛 초상 아옌데·조영실 옮김

407·408·409·410 사기 열전 사마천·김원중 옮김 서울대 권장도서 100선

411 이상 시 전집 이상·권영민 책임 편집

412 어둠 속의 사건 발자크·이동렬 옮김

413 태평천하 채만식·권영민 책임 편집

414·415 노스트로모 콘래드·이미애 옮김

416·417 제르미날 졸라·강충권 옮김

418 명인 가와바타 야스나리·유숙자 옮김 노벨 문학상 수상 작가

419 핀처 마틴 골딩·백지민 옮김 노벨 문학상 수상 작가

420 사라진·샤베르 대령 발자크·선영아 옮김

421 빅 서 케루악·김재성 옮김

422 코뿔소 이오네스코·박형섭 옮김

423 블랙박스 오즈·윤성덕, 김영화 옮김

424·425 고양이 눈 애트우드·차은정 옮김

426·427 도둑 신부 애트우드·이은선 옮김

428 슈니츨러 작품선 슈니츨러·신동화 옮김

429·430 세계의 끝과 하드보일드 원더랜드 무라카미 하루키·김난주 옮김

431 멜랑콜리아 I-II 욘 포세·손화수 옮김 노벨 문학상 수상 작가

432 도적들 실러·홍성광 옮김

433 예브게니 오네긴·대위의 딸 푸시킨·최선 옮김

434·435 초대받은 여자 보부아르·강초롱 옮김

436·437 미들마치 엘리엇·이미애 옮김

438 이반 일리치의 죽음 톨스토이·김연경 옮김

439·440 캔터베리 이야기 제프리 초서·이동일, 이동춘 옮김

세계문학전집은 계속 간행됩니다.